던져진 것이
돌만은 아니니

던져진 것이 돌만은 아니니

임종욱 장편소설

보고사
BOGOSA

이처기
(시조시인, 남해문학회 고문)

『던져진 것이 돌만은 아니니』라는 제목은 무엇을 시사하고 있는가?

작가가 이 소설에서 던지고 싶은 생각을 독자들에게 환기시키려는 깊은 의도가 숨어 있다고 여겨진다.

던진 돌에 맞는 것도 아프지만, 무고한 사람들의 인권을 짓밟고 신분차별에서 오는 모욕과 멸시는 돌로 맞는 것보다 더 아픈 일이다. 남해는 섬이다. 이 소설은 섬으로 유배되어 온 사람들과 현지 현령이 과도한 권력으로 농민을 수탈하고 사람을 해치는 이야기가 입체적으로 잘 엮어져 있다. 남해의 억세고 구수한 사투리를 무리 없이 구사하는 문장은 남해의 치자 향기처럼 선연히 다가와 임종욱 작가의 묵고 익은 문학을 만나게 한다.

남해의 산과 들, 선원마을, 선소동산, 망운산, 갈구지, 오동뱅이, 봉황이 앉는 마을, 남해 금산 일월봉 운해와 보리암 등 남해의 특성과 유래가 남해의 전통 풍물인 매구패 소리를 배음으로 깔며 전개된다.

유배 온 차덕구의 딸 홍이를 두고 연정으로 얽혀지는 사랑이야기는 이 소설의 백미다. 명문가 청년 권문탁과 홍이의 로맨스는 애절하다.

"홍이야. 우리 북쪽으로 가자. 신분도 없고 차별도 없는 그 곳에 가서 부부가 되어 함께 무덤에 묻힐 때까지 행복하게 살자. 좋지!"

일반 독자는 물론 남해사람들이 꼭 이 소설을 읽었으면 권유해본다.

유배되어 온 선조를 가진 후손으로 남해의 현주소를 반추해볼 수 있는 글이기에 그렇다. 독자들이 이 소설을 읽고 임종욱 작가의 문학을 공유해보는 기회가 되었으면 한다.

차례

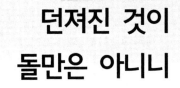

던져진 것이
돌만은 아니니

등장인물

차덕구(車德九, 45세)
남해로 유배온 차씨 가족의 호주. 원래 고향은 경기도였다. 차상두가 저지른 관아의
공금을 훔친 일 때문에 누명을 쓰고 투옥된 뒤 조웅집의 심문을 당하다 죽는다.

윤점이(尹點伊, 42세)
차덕구의 아내. 차덕구의 죽음에 충격을 받고 죽는다.

차상두(車相斗, 22세)
차덕구의 큰아들. 고향에서 양반가의 자제와 시비를 붙다 체포되고, 전가사변 형을
받는 원인을 제공했다.

차홍이(車紅伊, 18세)
차덕구의 딸. 정문탁의 애정 공세에 마음이 가지만, 신분의 차이 때문에 갈등한다.
조웅집의 협박과 추파에 괴로워한다.

권진태(權進泰, 49세)
남해 현령. 탐욕스럽고 권력욕이 강해 승진하기 위한 뇌물을 모으려고 남해 주민들을
갖은 방법을 동원해 수탈한다. 이 시기 남해현령을 지낸 권사목(權思穆)은 1811년 8월
부터 1812년 8월까지 재임한다.

권문탁(權文卓, 22세)
권진태의 외아들. 과거에 급제하면 명문가의 사위로 들어가게 하려는 아버지 때문에
마음고생이 크다. 세상의 변화에 일찍 눈을 떴고, 현재의 세도 정치와 신분 차별에
반감을 가지고 있다. 홍이와 우연히 만나 연정을 품는다.

방자(房子, 25세)
남해 관아에서 심부름하는 사내. 권문탁의 짝이 되어 남해를 구경시키면서 말동무
노릇을 한다. 남해 사람으로 해학적이면서 인정이 많다. 유순심과 친구 사이다.

박태수(朴太洙, 36세)

남해현 관아의 포교(捕校). 고현 출신으로, 차씨 일가를 여러 모로 돕는다. 옥진과 부부다. 낙천적이지만, 그릇된 일이라면 참고 지나가지 않는다. 현령과 죽이 맞아 주민들의 등골을 빨아먹는 조옹집과 갈등이 심하다. 세상을 적대시하는 차상두를 매구패에 들게 해 마음의 상처를 치유하게 돕는다.

옥진(玉眞, 31세)

읍성 안에 주점을 열어 경영하는 주모. 외지 사람인데, 박태수와는 부부다. 남편에게 폭행을 당하다 실수로 죽이고 남해로 왔다가 박태수의 도움으로 신분을 속이며 산다.

조옹집(趙甕執, 33세)

남해현 관아의 포교. 전임 현령의 수행원으로 왔다가 남해에 정착했다. 잇속 계산이 빠르며, 출세욕이 강하다. 차덕구의 딸 홍이에게 흑심을 품는다. 옥진의 비밀을 알고 홍이와의 혼약을 주선하라고 박태수를 협박한다. 체포된 차덕구를 죽였고, 이를 안 차상두의 몽둥이에 맞아 죽는다.

구자효 노인(具滋洋 老人, 72세)

고현 오곡마을 사람. 상쇠. 매구패와 집들이굿놀음을 이끄는 마을 어른이다.

유순심(柳順心, 25세)

매구패 중 한 사람. 구자효 노인에게 어릴 때부터 매구를 배워 실력이 가장 뛰어나다. 홀아버지를 모시고 산다.

이말심(李末心, 70세)

대치마을 사람. 매구패에서 '조래중'을 맡는다. 말투가 시원하고 활기차다.

기타 매구패 사람들

제 1 장

바람 부는 섬

순조가 즉위한 지 열한 해째 되는 신미년(1811) 음력 8월의 어느 날이었다. 며칠 동안 강진만을 뒤집어놓던 폭우와 강풍이 언제 그랬냐는 듯 말끔히 물러갔다. 하늘은 늦가을의 푸른 기운을 저 멀리 창선까지 흩뿌려 놓았다. 구름 한 점 없어 햇살이 시나브로 따가웠지만 바람이 제법 선선하게 불어 마음은 물감이 풀리듯 고즈넉하게 가라앉았다. 선창을 어슬렁거리는 갈매기 떼가 기분 좋은 울음소리를 내며 선소로 들어오는 길목으로 몰려갔다.

선소는 오래전부터 어물이 풍부한 마을이었다. 이 가을에는 전어가 지천으로 잡혀 올라왔고, 머지않아 겨울이 오면 대구 떼들이 몰려와 풍어(豊漁)를 기약할 판이었다. 선창에서는 어부들이 어구를 손질하다 듬성듬성 벤 회를 씹으며 막걸리로 입가심을 하기에 바빴다. 썰물 때라 바래를 나갔는지 아낙들은 눈에 띄지 않았다.

선소는 야트막한 야산으로 둘러싸여 아늑하면서 푸근한 풍치를 자아냈다. 동네 사람들은 야산을 차산(車山)이라 불렀다. 산모롱이를 따라 왜성(倭城)의 흔적이 실하게 남아 있어 몇백 년 전 이곳이 왜군과의 전투로 고달팠던 곳임을 알려 주었다. 바다 편 왜성 성곽 한 단애에는 장량상동정비를 새긴 큰 돌이 우람하게 버티고 서서 포구에서 나가거나 들어오는 배들을 출영(出迎)했다.

그 집채만 한 바위 곁에 세 칸짜리 정자집이 새로 들어서 사람들의 눈길을 끌었다. 올 팔월에 새로 부임한 현령의 지시로 부리나케 지어진 집이었다. 멀리 진주에서 도목수까지 불러 공정을 다그치는 광경을 보면서 선소 사람들의 눈은 휘둥그레졌다. 아무리 단출한 크기의 집이라지만 터를 닦고 주춧돌을 받치며 기둥을 세우고 서까래를 얹어 기와까지 입히려면 반년은 좋이 걸릴 역사(役事)인데, 석 달 만에 짜임새를 갖추고 집채가 하늘을 가렸던 것이다. 신임 현령이 오기 전부터 터 닦기가 시작되었으니 사람들의 궁금증은 가을철 아가리 소리마냥 커져갔다.

"대체 뉘가 머물 집이기에 저리 부산을 떠는기고?"

"글씨 말씨. 성 안 부잣집 양반네의 유락처일꺼나? 강진만이 한눈에 쓱 들어오니 술맛은 절로 날 끼구먼."

한 남정네가 입맛을 다시며 벙긋 웃음을 흘렸다.

"박 포교 나리 말씀을 듣자 하니 새로 올 현령님의 기별이 있어 벌어진 사달이라던데요. 누가 와서 산다나 만다나. 아니, 남해에 발도 디디기 전에 어째 공사판부터 벌리는 거래요? 우리 등골 빼먹으려고 작심을 했는가베."

한 아낙이 호들갑을 떨었다. 아닌 게 아니라 원님 집 짓는 데

보탤 것이니 마을 이정(里正)을 시켜 돈을 염출하고 다니는 게 사실이었다.

"에라. 빌어먹을 놈의 꼬라지하고는. 이런저런 맹목으로 공출이 득달같은디 현령 나리 놀음터 기왓장 값까지 동네에서 내야 한단 말이여. 더런 세상일시!"

마을 사람들이 흘겨보며 종주먹을 쥐었지만 별수는 없어 다들 하릴없이 발걸음을 돌린 터였다.

어쨌거나 버젓하게 기와집은 들어섰고, 잡목을 치고 화초를 심으니 제법 본색이 번듯했다.

지금 그 집 마루에서는 한 계집아이가 열심히 걸레질을 하던 참이었다. 어깨춤까지 내려오는 땋은 머리를 한 계집아이는 이마로 흐르는 땀을 연신 닦으며 행여 티끌 하나라도 놓쳤을까 눈대중에 여념이 없었다.

"얘, 홍이(紅伊)야. 거 쉬엄쉬엄 해라. 보는 사람도 없는데 뭘 그리 열심히 하누. 바람 불면 또 쌓일 먼진 것을. 쯧쯧!"

홍이라 불린 계집아이가 그제야 고개를 들었다.

"아부지, 이방 어른이 방안이며 마루를 반들반들하게 닦아 놓으시라는 엄명이 있었어요. 근데 벌써 다녀오셨어요? 지난 비에 관아 축대가 무너졌다던데, 닦달이 심하지 않던가요?"

홍이의 아비인 차덕구(車德九)가 마루 끝에 털썩 주저앉으며 몸에 붙은 터럭을 털어냈다.

"글쎄다. 요즘엔 몸이 예전 같지 않아. 쌀가마니도 번쩍 들던 난데 이젠 돌덩이 하나 옮기기에도 힘이 부치는구나. 식은땀 훔치는 날 보더니, 박 포교 나리께서 강진만 물때가 어떤지 보라면서 내보내 주시더구나. 빈말일 게 여실했지만, 그래도 냉큼 달려왔지 뭐냐. 나더러 좀 쉬라는 기척인 게지."

"참 고마운 어른이시네요."

"그러게. 나보다 나이도 한참 낮은 양반이 마음 씀씀이가 남달라. 니 에미는 어디 갔냐? 오다 집에 들렀는데, 보이지 않더구나."

"마을 아주머니들하고 바닷가에 나가셨어요. 저녁거리가 마땅찮다며 해초며 조개라도 따오시겠다던데요."

차덕구가 멀리 언덕을 내려다보며 해안가를 눈으로 훑었다.

"그래? 기왕 일찍 들어왔으니 나도 가서 거들까보다."

차덕구가 엉덩이를 들자 홍이가 주변을 둘러보며 물었다.

"오빠는요? 아직 관아에 있나요?"

오빠란 소리에 차덕구의 이마에 굵은 선이 몇 가닥 쭉 그어졌다.

"그놈은 무슨 배짱이 그리 좋은지! 일도 하는 둥 마는 둥 하더니 그 새 어디로 내뺐나 보더라. 조 포교 나리가 알면 또 불벼락이 내릴 텐데, 어쩌려는지 모르것다."

홍이의 얼굴에도 옅은 먹구름이 내려앉았다.

"오빤들 심사가 편하겠나요. 저러다 때가 되면 마음잡겠죠."

그러나 기실 심사가 뒤틀린 것은 차덕구였다. 울화가 치미는지 마루를 꽝 내리치면서 목청을 높였다.

"아니, 누구 땜에 우리가 이런 날고생을 하는데 얼토당토않은 심사 타령이냐. 멀쩡히 잘 살던 산골에서 의지가지없는 바닷가 벽촌까지 굴러떨어진 게 다 그놈의 미친 짓거리 때문이 아니더냐!

그 생각만 하면 다리몽둥이를 부러뜨려도 시원칠 않아.”

서슬에 홍이도 꿀 먹은 벙어리가 되었다. 오빠인 차상두(車相斗)가 몇 걸음 앞만 내다봤어도 정든 고향을 등지고 남해 섬 자락까지 밀려오지는 않았을 터였다. 엄마는 다 사람 잘못 사귄 탓이라며 두둔하지만, 오빠는 성정이 별나 조금만 일이 틀어져도 분기(憤氣)를 씻어내지 못했다.

산골 마을 훈장 어른이 싹수가 보인다며 데려다 글공부 맛을 보인 게 화근 같기도 했다. 어디서 무슨 소리를 들었는지 집에만 들어오면 대명천지에 눈 뜨고도 코 베어 가는 망나니가 판을 친다고 벽을 보고 삿대질을 해댔다. 한 줌도 안 되는 벼슬아치들이 나라를 들어먹고 있다며 입에 거품을 물기도 했다.

“이놈아! 니가 목숨이 몇 개라도 된다더냐? 제발 어디 가서 그런 되도 않는 소리 입에 붙이지도 말어.”

엄마의 조바심도 오빠의 귀에는 아래 골을 지나가는 바람 소리일 뿐이었다.

“찢어진 입으로 내가 내 말 하는데, 누가 뭐랍디까? 말 못해 죽은 귀신은 극락도 못간데요.”

이런 악담이 나올 때면 아버지와 어머니의 얼굴에서는 핏기가 싹 가셨다.

“에구, 구화지문(口禍之門)이란 말도 못 들었던 게냐? 훈장 어른은 뭘 가르치셨기에 애가 저리 막 나갈꼬!”

남해로 쫓겨 오자 한동안은 조신하게 지내는가 싶더니 기어이 제 버릇 개 주지는 못했다. 이젠 갈 데까지 갔다는 절망감과 식구들에게 못 할 짓 했다는 자격지심까지 겹쳐 오빠는 점점 더 빗나갔다. 관아 포졸들에게 퉁바리를 먹으면서도 행색은 점점 어긋났다. 이제는 양친도 팔자소관이라며 자포자기한 듯하지만, 홍이로서는 부뚜막에 올려둔 갓난아이를 보는 심정을 털어낼 수 없었다.

"너무 걱정 마세요. 오빠는 심성이 착해 막 나가도 지킬 금은 알아요."

차상두는 홍이의 말을 한 귀로 흘리면서 끌탕을 치더니 홰홰걸음으로 비탈길을 내려갔다.

아버지의 뒷모습을 물끄러미 바라보던 홍이는 때 묻은 치맛자락을 만지작거리면서 마루에 앉아 넋 놓고 바다만 바라보았다. 홍이가 태어나고 자란 마을은 저렇게 큰 바다는 고사하고 물살이 센 개천 하나 없는 곳이었다. 가파른 언덕을 깎고 흙을 보태 밭을 내어 간신히 끼니 풀칠을 하던 두메산골이었다.

집이라야 남해서 네 식구가 사는 토담 초가집과 별다름 없는 흙집이었지만, 그래도 눈 감고 걸어도 헛길로 새지 않을 손금 같은 터전이었다. 큰 동네에서 그리 멀지 않은 곳이라 몇 발짝만 걸어 나가 소리치면 동무들이 달려 나와 손을 잡아주었다. 깔깔대면서 공기놀이며 줄넘기 놀이를 하던 그 고향. 잉걸불에 감자며 고구마를 구워 먹던 정다운 마을. 그러나 이제는 다시는 못 갈 머나먼 이역 땅이 되고 말았다. 좋으나 싫으나 이곳 남해에 뼈를 묻어야 할 운명이었다.

고향 동무들의 얼굴이 하나둘 떠올라 홍이는 뜨거워진 눈시울을 슬쩍 훔쳤다.

그때 저 아래서 누군가의 목소리가 들려왔다. 대나무가 발을 치듯 비탈길을 둘러싼 끝자락에서 바람 소리처럼 들려오는 인기척이었다.

"게 누구 있느냐?"

홍이는 화들짝 놀라 몸을 잔뜩 움츠렸다. 게으름을 피우는지 관아에서 염탐하는지도 몰랐다. 홍이는 잽싸게 마루와 방안을 가자미눈을 뜨고 훑어보았다.

ㅇㅇㅇ

책방도령 권문탁(權文卓)은 좀이 쑤셔 참을 수가 없었다. 지난 며칠 동안 비바람이 거세게 몰아쳐 방에서 한 걸음도 나가지 못했다. 날이 맑았어도 아버지 남해현령 권진태(權進泰)의 등쌀에 오도 가도 못하기는 매한가지였겠지만, 좀이 쑤시는 걸 막지는 못했다.

오늘은 날이 쾌청하기 그지없었다. 창문을 열어젖히자 큼지막한 푸른 화선지가 펼쳐진 듯한 하늘이 냉큼 달려왔다. 가을 하늘을 민천(旻天)이라 불렀다. 크고 드넓은 하늘이라는 뜻이었다. 딱 오늘을 두고 이른 말 같았다. 이런 날 관아의 쪽방에 앉아 경서나 뒤척여야 한다니, 도대체 사람 구실이 말이 아니었다. 글귀는 눈에 들어오지 않았고, 어쩌다 들리는 말 울음소리는 귀곡성이나 진배없었다.

"참, 나. 저 말을 타고 산길이라도 한번 내달렸으면 소원이 없겠구나."

절로 탄성이 나왔다.

아침에 잠깐 둘러보더니 아버지는 여태까지 아무 낌새도 없었다. 관아의 일을 보시는지 무슨 핑계로 현민들의 주머니를 털까 궁리하시는지 퇴청 전까지는 얼씬도 하지 않을 기색이었다. 이 기분을 시 한 수로나 달래볼까 싶어 지필묵을 꺼내 들었다.

身在官衙俠　　몸은 관아에 있어 비좁기만 한데
心出旻天迥　　마음은 가을 하늘을 넘어 아득하구나.
男兒萬古忙　　남아는 만고 세월에 바쁠 것이니
今日何處寧　　오늘은 어디서 편안히 쉴거나?

일필휘지로 갈겨 써 놓고 보니 '망(忙)'자가 마음에 들지 않았다. 읊어도 입에 착 감기지 않았다. 이리저리 궁리하던 권문탁은 붓방아에 지쳐 버렸다. 붓을 내던지며 방안에 벌렁 드러누웠다.

'이런 좋은 날 글재주로 방정을 떠니 무슨 꾀가 솟겠나. 이백이 다시 태어나도 납함(吶喊, 외치는 소리)밖에 나오지 않을걸.'

남해로 내려온 지도 어언 한 달하고도 보름이 지나고 있었다. 남해현령에 보임한다는 교지를 받들자 아버지의 표정은 땡감 씹은 개구쟁이처럼 눈살을 찌푸렸다. 조정의 권신들에게 넣은 금품이 얼마인데, 저런 궁상맞은 바닷가 고을을 던져준단 말인가? 현령이 현감보다야 품계가 높다지만, 바다에 뜬 개구리 연못만 한 곳에서 웅지를 펴기는 글렀다며 장탄식을 내뿜으셨다.

권문탁으로도 처음 귀에 접한 고을이기는 했다. 내내 한양에서

만 살았고, 아버지도 과거에 오른 뒤부터 내직으로만 경력을 쌓았다. 이제 높은 관직에 오르려면 능력만으로는 어림도 없는 일이었다. 금상의 장인으로 권세가 하늘을 찌를 듯한 김조순(金祖淳) 대감의 뒷배를 얻으려면 역시 금력(金力)이 필요했다. 한직만 전전하던 아버지로서는 그럴 만한 가산이 없었다. 그래서 잠시 외직으로 나가 한 재산 마련할 심지를 굳혔고, 있는 돈 없는 돈 다 털어 넣어 지방관 한자리를 꿰차고자 했던 것이다.

그런데 떨어진 곳이 고작 남해현이었다.

이것이 다 한 기침하는 친척이나 인척이 없는 탓이라 아버지는 판단했다. 어머니 집안도 그저 그런 양반붙이였으니, 이제 믿을 곳은 하나밖에 없는 외동아들 권문탁이었다. 이놈이 대과에 급제해서 위세 좋게 일성을 내지르면 명문거가(名門巨家)에서 사위 삼자고 달려들 것이고, 그러면 권력의 든든한 울타리가 생길 터였다.

마침맞게도 권문탁은 어릴 때부터 문재(文才)가 빛을 냈다. 제대로 공부만 한다면 장원급제까지는 언감생심일지라도 갑과(甲科)에다 이름자를 올릴 만했다. 그러나 아버지는 서두르지는 않았다.

"줄탁동시(啐啄同時)라 했다. 실력이 무르익지 않아 중도에 낙방하거나 을과(乙科) 밑동에서 급제하면 무슨 빛이 나겠느냐? 터지기 직전의 홍시가 될 때까지 글공부를 꼼꼼히 다져야지."

그래서 부임지인 남해현까지 끌려오다시피 내려왔다. 남해야 한적하기 그지없을 것이니 한눈팔지 않고 공부에만 매달리기에 적지로 보았던 것이다. 아버지는 부임도 전에 남해현에 기별을 넣어 경치 좋은 곳에 자식이 거업(擧業)에만 매진할 집을 지으라며 성화를 부렸다. 아직 눈인사도 나누지 않은 땅에 벌써 공부방이 마련된다니, 권문탁은 아귀가 맞지 않는다는 기분을 떨칠 수 없었다.

이런저런 기억들이 앙금처럼 떠올랐다. 이를 걸러내려면 방구들만 짊어져서는 안 될 것 같았다. 다시 창문을 연 권문탁은 마침 지나가던 통인(通引)을 멈춰 세웠다.

"가서 방자(房子) 좀 불러오너라."

잔심부름에 인이 배긴 구실아치인지라 금방 방자를 데리고 왔다.

아버지는 감시역을 겸해 말동무나 삼으라며 남해 토박이 사람을 방자로 딸려주었다. 권문탁보다는 서너 살은 위일 법한 사람인데, 고현 탑 마을[塔洞] 출신이라 했다. 몸매가 날렵하고 눈매가 시원하게 뻗어 있어 믿음직했고, 사람을 대할 때 흉허물이 없는 인물이었다. 언변도 좋았고, 사리 분별에도 더디지 않았다. 치아가 시원찮은지 이빨 몇 개가 틈을 보이고 있었다.

"소인. 대령했심더. 답답하시지예"

권문탁의 속내를 읽었는지 눈초리에 웃음기가 가득했다. 성 밖으로 출타할 차비를 다 갖춘 품새였다.

"아. 그래, 왔는가? 서책만 들여다보려니 몸이 근질근질해 견딜 수가 있어야지. 잠시 바람이나 쐬고 오려 하네. 어디 가볼 만한 데가 있나?"

"아무렴. 여부가 있겠심꺼. 당장 뫼시겠심더. 에, 현령 나리께서 늘 주목하고 계시니 멀리 갈 수는 없고, 그러니까, 에—, 아!

22

가까운 선소가 어떨까예. 오붓하게 들어선 만이지만 멀리까지 트여 있는 데다 야산도 있어 오를 만도 하지요. 게다가 도령님께서 앞으로 공부방으로 쓰실 정자집도 얼추 마무리되었다니 한번 살펴보셔도 좋겠심니더."

이렇게 해서 두 사람은 적당히 행장을 꾸리고 읍성 동문을 나섰다. 방자는 나귀라도 대령할까 수선을 떨었지만, 먼 거리가 아니라니 그냥 걷기로 했다.

"이 아름다운 가을 풍광을 주마간산(走馬看山)해서야 되겠는가? 선도유람(跣徒遊覽)이 제격이지."

읍성을 나서 얼마 걷지 않자 긴 띠를 두른 듯한 산이 앞을 가로막았다. 봉영산(鳳迎山)이라고 방자가 일러주었다.

"저기 북쪽으로 보이는 산이 봉강산(鳳降山)이고, 읍성 남쪽을 흐르는 내 이름은 봉천(鳳川)이 아닙니까. 봉강산 너머에는 오동뱅이가 있는데, 오동은 바로 봉황이 깃들인다는 곳입죠. 또 이 일대에는 대나무가 많은데요. 죽순은 봉황이 장복하는 먹이라대요. 그러니 이곳에 사는 사람은 다 봉황이 아닐까 싶네예."

권문탁이 싱글벙글 웃으며 방자의 너스레를 받아주었다.

"허허. 남해 사람들은 다 봉황의 후손이거나 봉황의 변신이구나. 나도 진즉에 남해에서 태어날 걸 그랬네."

방자가 손사래를 치며 말했다.

"에구. 아무리 봉황이 좋은들, 어찌 도령님처럼 번듯한 반가(班家)의 자손이 사실만 한 곳이겠심니꺼."

"무슨 소린가? 사람이라면 다 하늘의 좋은 기운을 받고 태어난 걸세. 양반이 어딧고, 평민이 어딧으며, 천민은 또 무슨 훼괴한 말인가."

방자가 입맛을 다시더니 정색을 하며 대꾸했다.

"말씸이야 그리 허시지만, 당장 소인하고 도령님만 보시지예. 소인이 나이가 위인데도, 소인은 깎듯이 존대하다 못해 코라도 땅에 박을 듯 숙여야 하는데, 도령님은 소인에게 하대하질 않십니꺼?"

"허허! 그게 그렇게 마음에 걸리면 내게 말을 놓게나. 내 뭐라하지 않으이."

그 말에 방자가 자라 목 감추듯 몸을 움츠리며 주변을 둘러보았다.

"아이구, 도령님도. 무슨 경을 칠 말씀입니까. 현령 어른이 들으시면 소인은 구미호 열두 목숨이라도 작살나 땅에 묻힐 걸입쇼. 농으로 던진 말씀이니 후딱 잊어주시다."

"그렇게는 안 될 것이야. 난 강기(强記)한 사람이라, 한 번 들은 말은 사뭇 잊지 않는 편이라네. 내 아버님을 뵈면 꼭 자네 말을 전하지."

그러자 방자의 얼굴이 사색이다 못해 꺼멓게 변했다.

"절대로 그러시면 안 됩니더. 소인을 다시 보지 않을 양이면 그러시다."

"하하하! 나도 농한 것이니, 피장파장이로군."

그렇게 희희덕대며 걷는 사이에 어느새 선소 어귀까지 이르렀다. 바다는 아직 보이지 않았고, 낮은 야산이 눈앞을 가렸다.

"도령님. 보십시오. 저기 산꼭대기에 기와집이 보입지요. 저기가 바로 도령님이 주야장천 경전을 파시면서 골머리를 썩여야 할 정자집입니더. 과거에 급제하시면 지 은공도 잊지 마시다. 어따, 집은 참 번듯하네예."

과연 대나무 숲이 우거진 옆으로 갓 지은 품이 역력한 세 칸 기와집이 보였다. 옆으로 둥그스름한 큰 바위가 우뚝 버티고 있어 신령한 기운이 감도는 듯했다. 문득 호기심이 일었다.

"선소 포구는 뒤로 미루고 저기부터 한번 올라보세."

손바닥을 눈썹에 댄 채 햇볕을 가리던 방자가 고개를 주억거리더니 다급한 얼굴빛을 지으며 말을 얼버무렸다.

"헌데 도령님, 아까 현령 나리께 일러바치네 마네 하는 협박을 받고 보니 갑자기 뱃속이 요동을 치네예. 소인은 얼른 볼일 좀 보고 뒤따를 터이니, 먼저 올라가시다."

"알았네. 간이 그리 작아서야 어딜 쓰겠나."

방자가 엉덩이를 부여잡고 뒤뚱거리며 달리는 모습을 보면서 권문탁은 정자집으로 올라가는 비탈길로 들어섰다. 이름 모를 물새의 울음소리가 끼룩거렸다. 대나무 숲길을 막 돌아설 참이었다. 정자집이 한눈에 들어오면서 마루에 앉아 먼 하늘을 우러러보고 있는 젊은 처자가 눈에 띄었다. 좁은 어깨 사이로 어딘지 범접하기 어려운 단단함이 느껴지는 모습이었다.

권문탁은 주변을 둘러보고는 살금살금 조심스럽게 발걸음을 옮겼다. 좀 더 뚜렷하게 처자의 자태가 들어왔다. 허름한 치마저고리로 보아 선소에 사는 젊은 아낙일 듯했다. 땋은 머리가 아직

출가하기 전임을 알려주었다. 손에는 마루를 닦던 걸레가 쥐어져
있었다.

처자는 무슨 연유인지 눈물을 훔치고 있었다. 무작정 얼굴을
디밀기가 민망했다. 그래서 짐짓 객이라도 찾아온 듯한 목소리로
인기척을 내었다.

"게 누구 있느냐?"

제 2 장

전가사변

차덕구 일가가 남해에 유배 온 것은 아홉 달 전이었다. 찬 바람이 쌩쌩 불던 정월의 어느 날이었다. 오고 싶어 온 일도 아니었고, 딱히 등을 떠밀던 사람이 있던 것도 아니었다. 어느 날 아침 일어나보니 관아의 형방이 나와 옆 마을 소식 전하듯 던져준 통지를 들고 부리나케 짐을 꾸려야 했다. 귀신이 무심결에 던져버린 돌처럼 그들은 생면부지의 땅으로 내동댕이쳐졌다.

그렇게 아홉 달이 지난 구월하고도 하순 무렵의 밤에 네 식구는 오늘도 모여 앉아 끼니를 때웠다. 내 집도 아니고 남의 집도 아닌, 선소에서 멀찍이 떨어진 갯가 초가집 비좁은 방에 따개비처럼 모여 앉아 숟가락을 들었다. 가끔 아들놈 차상두가 늦어 자리를 비우더니, 오늘은 웬일인지 한마디 말없이 밥그릇만 뚫어져라 꼬나보는 중이었다.

밥이라 봤자 보리에 옥수수 알이 섞인 헐거운 것이었고, 찬은 고추장 한 종지에 해초를 간장에 버무린 무침이 다였다. 무를 몇

조각 썰고 애 주먹만 한 홍게 몇 마리를 넣어 끓인 국은 큰 사발에 담겨 있어 식구들이 병아리마냥 숟가락을 집어넣었다.

누구 하나 입을 여는 사람이 없었다. 너무 말이 없어 벙어리 가족이 모여 앉은 것 같았다. 이리저리 눈치를 살피던 홍이가 눈가로 실웃음을 지으며 아무나 좀 들으란 듯 말문을 열었다.

"엄마. 이 무침 참 맛 난다. 낮에 바닷가에서 뜯어온 거지?"

어머니 윤점이(尹點伊)가 남편의 눈치를 슬금슬금 보면서 맞장구쳤다.

"그랴. 동네 아낙들이 가자고 보채기에 마지못해 나갔더니 해초가 그렇게나 많더구나. 매생이며 톳, 꼬시래기도 간간이 눈에 띄지 뭐냐. 미역도 있다던데 오늘은 없더라. 예전 산골에 살 땐 구경도 못하던 것 아니니."

이따금 동네 사람들과 함께 가곤 하는 바래였지만, 윤점이는 마치 생전 처음 해초를 따본 사람처럼 호들갑스럽게 대꾸했다. 홍이도 지레 화색을 띠며 살갑게 말을 받았다.

"그래. 나중에 나도 같이 가자. 많이 따면 팔아 어물하고 바꿔 먹을 수 있을지도 모르잖아. 그동안 나도 구이 하는 솜씨가 제법 늘었는걸."

"그래? 무슨 어물이랑 바꿀까? 요즘 뭐가 물이 좋나?"

"지금 물 가리게 됐어. 멸치 토막만 봐도 침이 넘어가는 판인걸."

"그래, 맞구나. 뭐든 입에 들어오면 그게 수라상이지. 호호호!"

"그래. 수라상이구 말구. 깔깔깔!"

두 모녀가 서로 내기하듯 번갈아 웃자 숟가락에 든 보리밥이 우수수 떨어졌다.

그 꼴을 못마땅하게 지켜보던 차상두가 숟가락을 내려놓으며 뒤로 물러앉았다. 그러더니 갑자기 얼굴을 찌푸리며 주먹 쥔 손을 뒤로 돌려 허리를 두드렸다. 홍이가 근심스러운 표정으로 아버지를 쳐다보았다.

"아부지. 진짜 어디 안 좋으신 거 아녜요?"

"그래요. 당신 요즘 몸이 좀 축나 보여요."

"괜찮대도 그러는구나."

차덕구는 모녀는 쳐다보지도 않고 벽에 기대더니 눈을 감았다. 상두가 기색을 살피다 슬그머니 숟가락을 놓더니 밖으로 나가버렸다.

온기 없는 호롱불 아래 식구들은 다시 침묵에 빠져들었다.

윤점이는 밥상을 들고 부엌으로 나갔다.

맥이 빠진 홍이는 길어온 물이 아까울 새라 어머니가 조심조심 설거지하는 소리를 들으며 눈을 방바닥으로 깔았다. 바닥에 깔린 헤진 멍석으로 쥐 오줌 자국이 어른거렸다. 낮에 집이 텅 비니 쥐란 놈이 활개를 치는 모양이었다.

지난해 가을과 겨울은 이들 일가에게는 재앙의 연속이었다.

새로 나라님이 들어서더니 세상은 이내 흉악해져 갔다. 그 전 임금 때라 해서 살기가 편했던 것은 아니었지만, 그래도 그렇게 마구잡이는 아니었다. 관아는 구실아치부터 현감까지 농민을 가렴주구(苛斂誅求)할 먹잇감으로만 치부했다. 한 해 농사지어봤자 남는 건 지푸라기 한 줌밖에 없다는 악다구니가 가을바람 불 듯 골목을 헤집었다.

해 전에 죽은 사람의 인두세를 이웃에 떠넘겨 봉창하려 들었고, 환곡(還穀)이랍시고 모래가 태반인 쌀을 내주며 추수 뒤엔 온전한 섬 가마로 갚으라고 을러댔다. 갓난애부터 죽을 날 받아놓은 노인네까지 불알만 달렸다 하면 군포(軍布)가 물려졌다. 뱃속에 들어선 애는 무조건 사내였고, 죽었다 해명을 해도 물증을 내놓아야 번듯한 망자(亡者) 대접을 받았다. 죽음을 증명할 문건을 만드는 비용이면 차라리 그냥 세금을 내는 게 싸게 먹히니, 송장도 제구실 못하는 일이 일상이었다.

차덕구 일가는 경기도 포천현 산골짜기에 있는 작은 마을에서 대대로 살아왔다. 농경지가 거의 없어 안 그래도 살기가 빠듯한데 관아의 터무니없는 독촉에 시달리니 놓을 정신도 없이 허덕여야 했다. 그래도 차덕구는 사람이 좋아 인심을 잃지 않았고 한시도 가만히 있지 못하는 부지런둥이라 그럭저럭 앞가림을 하는 편이었는데, 하나밖에 없는 아들놈 상두가 골칫거리였다.

나면서부터 잔병치레 없던 차상두는 나이를 먹더니 점점 기골이 장대해졌다. 힘도 또래들 두세 몫은 하고도 남았고, 두 눈썹이 굵고 눈망울에 기운이 서려 있어 잘만 태어났으면 장군감이라는 칭찬을 듣기도 했다.

그렇게 선망을 받던 놈이 자라더니 장군은 고사하고 똥 장군도 하지 않을 패악질이 늘어갔다. 하라는 농사는 뒷전으로 물리고 동쪽으로 접한 가평현이며 북쪽으로 이어진 영평현을 하루가 멀다 하고 들락거리더니 어느새 질 나쁜 패거리들과 어울려 날밤을 새기 일쑤였다.

처음에는 남의 집 콩밭이나 서리해 먹는 정도의 장난질을 하나 싶었는데, 점점 간이 부어만 갔다. 타작마당에 내놓은 볏가리를 통째로 훑어가는가 하면 장닭을 낚아채 가 삶아 먹고도 모른 채 돌아다녔다. 어느 집은 딸년 시집갈 때 쓰려고 고이 모셔둔 옷감이 사라졌고, 옥비녀 은가락지가 감쪽같이 자취를 감추기도 했다.

이런 일이 빈번해지자 관가에서도 벌집 쑤셔놓은 듯 풍파가 일어났다. 털어간 놈은 소소한 물품일지 몰라도 잃은 집에서는 다시 구할 수 없는 귀중품이었다. 뻔질나게 찾아와 곡성과 원성을 쏟아내니 뒷짐만 지고 있을 순 없었다.

아무리 날고 기는 재주가 있다 해도 관아에서 작정하고 덤비면 피할 구멍이 많지 않은 게 도적의 팔자였다. 결국, 상두도 몇 차례 오랏줄 신세를 졌다. 그래도 동네 사람이고, 차덕구가 없는 살림에 뇌물을 밀어 넣어 볼기짝 몇 대 맞고 풀려나긴 했지만, 그렇게 요행과 요령으로 살길을 도모하는 것도 한계가 있는 법이었다.

"이제 마지막일세. 다음번엔 금덩이를 안긴다 해도 몸성히 넘어가지 못할 터이니, 단단히 일러두게. 사또께서 화가 머리끝, 아니 상투 끝까지 치미셨다니까."

덜컥 겁이 난 차덕구는 혹시나 사람 구실 할까 싶어 이웃 마을에서 동네 애들을 가르치는 김 초시 영감에게 상두를 보냈다. 글줄이라도 익혀 까막눈을 면하면 세상 물정을 깨칠까 싶어 벼르고 한 짓인데, 이게 오히려 동티가 나고 말았다. 처음 손에 쥐어 든 책이 『동몽선습』이었다. 동몽이라 하기엔 나잇속은 솔찮았지만 문잣속은 동몽만도 못했으니, 그나마 눈동냥으로 익히면 사람 꼴은 하리라 싶었다.

어느 날이었다. 서당을 다녀오더니 차상두가 씩씩거리며 분을 삭이지 못했다. 왜 똥 밟은 강아지마냥 징징대느냐 물었더니 대답이 가관이었다.

"아부지. 『동몽선습』 첫 줄이 뭔 줄 아요?"

평생 땅만 갈아먹고 산 차덕구가 그걸 알 턱이 없었다.

"천지지간(天地之間) 만물지중(萬物之衆)에 유인(惟人)이 최귀(最貴)랍디다. 하늘과 땅 사이 왼갖 물건 중에 오직 사람이 가장 귀하단 소리요. 그런데 정말 사람이면 그냥 다 사람대접 받는단 겁니까? 양반은 죄를 져도 웃으며 빠져나가고, 힘없는 사람은 죄가 없어도 양반 죄까지 뒤집어쓰는 게 세상 아닌가요?"

처음엔 무슨 소린지 갈피를 잡지 못하다가 서너 번 귀에 박히니 말귀가 들어 먹혔다. 기가 막힐 노릇이었다.

"이놈아. 사람이라면 다 같은 사람이라고 누가 그러더냐? 김초시 어른이 그러시더냐? 니가 허구한 날 얼굴 비비던 형방 나리가 그러시더냐? 사람 신분은 원래 그렇게 타고나는 것이야. 니가 뭔데 거기다 토를 달아. 니 같은 소리하다 역적 되어 목 날아간 사람이 어디 한둘인 줄 알아."

그러나 상두에게는 씨도 안 먹히는 소리였다.

"난 몰라요. 이젠 사람대접 좀 받고 살랍니다."

그냥 희떠운 소린 줄 알았는데, 결국 크게 사고를 치고 말았다. 고을에서 한 재산 하는 집안 어린 도령의 멱살을 쥐고 흔든 것이었다.

"마빡에 피도 안 마른 게 어디다 대고 반말이야, 반말이! 니만 사람인 줄 알아? 나도 사람이라고!"

반말이든 높임말이든 일성은 크게 내뱉었지만, 메아리도 돌아오기 전에 나졸이 상두를 낚아채 갔다. 한동안 집안 전체가 관아의 나졸들에게 들들 볶였다. 재앙은 거기서 그치지 않아 어린 도령 집 하인들이 우르르 몰려오더니 집에 불을 질러버렸다. 게다가 부쳐 먹던 논밭마저 거둬가 버렸다.

양반 댁의 앙갚음은 거기서 끝나지 않았다. 칠대장손의 기개를 하루아침에 꺾어놓은 불한당 놈을 그냥 살려둬서는 안 된다며 현감에게 가서 으름장을 놓았던 것이다. 삼정승은 아니더라도 한양에 어깨 힘줄만 한 벼슬아치가 있는 집안이었다. 까딱 실수하면 알량한 지방관 자리도 날아갈 판이었다. 멍석말이라도 해서 물고를 내야 양반 댁 화가 삭아질 판이었다. 이제 자식은 개죽음 신세가 될 판이고, 식구는 대책 없이 굶어 죽거나 얼어 죽을 판이었다.

한겨울 추위는 점점 모질어졌고, 반쯤 불탄 집에서는 식구들이 북풍한설(北風寒雪)을 맞으며 오돌오돌 떨고 있었다.

그때 형방이 슬쩍 오더니 기막힌 방안이라며 내놓은 게 '전가사변'이었다.

○○○

"뭘 어쩌라는 말씀입니까?"

머리털 나고 처음 듣는 말이라 영문을 모른 채 차덕구가 눈을 껌뻑거렸다.

"이것 보라구. 이제 자네 이 고을에서 먹고 살긴 애당초 글러 먹은 일일세. 그건 알지?"

관아의 눈 밖에 났고 세도 부리는 집안에 원한까지 샀으니 다리 뻗고 살기는 틀린 게 분명하기는 했다. 당장 올겨울을 날 일만도 꿈만 같았다.

"그런데 나라에 아주 좋은 제도가 있단 말일세. 자네만 단단히 마음먹으면 살길이 열린단 말이지. 내 자네하고 평소 좋게 지냈고, 처지가 하도 딱해 보여 하는 말 아닌가."

뜸을 댓발이나 들이는 걸 보니 꼭 살길 같지는 않았지만, 지금 은 명주 모시 가릴 계제가 아니었다.

"그러니까 소상히 일러주셔야 소인 같은 놈도 알아먹지 않겠 나요."

형방이 조금 주저하더니 일사천리로 말을 쏟아냈다.

"간단한 일이야. 이 포천 땅을 떠나 다른 고을에 가 사는 일이지. 다만 혼자 가는 게 아니고 식솔 전체가 다 떠나는 일일세. 거길 간다고 갑자기 팔자가 펴지는 건 아니겠지만, 그래도 여기서 버티 는 것보단 백 배 나을걸. 당장 상두 목숨을 구할 수 있으니 그것만 해도 남는 장사고. 또 양반 댁 원한도 깨끗하게 피할 수 있으니

더 따져 뭘 하겠는가."

말을 들어보니 아주 나쁜 수 같지는 않았지만, 뭔가 뒤끝이 말끔하지 않았다.

"지금 식솔이 다 간다고 하셨는데, 언제나 돌아올 수 있는 건가요? 기한은 정해져 있을 거 아닙니까?"

형방의 표정이 조금 씁쓸하게 변했다.

"아, 그게 말이야. 한번 가면 다시 돌아오긴 어려워. 아, 이젠 집도 없고 땅도 없는데 돌아와서 뭐 해. 거기 가서 정붙이고 살면 되는 거지."

모골이 송연해지는 소리였다. 마흔다섯 해 평생을 살던 포천 땅이었다. 여기에서 장가도 들었고, 애들도 낳았다. 조부며 조모, 양친의 묘소도 이곳에 있었다. 먹고 살기 바빠 제대로 모시진 못했어도 기제(忌祭)며 세시 차례를 거르지는 않았다. 가을이면 벌초도 빠뜨린 적이 없었다. 차덕구 역시 이곳에 묻혀 애들이 차려주는 제삿밥을 먹으려니 했다. 그런데 이 모든 것과 생이별을 하라는 소리였다.

"에구구. 선영이 전부 여기 있고, 일가붙이도 인근에 모여 사는데, 다시는 얼씬도 못한다니, 어찌 그런 형벌이 있습니까. 그러구 죽어 어떻게 조상님 얼굴을 뵈요 차라리 여기서 얼어 죽지 그렇게는 못합니다."

차덕구가 죽는소리를 늘어놓자 지금까지 점잖게 말을 건네던 형방의 목소리가 갑자기 날카로워졌다.

"허, 이 사람 여즉도 상황 파악이 제대로 안 됐구먼. 기껏 처지가 딱해 좋게 말했더니, 아주 기고만장일세. 이건 내가 자네한테 권유하는 일이 아니라구. 관아에서 내리는 명령이야, 명령. 상두가 저런 패악질을 했으면 응당 벌을 받아야 할 것 아닌가. 이건 그 벌이란 말일세."

"아니, 벌이라면 상두 그놈에게 내리면 그만이지 왜 애꿎은 식구들까지 정든 고향 산천을 떠나야 한단 말씀입니까?"

형방은 더 이상 말을 섞으려 하지 않았다.

"그게 바로 '전가사변'이야. 집안 전체가 몽땅 깡그리 변방으로 옮겨가는 게야. 더 말할 필요 없네. 당장 보따리를 싸게. 가면 살 집도 줄 테니, 다 싸 짊어질 필요도 없어. 숙식은 역참(驛站)에서 해결이 될 테니 끼닛거리도 필요 없고. 내일 다시 올 때까지 차비가 안 돼 있으면 경을 칠 터이니, 그리 알게."

그렇게 해서 홍수 난 날 강물에 떠내려가듯 밀려온 동네가 남해였다. 그렇게 까마득하게 먼 곳에도 사람이 살 줄 짐작도 못했었다. 한양성 안도 들어가 보지 못한 차덕구가 충청도, 전라도, 경상도를 지나 섬 고을까지 구경 갈 일이 생긴 것이었다. 선영에 제대로 영결(永訣)도 못하고 차덕구 일가는 매서운 바람을 등지고 길을 떠났다.

그렇게 스무날 길을 걸어 남해섬이 바라보이는 노량포구에 다다랐다. 관아에서 지정해준 날짜보다 며칠 늦었다. 그해 겨울은 그나마 동장군의 기승이 조금 덜한 데다, 남쪽으로 내려갈수록 날씨가 수더분해져 견딜 만했다. 하지만 낯선 길을 가자니 자꾸 엉뚱한 고을로 걸음이 옮겨졌다. 그래서 며칠 지체되었다. 고향에서 멀어질수록 남루함은 더해갔고, 마음을 더욱 갈가리 찢겨나갔다. 잔뜩 풀이 죽은 상두를 탓할 힘마저 남아 있지 않았다.

사나운 바닷바람에 해협의 물결은 하얀 이빨을 드러내면서 거듭 몸부림쳤다. 지랄병 환자가 거품을 내뱉고 사지를 뒤틀 듯 저 너머 보이는 섬 땅과 이곳 뭍 땅 사이에서 바다는 괴로움에 울부짖었다. 날랜 너울이 흉기처럼 바다를 갈랐다.

'저곳이 우리 식구가 꼼짝없이 틀어박혀 살아야 할 땅인가? 저런 곳에도 사람이 살기나 한단 말인가? 당장 바람에 날려갈 것 같은 저런 땅에……'

첫 대면한 남해를 보면서 차덕구는 이상한 적개심에 사로잡혔다. 아니 적개심보다는 두려움이었다. 토끼 네 마리가 굶주린 승냥이 앞에 섰을 때 느끼는 그 섬뜩한 두려움에 온몸이 부르르 떨렸다. 바람이 세찬 언덕에 서서 아내는 그의 왼팔죽지를, 딸아이 홍이는 오른팔죽지를 꽉 그러잡았다. 상두는 그때 보이지 않았다.

하루를 성황당에 묵으면서 바람이 잦아져 배가 뜨기를 기다렸다. 꽝꽝 언 떡을 입김으로 녹여가며 허기를 채웠다. 다음 날 느지막해서야 거룻배가 움직였다. 그들 식구만 타는 것은 아니고 승선하는 사람이 여럿 있었다.

"먼노무 바람이 이리 쎄노. 오늘 배 뜨긴 글른 줄 알고 식겁했다 아이가." 노인 한 사람이 이물에 물건을 얹어 넣으며 사공에게 말을 건넸다.

"어서 오시다. 그렇께 푸근할 때 좀 쟁여두시지 좋은 날 다 놔두고 이기 무신 고상이요."

사공이 엉거주춤 뒤에 서 있는 차덕구 식솔들을 보더니 눈짓으로 질문을 던졌다. 관아에서 들려준 문서가 있었지만, 그게 저 사공에게 통할지 알기 어려웠다. 그러나 사공은 눈치가 빨랐다.

"아, 전가사벤인가 뭔가 귀양 온 식구들인가 보네예. 먼 길 오시느라 욕봤십니다. 퍼뜩 올라타시다. 포구에서 포교 나리들이 기다리고 있십니다."

거룻배는 물결이 잠잠해진 해협으로 몸을 밀어 넣었다. 그러나 겉보기에 물결은 가라앉았어도 물살은 바다 품속에서 요동치고 있었다. 빠른 흐름이 왼쪽에서 오른쪽으로 배를 몰아붙였다. 사공 몇이 뱃전에 달라붙어 물살과 사투를 벌였다. 배는 조금씩 섬으로 접근했다.

멀미를 하는지 뱃속이 울렁거렸다. 그예 홍이가 헛구역질을 했다. 먹은 게 시원찮아 쌀뜨물 같은 허연 진액만 흘러나왔다. 코앞일 것 같은 거리가 열 마장도 더 멀게만 보였다.

"오늘도 헛걸음하는 줄 알았더니, 이제야 꼴쌍을 보는구면. 무슨 짓 하다 나흘이나 늦은 게야."

포구에 닿자 잔뜩 누비옷을 개켜 입은 포교 둘이 그들을 맞았다. 꽁꽁 얼어붙어 사색이 된 나졸 둘은 차덕구 일가에는 관심도 보이지 않고 열두어 걸음 떨어진 곳에서 활활 타고 있는 화톳불만 연신 곁눈질했다.

포교 중 한 사람은 몸이 말랐고 키가 껑충하게 컸다. 하관이 가늘게 흘렀는데, 염소수염을 기른 얼굴에는 사람 좋아 보이는 눈웃음이 걸려 있었다. 그러나 옆에 선 땅딸막하면서 몸피가 있는 포교는 뭐가 마뜩잖은지 계속 인상을 쓰며 거드름을 피웠다.

"어서 오시다. 먼 길에 객고가 억수로 많았것소. 흠, 어디 이름을 보자, 차덕구, 윤점이, 차상두, 차홍이. 됐고, 어디 아픈 덴 없지예? 오늘은 여기 객점에서들 주무시고, 내일 읍성으로 가입시다. 쌔이 가서 몸들 좀 녹이시다."

자신의 이름을 박태수(朴太洙)라 밝힌 키 크고 마른 포교가 손짓으로 객점을 가리켰다. 차덕구 일가는 주섬주섬 행장을 집어 들었다. 그러나 땅딸보 포교는 생각이 달랐다.

"어이, 박 포교. 그렇게 물러가지고 어떻게 죄수를 다루겠나. 저것들은 여기 유람 온 게 아냐. 엄연히 국법을 어겨 유형(流刑)을 받은 죄인들이라구. 죄인들에게 따뜻한 객점이 가당키나 한가. 또 그 비용은 누가 내고? 그냥 바로 읍성으로 끌고 가 옥에 처넣어야지. 봐주면 기어오르는 게 죄인들이야. 더구나 평생 볼 화상들 아닌가. 길 잘 들여야지."

이름이 조옹집(趙甕執)이라는 포교는 말본새부터 강퍅하기 그지없었다. 박 포교와는 달리 한 길쯤 되는 바위 위에 올라서서 네 사람을 꼬나보는 눈빛이 잡아먹을 듯했다. 차덕구는 오금이 저려왔고, 차상두는 노려보았다. 윤점이와 차홍이는 그저 머리를 조아린 채 감히 올려다볼 염도 내지 못했다.

박태수가 먼바다로 눈길을 준 채 헛헛하게 웃으며 다독였다.

"허허, 인정머리허고는. 사람을 부리묵을라캐도 일단 힘은 쓰고로 만들어야제. 관가 돈 안 쓰고 내 돈 낼 테니 걱정 붙들어 매시게. 내일 호송도 내 혼자 헐 테니 안심하시고. 자자, 추운데

욕봤으니, 먼저 읍성으로 가시게. 옥진이한테 가면 술 한 상 봐줄 거구먼."

그러자 조웅집의 굳은 얼굴이 봄눈 녹듯 한 꺼풀 벗겨졌다.

"그럴 텐가? 그럼 뭐 내가 신경 쓸 거 없겠구먼. 그래도 너무 풀어주면 안 돼. 그럼 낼 보세나."

조웅집은 재빨리 말에 올라타더니 저편 언덕을 향해 고삐를 당겼다. 말꼬리까지 사라진 것을 본 박태수가 웃음을 흘리면서 네 식구와 두 나졸을 보고 말했다.

"자, 자네들도 가세. 추운 데 고상했시니 탁배기 한 사발 들이켜 야제."

제 3 장

충돌과 갈등

차덕구 일가는 노량포구 어귀에 있는 객점에서 하루를 쉬었다. 뜨끈한 국밥에 새우구이가 딸린 찬을 먹자니 그간 쌓인 피로와 억울함이 눈 녹듯 스러졌다. 역참 한구석에서 눈칫밥을 먹고 찬 바람이나 간신히 피할 허름한 마구간에서 새우잠을 잤던 지난 이십여 일에 비하면 생각지도 못한 호사였다.

물김치를 내오면서 객점의 주모가 연민이 가득 담긴 눈빛으로 그들을 위로했다.

"아이구, 우짜다가 이런 영그리 없는 섬까지 쫓기와시꼬? 그래도 박 포교 나리 만난 건 당신들 복이 다하지 않았단 증거제. 그 양반 요서 갱본 따라 20여 리 가몬 나오는 갈구지 사람이라예. 댁들 온다고 고향 집에 들러 왕새우를 한 바구니나 담아 왔지 뭐야. 많이들 들어요. 내일부턴 고생길이 열릴 테니까."

박태수라 불린 포교는 일가가 객점에 든 것을 보더니 나졸들과 국밥 한 그릇에 탁배기 댓 잔을 들이키고는 바로 자리를 떴다.

"내일 해가 중천에 뜰 오시(午時, 낮 11시~1시)쯤에 오리다. 밤새 푹 쉬며 객고도 푸시고, 이곳 물정도 둘러보면서 챙겨두소. 그럼 갈라요."

박 포교는 주모에게 어한(禦寒)이 될 만한 옷가지를 챙겨주라는 당부도 잊지 않았다. 춥고 먼 길을 오느라 땟국이 줄줄 흐르고 멀쩡한 데가 드문 옷차림을 한 그들의 행색은 반 짐승에 가까웠다. 몸이 북어처럼 바짝 마른 사람이라 인정이 없을 듯했는데, 지옥에서 부처를 만난 기분이었다.

차덕구 일가는 말을 타고 떠나는 박 포교의 꽁무니를 전송하면서 하염없이 고개를 조아렸다.

다음 날 포교 박태수는 정오를 훌쩍 넘긴 시간에 얼굴을 드러냈다. 나졸도 없는 홀몸이었다. 차덕구 일가는 간단히 요기를 하고 길을 떠났다. 다행히 날이 많이 풀렸다. 포구 너머로 바로 가파른 구릉지대가 이어져 해안을 따라 걸었다. 박 포교는 말에서 내려 쉬엄쉬엄 걸으며 일가들의 발걸음에 보조를 맞추었다. 해안을 벗어나 뭍으로 이어지는 길을 오르더니 박 포교가 서쪽 바다를 가리키며 말했다. 그곳은 육지가 혹부리처럼 바다로 쑥 밀려 나가 있었다.

"저기가 이락사(李落祠)라요. 충무공께서 전사하신 뒤 시신을 올린 곳이지예. 저 뻗쳐나간 끝머리에 첨망대(瞻望臺)가 있지예. 아침에 충렬사(忠烈祠)는 들릿십니까?"

늦잠을 자느라 주변을 둘러볼 짬이 없었던 차덕구는 대꾸할 말이 없었다. 우물쭈물하는 차덕구를 보더니 박 포교가 알겠다는 듯 씽긋 웃으며 더 캐묻지 않았다. 조금 더 걸으니 야트막한 고개가 나왔다.

"여기가 '가칭이'라 불리는 고개지예. 임란 때 왜놈 첩자가 우리 조선의 지세를 염탐한답시고 지도를 그려갔다지 뭡니까. 그때 첩자 한 놈이 승복(僧服) 차림으로 남해에 잠입해 지도를 그렷는디, 어떤 기생이 술에 곯아떨어진 첩자의 바랑을 뒤지서 지도로 보고는 덧칠을 했답니다. 그러니까 물길이 막혀 있는 이곳을 트인 것처럼 고쳐 났다 이기지요. 그리고 임란 마지막 해전인 노량 전투에서 왜놈 수군이 지도만 믿고 이곳으로 몰려왔다가 오도 가도 못해 몰살을 당했다네예. 백성들 지혜가 없었시몬 임란 때 승전(勝戰)을 거두지 못했을 기라예."

박 포교는 제 흥에 빠져 지명풀이에 열을 올렸다. 하지만 차덕구 일가의 눈에는 그저 낯설고 바람 부는 고개일 뿐이었다.

한참을 더 걸어가자 읍성이 모습을 드러냈다. 크게 네모난 형태로 쌓은 성이었다. 먼저 눈에 북문(北門)이 들어왔다. 옹성(甕城)과 치(雉)가 갖추어져 있었는데, 성으로 접근한 적군을 토끼 몰 듯 한곳으로 몰아 섬멸할 수 있는 방어시설이었다. 사람 키 대여섯 배는 될 성벽이 기세 좋게 둘러쳤다.

어느새 해는 왼쪽으로 보이는 높은 산을 넘어가기 직전이었다. 어스름이 다가오자 차게 변한 바람이 옷깃을 파고들었다. 걸으면서 흘린 땀이 바로 한기(寒氣)를 재촉했다. 몸이 부르르 떨렸다. 박 포교가 일가를 돌아보더니 말을 건넸다.

"댁들 거처는 예서 동쪽으로 오 리쯤 가면 나옵니다. 선소(船所)

라 카는데, 제법 큰 포구지예. 원래 유배인에게는 보수주인(保授主人)이라 해서 집도 한 채 내주고 죄인을 감호하는 책임을 진 이가 있긴 한데, 댁들 같은 평민 죄인들에게는 그림 속 떡이고, 관아에서 집은 마련해 두었십니다. 멀쩡한 집이란 기대는 아예 접어두소. 손을 좀 많이 봐야 될낍니다."

그날은 성 안에 있는 주점에서 하루를 묵기로 했다. 현령의 점고는 내일 아침에 받기로 했다. 북문 바로 옆에 객사(客舍)가 있었지만, 그들 차지는 될 수 없었다. 박 포교는 네 사람을 뒤에 세우고 앞장서 걸었다. 민가가 늘어선 골목을 지나자 제법 번듯하게 지어진 기와집이 한 채 나왔다. '주(酒)'라 쓰인 깃발이 걸린 것으로 보아 이곳이 그들의 숙소인 듯했다.

서른 갸웃 되어 보이는 아낙이 앞치마를 두른 채 문 앞에서 걱정스러운 표정으로 서성이다 박 포교를 보더니 함박웃음을 입에 달고 달려왔다.

"언제나 오나 했네. 어째 이리 늦었소?"

아낙이 박 포교의 팔을 툭 치면서 핀잔을 주었다.

"바쁠 거 뭐 있나? 별처럼 많은 게 시간인디. 남해 구경 시켜줌시롱 왔제."

근심 없이 느긋한 박 포교와 달리 아낙은 고대 눈살을 찌푸렸다.

"조 포교 나리께서 여즉 기다리고 계시구마. 곧 벼락이 떨어질 판세요."

박 포교의 얼굴에도 바로 그늘이 드리웠다.

"이란 고약한······. 그 화상 빨리 여편네라도 하나 붙여줘야지.

기운이 남아도니 심술만 느는구먼. 뭐 좀 멕였는가?"

아낙이 한숨을 쉬며 대답했다.

"술상은 채려 드렸는디, 술기운이 도니 성화만 더 심해지요."

"알것소. 자 들어들 가입시다."

박 포교가 뒤를 돌아보며 손으로 재촉했다. 그러다 멀거니 아낙
만 바라보는 일가가 눈에 들어오자 머쓱한 표정을 지으며 아낙을
인사시켰다.

"아, 여기는 내 안사람이라예. 댁들처럼 타지 사람이지예. 당
신 고향이 어디랬지? 전라도 화순이랬나? 앞으로 어려운 일이 있
시몬 이 사람에게 말하시다. 재간이 많은 사람이니 도움이 될낍
니다."

자신을 옥진(玉眞)이라 소개한 아낙이 살가운 눈웃음을 지으며
윤점이의 손을 잡았다.

"어서들 오세요. 그 좋은 고향 버리고 남도 섬마을로 쫓겨 오셨
으니, 마음이 얼마나 짠할까. 댁네들 오신다는 말을 들으니 남의
일 같질 않더라고요."

그예 윤점이는 눈물을 글썽였다. 오랜만에 나눠보는 인정이
었다.

"고맙습니다. 잠시 신세 좀 지겠네요."

두 여인은 나이는 열 살 정도 터울이었지만, 워낙 고생바가지를
안고 산 윤점이가 모녀지간이라고 해도 될 만큼 늙어 보였다. 옥진
이 윤점이를 보며 연신 혀를 끌끌 찼다.

주점 안으로 들자마자 작지만 실하고 다부진 체격의 조웅점이

눈을 부라리며 그들을 흘겨보았다. 손에 든 육모방망이가 까딱거리며 수틀리면 바로 한 방 내리칠 기세였다.

"어허. 박 포교. 죄수들 데리고 한양이라도 다녀오셨나? 저것들 기다리다 목이 다 빠졌네."

잡아먹을 듯 으르렁거리는 조 포교와는 달리 박 포교는 붙임성 좋게 살살 웃으면서 조용집을 다독거렸다.

"이거 미안해서 우짜노. 조 포교가 기다린 줄 알았시모 날래게 왔을낀데. 속 좀 푸소. 내 오늘 좋은 데 데리갈낀께."

박 포교의 꼬임새에는 아랑곳 않고 조용집은 술 트림만 길게 쏟아냈다.

"참. 저것들은 오기도 전부터 말썽이더니 와서도 성가시기 짝이 없어. 오만방자하기가 하늘을 찌르는구먼. 너희들, 이런 수작을 부리고도 후환이 두렵지 않더냐? 오냐, 배짱은 가상하다만 그게 명줄 당기는 짓인 줄 머지않아 알게 될게다. 피똥을 싸고도 그 배짱 그대로면 내가 네 놈을 아비라 부르마."

조 포교의 육모방망이 끝이 차덕구의 코앞에서 춤을 추었다. 그 말에 박태수의 얼굴에도 찬 서리가 내려앉았다. 옥진은 소름이 돋은 얼굴로 박 포교 뒤에 몸을 숨겼다.

"어허! 조 포교 고만 허시게. 아직 이곳 물정을 몰라 그런 걸 역정을 낸다고 풀릴 일이 아니잖은가. 잘 타이르모 고분고분해질 낀께."

박 포교의 만류가 오히려 불을 지른 결과를 가져왔다.

"뭐여? 고분고분해져? 자네 저 새끼 눈깔을 보고도 그런 소리가 나오나? 잘 하면 한 대 치겠는걸. 저런 반골에게는 매 찜질이 약이 란 걸 박 포교는 모르는가?"

조용집의 화살이 차상두에게로 향했다. 아버지가 수모를 당하 자 차상두의 두 눈에서는 호랑이도 태워버릴 횃불이 활활 타올랐 다. 꽉 쥔 두 주먹으로 자갈이라도 부실 듯 힘줄이 불거졌다.

박 포교가 두 사람 사이를 끼어들며 조용집의 옷깃을 잡아챘다.

"아부지가 봉변을 당하면 자식은 열불이 나는 게 당연지사 아 닌가? 자자, 나가세. 내 기방으로 모시게. 화는 거기 가서 풀어."

못 이기듯 끌려나가면서도 조용집의 분은 풀리지 않았다.

"아냐. 네 저놈을 걷어차기라도 해야 속이 풀리겠네. 비켜!"

뚱뚱한 몸집에 어디서 나왔는지, 조용집이 날랜 몸짓으로 박 포교를 뿌리치고 차상두에게로 발길질을 차올렸다. 차상두는 발 길질을 피하지 않았다. 명치를 제대로 맞은 차상두가 서너 바퀴 굴러 마당 끝에 나동그라졌다. 그러면서도 비명 한 마디 내지르지 않았다.

차홍이가 새파래진 얼굴로 오빠에게 달려갔다.

"오빠! 오빠! 괜찮아?"

차상두는 홍이의 손길을 뿌리쳤다. 그러면서도 고통 때문에 몸을 가누지 못하고 버둥거렸다. 홍이가 몸을 둘려 조용집을 올려 다보며 두 손을 모으고 애원했다.

"나리, 나리. 저희들이 잘못했어요. 제발 용서해 주세요."

두 손으로는 빌고 이마는 땅을 찧으면서 홍이는 온몸으로 용서 를 빌었다.

한동안 홍이의 백배사죄를 분기에 떨며 노려보던 조웅집이 무슨 생각이 들었는지 눈길을 거두고 박태수를 쳐다보았다.

"흠! 자, 그럼 가세. 오늘 한 번 코가 삐뚤어지게 마셔야 되겠네."

옥진에게 눈짓을 주면서 박태수가 조웅집을 강아지 몰 듯 끌고 나갔다.

○○○

정자집이 완성되자 권문탁은 공부방을 성 안 관사에서 선소로 옮겼다. 한갓진 곳이니 돌아다닐 생각 말고 공부에만 전념하라며 아버지 권진태 현령은 세간을 모두 들여놓았다. 과거 공부에 필요한 서책들이 궤짝에 들려 날라졌고, 부족한 서책들은 향교 서고에서 빌려 가져왔다. 꼭 필요한 기물이 있으면 방자를 시켜 주문하게 했다.

근거리에 집이 있는 홍이가 권문탁의 뒤치다꺼리를 맡았다. 그날 서로 우연찮게 대면한 두 사람은 워낙 신분의 차이가 나는지라 짐짓 모른 척했다. 홍이로서는 그 도령이 고을 원님의 자식인 줄 몰랐고, 권문탁도 걸레질에 열심인 계집아이가 한 집안이 떼로 유배 온 일가의 딸인 줄 몰랐다. 그러나 몇 마디 말이 오가자 서로의 처지는 분명해졌다.

행랑어멈까지는 아니더라도 권문탁이 정자집에서 지내려면 음식이며 이부자리를 살펴줄 사람이 필요했다. 곧 겨울이 닥칠 터이니 불을 지펴줄 이도 있어야 했다.

48

"지난번에 가보니 웬 동네 계집아이가 마루를 훔치고 있더군요. 유배 온 일가의 여식이라던데, 손길이 제법 야무져 보였습니다. 집도 가깝고 저도 편하니, 그 아이에게 일을 맡기시면 어떻겠습니까?"

잠시 미심쩍게 아들의 속내를 살피던 권진태가 군말 없이 시원하게 허락했다.

"유배 온 죄수의 딸이란 게 마음에 걸리긴 한다만, 한편 막일을 시켜도 말은 나지 않겠지. 네가 알아서 해라."

권문탁의 배려 덕분에 홍이는 일이 한결 수월해졌다. 시도 때도 없이 불려 나가 갖은 궂은 일을 하느라 생채기가 끊이질 않더니, 이젠 집과 정자집을 오가기만 하면 되었다. 음식 장만에 필요한 양식이며 푸성귀, 어물, 육고기도 방자에게 부탁하면 제꺼덕 대령했다. 참기름이며 젓갈까지 현령은 정문탁이 필요하다면 뭐든 대주었다.

홍이의 딱한 사정을 아는 권문탁은 일부러 음식을 평소보다 많이 요구했다. 상을 들여오면 먹을 만큼만 덜어내고 나머지는 집에 가져가게 했다. 일가 모두의 배를 부르게 할 양은 아니어도 보리밥에 고추장만 비벼 먹던 궁기는 덜어낼 수 있었다.

홍이가 권문탁의 수발을 들자 끼니 걱정만 던 게 아니었다. 현령 책방도령의 정자집에서 일하는 것도 뒷배가 되는지 아전들도 이들 일가에게 노역을 심하게 몰아붙이지 않았다. 차덕구에게는 한갓지거나 힘이 덜 드는 일을 맡기거나 아니면 명령서나 기별문을 각 부서로 전달하는 일을 맡겼다.

평소 눈썰미가 나쁘지 않은 차덕구인지라 꾀를 부리지 않고 소임에 충실했다. 어머니 윤점이 역시 나졸이나 관아 권속들의 끼니를 준비하고 배식하는 일이 할당되었다. 때로 봉천에 나가 군복을 빨거나 침선(針線)을 하는 일이 주어지기도 했다.

그러나 이런 과분한 처분은 근자의 일이었다. 남해에 발을 들이자마자 서로 견원지간(犬猿之間)이 된 포교 조옹집이 차상두를 가만 놔두지 않았다. 항상 눈 안에 두어 어떻게 하든지 괴롭혔고 성에 차지 않으면 매질도 서슴지 않았다. 차상두가 숨긴 응어리는 점점 곯아만 갔다.

유배 오고 두어 달이 지난, 대국산성의 헐거워진 성벽을 보수하는 일에 동원되었을 때였다. 달포 가까이 산성 아래 마을에서 숙식을 하며 노역을 했는데, 조옹집은 자기 관할이 아닌데도 자청해 도감(都監)을 맡았다. 차상두를 괴롭히려는 목적 하나 때문이었다. 차상두가 공들여 쌓아 올린 성벽이 잘 매조지 되었는지 본답시고 장대를 밀어 넣어 무너뜨렸다.

그 때문에 차상두의 일은 두 배로 늘었고, 달이 뜨고 별이 반짝이는 밤에도 잔업을 해야 했다. 며칠이 지나자 기어이 차상두의 몸에 탈이 났다. 몸이 불덩이처럼 달아올라 방 안에서 끙끙대고 있는데, 조옹집이 들이닥치더니 개 몰 듯 내쫓았다.

"일을 야무지게 못하면 몸이라도 야무져야지. 어디서 꾀병이야!"

그렇게 비틀거리며 산성으로 올라가던 차상두는 요역장에 나타나지 않았다. 유배 온 죄인이 사라졌으니 관아는 벌집 쑤신 듯

야단이 났다. 사대부들이야 그렇지 않지만, 유배 온 평민이나 천민들은 가끔 유배지를 벗어나 달아나기도 했다. 노역의 고통을 견디지 못하거나, 관아의 심한 처우에 반발해서, 또는 돌아갈 기약 없는 유배살이에 자포자기해 야반도주를 감행했다. 그런 이들을 찾기란 쉽지 않았다.

깊은 산골에 들어가 화전민이 되기도 하고, 도적 떼의 일원이 되어 노략질을 일삼다가 잡혀 효수(梟首)되기도 했다. 달아난다 해도 숨어 살기는 힘겨웠지만, 평민과 천민 유배인들의 도주는 이어져 관아의 골칫거리가 되었다. 이유야 어떻든 유배인이 종적을 감추면 책임 추궁이 뒤따랐다.

차상두처럼 일가가 유배를 왔다가 한 사람이 달아나는 경우는 드물었다. 남은 가족들에게 무거운 문책이 뒤따르기 때문에 아주 특별한 경우가 아니고는 달아날 엄두를 내지 못했다. 그래서 처음 하루 정도는 관아에서도 대수롭지 않게 여겼다. 차상두의 평소 행실이 워낙 말썽을 도맡아 일으켰던지라 어디 골짜기에 처박혀 신세 한탄이라도 하고 있으려니 여겼다.

그러나 이틀이 지나고 사흘이 되자 상황은 급변했다. 즉시 포구마다 경계령이 내려졌고, 나졸들이 동원되어 수색할 차비를 갖추었다. 도주자가 체포될 경우 죄질에 따라 처벌 정도는 달랐지만, 유배지를 벗어났다면 필경 처형을 면하기 어려웠다. 다행히 차상두는 사흘째 되던 밤에 관아에 출두했다. 굶주림에 지쳐 집에 온 것을 아버지 차덕구가 끌고 온 것이었다.

차상두가 나타나자 불똥이 옮겨붙은 쪽은 조옹집이었다. 자신이 노골적으로 학대를 한 사실은 알 만한 사람은 다 알고 있었고, 노역에 지쳐 신열(身熱)이 나는 환자를 의원에게 보여 치료는 않고 막무가내 노역장으로 몰아냈으니, 사태를 야기한 장본인에 대한 징계를 피할 길이 없었다.

결국 이런 이해관계가 얽혀 차상두의 도주는 관내 지리에 어두워서 벌어진 이탈 정도에서 마감되었다. 제 발 저린 조옹집이 굳이 죄수를 감쌌고, 박태수의 두둔이 효과를 발휘한 덕택이었다. 이른 시간에 죄인이 돌아왔으니 현령도 재발에 대해 엄중히 경고하는 선에서 눈감아 주었다.

이런 사달이 있고난 뒤 조옹집의 괴롭힘은 다소 뜸해졌다. 차상두에게도 막나가는 반발은 없어졌다. 아버지와 어머니의 눈물 어린 간곡한 호소가 먹혀든 데다, 막상 달아나본들 사방이 바다인 섬에서 뛰어봤다 벼룩이요 독 안에 든 쥐라는 사실을 깨달은 탓도 있었다.

그러나 조옹집은 의외로 집요했다. 전처럼 대놓고 차상두 한 사람만 옥죄는 방식이 아니라 차덕구 일가 전체를 괴롭히는 쪽으로 마수를 넓혔다. 차상두의 행동거지를 감시한다는 허울 아래 차덕구 일가에 대한 제약이 몇 배로 늘어났다. 노역량을 은근슬쩍 늘렸고, 한밤중에 벌컥 문을 열고 들어와 일가를 밖으로 끄집어내 점검하는 행패를 부리기 일쑤였다.

가장 견디기 힘든 일은 홍이를 제집으로 불러 부리는 엉큼한 짓거리였다. 마당 청소를 시키거나 텃밭에 난 잡초를 뽑으라는 잔심부름에서 시작하더니 조금씩 농도가 짙어졌다. 공연히 다가

와 홍이의 몸을 힐끗거렸고, 어떤 때는 늦은 밤까지 붙잡아두고 돌려보내지 않았다.

홍이가 벌레라도 다가온 듯 질색을 했고, 어머니 윤점이가 차상두나 차덕구를 데리고 찾으러 왔기 때문에 조옹집도 조심하는 눈치였지만, 언제 무슨 일이 터질지 몰라 차덕구 일가는 전전긍긍했다. 만에 하나 겁탈이라도 당했다 한들 어디 가서 하소연할 길도 없었다.

결국 윤점이가 옥진을 만나 이런 사정을 털어놓았다.

"에구머니나. 그런 몹쓸 인간인 줄은 나도 몰랐어요. 아무리 죄수고 포교라지만 사사롭게 죄인을 부리면 법에 어긋나는데……."

옥진이도 치를 떨었지만, 말꼬리는 흐려질 수밖에 없었다. 관아에 호소해본들, 가재는 게 편이라 아전들이 죄수 편을 들어줄 리 만무였다. 더구나 조옹집은 민초들에게는 야박했지만, 아전들과는 죽이 척척 맞는 사이였다. 그렇다고 박태수가 나서서 조옹집의 불법을 고발하기도 어려웠다. 박태수도 조옹집에게 약점을 잡힌 것이 없지 않거니와 동료끼리 척을 지면 만사가 불편해졌다.

한번은 박태수가 조용히 기방으로 조옹집을 불러냈다. 말로 타일러볼 생각이었다. 술이 몇 순배 돌아가자 옆에 앉혀둔 기생을 내보낸 뒤 슬쩍 본론을 꺼냈다.

"어이. 조 포교. 요즘은 차상두하고 잘 지낸남? 차상두도 꼬리를 내린 듯하더만. 지도 벅시가 아닌 다음에야 기가 죽었것지."

이 한 마디에 조옹집은 술맛 떨어진다는 듯 문밖을 향해 가래침을 내뱉었다.

"믿을 게 못되는 놈이야. 얌전해졌다고 한들 한 철이지. 곧 본색을 드러낼 걸세. 자네도 조심해. 범 새끼는 아무리 잘 키워도 결국 주인을 물어뜯는 법이야."

박태수가 손사래를 치며 능청다.

"설마 범 새낄까. 버릇 나쁜 꿩이 한 마리 두고 너무 소동을 피우는 게지."

"그렇게 방심하다 큰코다치는 법일세. 만사불여튼튼이라구. 그런데 이 년은 술은 안 따르고 어딜 가서 안 와? 딴 손님 받으러 간 거야? 야!"

자리를 비운 기생이 얼씬도 않자 조용집이 밖을 향해 고함을 질렀다.

"어허! 소피라도 보는 모양이지. 원래 계집이 측간(厠間) 가면 시간이 걸리는 법 아닌가. 그렇게 계집이 아쉬우면 하나 들이지 그려. 자네야 재산이 부족한가, 권세가 없나, 사내구실을 못하나. 벗고 있으면 당나귀 새끼라고 불릴 양물(陽物)을 가진 위인이 자네 아닌가."

그 말에 귀가 솔깃해진 듯 조용집이 은근히 박태수 쪽으로 몸을 붙이더니 목소리를 깔며 말했다.

"흐흐. 내 양물이 남다르긴 하지. 기생년들 다 내 앞에선 녹아난다니까. 근데, 기왕 계집 들이라는 말이 나왔으니 말인데, 차덕구 딸내미 있잖아. 홍이. 고 계집을 안식구로 들였으면 싶은데, 어떻게 생각하는가? 한참 꽃필 열여덟 살이니, 시집도 갈 나이 아닌가?

54

요즘 계속 눈에 삼삼하게 떠오른단 말이야."

박태수는 자기 귀를 의심했다. 차덕구 일가를 괴롭힐 심산으로 추근거리는 줄 알았더니, 속에 엄청난 흑심을 품고 있었다. 박태수는 얼른 술을 들어 한 잔 쭉 삼켰다.

조용집. 이 작자는 한번 한다면 뿌리를 뽑고야 마는 잡놈이 아니던가!

제 4 장

살아가는 의미

    권문탁이 과거 응시를 위해 문적을 쌓아둔 정자집에도 가을
물이 깊이 들었다. 넓진 않아도 산들 사이로 한 자락 두 자락 깔린
논에서는 한창 가을걷이를 독려하는 매구 소리가 울려 퍼졌다.
꽹과리 소리가 아득하게 들려왔다. 태평소 울림이 경쾌해 절로
어깨춤이 나왔다. 정자집 낙성을 지신(地神)에게 알릴 때 왔던 그
매구패인 듯싶었다.

    창호 문을 활짝 열면 강진만이 한눈에 드러나는 방 안에서 권문
탁은 주자(朱子)가 풀이해놓은 경서의 집주(集註)를 들척이며 학업
에 몰두했다. 다음 식년시(式年試)는 계유년(癸酉年)에 있으니, 내후
년 금상 13년(1813)에 있을 터였다.

    권문탁은 아직 초시도 치르지 않았다. 관직에 별 뜻이 없었던
그는 아버지의 성화에도 불구하고 부과(赴科)를 차일피일 미루었
다. 그러나 기왕 급제를 목표로 삼은 이상 게으름을 부릴 짬은
없었다. 식년시는 12지(支) 가운데 자(子)와 묘(卯), 오(午), 유(酉)가

드는 해에 치르는 정기 시험이었다. 대개 1월에서 5월 사이 한양 도성에서 치러졌다.

예비시험이라 할 초시는 식년 전해 8월 15일 이후에 실시했다. 농번기 등이 겹치는 것을 피하기 위한 배려였다. 그러니 초시까지는 채 1년도 남지 않은 셈이었다. 과거만을 위한 차비는 늦었지만, 초시 낙방을 걱정할 만큼 공부에 자신이 없진 않았다.

가는 초필(抄筆)을 들어 새겨두어야 할 구절을 백지에 옮겨 적는데 홍이가 밖에서 기척을 냈다.

"나리. 상 들여가옵니다."

막 오시를 지난 때라 낮 끼니를 들 시간은 아니었다. 권문탁은 평소 아침을 먹지 않았다. 새벽에 일어나 공복으로 있을 때 글이 머리에 쏙쏙 들어오는 버릇을 해서 식사는 느지막이 먹겠다고 처음부터 다짐해 두었다. 번거로우니 하지 말라고 해도 홍이는 항상 책상 곁에 다과상을 차려 약식이며 한과, 그리고 따뜻한 매실차를 건사해 두었다. 평소 군것질은 좋아하지 않는데도 글을 읽다 보면 어느새 손이 다과상을 더듬고 있었다.

"그래? 들여 오거라."

문을 연 홍이가 조심스러운 몸짓으로 상을 들고 들어왔다. 입성은 누추했지만 언제나 말끔하게 씻고 다린 옷을 입은 홍이였다. 그러나 아침저녁으로 제법 서늘한 기운이 도는 날씨에 견주면 어딘가 부실한 옷매무새였다. 아무리 남쪽 지방이라지만 여기 겨울도 춥기는 추울 것이었다. 권문탁은 갑자기 자신이 입고 있는 비단옷이 거추장스럽게 느껴졌다.

오늘따라 상에 오른 음식이 제법 풍성했다. 밥과 국이야 늘상 오르는 것이지만, 산적(散炙)이 먹음직했고 지짐이와 고등어구이가 입맛을 돋우겠다는 듯 코끝을 설레게 했다.

수저를 들어 몇 술을 뜬 뒤에야 나가는 홍이였다. 다소곳이 앉아 방바닥으로 눈길을 내린 홍이를 보며 권문탁이 말을 건넸다.

"허! 혼자 먹기에 과분한 성찬이구나. 너는 먹었느냐?"

"쉰네는 진즉에 먹었사옵니다. 어서 드시옵소서."

마치 몸종이 주인을 대하듯 한 홍이의 언동이 권문탁은 못마땅했다. 고을 원님의 귀한 아드님이니 작은 흠이라도 잡힐까 언제나 안절부절못했다. 벌써 한 집에서 대면을 한 지도 한 달여가 지났다. 이젠 내남없이 편안해질 만도 하련만 늘 적당한 거리감을 두고 움직였다. 아무래도 만난 첫날 홍이를 놀라게 한 것이 마음에 새겨진 모양이었다.

"이 음식은 네가 장만한 것이더냐?"

짐짓 다정스레 묻는다고 입을 열었는데, 권문탁 자신이 들어도 버석거렸다. 무뚝뚝해 마치 서툰 솜씨를 나무라는 듯 들릴 것 같았다. 홍이가 잠시 망설이더니 어렵게 입을 열었다.

"아닙니다. 성 안에 계시는 옥진 아씨께서 보낸 것이옵니다."

"옥진 아씨? 아! 박 포교 안사람 말이구나. 전라도가 고향이라지? 어쩐지 열무김치 맛이 색다르더라. 아삭아삭 씹히는 풍미가 막 담근 듯한 걸."

가끔 성 안을 들어갈 때면 동문을 통해 동헌으로 갔다. 한번은 박태수 포교가 객점 앞에서 웬 아낙네와 말을 주고받는 것을 보았다. 먼저 그를 알아본 아낙이 '에구머니나!' 하면서 고개를 조아렸다. 그래서 옥진이 박 포교의 안사람인 것을 알았다.

홍이가 뺨에 홍조를 띠면서 고개를 들어 권문탁을 빤히 쳐다보더니 살짝 토라진 목소리로 대꾸했다.

"아니옵니다. 열무김치는 제가 담근 것이어요. 요 앞에 묵정밭이 있기에 그냥 두기 아까워 푸성귀를 심었답니다."

권문탁이 저도 모르게 제 머리를 탁 쳤다. 박 포교 안사람 칭찬을 하려다 엉뚱한 공치사를 늘어놓은 셈이었다.

"어이쿠. 송구하구나. 가까이 있는 사람의 손맛도 모르다니, 내가 이렇게 미련하단다."

"아닙니다. 옥진 아씨 솜씨에 비기면 쇤네는 한 걸음도 못 가옵니다."

홍이가 권문탁의 시늉을 보더니 입가에 웃음을 담으며 살짝 손사래를 쳤다.

"과공비례(過恭非禮)라 했다. 한 달도 넘게 네가 만든 음식을 먹었는데, 네 솜씨를 내가 모르겠니. 음식 맛은 정성 맛이라 했다만, 네 모친께서 야무지게 가르치신 게 분명해."

"과찬이십니다."

"어허! 무슨 소리. 내가 별 재주는 없다만 거짓말은 못 한단다."

그렇게 말을 주고받는 사이 밥 한 공기가 비워졌다. 옆에 여벌로 한 공기가 더 있었지만, 상을 물렸다. 얼른 내가려는 것을 손짓으로 막으며 권문탁이 말했다.

"오늘은 내가 네 음식 솜씨를 몰라봤으니, 벌충으로 바깥바람이나 쐬잖구나."

홍이가 상을 든 채 어리둥절하며 고개를 돌렸다.

"바깥바람이요?"

"그래. 네가 나보다 여기 온 지는 오래됐다만, 남해의 명승지를 찾을 짬이 어디 있었겠니? 이 동네 어르신께 여쭤보니 저기 망운산 기슭에 오동뱅이라는 데가 있다더라. 제법 골짜기가 길고 물도 맑다 하니, 오늘은 같이 거기나 가볼까 싶다. 차비할 것도 없으니 상만 치우고 나오너라. 나도 덕분에 어지러운 머리나 좀 식혀야지."

홍이가 뭔가 말을 꺼내려 우물쭈물하더니 그냥 삼키고 밖으로 나갔다.

동네 노인에게 들었다 했지만, 사실은 어떤 이의 문집을 보고 안 것이었다. 향교 서고를 뒤지다 우연히 겸재(謙齋) 박성원(朴聖源, 1697~1767)이 쓴 『남행록(南行錄)』이란 시집이 눈에 들어왔다. 뭔가 싶어 들춰보니 겸재가 영묘(英廟, 영조) 갑자년(甲子年, 1744년) 남해로 유배를 와 두어 해 살았는데, 그때 견문을 시로 남긴 책이었다.

거기에 이런 시가 있었다.

〈이십오일 망운산 아래 오동뱅이에 산수 자연이 아름다운 곳이 있다. 어제 여러 사람들이 함께 노닐자고 하기에 허락하고, 돌아와 각자 지은 시를 내놓았다. 그래서 김경휘의 시에 차운하노라(二十五日 望雲山下梧桐坊 有泉石之勝 昨日諸君請往遊許之 歸來各進所賦 遂次金君鏡徽韻)〉

남쪽 고을 아름다운 곳으로 오동 마을을 말하는데
잠시 어린아이 예닐곱과 함께 노닐길 허락했지.
골짜기 사이 개울물 소리는 발걸음 밖으로 이어지고
망운산의 산빛은 홀로 그 가운데서 보노라.
주머니에는 주변 사물을 읊은 시들을 모아 담았고
가벼운 소매 깃에는 몸을 씻은 뒷바람을 담아왔네.
눈앞이 신선 고장인데 나는 외려 못 갔더니
봄 한 철의 소식을 네가 능히 통하는구나.

南州佳境說梧桐 暫許冠童六七同.

穿壑溪聲聯步外 望雲山色獨看中.

奚囊拾得吟邊物 輕袂携來浴後風.

咫尺仙源猶阻我 一春消息爾能通.

읍성을 빙 돌아 북문을 지나니 봉강산(鳳降山)이 손에 잡힐 듯
다가왔다. 산 북편 모롱이를 왼편으로 끼고 쉬엄쉬엄 걸었다. 꼭
오동뱅이까지 갈 마음은 아니었지만, 말을 꺼냈으니 어름까지라
도 가야 했다. 내심 겸재가 그다지도 칭송한 절경을 눈으로 만나보
고 싶기도 했다.

도령복을 벗고 평복을 입었더니 알아보는 이가 없었다. 늦가을
햇살은 제법 따가웠고, 바람은 얼추 시원했다. 미투리가 다소 헐거
웠지만, 걷기에는 가죽신보다 한결 수월했다. 홍이는 권문탁과
보조를 맞추지 못하고 저만치 떨어져 엉거주춤 따라왔다. 너무
멀어졌다 싶으면 올 때까지 기다렸다.

"내 곁에 서서 따라오려무나. 그러다 산 도적이라도 나타나 업어 가면 내가 구하지도 못하겠다. 명색이 사내가 되어 계집 하나 간수 못했다면 어디 얼굴이나 들고 다니겠느냐. 하하하!"

홍이는 귀까지 빨개져 좌우를 두리번거리다 핀잔을 주었다.

"사내 계집이라뇨. 누가 들으면 쇤네는 벼락을 맞습니다."

권문탁이 홍이의 어깨를 툭 치며 내숭을 떨었다.

"그럼 사내 계집이지. 나이로 쳐도 나와 나는 오누이 터울이 아니더냐. 한 집에서 늘 보는 사인데, 그리 내외할 게 있느냐."

홍이가 그 서슬에 화들짝 놀라 저만치 달아났다.

황망한 꼴을 본 권문탁이 껄껄 웃으며 다시 길을 앞장섰다.

과연 오동뱅이는 명불허전(名不虛傳)이었다. 강진만으로 흐르는 갯물의 수량이 점점 많아지더니 골짜기가 성큼 다가왔다. 물소리가 우레는 아니어도 상쾌한 소리가 가을 나뭇잎들을 반짝반짝 물들였다.

골짜기를 휘돌아 감기는 곳에 이르니 물살이 제법 세차게 흘렀다. 너럭바위는 없어도 제법 풍치를 돋우는 바위들이 바다로 가기를 재촉하는 물줄기를 붙잡아 머물게 했다. 미투리를 풀고 버선도 벗어 던진 채 고인 물에 맨발을 담았다. 짜릿한 냉기에 머리카락이 쭈뼛 돋았다.

"우와! 엄청나게 시원해. 한여름이라면 등골까지 오싹하겠어."

권문탁이 바지를 접고 버선까지 벗어젖히자 홍이는 놀라 아예 열 걸음은 뒤로 내뺐다.

"망측하옵니다. 어서 …… ."

홍이는 등을 돌린 채 말끝을 미처 잇지 못하고 웅얼거렸다. 계곡을 올라온 권문탁이 홍이의 등을 보며 말했다.

"내년 여름에 우리 다시 와 보자꾸나. 이곳엔 더위가 비빌 틈도 없겠어."

이렇게 말하면서도 권문탁은 내년 여름에도 자신이 이곳에 있을지 갈피를 잡을 수 없었다.

ㅇㅇㅇ

오동뱅이를 다녀오고 며칠 뒤였다. 해거름이 질 즈음 홍이가 밖에서 기척을 냈다.

"나리. 어떤 길손이 문안을 여쭙는답니다."

길손? 한양이라면 그럴듯하겠지만, 창막한 바닷가 섬마을에 자신을 찾을 이가 있을 리 없었다. 생뚱맞다는 느낌을 지우지 못한 채 물었다.

"관아에서 누가 오기라도 한 게니?"

홍이의 대꾸를 웬 사내의 걸걸한 목소리가 가로챘다.

"천일(天逸). 날세, 와려(臥廬). 그 새 목소리까지 잊은 건 아니겠지?"

자(字)를 말하기도 전에 권문탁은 벌떡 일어났다. 한양의 죽마고우 신철민(申哲珉)이었다. 일어나면서도 권문탁은 제 귀를 의심했다. 문을 열어젖히자 신철민이 멋쩍게 두 손을 벌리고 있었다. 어딘가 과장된 몸짓이었다.

"와려. 정말 자넨가? 보고서도 믿기지가 않아."

신철민은 옆에 홍이가 있는 줄도 모르고 홍소(哄笑)를 터뜨렸다.

"내가 못 올 곳을 왔던가? 친구 따라 강남 간다 했으니, 남해라면 강남이 아니고 어디야. 헐헐헐!"

"예끼! 여긴 강남이 아니라 신선지향(神仙之鄕)이야. 어서 들어오게. 홍이야, 마을에 가서 술 좀 받아 오거라. 귀한 손님이 오셨구나."

영문을 몰라 두 사람만 번갈아보던 홍이가 그제야 정신이 돌아왔는지 얼른 대나무 숲을 향해 잰걸음으로 내려갔다. 걸음 따라 나비처럼 춤을 추는 땋은 머리를 흘낏 보면서 신철민이 물었다.

"누군가?"

"날 돌봐주는 아이라네. 어서 들어가세. 안 본 지 몇 달 되지도 않았는데, 전생에서나 만난 것 같군. 할 말이 태산일세."

권문탁이 내준 방석에 앉은 신철민이 방 안을 둘러보았다.

"역시 천일이로군. 공부밖에 모르는 선비의 방다워."

"농담말게. 홍이가 치워주니까 이 정도나마 사람 구실 한다네."

그 말이 뭔가 신철민의 가슴을 후벼 팠는지 목소리가 갑자기 차분해졌다.

"그래, 사람 구실 하기 참 힘든 세상이긴 하지."

회한에 젖은 목소리가 권문탁의 뇌리에도 전해졌다.

"정말 무슨 일인가? 날 보러 여기까지 오지 않았을 테고 남해에 무슨 연고라도 있는 겐가?"

신철민이 손으로 얼굴을 훑어 내리면서 대답했다.

"연고? 연고가 생기긴 했지. 그 연고가 고약해서 탈이지만 말이야."

점점 더 불길한 예감이 권문탁의 가슴을 억눌렀다. 덩달아 목소리가 높아졌다.

"속 시원하게 말 좀 해보게. 무슨 낭패기에 이리 뜸을 들이나."

신철민이 두 손을 불끈 쥐더니 떨리는 목소리로 입을 열었다.

"아버님이 …… 남해로 귀양을 오셨다네. 목숨을 건진 것만도 천행이야."

갑자기 숨통이 막혔다.

"세상에 ……. 자네 아버님은 홍문관 대제학(大提學), 정2품 당상관이 아니신가? 그런 어른이 무슨 일로 유형을 당하셔? 전하의 역린(逆鱗)이라도 건드린 겐가?"

신철민이 붉어진 얼굴빛을 감추지 않으며 주먹을 움켜쥐었다.

"그랬더라면 억울하지라도 않지. 지금 세상이 주상 전하의 세상인가. 안동 김씨가 권력을 움켜쥔 게 어제오늘이 아닌 줄은 자네도 잘 알 걸세. 권신들을 멀리하라고 전하께 간언을 올렸더니, 이게 역모보다 더 흉측한 죄로 돌아오더군. 김조순의 사주를 받은 간관들이 벌떼처럼 일어나, 성심(聖心)을 어지럽힌 아버님을 당장 죽이라고 상소가 빗발치듯 했네."

그제야 경위가 헤아려졌다.

"그럼 사직하고 물러나면 그만이지. 충간을 했다고 유형을 보낸단 말인가? 어디에 그런 법이 ……."

"김조순의 손아귀에 그런 법이 있다네. 자네 아버님은 그런 치도곤을 당하지 않으셨으니 잘 모를게야."

뭔가 가시가 돋친 어투였지만, 그걸 따질 계제가 아니었다. 뭔가 다시 말을 이으려는데, 밖에서 홍이의 그림자가 어른거렸다.

"왔느냐?"

"예. 주안상을 봐 왔사옵니다."

"그래. 들어오너라."

홍이가 살얼음 위를 걷듯 조심조심 상을 놓고 나갈 때까지 방안에는 냉기만 흘렀다. 권문탁이 술잔을 채우자 신철민이 기다렸다는 듯 단숨에 술잔을 비웠다. 말없이 오가는 술잔이 네다섯 순배가 돌았다. 신철민은 울분을 술로 녹여버릴 기세였지만, 권문탁은 침통한 심정에 술이 넘어가지 않았다.

신철민의 부친은 대쪽 같은 성격의 강성 정치인이었다. 권세가 하늘을 날던 김조순도 그 어른만은 껄끄러워 하지 않았던가? 나라의 녹을 먹는 벼슬아치라면 저런 분을 본받아야 한다고 권문탁도 존경하던 분이셨다. 그런 분이 하루아침에 당상에서 쫓겨나 변방의 섬으로 내쳐질 만큼 세상은 표변하고 있었다.

"그나저나 대인(大人)께서는 지금 어디 계신가? 옥체는 여일(如一)하시고?"

당장 안위가 몹시 걱정되었다. 남해까지 유배를 왔다면 몸이 성할 리 없었다. 남해현이라면 유형 3천 리 배소(配所)였고, 응당 장(杖) 1백 대가 더해졌을 터였다.

기어이 신철민이 울음을 터뜨렸다.

"물고(物故)를 당하지 않으신 것만도 천운이야! 김조순 이놈은 아버님을 이 기회에 요절을 낼 작정이었네. 모진 형문을 용케 참아 내셨지만, 몸이 말이 아닐세. 언제 망극한 일을 당할지 몰라. 배소가 정해지지 않아 관아 감옥에 갇혀 계시다네. 자네 어른께서 평소 친분이 있으셨으니, 편의를 봐주실 만도 한데 얼씬도 하지 않더구먼. 김조순의 후환이 무서운 게지."

기가 막힐 노릇이었다. 신철민의 아버님이 김조순의 비위를 긁는다는 걸 모를 리 없어 내왕은 하지 않았지만, 사석에서는 올곧은 분이라며 두둔하곤 했었다. 그런 분이 자기 관할로 유형을 왔는데 모른 체 하신단 말인가? 권문탁이 자리에서 벌떡 일어섰다.

"가세. 내 당장 아버님을 뵙고 말씀을 드리겠네."

신철민이 옷자락을 잡았다.

"아니야. 이미 엎질러진 물이야. 자네 춘부장께서도 내켜 그러시겠나. 워낙 관직에 미련이 많으신 분 아닌가? 악운(惡運)은 비껴가는 게 상책인 줄 아시는 게지."

그 말이 권문탁의 심장을 도려내듯 아프게 다가왔다. 그깟 권력이 무슨 대수기에 사람을 이렇게 모질게 하는가? 권문탁은 힘없이 주저앉았다.

"그저 허탈해서 자넬 찾아온 걸세. 그래도 자넨 못난 날 반겨주려니 해서 말이야."

신철민의 목소리는 물기 하나 없이 허공으로 흩어졌다. 모든 것에 절망한 사람만이 내뱉을 수 있는 텅 빈 소리였다.

"부디 용기를 잃지 말게. 머잖아 좋은 소식이 올 걸세."

신철민이 넋 나간 표정으로 맥없이 웃었다.

"온다고 해도 꽤 먼 훗날일 거야. 듣자니 자넨 여기서 내후년 식년시를 준비한다지? 난 진즉에 포기했네만, 열심히 해서 올바른 관리가 되게. 김조순의 개가 되지는 말고."

갑자기 지금의 이 자리가 너무나 부끄러워졌다. 결국 지신도 그 개가 되려고 이러고 있다는 사실이 뼈아프게 새겨졌다. 고개를 숙인 채 권문탁은 아무 대꾸도 하지 못했다.

"자네 당나라 말 때 반란군 수령 황소(黃巢, ?~884)를 아는가?"

권문탁이 고개를 들어 물끄러미 신철민을 쳐다보았다.

"뜬금없이 황소라니, 무슨 소린가?"

신철민이 자작하더니 술잔을 비웠다.

"황소도 우리처럼 과거를 준비하던 선비였다네. 몇 차례 고배를 마신 뒤에야 실력이 있다고, 노력한다고 급제하는 게 아닌 줄 알았지. 권력자, 간신배의 자제가 아니면 급제는 꿈도 못 꿀 일이란 걸 깨달았다네. 그 길로 황소는 과업(科業)은 내팽개치고 반란을 계획했다네. 세상이 뒤집혀야 세상이 바로 서는 걸 간파했던 게지. 그에게 국화를 노래한 시가 있다네. 이 가을날 딱 어울리는 작품이야. 한번 들어보겠나."

신철민은 권문탁의 의사는 개의치 않고 잠시 숨을 고르더니 환멸 가득 찬 목소리로 시를 읊조렸다.

스산하게 부는 가을바람 타고 뜰 가득 피었는데,

꽃술도 차고 향기도 식어 나비도 오기 어렵겠네.

언젠가 내가 봄을 다스리는 신이 된다면,

복숭아꽃과 함께 같은 곳에서 피어나리라.

颯颯西風滿院裁 蕊寒香冷蝶難來.

他年我若爲靑帝 報與桃花一處開.

기다려라 가을이 와서 중양절이 가까워지면,

내 꽃은 활짝 피고 온갖 꽃들은 다 시들리라.

하늘 가득 국화 향기가 장안을 뒤덮으리니,

성 안은 온통 황금 갑옷을 두를 것이다.

待到秋來九月八 我花開後百花殺.

沖天香陣透長安 滿城盡帶黃金甲.

황소의 원한은 바로 신철민의 원한이었다. 신철민은 한동안
멍한 눈길로 방 안 한쪽 구석을 응시했다. 그러더니 눈가를 훔치면
서 입을 열었다.

"부정하고 싶지만, 나 역시 권력에 빌붙어 살고 싶었던 것 같네.
그 물이 얼마나 달콤한가? 특권은 다 누리고 부정을 저질러도 권
력이 끈끈하게 보호해 주지. 그 울타리 안으로 나도 들어가길 원했
던가 보네."

권문탁은 할 말을 잃었다. 자신도 지금 그런 처지였다.

"그런데 말일세. 한번 사는 인생 아닌가? 너무 뒤늦은 다짐이지
만, 한번 사는 인생에서 이젠 가치 있는 일을 하며 살고 싶네."

의미가 바로 다가오지 않았다.

"그게 뭔지 아나?"

"모르지. 그러나 적어도 이건 아니야. 지금은 아니라도 언젠가 하늘이 그 '살아가는 의미' 알려주겠지."

"그럴까?"

"나는 그리 믿네. 그만 일어나야겠네. 어떻게 하든 아버님을 봬야 해."

권문탁은 급히 몇 자 적어 신철민에게 쥐어주었다.

"성 안에 가면 객점이 있는데, 거기서 박태수라는 포교를 찾아 이 글을 보여주게. 혹시 무슨 수가 날지도 몰라."

"그럼세. 다시 볼 수 있을지 모르겠군. 잘 지내게."

맥없이 대나무 숲을 돌아 내려가는 신철민을 권문탁과 홍이가 배웅했다.

제 5 장
북쪽에서 들리는 소식

　남해에는 유난히 '봉(鳳)'자가 들어가는 지명이 많다. 읍성의 남쪽 성곽을 훑으며 강진만으로 들어가는 하천의 이름이 봉천(鳳川), 봉황이 날아다니는 내란 뜻을 담았다. 읍성의 동문을 나와 선소로 넘어가는 어귀에 있는 봉강산(鳳降山)은 봉천에서 깨끗하게 몸을 씻은 봉황이 머물며 물기가 마르기를 기다리는 뫼라 해서 그렇게 불린다.

　남해현 읍성 주변에는 봉황이 즐겨 먹는다는 죽실(竹實)이 자라는 죽산(竹山)도 있고, 봉황이 둥지를 튼다는 오동(梧桐)마을도 있다. 그렇게 보면 남해는 봉황이 새끼를 낳아 기르고, 그 영험한 몸을 살찌우면서 몸을 눕힐 수 있는 차비가 두루 갖추어진 영지(靈地)라 할 수 있다.

　봉강산 동편을 따라 구릉을 넘어가면 그곳에 아늑한 분지형의 땅이 나온다. 멀리 강진만 바다가 손바닥처럼 비치는 이곳은 농사를 지을 만한 논과 밭이 오순도순 모여 있다. 논밭으로 내려가기 직전 완만하게 비탈진 구릉이 펼쳐지는데, 그곳에 남해의 궁사(弓師)들과 군사(軍士)들이 모여 활 솜씨를 다져가는 활터가 있다.

이 활터의 이름은 금해정(錦海亭)이라 부르는데, 역사가 오래된 궁술 수련장이다. 언제부터 남해에 화살이 날리는 시성(矢聲)이 휘감아 돌았는지 아는 이는 없다. 그저 입으로 전해지는 소문에. 고려 왕조 때 몽골의 전란을 부처님의 가피력으로 이겨내고자 팔만대장경을 판각할 무렵이었을 것으로 내다본다.

물론 신라 때부터 남해는 중요한 요충지였으니, 활로 무장한 군사가 없었을 까닭은 없다. 그러나 대장경 판각이라는 국가의 대사를 무사히 회향(廻向)하기 위해 만약의 사태에 대비하는 군사력은 갖추어야 했다. 바다를 건너 기습할 적군을 제어하는 데 몇백 보 밖에서도 겨냥해 명중시키는 활은 적군의 접근을 아예 끊을 수 있는 무기였다.

그 무렵 훈련을 위해 세운 활터가 지금까지 이르렀다는 것이다. 남해에는 금해정 말고도 활터가 몇 군데 더 있지만, 유서 깊기로 이곳 활터를 따를 곳은 없었다.

오늘 금해정에서는 이른 아침부터 화살이 비산하며 날리는 소리가 골짜기를 메우고 있는 참이었다. 한 달에 한 번씩 훈련이 열리는 날인 탓이었다. 꽤 많은 군사들이 사대(射臺) 주변을 서성거리고 있었고, 평산포와 곡포, 상주포, 미조, 적량 등 수군(水軍)들이 주둔한 지역을 관할하는 만호(萬戶)와 첨사(僉使)들도 집결해 있었다.

이날이면 당연히 남해현령도 사습(射習)에 참여했다. 현령 권진태는 만호나 첨사에 비해 품계는 낮았다. 또 변방이고 수군의 진영(鎭營)이 곳곳에 벌여 있는 만큼 만호와 첨사의 지위는 무시할 수 없는 무게감을 지녔다.

하지만 그런 수군 지휘관들도 현령 앞에서는 기를 펴지 못했다. 으레 무관이 부임하는 남해 현령 자리에 문관 출신이 왔다는 사실 자체가 남달랐다. 왕실까지 호령하는 권세가 김조순 대감의 뒷배를 달고 있는 권진태는 만만하게 볼 벼슬아치가 아니었다. 그가 올린 보고문에 담긴 평가에 따라 좌천과 승급이 좌우되기 때문이었다.

그렇게 호가호위(狐假虎威)하는 현령이고, 문관이라는 위세까지 더해진 권진태는 권력 서열의 측면에서도 남해에서 주인 행세를 하고 있었다. 그런 현령 권진태가 군이 사습에 얼굴을 들이민 것은 일종의 권력 우위를 보여주려는 과시욕이거나 문무(文武)의 재능을 겸비했다는 칭송을 듣자는 처신이었다.

평소 입던 문관복을 벗어던지고 화려하게 치장한 융복(戎服)을 입은 권진태의 모습은 당당했다. 무소뿔에 사슴가죽으로 테를 두른 각궁(角弓)에 화살을 잰 권진태가 암깍지를 써서 활의 시위를 당겼다. 소매가 걸리는 불편을 막고자 손목에 찬 습(拾, 팔찌)에까지도 근육의 완강한 힘이 전달되었다. 제법 무인의 태가 나는 품새였다.

사대에 서면 보통 한 차례 다섯 발의 화살을 쏘았다. 이를 한 순(巡)이라 불렀다. 그리고 그 순이 아홉 번 돌면 활쏘기가 끝났다. 모시풀이나 삼 등 자연에서 얻은 재료를 엮어 만드는 시위는 장력

(張力)을 얻고자 팽팽하게 당겨져 몇 순 돌지 않아도 사수(射手)의 이마에선 땀이 흐르기 일쑤였다. 그러나 권진태는 중간에 한두 번 숨을 고르느라 쉬기는 했지만, 아홉 순에 이를 때까지 땀을 거의 흘리지 않았다.

마흔아홉 발 가운데 열 발이 빗나갔다. 연습용이니 무명천을 겹쳐 만든 솔포(小布)를 씌운 과녁을 일정 거리에 두었고, 실전용 촉을 뺀 무딘 연습용 촉을 박은 화살을 쏘았다. 화살은 생각보다 복잡한 공정을 거쳐 완성되기에 낭비할 수 없는 군수품이었다.

과녁에 그려진 짐승 그림에도 신분에 따른 차이가 있었다. 과녁에 호랑이를 그리는 호후(虎侯)는 중국 황제만의 전유물이었다. 조선의 임금은 곰이 그려진 웅후(熊侯)를 써야 했고, 신하들은 그 아래 단계인 큰 사슴이 그려진 미후(麋侯)를 쓸 수 있었다. 일반 군사들은 멧돼지가 그려진 시후(豕侯)를 썼다. 화살이 과녁에 적중하면 곁에 있던 관원이 북을 치거나 붉은 깃발을 흔들었다. 빗맞으면 징이 울리거나 흰 깃발이 펄럭였다.

적중한 화살 수를 확인한 권진태가 달갑지만은 않은 미소를 지으며 활을 옆에 있던 조옹집에게 넘겼다. 조옹집이 아부가 가득 담긴 기름진 얼굴로 활을 받으며 칭송을 늘어놓았다.

"대감. 문관으로서 이 정도의 신기(神技)를 보이시다니 명궁(名弓)이라 아니할 수 없겠습니다. 저기 만호와 첨사의 얼굴 좀 보십시오. 소태 씹은 표정들이지 않습니까?"

권진태가 심드렁한 얼굴로 침을 뱉으며 말했다.

"열 발이나 빗나갔는데, 무슨 명궁이더냐. 몰기(화살 다섯 대를 모두 맞추는 일)가 고작 세 번밖에 나오질 못했다. 어제 술만 과하지 않았으면 대여섯 번은 장담했을 텐데, 칭찬만 들을 일이 아니다."

조용집이 활을 툭툭 치면서 맞장구를 쳤다.

"대감, 그러시다 당상관에 오르시지 못하고 통제영이나 북녘 땅에 나가 변방을 지키라고 하면 어쩌시려고요. 무관들 주눅 들게 하신 것으로 만족하시지요. 술이 준비되었으니 목부터 축이시지요."

사대를 벗어나자 무관들이 엉거주춤 몸을 뒤로 물렸다. 말은 하례하는 투였지만 떨떠름한 표정을 감추지 못했다.

기녀가 따러주는 술잔에 노란 국화주가 맴을 돌았다. 기녀의 불그스름하게 상기된 볼을 흘낏 보면서 권진태가 석 잔을 연달아 비웠다. 사대를 얼핏 보니 무관들은 뒤로 빠지고 하급 군관들이 먼저 열을 지어 사대에 올랐다. 풍향을 알리는 깃발이 흔들렸다.

"그만 가자꾸나. 서권기(書卷氣) 문자향(文字香) 없는 무지렁이들의 무예까지 봐줄 틈이 있겠느냐?"

"말을 대령하겠습니다."

"아니다. 걸어가자. 술기운도 오르는데 가을바람을 맞으며 거뒤널까 싶구나."

군졸 몇이 현령의 말을 끌며 뒤를 따랐고, 조용집이 연신 굽실거리며 현령의 옆구리에서 떨어지지 않았다.

봉강산 뒤쪽 길로 접어들려니 현민(縣民)들이 추수를 하느라 분주하게 오가고 있었다. 벼 포기를 서너 개씩 잡아 썩썩 베는 낫질 소리가 들려올 듯했다. 한눈에 봐도 풍년이었지만, 농부들의 얼굴은 그리 밝지 않았다.

"대감께서 부임하시니 농사마저 풍년입니다. 현민들의 홍복(洪福)입지요."

조웅집이 잔망스럽게 말을 늘어놓자 권진태도 지그시 바라보며 말을 던졌다.

"올해 환곡으로 수백 섬은 거둬들여야 할 텐데, 작황을 보니 크게 걱정할 필요는 없겠구나."

"어찌 수백 섬만이겠습니까. 소인이 관아 구실아치들을 들들 볶아 천 섬까지는 채워보렵니다."

권진태가 논에서 눈을 거두며 목소리를 죽여 대답했다.

"듣기만 해도 배가 부르구나. 성과는 늘리되 밖으로 소문이 나지 않게 해야 할 것이야. 행여 가렴주구나 일삼는다는 투서라도 조정에 들어가면 안 하느니만 못한 꼴이 될 수도 있어. 조정의 고관대작들이란 작자는 뒤로는 온갖 호박씨를 다 까면서도 겉으로는 청렴한 군자연하려는 위인들이니, 각별히 조심해야 한다."

"소인이 그만한 눈치도 없겠습니까. 결단코 밖으로 새는 일은 없을 것입니다."

권진태가 다시 만면에 웃음을 가득 담았다.

"그래. 내가 잘되면 네 놈인들 덕을 보지 않겠느냐. 내 승진해 올라가면 너는 반드시 데려갈 요량이니, 수고 좀 하거라."

"염려 붙들어 매시옵소서. 소인은 대감 일이라면 용궁에 가 별주부 간을 떼어 오라 하셔도 불사할 것입니다."

"그래? 참으로 든든한 말이구나. 허허허!"

한참 아부에 골몰하던 조옹집이 슬쩍 표정을 바꾸더니 말을 다른 곳으로 돌렸다.

"그런데, 대감. 근자 도령님 거처는 좀 살펴보시는지요?"

권진태가 무심한 얼굴로 조옹집을 돌아보았다.

"문탁이가 왜? 어련히 학업에 열중할까봐. 내 그 아이 걱정은 안 한다."

조옹집이 뒤편 낌새를 살피더니 속삭였다.

"물론입죠. 다만 도령님 거처에서 시중드는 계집아이가 있지 않습니까?"

"나도 알지. 문탁이 원하기에 그래라 했다만, 왜 그 계집에게 문제라도 있는 게냐?"

"그럴 리야 있겠습니까! 다만 도령님도 혈기 방장한 나이고 계집도 물이 오를 때라 한 집에 둘만 있으면 사달이 나지 않을까 하는 공연한 걱정입지요."

권진태의 얼굴이 다소 어두워졌다.

"사내가 계집을 품는 게 뭐 그리 허물이겠느냐만, 대사를 앞둔 사람이 색정에 탐닉하면 문제긴 하지. 네가 가끔 들러 계집아이를 잘 건사하도록 해라."

조옹집의 얼굴이 보름달처럼 밝아졌다.

"분부대로 거행하겠나이다. 그런데 대감, 소인이 이립(而立, 서른 살)도 훌쩍 넘긴 나인데, 아직 홀몸이지 않사옵니까? 그 계집을 제 안사람으로 삼아도 될런지요? 아, 물론 속량(贖良)은 하겠습니다."

권진태가 조웅집을 잠시 뚫어져라 보더니 낄낄거리면서 대꾸했다.

"네 놈이 염불엔 관심이 없고 잿밥에만 눈독을 들이고 있었구나. 환곡 처리가 만족스러우면 내 허락하마. 쓸데없이 기방에 생돈을 뿌리느니 살집 좋은 계집 하나 들여 후리는 것도 사내의 지혜지."

○○○

요즘 포교 박태수는 심사가 그리 편하지 않았다. 조웅집의 속내를 들춰볼 생각으로 던진 농담이 이상한 비수가 되어 돌아왔기 때문이었다. 홍이를 제 각시로 만들겠다는 결심을 들은 뒤부터 박태수에게 술자리는 가시방석이 되었다. 불을 지른 게 자신이었으니 말릴 수도 없었고, 부추기기는 더욱 만부당한 일이었다.

"시상에 계집이 없어 유배 온 집구석 여자를 넘보나? 그건 나랏법으로도 금지되어 있는 일인 줄 알 거 아인가?"

고작 이런 정도 으르는 게 다였다. 그러나 이 말이 불난 집에 부채질하는 꼴이 되었다.

"뭔 소린가? 죄인의 계집이니 다루기가 더 쉽지. 속량하면 관아도 좋고, 또 그 집구석도 살판나는 거 아닌가? 나같이 힘 있는 포교를 사위도 얻어 해로울 게 뭐 있어? 내일이라도 당장 현령을 만나 다짐을 받을까 싶으이."

조웅집은 벌써 일이 다 매조지된 것처럼 의기양양해 헤헤거렸다.

"여보게. 섣불리 덤비다간 동티나. 지금 현령께서는 승진에 목을 매달고 계신데, 심복이라는 자네가 죄인 계집에게 군침 흘리고 있다는 걸 아시믄 무척이나 기뻐하시것어. 만사 때가 있는 법이여."

"그런가?"

사람이 성깔만 있지 슬기는 없는 조옹집이었다. 한마디 말에 기세가 꺾여 기회를 살피겠다는 선으로 물러섰다. 그 바람에 조옹집의 불난 양물을 식히느라 기생 하나를 대줘 돈만 축냈다.

부아를 감추지 못하고 집으로 와 기막힌 사연을 옥진에게 털어놓았다. 눈치 빠른 옥진은 말이 채 끝나기도 전에 경위를 알아차리고 펄펄 뛰었다.

"아니, 뭐 그런 개잡놈이 다 있스까이. 홍이가 심성도 비단결 같고 일솜씨도 야무져 낭중에 객점 일이나 가르쳐야 쓰것다 싶은 참인디, 뭐라고라고라. 그 불쌍놈이 날로 쳐드시겠다고라. 어림반 푼어치도 없는 수작 마씨요."

분기가 오르니 평소 쓰지도 않던 호남 사투리가 술술 풀려나왔다.

"아, 그 망나니가 한 번 하겠다믄 하는 눔 아이가. 대충 얼버무려 놓긴 했는데, 이게 무슨 깽판을 칠지 걱정이네."

"하늘이 무너져도 절대 있어서는 안 될 일이요. 홍이 고 어린 것을 강생이만도 못한 놈 품에 안기겠단 말이요. 단속 잘 하씨요."

옥진이 찬바람이 돌 만큼 사납게 박태수를 째려보다 치맛자락을 획 돌려 방 안으로 들어갔다.

이런 일이 있고 보니 영 마음이 편하질 않았다. 옥진이 평소엔 서글서글하지만, 한 번 심사가 꼬이면 물불 가리지 않는 별난 구석도 있었다. 수틀리면 아무리 조옹집일지라도 삿대질을 할 사람이었다.

시무룩하게 어깨를 늘어뜨리며 동헌 뜰을 지나가는데, 호방이 오줌 마려운 강아지처럼 비칠거리며 다가와 그를 잡아끌었다.

"아, 뭔 일이고. 안 그래도 꿈자리가 뒤숭숭한데, 내가 뭔 죄라도 지었나?"

박태수가 육모방망이를 휘저으며 호방을 흘겨보았다. 호방과 박태수는 집안 형제 벌이어서 평소 흉허물없이 어울렸다.

"사람아, 그럴 만하니 붙잡지. 아까지름에 관아 곳간을 담당하는 관속이 그러는데, 얼마 전부텀 곳간 재물이 조금씩 빈다는 게야. 뭐 아는 것 없남?"

정신이 버쩍 들었다. 관아 경비가 박태수의 소관은 아니었지만, 도적이 들어와 관아 물품을 집어가는 일이 벌어지는 게 알려지면 현령이 포교부터 조질 게 뻔했다. 누구보다 재물 모으기에 혈안인 현령이 결코 눈감아 줄 리 없었고, 신임을 받는 조옹집보다 자기에게 먼저 불화살이 날아올 터였다.

"확실한 소리요?"

"어여 가봐. 자네 걱정해서 하는 말이니께, 산불로 번지기 전에 잡아내소."

박태수는 똥줄이 타 단걸음에 곳간지기를 만나러 달려갔다.

"호방 말이 참말인가?"

박태수가 으르렁거리자 곳간지기는 두말 않고 장부를 펼쳐 보였다.

"보소. 내가 달포마다 물품을 점검하는데 한 달 보름 전부터 아귀가 맞지 않는다니까."

장부라면 그도 남 못지않게 밝았다. 과연 우수리가 맞아떨어지지 않았다. 헌데 다른 물품은 멀쩡한데 돈꿰미에서 야금야금 손재수가 끼어들고 있었다. 누군가 돈만 노리고 빼간다는 말이었다.

"호방 말고는 아직 아무도 모리제?"

"당장은 그렇지만, 장 모른 체 할 순 없을낀데."

"내가 잡아내 채워줄 테니 당분간 끽소리도 마소."

단단히 입단속을 시키고 옥사(獄舍)가 있는 관아 뒤편으로 숨어들었다. 마침 옥사는 비어 있어 사람 눈이 없었다. 얼마 전까지만 해도 반송장이 되어 유배를 온 고관 한 사람이 끙끙 앓고 있었는데, 결국 숨이 꼴까닥 넘어가고 말았다. 도령님이 써준 기별을 읽고 아들에게 편의를 봐주었다. 애비의 숨이 넘어가자 하늘이 무너져라 울면서 시신을 빼가 서문 넘어 으슥한 곳에 가묘(假墓)를 세웠다. 사람 목숨은 하늘에 달린 게 아니라 사람에게 달린 듯했다.

누굴까? 여염집도 아니고 경비가 삼엄한 관아까지 들어와 돈을 털어갈 놈이라면 간이 배 밖에 나온 놈이 아니고서는 엄두도 못 낼 일이었다. 게다가 푼돈이 아니고 목돈이 필요한 작자의 소행이었다. 돈에 주인 이름이 박혀 있는 것은 아니었지만, 적잖은 돈을 유통했다간 당장 발고가 날 일이었다. 목숨을 잃을 각오가 아니면 못할 짓이었다.

하루 밤낮 머리를 쥐어뜯으며 고민한 끝에 대강 윤곽을 잡을 수 있었다. 그놈이 아니면 감히 못할 짓이었다. 이래 죽으나 저래 죽으나 깨갱 소리라도 내고 죽자는 모진 결심을 할 만한 위인이 그놈 말고는 없었다.

저물녘해서 죽산 좀 지나 있는 뒷산을 찾았다. 대나무 숲이 우거진 곳이었다. 겨울 농한기 때 죽기(竹器)를 만들어 육지로 내가 팔아 이윤을 남길 목적으로 관아에서 대나무 벌목이 한창 진행 중이었다. 그곳에 차상두도 차출되어 와 있었다.

나졸에게 돈 몇 푼을 집어주고 차상두의 뒷덜미를 잡아끌고 나왔다.

"왜 이래요?"

차상두가 기분 나쁘다는 듯이 몸을 보채면서 투덜거렸다.

"니 뒈질려고 환장했제? 등떼기 좀 보자. 목심을 몇 개나 달고 있는가 보게."

나상두는 상소리에도 기가 죽지 않았다.

"아닌 밤중에 뭔 홍두깨 같은 말씀입니까?"

긴말을 얹기도 싫었다.

"니 밤마다 관아 곳간에 들어가 돈꿰미를 털었다메. 본 사람이 있으니 군소리 말어. 이 미친놈아!"

그제야 차상두의 얼굴에서 핏기가 가셨다. 뭐라 변명거리를 찾으려는 눈치더니 곧 고개를 떨어뜨렸다.

"나 혼자 한 짓이요. 식구들은 아무도 모르니까 나만 죽이시오."

긴가민가했는데, 차상두가 이렇게 나오니 맥이 탁 풀렸다.

"대체, 대체 …… 무슨 …… ."

어쩌려고 그런 짓을 했느냐고 다그치고 싶은데, 말이 이어져 나오지 않았다. 차상두가 알아서 말을 엮어 주었다.

"배 한 척 장만해 달아나려고 그랬습니다. 이 섬 구석에선 옴짝 달싹할 수 없지만, 배만 있으면 식구들 데리고 달아날 수 있잖아요. 제길, 이젠 다 틀렸네. 내 죽는 건 억울하지 않지만 아부지, 어무이, 홍이 남은 식구들이 불쌍하요. 끝까지 불효자로 죽네."

차상두가 곧 목이라도 떨어질 사람처럼 뜨거운 눈물을 훔쳤다.

이렇게 철이 없는 놈이 있나. 어이가 없었다.

"이 시상아. 배만 있다고 달아날 성싶더냐? 네 식구가 달아나면 어디로 달아나? 조선 팔도가 니 놈 잡으려고 길길이 날뛸 텐데? 내가 니 놈 때문에 제 명에 못 죽것다."

곧 오랏줄이 날아올 줄 알았는데, 호통만 치자 안심이 되었는지 눈길을 박태수에게 주며 차상두가 주섬주섬 말을 이었다.

"포교 나리는 요즘 돌아다니는 소문도 못 들으셨소?"

이건 또 무슨 뜬구름 잡는 소린가?

"소문? 배 타고 달아나면 나라에서 가상타 여겨, 고상이 많체 하모 용서해 줄 게라는 같잖은 소문이라도 돌디?"

이번엔 차상두가 어이없어했다.

"포교 나리 완전히 등잔 밑이 어두우시네. 저기 저 평안도에서 정 도령이 나타나 세상을 개벽시킬 거라는 소문이 남해에도 돌고 있는데, 그걸 못 들으셨던 말입니까?"

이건 또 무슨 개소린가? 명색이 기찰(譏察)을 맡은 포교인 그가, 아무리 삼천 리 밖 관서(關西) 지방이라지만 반란의 흉흉한 낌새를 염탐하지 못했단 말인가? 아니, 그 말이 진실이든 거짓이든 그런 말을 입에 올리고 들통나면 목숨이 열 개라도 살아날 수 없었다.

박태수가 차상두의 입을 막으며 말했다.

"어디서 그런 유언비어를 들었는지 모리것다만 다신 입도 뻥끗 말래이. 남해 사람들 다 죽어."

차상두가 박태수의 손을 홱 뿌리치며 지지 않고 대들었다.

"정말 청맹과니네. 그 정 도령이 신분 차별도 없고 만인이 배불리 사는 대동(大同) 세상을 만들어 준답디다. 소문만 있는 게 아니고 참언(讖言)인지 부적 같은 게 있대요. 그것만 지니고 다니면 세상이 개벽할 때 다 살게 해 준답니다. 그래서 배 타고 식구 데리고 평안도 가려고 관아 돈 좀 훔쳤습니다. 그거 다 백성들 뼈골에서 나온 거 아닌가요?"

갈수록 태산이었다. 더 이상 차상두를 감쌌다가는 제 목까지 날아갈 판이었다. 갑자기 차상두가 무서워졌다.

"참언이라니, 무슨 개뼉다구 같은 소리야? 니 제발 좀 정신차리래이."

"나 참 이래도 못 믿을까."

차상두가 윗도리 안춤을 뒤척거리더니 꼬깃꼬깃 접은 종잇조각을 내놓았다.

"자 포교나리께서 읽어보세요. 난 글이 짧아 무슨 소린지 모르겠으니."

종이짝을 손으로 대충 펼쳐 그에게 내밀었다. 뭔가 적혀있기는
한데 해가 넘어가 잘 보이지 않았다. 눈을 움츠리며 뚫어져라 보니
글자가 희미하게 드러났다.

일사횡관(一士橫冠)

귀신탈의(鬼神脫衣)

십필가일척(十疋加一尺)

소구유양족(小丘有兩足)

다 아는 글자였지만, 무슨 소린지는 죽다 깨어나도 알 수 없
었다.

제 6 장
놀이하는 사람들

계절의 변화는 하늘을 보면 안다. 그저 구름이 떠돌고 새들이나 가끔 선을 그어놓는 텅 빈 공간인 것처럼 보여도 땅에서는 느낄 수 없는 기운의 흐름이 하늘에는 있었다. 손으로는 잡히지 않아도 몸으로는 느껴지는 그 기운의 움직임에 따라 계절은 제 몸의 색깔을 바꾼다.

가을이 깊어가자 하늘은 키가 낮아졌다. 그래서 그늘이 일찍 드리우고 밤이 성큼 검은 얼굴을 내밀었다. 키가 낮아진 만큼 날은 빨리 쌀쌀해졌다. 예전엔 높은 하늘에서 세상을 바라보던 물기들이 어느새 땅에 내려와 가장 먼저 이운 풀들을 적셨다. 멀리 부엉이들이 식구들을 찾는 소리를 냈다.

가을걷이가 끝난 논둑길을 포교 박태수는 아무 말 없이 걸어갔다. 그의 등에 어둠이 몇 움큼 내려앉았다. 키가 커서 파리한 줄 알았는데, 지금 보니 어깨가 의외로 다부져 보였다. 오랫동안 군사 훈련으로 단련된 사람만이 가질 수 있는 그런 어깨였다. 차상두는 걷느라 흘러내린 앞머리를 손등으로 밀어 올리며 두려움과 호기심이 반반 섞인 어린 눈빛으로 박태수를 뒤따랐다.

"포교나리. 대체 어디로 끌고 가는 겁니까?"

조바심을 이기지 못하고 입을 열었다.

관아의 곳간에 손을 댄 사실이 들통 난 뒤 차상두는 죽은 목숨이라 생각했다. 숨겨둔 돈꿰미는 탈탈 털어 돌려주었지만, 이미 사달이 난 만큼 아무리 박 포교가 감싼대도 관아에서 저를 가만두지 않을 거라 작정한 터였다.

그랬는데 며칠이 지나도 별 탈이 없었다. 탈이 없으니 더 두려워졌다. 머리 위로 시퍼런 언월도가 실낱에 매달려 대롱거리는 불쾌감이 내동 떠나지 않았다. 벼락이 치는 들길을 걷는 기분이었다. 어서 빨리 벼락을 맞았으면 싶었다.

그러다 오늘 저녁 박태수 포교가 불쑥 얼굴을 들이밀었다. 집에 돌아와 저녁을 먹는 둥 마는 둥 하고 냇가에 나가 세수를 하고 있는데, 문득 등 뒤가 서늘해 돌아보니 핏빛 노을을 등지고 한 사내가 거인처럼 도사리고 있었다. 하마터면 엉덩방아를 찧을 뻔했다.

"따라 오래이."

그래서 올 것이 왔다는 체념으로 따라나섰다. 조용집이 아닌 것이 다행이란 심정이었다. 무슨 치도곤을 당할지는 몰랐지만 이미 각오한 일이었다. 나 하나만 당하길 바랄 뿐이었다.

"죽을 일은 없으니께 내빼지만 말어. 니 놈 등짝 쫓기도 신물이 나여."

강진만의 물결소리만큼이나 차분한 목소리였다. 차상두는 침을 한 번 탁 뱉고는 발걸음을 재촉했다. 그렇게 흥둥망둥 걷다 보니 마을이 나왔다. 전에 대국산성 산판 갈 때 지나온 듯도 했지만, 어두워 가늠이 되지 않았다.

그믐도 아닌데 구름이 낮고 짙어 달빛은 종적조차 찾을 수 없었다. 박태수 포교는 칠흑 같은 골목길을 손금 보듯 잘도 걸어갔다. 옹기종기 들어선 초가집들은 사람 떠난 동네처럼 인기척조차 없었다. 차상두는 연신 두리번거리며 걸음을 재게 놀렸다.

마을도 훌쩍 지나 논이 나왔다. 목적지가 다른 데였나 고개를 갸우뚱하는데 저 멀리서 쿵쾅대는 소리가 울려나왔다. 게슴츠레 눈길을 낮춰보니 대나무를 촘촘히 엮어 울짱을 두른 담벼락이 보였다. 대나무가 네댓 길 높이로 쳐졌는데, 담장 폭이 서른 척은 훌쩍 넘을 듯했다. 뭘 하는 곳인지 짐작조차 되지 않았다. 가까이 다가가자 바람에 섞여 어수선하던 소리에 비로소 가락이 얹혀 들렸다.

그것은 꽹과리와 북, 장구, 징이 어우러져 내는 풍악 장단이었다. 장단은 빠른 가락으로 흘렀다가 잠시 차분해지더니 곧 흥겨운 행보로 바뀌어갔다. 호이 호이 외치는 소리가 메아리처럼 퍼졌다.

울짱을 빙 돌아 반대편에 이르니 쪽문이 나타났다. 박태수 포교는 으레 그렇다는 듯 육모방망이로 문을 밀었고, 열리는 문틈으로 빛이 쏟아져 나왔다.

안으로 든 차상두는 잠시 눈이 부셨다. 안은 큰 마당이었다. 저 멀리 움막이 한 채 놓였고, 그 사이 모래흙으로 다져진 땅 위로 사람들이 빙 둘러 기물을 두드려댔다. 모두들 머리에는 네댓 발 되는 상모를 쓰고 있었다. 하얀 상모가 어지럽지만 질서 있게 오른편에서 왼편으로, 이따금 그 반대로 돌았다.

대나무 담에 기대 곰방대를 빨고 있던, 키가 어중간한 노인네가 두 사람을 보더니 성큼 걸음으로 다가왔다. 얼굴은 주름으로 덮였고, 상투로 말아 올린 머리는 온통 백발이었다.

"왔남?"

"야."

"야가 그 말하던 갸가?"

노인이 차상두를 슬쩍 훔쳐보면서 물었다.

"야. 가심에 화톳불 댓 개는 품고 사는 놈이요. 그냥 나뒤 버리몬 제풀에 타 죽을까 봐 델꼬 왔소."

노인이 다시 차상두를 아래위로 꼬나보았다. 곧 멱을 딸 짐승의 급소를 찾으려는 품새였다. 공연히 몸이 위축되었다. 차상두는 엉거주춤 고개를 숙였다.

"부처님이 목심을 줄 때몬 죽을 땅도 마련해 내리 보내는 법인디. 니 매구는 놀아 본 적 있나?"

매구? 생소한 말이었다. 기물이나 가락으로 보아 농무(農舞)일 것은 분명했지만, 여기서는 달리 부르는 이름이 있는 모양이었다.

차상두는 고개를 가로저었다.

"그래? 갱기도서 왔다니 매구는 처음이것지. 뭐 매구 해적이야 나중에 챙겨 듣구 매구패들 하고 인사부텀 나눠. 난 집들이굿놀음 때 '업'을 모시며 업잽이 노릇을 하는 영감탱이라네. 어이! 잠시들셔. 새 식구 왔신께."

노인네가 목청 높이 외치자 맴을 돌며 장단을 놀던 사람들이 놀음을 멈추었다. 양편에서 타고 있는 장작불에 얼굴은 불길처럼 일렁거렸고, 땀으로 번들거렸다. 너나없이 목에 두른 수건을 풀어 땀을 훔쳤다.

매구패들이 차상두를 가운데 두고 빙 둘러섰다.

스무 명 남짓 되어 보였다. 사람들이 굴러온 강아지를 보듯 눈을 멀뚱거리며 차상두를 에워쌌다. 다들 낯설었다. 박태수가 겁먹은 차상두를 보더니 귓속말로 속삭였다.

"여기 고현에서 매구치는 치들이야. 젊은 애송이부텀 낼 모래 황천 물 마시러 갈 영감님까정 치레는 다양해두, 매구로는 이골이 난 이들이지. 앞으로 자주 볼낀께 얼굴 잘 익혀놔."

차상두는 자리가 몹시 불편했다. 투박한 성격의 차상두는 그리 붙임성이 좋지 않았다. 동무들 중엔 대면하자마자 말 트고 흉허물 없이 지내며 터수가 좋은 놈도 있었지만, 그는 사뭇 달랐다. 사람과 사귀기가 들짐승 달래기보다 더 어려웠다. 이게 관물(官物) 훔쳤다고 박태수 포교가 내리는 형벌인가 싶었다.

다들 웃으면서 반갑다는 마중을 했지만, 차상두는 엉성하게 인사를 건네면서 쭈뼛거렸다. 그때 저편 움막 앞에서 투실하게 살이 찐 스님이 그네들을 불렀다.

"어여들 와 뜨끈한 국물 좀 들어. 땀 마리몬 바로 개짐머리 찾아 와여. 허기도 채우고."

그 말에 사람들이 와르르 움막으로 달려갔다. 박태수와 차상두만 멀뚱히 남았다. 박태수 포교가 차상두의 등을 툭 치면서 앞장세웠다. 차상두는 볼일 보고 뒤를 안 닦은 아이처럼 얼기설기 걸음을 옮겼다.

통나무를 듬성듬성 잘라 다리를 세운 좌판 위에 먹거리가 놓여 있었다.

박태수 포교가 틈을 비집고 들어가더니 김이 펄펄 나는 솥에 코를 빠뜨리며 냄새를 삼키더니 말했다.

"냄시 한번 죽이네. 닭을 잡았는감?"

스님 복장을 한 이는 가까이서 보니 여자였다. 나이는 꽤 들어 보였는데, 젓가락을 넣어 잘 익은 닭을 꺼내 두툼한 손으로 살을 발라내며 말을 받았다. 아무리 봐도 살생을 멀리할 스님처럼 보이지는 않았다.

"새로 손님이 온다니께 상쇠 어른이 인심 한번 크게 썼지. 얼마나 잘 여물었는지 배 터지게 먹고도 남겠어야."

스님이 눈을 한번 찡긋하더니 차상두를 보며 말을 이었다.

"총각, 어서 와. 난 이말심(李末心)이라고 혀. 매구칠 때나 굿놀음할 때 '조리종' 노릇을 혀지. 중이 왠 괴길 먹냐고 놀리면 안 디야. 시님 놀리믄 지옥 간다 이 말씸이지. 이말심이 말 잘 드리면 자다가도 괴기를 먹는 수가 생기니 이 말씸 맹심혀야 혀."

들을수록 아리송한 말을 이말심 노인은 잘도 풀어냈다.

박태수가 히죽 웃으며 꽹과리를 들고 있는 노인에게 깍듯이 고개를 숙였다.

"어르신 덕분에 오늘 보신 잘 하네예. 상두야, 너도 인사 드리라.

우리 매구패에서 상쇠를 맡고 계신 구자효(具滋涍) 어른이시다."

키가 작고 얼굴이 동글동글한 노인이 얼음도 녹일 봄바람 같은 웃음을 지으며 차상두의 어깨를 두드렸다.

"잘 왔네. 신명나게 두드리고 돌고 외치다 보면 세상 근심 다 사라지는 게 매구 이치 아닌감. 자넨 덩치도 좋고 허니 북을 치면 그만이것구먼."

그러더니 구자효 상쇠가 김이 무럭무럭 나는 닭다리 하나를 들어 차상두에게 안겼다. 남해 와서 처음 보는 닭다리였다. 염치도 모르고 차상두는 닭다리를 덥석 잡아 물어뜯었다.

"어허, 야가 먹성도 좋네. 힘은 지대로 쓰것어."

구자효 상쇠가 껄껄거리며 박태수가 부어 준 탁배기 한 사발을 벌컥벌컥 들이켰다. 벌써 여기저기 술추렴이 떠들썩하게 오가는 중이었다.

그때 누군가 다가오더니 차상두에게 빈 사발을 내밀었다. 큰 함지박에 담긴 탁배기를 바가지로 퍼 차상두에게 따르고 자기 술잔에도 부었다. 나이는 차상두보다 몇 살 위일 듯한데 안면이 있는 얼굴이었다. 차상두가 긴가민가하며 쳐다보자 그가 씩 웃더니 말을 건넸다.

"내 모리것는가? 현령 나리 외동아들 그 되련님 모시는 방자네. 선소 정자집에서 몇 번 봤다 아인가?"

그제야 기억이 떠올랐다. 정자집에 필요한 땔감을 날라줄 때 마주친 적이 있었다. 방자란 사람은 눈썰미가 남달랐다. 그는 이어 묘한 말까지 던졌다.

"홍이 아씨도 잘 겨시지?"

누이동생에게 방자는 '아씨'란 말을 붙였다. 농이라 해도 유배 온 천한 집 딸을 두고 쓰기에는 어색했다.

"아, 예. 그럭저럭 ……."

말을 맺지 못하고 더듬거리는데, 상쇠 어른이 방자를 옆으로 밀치면서 앞으로 나왔다.

"자네한티 북을 개리쳐 줄 스승일세. 인사나 나눠. 유순심(柳順心)이라 혀."

상모를 그대로 쓴 여자가 상쇠 어른 뒤에서 쓱 나타나더니 활짝 웃으며 손을 들었다.

ㅇㅇㅇ

"오빠 지금 뭐하는 거야?"

정자집 도령님의 저녁을 봐주고 잠시 집에 들렀더니 차상두가 바깥으로 나갈 차비를 하고 있었다. 일 다 끝나고 날도 어둑해졌는데, 외출은 홍이가 보기에 그리 좋은 징조가 아니었다. 잠잠하던 방랑벽이 또 도졌는가 싶었다. 낮에 도령님이 부엌에 들어와 넌지시 건넨 언질도 찜찜했다.

"너희 오빠가 차상두지? 잘 지내나?"

도령님의 입에서 아버지와 어머니 말은 나왔어도 오빠 이름이 오르기는 처음이었다. 어쨌거나 상전 입에서 식구 이름이 나오다니 그리 반가운 일은 아니었다.

"그러하온대 ⋯⋯?"

홍이의 얼굴이 굳어지자 정문탁이 얼른 표정을 바꾸면서 말문을 닫았다. 불길했다.

"오라버니가 또 무슨 ⋯⋯?"

사고를 쳤느냐는 말이 차마 입에서 떨어지지 않았다. 정문탁이 급히 손을 휘저으며 얼버무렸다.

"아니다. 아니다. 나하고 나이도 비슷하고 해서 물어본 거야. 가끔 나뭇짐을 지고 오는 기척도 있던데 모른 척할 수만은 없지 않느냐?"

박태수 포교 나리가 얼마 전 다녀와 부모님과 몰래 쑥덕거리는 것도 보았다. 목소리가 워낙 낮아 내용은 알 수 없었지만, 이후 아버지의 한숨 소리가 잦아졌었다. 뭔가 말썽을 피운 게 분명했다. 그리고 그 소식이 도령님에게도 전해진 모양이었다.

홍이의 어깨가 축 쳐지자 도령님은 엉뚱한 소리만 늘어놓더니 낭패한 표정으로 황망하게 부엌을 나가버렸다.

그래서 유심히 오빠의 동태를 살피는데, 오늘 딱 걸린 것이었다.

홍이의 썩는 속내는 아랑곳없이 오빠의 입가에서는 웃음이 떠나지 않았다.

"아! 홍이구나. 어디 좀 다녀올 데가 있어. 밥은 거기 가서 먹을 테니까 아버지 어머니나 잘 챙겨드려."

차상두는 뒤도 돌아보지 않고 바닷가 쪽으로 달려갔다. 어둠 속에서 멀어지는 오빠를 바라보며 홍이는 고개를 홰홰 저었다.

매구 연습이 매일 있지는 않았다.

가을걷이는 애저녁에 끝났다. 경기도라면 농한기가 시작되어 새끼를 꼬거나 부역에 나가는 일 말고는 한적해지지만, 남해는 겨울에도 날씨가 푸근해 밭농사가 이어졌다. 논을 갈아엎고 마늘을 심거나 시금치 씨를 뿌려 겨우내 키웠다. 시금치보다는 마늘을 많이 심는 까닭은, 손이 많이 가기는 해도 매운 식물이라 저장을 오래 할 수 있어 때로 요긴하게 쓰일 수 있기 때문이었다.

그런 탓에 낮에 마늘 농사로 지친 사람들이 따로 이어마을 대나무 움막까지 와 매구를 하다 돌아가기가 쉽지 않았다.

구자효 상쇠 어른의 말을 들어보면 남해에는 마을마다 매구패가 있다고 했다. 다들 어릴 때부터 할아버지, 아버지가 농번기 때 나가 매구 노는 것을 보고 눈대중으로 배워 능란하지는 않아도 매구 놀기에는 부족하지 않은 실력을 갖췄다고 했다.

"매구 놀음이 돋보일 때는 역시 집들이굿놀음을 할 때여. 남해가 영 변방이라 호구가 그리 많진 않고 궁기에 찌들어 살지만, 제법 노비도 거느리고 땅 마지기도 가진 부자가 아주 없지는 않채. 또 반가(班家)도 더러 있고. 그런 집에서 자식이 떨어져 나가 새로 호구를 차리면 번듯하게 집을 져준단 말이거든. 그리 기와집이 올라갈라치면 우리 매구패로 부린단 말이제.

집안에선 큰 경사니 솜씨가 서툰 동네 매구패보다 우리처럼 동리마다 잘 노는 이들만 모인 매구패가 제격이여. 잡색(雜色)들이야 동리 사람들이 삼삼오오 모여 도와도 그만이지만, 매구라면 우릴 따라올 치들이 하동이나 사천 가도 만나기 어렵잖고 말고.

암 그렇제."

구자효 상쇠 어른의 기나긴 매구 자랑 사설이 다 귀에 쏙쏙 들어올 만큼 차상두의 머리가 돌아가지는 않았다. 그래도 구수한 입담으로 들려주는 매구패의 이력은 들을수록 재미났다.

차상두는 태어나서 처음으로 북을 제대로 잡아봤다. 포천에 살 때도 친구들과 모여 놀거나 동네잔치가 있으면 얻어먹은 술기운에 북채를 잡아 두둥 두드려보지 않은 것은 아니었다. 그러나 그것은 마구잡이 북놀음이었을 뿐이었다.

차상두에게 북 치는 법을 맡아 가르쳐주는 유순심은 시집 못 간 노처녀였다. 얼굴도 예쁘장하고 일솜씨도 실팍한데다 싹싹하기도 해서 사내들의 애간장을 녹일 만했지만, 병든 아버지의 병구완을 도맡았고 역병으로 세상을 떠난 어머니를 대신해 어린 동생들까지 돌봐야 했다. 당연히 집안 형편이 좋을 리 없었다.

이웃 마을에서 뚜쟁이가 와 중신을 놓은 적도 여러 차례였지만, 차마 병든 아버지와 어린 동생을 나 몰라라 할 수 없어 한 해 두 해 미루다 보니 어느새 서른을 코앞에 두고 있었다. 같이 자란 동무들은 진즉에 성혼(成婚)해서 애들을 주렁주렁 달고 다니는데, 그녀에게는 논밭이 시댁이었고, 매구가 자식이었다.

유순심은 어릴 때부터 매구 기물을 가지고 놀기를 좋아했다. 좋아하기만 한 것이 아니라 소질도 만만치 않아 기물을 쥐어주면 눈동냥만 하고도 곧잘 따라 했다. 그 재미에 동네 어른들이 계집애라 내쫓지 않고 소일거리 삼아 차근차근 가르쳤더니, 지금은 남해 바닥에서 그녀를 따라잡을 사람이 없을 지경이 되었다.

"그렇게 치면 안 되여. 북은 가생이를 치면 소리가 짱짱하지 않아여. 요렇게 북채를 단단히 쥐고 북과 얼굴을 나란히 둠시롱 한복판을 내리쳐야 옹골진 소리가 나여."

차상두도 몸치는 아니어서 가르쳐주는 대로 금방 요령을 익혔다. 큰누나 같은 유순심이 가르치는 보람을 느끼도록 혼자 애쓰며 있는 힘껏 북을 내리치는데, 칭찬보다는 핀잔을 듣기 일쑤였다.

"힘으로 북 칠라카믄 소한테 맡기제 사람한테 맡기것노. 북을 치라켔제 누가 북 뚫으라켔나."

진땀을 뻘뻘 흘리면서 북채를 두드리는 차상두를 보면서 유순심은 혀를 끌끌 찼다. 그렇게 꾸지람을 소쿠리째로 먹었지만, 그런 대로 매구의 북 타법은 몸에 배어졌다.

진짜 곤란하기는 상모돌리기였다. 남들이 돌리는 것 볼 때는 저것쯤이야 싶었는데, 막상 상모를 쓰고 돌리자니 마음대로 따라주질 않았다. 무릎에 탄력을 주면 자연스럽게 돌아간다는데, 말처럼 수월하지 않았다. 목으로 돌리면 목이 뻣뻣하게 굳어졌고, 허리로 돌리자니 허리 따로 상모 따로 놀았다.

유순심은 엉덩이를 좌우로 씰룩쌜룩 흔들고 무릎을 까딱이면서 잘도 돌리는데, 차상두의 몸은 점점 돌부처가 되어갔다. 대놓고 말은 않지만 유순심도 답답한 속내를 숨기지 못했다.

허나 고집과 끈기라면 차상두도 남 못지않았다. 상모를 집에까지 가져와 남들 잘 때 혼자 언덕에 올라 달빛을 벗 삼아 기량을 갈고닦았다. 그랬더니 어느 순간부터 귀신이라도 씐 것처럼 상모가 마음먹은 대로 돌기 시작했다.

"우리 상두 재주를 타고난 모양이래이."

그제야 유순심도 흡족하게 탄성을 터뜨렸다.

무명천을 감아 끈을 만들어 북에 감고 목과 어깨에 돌려 밀착시킨 뒤 매구패의 실연 놀이마당에 들어가게 된 것은 처음 발을 들여놓은 지 한 달여가 지났을 때였다. 북장단을 맞추고 상모를 돌리면서 진굿 마당을 순서대로 따라잡는 일은 힘은 들어도 이상하리만큼 신바람이 솟구쳐 올랐다.

"우리 매구패 굿놀음 과장을 '진(陣)굿'이라 부리는 것도 다 까닭이 있제이. 우리 남해 매구는 원래 저기 망운산 화방사(花芳寺)에서 놀던 '중매구패'에서 나왔다 아이가. 더 연원을 따라가믄, 남해가 변방이라 왜구의 침입이 잦아 예전에는 전란도 빈번했다 카데. 그랑께 방비로 위한 훈련이 잦았고, 군사들의 사기로 올려주기 위해 매구가 동원된 것이 지금 같은 과장이 된 거여. 진법(陣法)을 본받았다케서 '진굿'이라 부르는 거 아닌감."

구자효 상쇠 어른의 매구에 얽힌 사설은 밤을 새워도 모자랄 판이었다. 듣기에 지친 차상두가 꾸벅꾸벅 졸아도 눈치채지 못하고 입담을 이어갔다.

어울림굿, 거듭나기 길굿, 삼채굿, 덕배기굿, 호우굿, 따드래기굿 등등등 배울 것도 많았다. 각 마당마다 나오는 장단이며 발동작, 차례 따위를 간신히 머리에 담아 집에 오자마자 백지를 꺼내놓고 옮겨 적었다. 붓을 놀려 그림을 그리고 짧은 언문 실력으로 방법을 적어 나가며 외우고자 진저리를 쳤다.

"상두가 뒤늦게 학문 바람이 불었네. 절차탁마(切磋琢磨)가 양반 댁에만 있는 줄 알았더니 우리 집 아랫목에도 있었구나. 이러다 우리 집안에서 대과 급제자 나오겠다."

차덕구가 이 꼴을 보고 어처구니없다는 듯이 한마디 하고는 다시 이불을 뒤집어썼다. 그러거나 말거나 차상두의 매구 삼매경은 나날이 깊어만 갔다.

어느 날 대나무 움막에 갔더니 분위기가 여느 때와 조금 달랐다.

한 차례 매구판을 돈 다음 구자효 상쇠 어른이 매구패들을 불러 모았다. 새벽에 잡아 왔다는 감성이가 회가 되어 올라왔고, 탁배기까지 몇 통 움막 안에 진을 치고 있었다. 매구패들은 눈이 휘둥그레져 초를 넣어 버무린 고추장에 싱싱한 회를 푹 찍어 입에 넣기 바빴다. 얼큰한 매운탕 끓는 냄새까지 대나무 울짱 안을 떠돌았다.

탁배기 한 사발을 시원하게 들이키고 오징어가 들어간 묵은지 지짐이를 간장에 찍어 우걱우걱 씹던 방자가 양 볼을 씰룩이면서 물었다.

"상쇠 어른요. 오늘이 누구 귀 빠진 날인감요? 웬 진수성찬이요?"

구자효 상쇠가 자못 긴장한 표정을 지으며 입을 열었다.

"선원마을에 사시는 정판서 어른 알제? 한양서 지내다 올봄에 낙향하신 분 있잖은가?"

"야. 만석지기라던 그 어르신 말이지예."

"그려. 그간 짓던 별서(別墅)가 조만간 마무리될 모양이야. 말이 별서지 아흔아홉 칸에서 세 칸이 모자란다나, 네 칸이 모자란다나,

좌우간 어마어마한 대공사가 막바지에 이르렀다네. 오늘 낮에 그 집 청지기가 오더니 집들이굿놀음을 크게 한판 벌여달라는 거야. 비용이라면 걱정을 말라더군. 자네들이 먹는 술이며 회가 다 그 댁에서 온 기네. 돼지도 한 마리 보내겠다쿠네."

"그라몬 입이 째져라 기뻐할 일이제, 어째 근심 짊어진 사람 꼴이라요?"

"아, 우리 매구판만 부른 게 아니니까 그렇제. 저기 전라도 땅에서 내노라하는 농악대도 부른다는 게여. 이러면 놀음이 아니잖은가, 실력 싸움이제. 그라니 내가 지금 술이 넘어가기생깄나?"

제7장

치자 꽃향기는 바람에 날리고

남해에는 꽃이 많다. 지금만 그런 것이 아니라 언제인지 모를 오래전부터 남해는 지천으로 꽃이 피었다 졌다. 산바람과 골바람, 바닷바람이 아침저녁으로 계절마다 서로 비벼지면서 불어오는 남해는 꽃들이 살기에 가장 행복한 섬마을이다. 그래서 남해 사람들이나 뭍에서 왔던 사람들은 너나없이 남해를 두고 화전(花田), 꽃밭이라 입을 모았다.

그런 꽃들 가운데 이 땅 남해를 가장 빛내는 꽃을 들라면 '치자꽃'이라고 다들 주저 않고 손을 들어준다. 치자꽃은 치자나무를 숙주로 삼아 제 삶을 뽐낸다. 사람 키만도 못하게 자라 땅을 그리워하는 마음을 숨기지 않는 치자나무는 상록수(常綠樹)다. 사시사철 푸른 잎이 떨어질 줄 모른다.

보통 치자꽃은 봄에서 여름까지 그 절정을 이룬다. 봄이 올라치면 남해에도 개나리, 진달래, 철쭉, 유채꽃 등 별별 꽃들이 자태와 색상을 자랑하지만, 남해 사람들은 치자 꽃을 '고향의 꽃'이라 여겼다. 어쩌다 타지로 나가 살아도 울짱 틈 소담한 곳에 치자나무를 심었다. 치자꽃이 피면 그 달콤한 향기에 향수(鄕愁)에 젖어 고향을 그리며 눈물짓곤 했다.

치자꽃은 품종이 무엇이든 빛깔은 언제나 하얀색이었다. 그 흰 빛은 그저 색깔 중의 하나인 백색(白色)이 아니었다. 윤기는 띠지만 그렇다고 농염(濃艶)하지 않고 은은하면서 고즈넉한 품격을 지닌, 가슴을 여울지게 만드는 얼이 살아 있었다. 그 아릿함 때문에 한 번 치자 꽃향기를 맡은 사람은 숨이 막힐 정도로 매혹된다.

오늘 차상두는 햇살이 짱짱한 날 이어마을 대나무 움막으로 나왔다. 낮에 와 보니 대나무 울짱 주변 키 낮은 나무에 하얀 꽃들이 작은 눈송이처럼 박혀 눈부셨다. 차상두로서는 처음 본 꽃이라 이름은 몰랐지만, 향기만은 결코 잊을 수 없는 자극으로 다가왔다. 혼자 걸음이라 물어볼 이도 없어 차상두는 주변을 두리번거렸다.

정판서의 별서에서 벌어질 춤굿 경쟁이 못 박히면서 구자효 상쇠 어른이 엄명을 내렸다. 땅 농사도 긴요하고 바다농사도 거를 수 없지만, 남해의 명예를 걸고 싸움판에 뛰어든 이상 한 치의 양보도 있을 수 없다고 외치셨다.

"우리 남해가 비록 조선 땅 남쪽 바다 외진 곳에 있다케도 우리들이라고 밸이 없지는 않다 아이가. 조상 대대로 뭍것들에게 섬놈이라고 당한 설움이 생각만 해도 복받치는데, 우리의 자랑인 매구에서마저 진다면 우찌 얼굴로 들고 다니것노. 더구나 뭍에서 올 춤꾼들에게 이 바닥에서 진다카믄 기냥 남해 바다에 코를 박고 죽어야할끼다. 우짜든동 이기야 얼라들헌티도 체면이 설끼 아이가.

다행히 정판서 어른도 남해 사람이라 대결은 붙였어도 지지는 말라켔다. 물심양면으로 지원은 아끼지 않겠다켔시니 농사는 놉을 쓰든 일가붙이 도움을 받든 당분간 접어두고 기량을 다지는 일에 몰두해야 할끼라.”

매구패 제일 어른이 목에 핏줄을 세워가며 춤꾼들을 다그치자 다들 긴장의 빛을 드러냈다.

술을 한잔 걸친 방자가 기운이 뻗치는지 붉어진 얼굴로 목청을 다잡으며 춤꾼들을 일으켜 세웠다.

“다들 들으셨지예. 우리 남해 사람들이 유배 온 양반이면 그 잘난 행세에 기가 죽었고, 벼슬아치들이 와서 조리돌림을 해도 끽소리 못하고 살았다 아임니까. 섬놈은 사람이 아이라고 누가 캅디까? 요참에 뭍에서 올 춤꾼들의 코를 납작하게 만들어 남해도 ‘사람’이 사는 시상인 걸 상구 한 번 보이조야지예. 안 기렇심니까.”

방자가 소매를 걷어붙이며 종주먹을 휘젓자, 처음엔 주눅이 들었던 매구패들의 눈동자에도 불길이 활활 타올랐다. 평소 새침하던 유순심마저 흥분한 기색을 감추지 않았다.

“상쇠 어른 말씸이 백번 옳다 않임니까. 춤굿 쌈에서 이긴다케도 돈이 생기고 떡이 생기지야 안켔지만 …….”

갑자기 방자가 유순심 말을 가로막으며 훌쩍 뛰어나왔다.

“무신 소리! 떡은 몰라도 돈은 생길 거라 사료된다카이. 만석지기 정판서께서 설마 상급(賞給)도 업시 쌈판을 만들지 않았을끼라이 말이제. 그라지예, 상쇠 어른."

입바른 소리에 상쇠 어른이 마른기침을 몇 번 하더니 마지못해 말을 꺼냈다.

"방자 말이 다 사실은 아니라케도 아주 잡치는 소리도 아니제. 청지기가 판서께서 이기는 패에게 전답 다섯 마지기를 내놓겠다 다짐했다고 귀띔을 해줬싱께. 그것땜시롱 이기야 하는 건 아이지만, 우리 땅 전답으로 남 좋은 일 시킨다믄 말이 안되제. 하모!"

방자가 나서는 통에 말이 끊겨 머쓱해졌던 유순심이 다시 말을 받았다.

"그라몬 더욱 잘 된 일이지예. 그 전답으로 우리 매구패 살림 밑천을 삼으몬 얼마나 좋컷심니까. 조래중 아지매가 연신 때마다 참 걱정으로 근심이 마를 날 업신는데, 다 옛 소리가 될끼라예."

이말심 아지매가 국그릇에 매운탕을 옮겨 담으면서 한마디 거들었다.

"하모, 하모. 내사 이제 다 늙어빠져 매운탕 거리도 못 되지맘서도 전답 다섯마지기라몬 그서 나올 이문만으로도 괴기는 끊이지 안체. 거기 쭈그려 안진 영감님들, 말만 들어도 가운뎃다리에 힘이 뻗치지예, 우하하핫!"

영기(令旗)와 농기(農旗)를 들고 매구판 선도 구실을 맡은 노인들이 몇 개 남지 않은 이빨을 드러내면서 찰진 웃음으로 대꾸했다.

"말심아. 그러다 내 못 참고 밤에 너거 집 담장 넘으몬 책임질끼가?"

이말심 아지매도 지지 않고 대거리를 했다.

"담장 넘을 힘이나 있고 고런 소리하쇼! 이래뵈도 내도 아직 싱싱햐."

걸쭉한 외설담(猥褻談)이 오가자 사방에서 낄낄거리는 웃음이 그치지 않았다. 그날 매구패들은 술과 고기로 배를 가득 채웠었다.

쪽문을 열고 들어가니 유순심이 먼저 나와 기물이며 깃발, 복식(服飾)들을 챙기고 있었다.

"왔나? 좀만 기다리래이."

차상두를 흘낏 보더니 유순심은 다시 기물 정리에 혼을 빼앗겼다. 차상두도 더 할 말이 없어 무덤덤하게 상모를 쓰고 생피지를 돌렸다. 걸음을 빨리 하면서 몸을 뒤틀었다. 몸이 땅에 닿을 듯이 눕혀 모잽이 돌 듯 흉내를 냈지만, 성에 차는 몸짓은 아니었다.

구자효 상쇠 어른이 그날 헤어질 때 차상두와 유순심을 불러 일러둔 말이 있었다.

"단디 들으래이. 상두 니가 젊고 몸이 날래니께 연풍대(筵風擡) 춤사위 한 자락을 맡았시몬 좋겠다. 알것제?"

연풍대? 머리털 나고 처음 들어본 소리였다.

"그게 뭔대요?"

"모리나? 갱기도에선 그걸 다리고로 부리나?"

"제가 매구는 해본 적이 없어서요."

차상두가 머리를 긁으며 대답했다.

"맹칭이야 중요하것나, 잘 하믄 그만이제. 여그 순심이가 제법 하니께 다음부터라도 배워. 순심이하고 방자, 상두 셋이 버꾸함

시롱 연풍대로 돌믄 제법 갱치가 화려할끼다. 그랑께 북도 치면서 소고도 익혀야 혀.”

유순심이 차상두를 앉히더니 잠시 연풍대 사위를 보여주었다. 유순심은 다람쥐 쳇바퀴 돌 듯 상모를 돌리고 몸도 가뿐히 뒤틀면서 날아갈 듯한 춤사위를 흥겹게 놀았다. 보기만 해도 아찔했다. 이제 갓 상모돌리기와 장단, 과장 움직임을 널뛰듯 맞춰 가는데 저걸 또 하라니 덜컥 겁이 났다.

“그런 걸 어떻게 한대요?”

차상두가 감탄하며 묻자 유순심이 생긋 웃으면서 말했다.

“이거는 약과다. 열두 발 상모 돌리는 걸 보면 뒤로 나가자빠질 끼다.”

“그런 것도 있어요? 무섭네요.”

“걱정할 것 없어야. 상두 니라몬 허고도 남을 긴께.”

그래서 오늘 남들보다 일찍 나온 거였다. 연풍대 흉내를 내다 엎어지고 자빠지는 꼴을 남들에게 보이기는 싫었다. 차상두는 소고로 길놀이 장단을 두드리놀면서 유순심의 일이 끝나기를 기다렸다.

“얼씨구, 잘도 노네. 수버꾸를 맡아도 되것어.”

누군가 추임새를 넣기에 돌아보니 방자가 어느새 쪽문을 열고 들어와 있었다. 정자집 도령님 곁에 있어야 할 양반이 웬일인가 싶었다.

“도령님은 어쩌고요?”

방자가 눈을 게슴츠레 뜨면서 실없는 웃음을 흘렸다.

"도령님이야 홍이 아씨하고 잘 놀제. 그 판에 내가 끼서 뭘 허끼고. 욕만 태백이로 먹제."

또 영문 모를 소리를 해댔다.

"그런 니는 이 시각에 여기 있어도 되남? 니 또 사라짖다고 개고집 포교가 길길이 날뛸 텐디?"

방자는 조웅집 포교를 '개고집'이라 불렀다. 성깔이 더러워 한번 삐딱선을 타면 다구리가 심하다 해서 그렇게 부른다고 했다.

"박태수 포교님께서 가라 했시다."

차상두도 제법 남해 사투리가 입에 올랐다.

"그려? 우리 태수 형님은 도량도 참 넓으셔. 선덕여왕 같은 옥진 아씨와 사니께 그랄만도 하제. 크크크!"

방자의 말에는 항상 뼈가 숨어 있어 갈피를 잘 헤아려야 했다. 신라 선덕여왕의 성품이 어땠는지는 알 수 없지만, 우리 일가에게 해주는 걸 보면 분명 전생에 어질고 착한 여왕이었을 것이라고 차상두는 생각했다.

"왔는가?"

유순심이 소고를 옆구리에 끼고 두 사람에게 다가왔다.

"그려. 상두서껀 연풍대 개르친담시? 어떻코롬 하나 귀경하러 왔제."

이런! 구경꾼이 하나 생겼다. 침을 꿀떡 삼키는데, 방자는 엉뚱한 말로 화제를 돌렸다.

"근디 순심아, 니 밖에 치자꽃 핀 거 봤나?"

유순심의 얼굴에서 살짝 웃음기가 가셨다.

"봤제. 참 별 일이제?"

"하모. 가을도 꽤 깊은 이 철에 치자꽃이 무신 일이것네. 냄시야 좋지만서도 괴이하기도 하제. 닌 전에 본 적 있나?"

오가는 말투로 보아 두 사람은 갑장인 모양이었다. 그러고 보니 유순심도 탑 마을에 산다고 한 것 같았다.

"없제. 우쨌거나 치차 꽃향기가 움집에 그득하니 좋기만 하네."

유순심은 별일 아니란 듯한 표정이었지만, 방자는 그리 느긋하지 않았다.

"꽃이 때를 넘겨 피면 천지에 변고가 있을끼라 카던데……."

○○○

아침에 비가 잠깐 내린 가을 어느 날, 점심 요기를 마치자 권문탁은 방문까지 닫아걸고 꼼짝달싹하지 않았다. 그릇을 부시면서 홍이는 정자집 도령님의 침묵이 이상하게도 신경이 쓰였다. 아침에 박태수 포교가 반쯤 상기된 얼굴로 찾아와 홍이까지 내쫓으면서 도령님과 밀담을 나누었다.

남의 말 엿듣는 걸 당연히 피하는 홍이였지만, 얼핏 오빠 이름이 스쳐 들려 발걸음을 떼지 못했다. 또 오빠가 말썽을 일으켰나 싶었다. 근래에는 오빠도 마음을 잡은 듯 부역에도 부지런히 나갔다. 돌아와서도 잠자코 벽에 기대 뭔가 그림이며 글씨가 쓰인 백지를 들여다보며 궁리를 하는 눈치여서 안심하고 있던 차였다.

어느 날인가 곤히 잠을 자는데 부스럭거리는 소리에 잠이 깼다.

실눈을 뜨고 보니 오빠가 일어나 밖으로 나가는 기색이었다. 잠이 확 달아났다. 잠시 옆자리 동태를 살피다 문을 조심스레 열고 오빠를 뒤따랐다. 무슨 짓을 하든 말려야 한다는 마음뿐이었다.

그런데 뒤편 언덕에 오른 오빠는 벙거지를 쓰더니 빙빙 돌리는 것이었다. 달빛을 받아 더 하얗게 보이는 흰 띠가 벙거지 위에서 바람개비처럼 돌아가고 있었다. 그래서 상모인 줄 알았다. 전에 정자집이 다 지어졌을 때 이웃동네 매구패들이 와 돌리던 기억이 났다. 엉덩이와 허리를 돌리고 다리를 까딱이면서 용을 쓰는 오빠를 보자 절로 웃음이 나왔다.

매구에 빠진 오빠를 보고난 뒤 홍이는 적이 안심이 되었다. 오빠를 매구패에 데려간 사람이 박태수 포교인 줄 알자 너무나 고마웠다. 어쨌거나 오빠는 연안 차씨 집안 대를 이을 종손이었다.

박태수 포교가 홍이에게 농담 인사도 하지 않고 허위허위 대나무 숲을 돌아나갔다. 차탁(茶卓)을 치우러 들어갔더니 국화차는 들여온 그대로 식어 있었다. 도령님은 벽에 걸린 〈심우도(尋牛圖)〉 그림만 바라보며 골똘히 상념에 잠겨 있었다. 표정이 밝지 않았다. 공연히 기분이 쓸쓸해져 홍이도 말없이 차탁을 들고나왔다.

요즘 계속 안색이 어두웠던 도령님이었다. 홍이가 헤아려보니 유배 온 부친을 따라 남해에 왔다는 친구분이 다녀간 이후부터였다. 그 부친이 관아 옥에서 끝내 유명(幽明)을 달리했다는 소식을 들은 도령님은 하얀 소복으로 갈아입고 가묘로 달려갔다. 옥진 아씨에게 부탁해 급히 마련한 제수 바구니를 이고 망운산 어두운 기슭에 차린 가묘로 갔다. 도령님은 친상(親喪)이라도 당한 듯 호곡하며 흐느꼈다.

들썩이는 어깨가 너무나 수척해 보여 가슴이 먹먹해졌다. 돌아가신 어른과 어떤 사이인지 홍이로서는 알 길 없었지만, 도령님을 지탱한 한 세상이 무너졌음을 느꼈다. 얼마 뒤 친구분은 초라한 운구를 이끌고 노량 바다를 건너 길을 떠났다. 살아서 건너온 해협을 죽어서야 귀향하는 행렬을 도령님과 함께 지켜보면서 홍이에게 바다는 고향과 자신을 가르는 암굴(暗窟)인 것 같았다. 슬픔은 고향에 다 두고 온 줄 알았는데, 야속하게도 그들 일가와 함께 남해까지 따라오고 말았다.

그 이후로 도령님은 말수가 부쩍 줄었다. 마시지도 않던 술까지 받아오라는 분부마저 잦아졌다. 오늘도 도령님은 바깥나들이를 간다는 핑계로 옥진 아씨의 주점에 들러 받은 술을 홍이에게 들렸다.

우울한 마음과는 달리 날씨는 서럽게도 맑았다. 새소리를 벗삼아 들길을 걷던 도령님은 아름드리 소나무가 우거진 언덕을 올랐다. 들기름으로 지진 고소한 생선전을 안주 삼아 도령님은 홀로 술잔을 비웠다. 과거 준비에 여념이 없어야 할 사람이 술이 있어야만 덜어낼 수 있는 시름은 무엇인지 홍이는 궁금했다.

그렇게 술잔을 기울이던 도령님이 문득 고개를 모로 저으며 무언가 킁킁 냄새를 맡기 시작했다. 붉어진 얼굴로 권문탁이 홍이를 쳐다보았다.

"홍이야, 이 향기 너도 맡았니?"

잠시 넋 놓고 먼 생각에 잠겼던 홍이가 그 말에 퍼뜩 이승으로 돌아왔다.

"무슨 향기 말씀인가요?"

홍이도 권문탁처럼 푸른 소나무 가지 사이로 눈길을 주며 냄새를 더듬었다. 상큼한 송진 냄새는 들려왔지만, 권문탁이 말한 향기는 다른 곳에서 풍겨오는가 보았다.

"처음 맡는 향기로구나. 꽃향기인 듯한데, 아, 저건가?"

그러더니 자리에서 일어나 권문탁은 쑥부쟁이가 무리 지어 피어있는 언덕길로 향했다. 연한 자줏빛을 띤 가냘픈 쑥부쟁이꽃으로 인사를 하듯 고개를 숙였다. 그러나 이내 고개를 들었다.

"아냐. 이 냄새가 아니야. 어디지?"

권문탁은 천렵을 나와 고기를 좇는 아이처럼 숲을 휘저으며 부산하게 걸음을 옮겼다. 애써 빨아 다린 옷에 풀물이 들까 조바심이 났다.

그렇게 허우적거리던 권문착이 탄성을 지르며 홍이를 불렀다.

"홍이야. 이 꽃에서 나는 향내 좀 맡아봐라. 서왕모(西王母)가 산다는 옥산(玉山)의 선도화(仙桃花) 냄새도 이렇게 달콤하진 않을 것 같구나. 이 꽃 이름이 뭘꼬? 홍이 꽃인가? 하하하!"

너무나 과장된 웃음소리라 울음소리처럼 들렸다. 후다닥 달려갔다.

"봤니? 하얀 옥구슬을 얇게 마름질해 모아놓은 것 같구나. 칭얼거리는 갓난애 주먹도 안 되는 꽃송이가 앙증맞기 그지없구나. 향기가 비단 실오라기처럼 은은하더니 예 오니 옹달샘 물처럼 촉촉하게 몸을 감싸는구나. 이 꽃 이름이 뭘까?"

홍이도 눈여겨보지 못한 꽃이었다. 고향에서도 본 기억이 없었다.

"쇤네도 잘 모르겠사옵니다."

대꾸를 원한 것은 아닌지 권문탁은 하얀 꽃 두어 송이를 꺾더니 홍이에게 손짓을 했다.

"이리 가까이 와 봐."

권문탁의 손짓을 보자 덜컥 겁이 났다.

"어쩌시려고요?"

"걱정 말고 이리 와라. 내가 너를 해치겠니."

엉거주춤 다가가자 권문탁이 홍이의 어깨를 잡더니 자리에 앉혔다. 꽃나무가 사방을 가려 푸른 하늘밖에는 남지 않았다.

권문탁이 곱게 땋은 홍이의 머릿결을 쓰다듬었다. 술 냄새에 섞여 남자의 몸에서 나는 뜨거운 열기가 밀려왔다. 홍이는 자신도 모르게 눈을 감았다.

권문탁은 홍이의 귀밑털 위로 하얀 꽃송이를 살포시 꽂았다. 도령님의 손끝이 홍이의 귀를 간지럽혔다. 홍이의 온몸은 가녀린 떨림으로 허덕거렸다.

"정말 잘 어울리는구나. 너무나 곱구나. 꽃도 …… 너도 …… ."

차마 눈을 뜨지 못하는데 감은 눈앞이 잠시 어두워졌다. 그리고, 도령님의 입술이 느껴졌다. 밀쳐내려 했지만, 남자의 손길은 완강했다.

"도련님, 이러시면 …… ."

간신히 입술을 떼고 도령님의 뺨을 밀어냈지만, 남자는 두 팔로 홍이의 어깨와 허리를 뱀처럼 조이며 입술로 입술을 막았다. 그 결에 두 사람은 이운 풀 위로 쓰러졌다. 새떼들이 놀라 푸드덕 날아올랐다. 원앙새였다. 비익조(比翼鳥)였다.

몸이 천 길 낭떠러지 위를 날고 있는 듯했다. 허공을 하염없이 오르다가 바닥없이 떨어졌고, 다시 그네를 타듯 하늘 위로 구름 위로 치솟았다. 거대한 불기둥이 나타나 홍이의 몸을 달구었다. 갑자기 눈물지으며 손짓하는 엄마의 얼굴이 다가왔다. 엄마는 어서어서 이리로 오라며 소리 없는 함성을 외쳤다. 홍이도 가고 싶었지만, 오금이 저려 꼼짝도 할 수 없었다.

그저 이대로 허공에 몸을 맡길 수밖에 없었다. 홍이의 머리에서 떨어진, 꿀물처럼 달콤한 꽃향기가 홍이의 몸 위를 떠다녔다. 숨죽여 아픔이 아닌 한숨을 내쉬었다.

잠시 세상에는 아무것도 머물지 않았다. 홍이도 도령님도, 꽃향기조차 모두 사라졌다. 홍이를 더듬는 한 남자의 손길만 세상을 오롯하게 차지하고 있었다.

....

잠시 구름이 해를 가렸다가 이윽고 다시 빛이 세상을 따뜻하게 덮었다.

눈을 떴을 때 도령님은 햇살보다 더 환한 얼굴로 홍이를 바라보고 있었다. 근심도 없고 환희도 없는 물빛 같은 얼굴이었다. 그러나 눈에는 뜻밖에도 분노가 서려 있었다.

권문탁은 홍이의 헝클어진 머릿결을 다정한 손길로 재웠다. 홍이는 발그레 달아오른 얼굴을 감추느라 눈길을 바로 둘 수 없었다.

"홍이야, 괜찮니? 이래서는 안 되는데, 내가 너무 몰아댔구나."

도령님은 뜻 모를 이야기를 중얼거렸다. 홍이는 옷고름을 급히 매만지면서 몸을 뒤로 돌렸다. 뭐가 안 되고, 뭐가 성급한 것일까? 그러면 뭐가 되고, 언제가 때가 맞는 것일까? 갑자기 버림받은 강아지가 된 기쁜이었다. 이제 어디로 가야 하나?

도령님은 홍이를 가지지 않았다. 남녀가 사랑할 때 엮는 마지막 몸짓을 매듭짓지 않았다. 홍이는 혼란스러웠다.

미궁에 빠진 사람은 홍이만이 아니었다.

"홍이야. 난 요즘 길을 잃어버린 것 같구나. 내가 어디에 서 있는지, 이제 어디로 가야 할지 모르겠어. 그저 너만 보이는구나. 나도 무지렁이 평민이었다면 좋았을 것을."

권문탁은 여전히 등 돌린 홍이의 어깨를 감싸듯 매만졌다. 그 손은 여전히 따뜻했지만 너무나 아쉬운 온기였다.

"너를 이런 들판 귀퉁이에서 야합(野合)하듯 안으려 하다니, 원앙금침을 깔고, 청사초롱 밝히고, 만인의 축복을 받으며 가시버시가 되지는 못할망정······."

권문탁은 말을 잇지 못했다.

홍이는 속상했다. 야속했다.

'도련님. 그런 말씀 마시고, 제가 듣고 싶은 말을 해 주세요.'

이렇게 외치면서 도령님의 가슴에 안기고 싶었다.

그것이 하늘도 비웃을 망상일지라도 도령님의 색시가 되고 싶었다.

홍이의 속내를 아는 듯 모르는 듯 권문탁은 입술을 다문 채 홍이의 어깨를 자신의 가슴께로 당겨 안았다. 홍이의 등으로 도령님의 일렁이는 심장의 박동소리가 전해졌다. 심장은 홍이의 모든 것을 담으려는 듯 꿈틀거렸다.

"오늘 네게 못 볼 꼴을 보였다만 내 마음은 이제 변하지 않아. 그것만은 알아다오. 오늘부터 홍이와 나는 둘이 아닌 하나야. 알겠니?"

권문탁이 홍이의 몸을 돌려 온전하게 가슴 속 깊이 여자를 품었다. 권문탁의 이마에 맺힌 땀방울 하나가 홍이의 뺨으로 흘러내렸다. 권문탁의 혀끝이 홍이의 귀를 달콤하게 핥았다.

그러나, 여전히 홍이는 기쁨보다는 가늘 길 없는 슬픔에서 헤어날 수 없었다. 이승의 모든 길이 다 끊겨버린 두려움만 물결쳤다.

제 8 장

악마의 속삭임

남해현은 남쪽 변방 해안을 지키는 중요한 군사기지다. 고려시대 이후 도성과 멀리 떨어져 있다 보니 경비가 상대적으로 소홀해졌는데, 이 허점을 노리고 외적의 침입이 잦았다. 특히 일본에 소굴을 둔 왜구(倭寇)는 시도 때도 없이 침략해 약탈과 살육을 일삼아 두고두고 조정의 골칫거리가 되었다.

조선은 이미 임진왜란을 통해 왜군(倭軍)에게 호되게 당했고, 민중들이 앞장 선 의병(義兵)이 없었다면 사직이 무너질 뻔한 적도 있었다. 왜란 이후로 조정은 중국의 대국 명나라나 청나라를 제외한 모든 외국에 대해 더욱 철저한 쇄국의 태도를 묵수했다. 적군의 내습을 근본적으로 뿌리 뽑자는 방책이었지만, 이런 소극적인 태도는 조선을 청맹과니로 만들어 문화와 경제를 낙후시키는 원흉이 되기도 했다.

남해현은 수군의 거점이면서 현령의 통제도 받다 보니 주민들이 받는 고통은 두 배로 늘었다. 수영(水營)에서 요구하는 부역과

공출에 동원되어야 했고, 공물(貢物)을 거둔다는 미명 아래 벌어지는 관아의 착취에도 시달려야 했다.

사면이 바다로 둘러친 남해현은 각종 해산물의 보고이기도 했다. 특히 남해에서 나는 전복은 품질이 좋아 공납의 일등 상품이었다. 그러나 전복을 캐기 위해서는 엄청난 노동력과 위험을 감수해야 했다. 과도한 물질로 건강을 상한 주민들은 힘없이 쓰러져갔다. 이를 연민의 눈으로 바라보는 관리는 없었고, 간혹 유배 온 사람들만 그 참상을 기록할 뿐이었다.

탐욕스러운 현령이라도 만나면 공물의 부과량이 몇 배로 늘었는데, 남해로 부임한 현령치고 탐관오리가 아닌 경우가 드물었다. 사실상 조선은 탐관오리의 나라라고 해도 과언은 아니었다.

가을 환곡 공납이 한창인 관아의 곡식 창고 앞에서 '개고집' 포교 조용집의 표정은 밝지 않았다. 예상만큼 환곡의 환수가 원활하지 않았다. 천 섬의 환곡을 거둬들이겠다고 장담했지만, 현민들의 저항이 만만치 않았다.

"쭉정이 쌀을, 그것도 모래가 반인 곡식을 내주고선 알곡으로 토해내라니, 그기 말이나 되는 소리요? 땅이 척박해 논 한 마지기에서 쌀 서 말이 나오는 기 고작인디, 환곡으로 다 털어 가몬 우리더러 굶어 죽으라는기요? 차라리 내로 죽이고 가져가소."

이렇게 악다구니를 쓰는 주민이 있는가 하면 수확한 곡식을 빼돌려 감추어두고 배 째라는 치도 있었다. 일일이 뒤져 찾아내기에 관아의 인원이 부족한데다 잔꾀만 늘어난 주민들은 귀신도 찾지 못할 곳에 곡식을 숨겨두어 집안을 샅샅이 뒤져도 나오는 것은 먼지뿐이었다. 뭔가 특단의 조치가 필요했다.

수심과 울화에 젖어 장부에 수량을 기재하고 있는데, 현령 권진태가 어슬렁거리며 곡물 창고에 나타났다.

"어때? 일은 잘되고 있는가?"

창고로 들어가는 쌀가마니들을 흘낏 쳐다보면서 권진태가 물었다. 조웅집이 현령을 볕이 따뜻한 곳으로 모시면서 오만상을 찡그렸다.

"예상만큼 수월하지 않습니다. 번연히 풍작인 줄 알고 있는데, 먹고 죽을 쌀도 없다면서 오리발이지 않습니까? 아예 곡식을 빼돌리고 발뺌하는 놈들도 있습니다."

희소식을 기대하고 창고를 찾았던 권진태가 혀를 끌끌 찼다.

"그거 낭패로군. 자네만 믿고 도성의 고관들에게 큰소리를 쳤는데, 약속을 어기면 내 체면이 뭐가 되나."

소태 씹은 표정이 되기는 조웅집도 마찬가지였다.

"그런 일이 생기면 안 되지요. 이놈들이 찍소리도 못하게 혼쭐을 좀 내야겠습니다. 관아의 위명(威命)을 업신여긴다면 그 대가를 치러야지요."

권진태가 솔깃해진 눈빛으로 조웅집을 쳐다보았다.

"묘수라도 있는가?"

"본보기로 몇 놈을 족쳐야겠습니다. 마을에서 신망이 높은 장자(長者)를 골라 두들겨 잡으면 무지렁이 놈들이 알아서 입곡(入穀)할 겁니다. 제대로 된서리를 맞아야 정신을 차리는 놈들입지요."

현령의 표정이 조금 밝아졌다.

118

"그래, 무지한 놈에겐 매질이 약이지. 자네만 믿겠네."

"동지 전까지는 천 석을 채울 테니 염려하시지 않으셔도 됩니다. 그런데 대감, 근자 항간에 떠도는 소문 들으셨습니까?"

권진태가 심드렁하게 대답했다.

"북쪽 변방의 민심이 흉흉하다는 소리는 들었네만…… 그거야 그쪽 방백(方伯) 수령들이 어련히 잘 처리하겠나. 내 코가 석 잔데 삼천 리 밖 일을 두고 수선을 떨 필요는 없겠지."

그러자 조웅집이 딱하다는 표정을 지으며 고개를 저었다.

"그 말이 아니옵니다. 책방 도령님께서 요즘 바깥나들이가 부쩍 잦다는 말이 돌고 있습니다. 소인도 뭔 소린가 싶었는데, 알아보니 여기저기서 도령님을 봤다는 사람이 여럿이었습니다."

이 말에도 현령의 대응은 심상했다.

"내후년에 식년시가 있으니 긴장이 오죽 될까. 더구나 문탁이도 내 기대를 알 테니 부담도 적잖을 거고. 잠시 머리 식히느라 바람 쐬러 나가는 걸 두고 호들갑을 떨 건 없지. 그러고 보니 내가 너무 무심했어. 언제 한 번 기방에라도 보내 회포라도 풀어주어야 할까보구먼."

조웅집이 답답하다는 듯 손사래를 치며 말했다.

"그런 일이라면 소인이 무슨 걱정이겠습니까. 나들이 때마다 항상 홍이에게 술병을 들려 남의 이목을 피한다지 않습니까?"

그래도 여전히 현령은 느긋하게 홍타령이었다.

"홍이라면, 그 정자집에서 시중을 든다는 계집 말인가? 장모가 따라도 여자가 치는 술맛이 좋다는데, 그 정도 풍류야 다반사지.

아, 아닌 말로 혼자 술병 꿰차고 명승지를 찾으면 그야말로 살풍경이 아닌가. 옳거니, 자네가 홍이에게 마음을 두고 있는데, 문탁이가 손이라도 댈까 걱정인가? 허허, 사람 참, 문탁이가 그렇게까지 정신 줄을 놓을 애는 아니야. 허허허!"

조용집이 제 속뜻을 몰라준다는 듯 얼굴을 찡그리며 말의 수위를 높였다.

"옳은 말씀이기는 합지요. 허나 홍이가 밤이 되어도 귀가하지 않고 정자집에 머물러 있다면 어떻습니까? 어떤 계집이라도 다 사내 호리는 재주는 타고난다지 않습니까?"

그러자 권진태의 표정이 굳어졌다.

"본처도 들이기 전에 첩질부터 한다면 주객이 전도되어도 한참 엇나갔는걸. 여색에 빠지면 글공부에도 소홀해질 텐데. 호색(好色)도 제 애비를 닮았나? 그깟 계집 잠깐 즐기는 거야 흠 될 게 없지만, 완물상지(玩物喪志)라도 하면 큰일인데."

홍이를 두고 마치 이미 만리장성을 쌓았다는 소리처럼 들려 조용집으로서는 기분이 좋지 않았다. 현령의 자식이라 한들 다른 남자의 손때가 묻은 계집을 짝으로 들이기는 싫었다. 게다가 이런저런 풍문 때문에 조용집은 사내로서 자존심이 상했다. 당장 보쌈이라도 해 끌고 와 제 여자로 만들고 싶었지만, 홍이 뒤에는 현령의 자식이 도사리고 있었다. 계집 하나 족치겠다고 출셋길을 막을 수는 없었다.

"대감. 둘이 저러다가 정분이라도 나서 덜컥 홍이가 애라도 가지면 어찌시렵니까? 무작정 떼 놓으려다가는 도령님의 상심이 크실 겁니다. 뭔가 조치를 취하지 않으면 큰 화근을 키우는 꼴이 될지도 모릅니다. 게다가 도령님이 종년을 건드려 애까지 가졌다는 소문이 도성에 돌면 혼사에도 도움이 되지 않을 게 뻔합지요."

조옹집의 반 협박조 설득이 현령의 심중을 흔들었다. 권진태의 얼굴이 금방 붉그락푸르락해지며 몸 둘 바를 몰랐다.

"아뿔싸! 거기까진 생각 못했군. 문탁이가 그렇게까지 경거망동하지야 하겠냐만서도, 단속할 필요는 있겠어. 거참, 사내가 계집을 탐한다고 불러 꾸짖을 수도 없고 난처한걸."

기분이 언짢은 듯 권진태가 땅바닥에 가래침을 탁 뱉었다. 기회를 놓치지 않고 조옹집이 속내를 드러냈다.

"하오니, 대감. 머뭇거리지 마시고 홍이 년을 정자집에서 빼내소인에게 시집보내는 것이 상수가 아닐까 싶습니다. 현령의 명령이라면 제 년도 발악하지는 못할 게 아닙니까. 어떠신지요?"

조옹집이 기대감에 가득 차 귀를 쫑긋 세우고 현령의 하명을 기다렸다. 그런 조옹집의 기대를 아는지 모르는지 권진태는 눈을 감은 채 아무 말이 없었다.

잠시 후 눈을 번쩍 뜬 권진태가 마른기침 끝에 입을 열었다.

"아니야. 그게 직효가 있을진 모르나, 자네 말처럼 문탁이에게 상처를 남길 수 있어. 문탁이가 성정이 온순하긴 하지만 독한 구석이 있기도 하지. 홍인가 뭔가 그 계집을 못 내주겠다고 고집을 부리면 일만 공연히 커져. 자칫 삐뚤어지면 과거고 뭐고 공염불이 되지 않겠나."

조옹집의 입가로 불안의 기색이 스쳤다.

"그럼 어쩌시려고요? 불상사는 불원간 닥칠 듯한데요."

따지듯 물었지만 현령의 답변은 돌아오지 않았다.

"집안일이니 자네는 더 이상 이 문제를 입에 담지 말게. 만약에라도 문탁이를 두고 망발을 뇌까리는 놈이 있거들랑, 앞뒤 사정보지 말고 당장 잡아와 치도곤을 내게나. 비천한 것들이 상전의일을 입에 올리는 것 자체가 맹랑한 짓거리지. 몇 놈 개 패듯 지져놓으면 헛소문도 잦아들 걸세."

'비천한 것들' 안에 자신도 포함되는 것 같아 조옹집의 기분도불쾌해졌다. 그러나 시늉만은 공손하게 받아들여야 했다.

"그럽지요. 만사불여튼튼이라 했으니, 대감께서도 서두르셔야옳을 듯합니다. 소인이 대감의 심기를 어지럽힌 것 같아 송구합니다."

잠시 조옹집을 훑어보던 권진태는 한 마디 던져두고 발길을돌렸다.

"처분은 때가 되면 알려줄 테니 환곡 일에나 전념하게."

등 뒤로 찬 바람이 휭하니 일었다.

조옹집은 기분이 더러웠다. 현령이 무슨 수작을 부려 둘 사이를떼놓을지 알 수 없지만, 자신에게 유리한 결말이 아니면 도로아미타불이었다. 무작정 손 놓고 현령의 하명만 기다렸다가는 닭 쫓던개 지붕 쳐다보는 꼴이 될 수도 있었다.

'그래, 내가 굼벵이가 아닌 걸 보여줘야지.'

차상두는 연풍대 익히기에 빠져 도끼자루 썩는 줄 몰랐다. 처음
유순심의 뒤집기 재주를 볼 때는 언감생심 저런 재주를 부릴까
엄두가 나질 않았다. 몸을 땅에 붙이듯 휘젓고 재바르게 발을 놀리
면서 상모를 돌리고 소고를 박자에 맞춰 쳐야 하는 연풍대는 신기
(神技)라 불릴 만했다. 불가근(不可近)이었다.

그러나 차상두는 우직한 만큼 고집도 셌다. 한 번 도전하겠다고
작정하면 뒤를 돌아보지 않았다. 남들도 하면 나도 할 수 있어야
했다. 그래도 연풍대는 의욕만 가지고 되는 일이 아니었다. 그의
큰 몸집은 연풍대를 하기에 좋은 조건이 아니었다. 혼자 연습을
하다 자빠지고 엎어져 연신 엉덩방아를 찧었다. 한 번은 얼굴을
땅에 처박아 코피를 줄줄 흘리기도 했다. 시간이 흐르면 나아지려
니 했지만, 그 시간이 없었다.

차상두의 수련을 지켜보던 유순심과 방자가 열 일 제치고 나
섰다.

유순심과 방자의 연풍대는 격조와 율동을 모두 갖추고 있었다.
갸름한 몸매의 유순심이나 키가 낮은 방자는 연풍대가 제격이었
다. 상모를 돌리면서 땅재주를 부리는 두 사람의 모습은 절로 감탄
을 자아냈다.

"자, 니가 가운데 서서 우리로 따라해보래이. 처음엔 택도 없어
보이겠지만 요령만 익히면 우리맨치 되는 것도 금방이래이."

그렇게 세 사람이 어우러져 연풍대 숙달에 나섰다. 아직도 차상

두의 연풍대는 서툴렀지만, 다리가 엉키기는 해도 엉덩방아를 찧는 일은 없어졌다.

그렇게 그날도 수련을 마친 뒤 흐르는 땀을 닦고 있던 차였다.

움막 문이 벌컥 열리더니 이말심 노인이 사색이 되어 안으로 뛰어 들어왔다. 소매로 얼굴을 훔치던 방자가 우스갯소리를 던졌다.

"아지매요. 접때 저승 간 빚쟁이가 살아 돌아와 목이라도 따겠다켔소? 상구 저승사자를 본 얼굴이네. 불알 찼시몬 워낭소리가 버리들까지 울려퍼지겠소."

이말심 노인은 농을 받을 여유조차 없었다.

"이 시상아! 시방 고로코롬 헐거운 소리 할 계제가 아니여. 큰일 났당께, 큰일 났어야."

이말심 노인이 새파랗게 질려 오금도 펴지 못하자 그제야 방자도 표정이 굳어졌다.

"우째 그렇소? 왜놈이라도 쳐들어왔소?"

이말심 노인이 땅바닥에 털썩 주저앉으며 외쳤다.

"구, 구자효 상쇠 어른이 관아로 잽혀갔당께. 그 집 메누리가 들이닥쳐 말도 제대로 못하고 제집만 개리키며 내로 끌고 가는 거여. 영문도 모리고 딸려갔더니, 상쇠 어른이 얼굴이 피투성이가 되어 관아 포졸들한티 얻어맞고 있지 뭐여. 애고, 법 업시도 살 어른을 어찌 고로코롬 두딜겨 팬디야!"

이말심 노인은 기가 막힌 듯 바닥에 주저앉아 두 발을 버둥거렸다. 세 사람 모두 벌떡 일어섰다. 방자가 상모를 잡아챌 듯 벗으며 물었다.

"이런 개씨부럴 놈들. 여즉도 그 자슥들이 집에 있소?"

"관아로 끌고 가는 걸 보구 일로 달려왔시니 시방쯤 심처이 어름까정 갔실기구먼. 시상에, 천하의 역적 죄인이라도 그리 토끼 몰 듯 끌고 가진 않을낀디, 이기 무신 변곤고!"

"알것소. 내 당장 달려가 알아볼텅께, 순심아, 니 어여 마을로 달려가 매구패들 다 불리모아라. 난 관아로 가 경위를 살피 봐야 쓰것다. 뭔가 오해가 있어도 단단히 오해가 있는 모양이여."

이말심 노인을 부축하던 유순심이 노인의 등을 어루만지며 대답했다.

"알것쓰야. 박태수 포교님부터 찾아뵈여."

차상두도 따라나섰다.

"형님. 저도 같이 따라가겠습니다."

방자가 차상두를 보더니 어깨를 눌러 앉혔다.

"아니여. 니는 빠지는 게 나을 듯싶구먼. 뒤도 돌아보지 말고 집으로 가 있어여. 소식은 낭중에 홍이를 통해 알릴텅께 꼼짝도 말어."

그렇게 방자는 화승총에 맞은 멧돼지처럼 쏜살같이 사라졌다. 이말심 노인은 기어이 대성통곡을 터뜨렸고, 두 사람은 넋이 나간 채 움집 쪽문만 쳐다보았다.

그날 밤 이어리 대나무 움집에는 매구패들로 북적였다. 화톳불이 여러 군데 켜져 대낮같이 밝았다. 다들 웅성거리기만 할 뿐

입을 떼지 못했다. 그저 방자가 돌아와 이 어처구니없는 사달의
자초지종을 알려주기만 기다렸다.

업잽이 영감이 곰방대를 연신 빨다가 기어이 내팽개치고 일어
났다.

"방자 이눔까정 잽혀갔나, 우찌 이리 소식이 더딘겨. 올 행팬이
못되믄 옥진이라도 보내 기별할 수 있짢은가. 이러다 지레 말라죽
겄어야."

다들 조금은 겁을 먹고 있어 업잽이 영감의 투덜거림에 곁말을
붙이지 못했다. 누군가 목이 마르니 탁배기라도 한잔 걸치자고
떠들었다가 포수 아재의 지청구를 된통 먹었다.

"아, 이 판국에 술을 넘어가남. 조청을 먹어도 단맛을 모를 판인
디. 상쇠 어른의 생사도 모리면서 참으로 태평일세."

"인명은 재천인디 그리 쉽기 죽것소. 관아에서 잡아갔시몬 그
만한 사유가 있것지."

매구를 배우겠다고 굴러들어온 건달 놈이 머리를 긁적이며 변
명을 늘어놓았다. 피둥피둥 찐 살에 밉상까지 잔뜩 붙어 씰룩거렸
다. 제대로 하는 것도 없이 여기저기 기웃대다 날밤을 새더니 말본
새조차 곱지 않았다. 개뿔 잘난 것도 없는 주제에 눈치까지 맹탕이
라, 멀쩡한 남의 아낙을 과부인 줄 알고 집적댔다가 남편에게 얻어
맞아 앞 이빨이 두 개나 부러진 갈가지였다.

어지간해서는 화를 내지 않는 포수 아재도 건달의 겉도는 소리
에 언성을 높였다.

"찢어진 아가리라고 함부로 놀리지 마. 어따 대고 인명재천

타령이여, 타령이. 한 번만 더 방정맞은 주둥이 놀리믄 내 확 갈바 버릴겨. 에구, 못난 작것."

그래도 분위기 파악을 못한 건달이 대거리를 이어갔다.

"핫바지 방구 새듯이 가는 기 인생 아니요. 언지 꺼질지 모리는 촛불 같은 인생, 술 한 잔도 못하요. 내 모가치 술도 분명 있실 끼요."

말도 안 되는 넋두리를 늘어놓자 업잽이 영감이 끼어들었다.

"포수. 기냥 둬버려. 밖에서 새던 바가지가 집 들어온다고 멀쩡해지것는감? 살다보믄 밥값이 아까븐 화상도 있는 벱이제."

두 사람의 실랑이 덕에 매구패들은 잠시 화급한 근심을 잊을 수 있었다. 차고 스산한 바람이 화톳불의 불티를 하늘로 날려 보냈다.

옥사에서 나온 박태수 포교는 홰나무 노거수(老巨樹)에서 시나브로 떨어지는 낙엽을 밟으며 옥사 옆 포교방 쪽으로 발길을 옮겼다. 분노를 참느라 앙다문 입술이 쉬지 않고 떨렸다. 방자가 주점으로 달려올 때까지만 해도 상쇠 어른에게 떨어진 참변을 알지 못했다. 관할 지역에 중죄인이 있으면 나포해오는 일은 기찰포교인 그의 몫이었다. 그런데 상급인 자신에게는 알리지도 않고 한 마을에서 존경받는 어른을 타작하듯 드잡이해 온 것이었다.

조용집 포교가 환곡 미명 아래 수탈한 볏섬들을 갈무리하느라 며칠째 관아에서 밤을 새고 간만에 집에 들어온 참이었다. 이방이 우격다짐으로 밀어 넣은 환곡 독촉을 채근하라 얼렀지만 차마 그 짓은 할 수 없어 귀가해버렸다. 한잠 늘어지게 잔 뒤 옥진과 방에 앉아 한 잔 술로 피로를 가시려던 중이었다.

해 질 무렵 옥사로 달려와 보니, 조옹집은 코빼기도 뵈지 않았다. 방자는 관아 문턱부터 차단당했다. 옥졸 말이 현령을 만나러 동헌으로 갔다고 했다.

옥사 골방에 누워있는 상쇠 어른의 몰골은 사람 꼴이 아니었다. 끙끙대기만 할 뿐 사람을 알아보지도 못했다. 눈알이 확 돌아갔다.

"어떤 개빌어먹을 새끼가 무고한 백성을 이 지경으로 만든 거여?"

주변을 잡아먹을 듯 둘러보며 외치자 옥졸이 잔뜩 몸을 움츠리며 대꾸했다.

"조옹집 포교나리 휘하 포졸들이 한 짓이라 지는 모리요."

"어서 의원부터 모셔와."

"조옹집 포교께서 잡인 출입을 엄금하라는 지시가 있다는디요?"

"이런 미친, 내가 책임질 테니 퍼뜩 모셔와!"

그렇게 우선 찢어지고 멍든 상처는 봉합했지만, 뼈마디라도 부러졌는지 상쇠 어른의 신음소리는 그치지 않았다.

의원에게 뒷일을 부탁하고 막 옥사 마당으로 나왔다. 포교방에 불이 훤하게 켜져 있었다. 그 새 조옹집이 돌아온 모양이었다. 홧김이 방문을 걷어차고 안으로 들어갔다. 조옹집이 개다리를 뜯으면서 술을 자작하고 있었다.

"무신 죄목으로 상쇠 어른을 잡아온 거여?"

식식거리는 박태수를 흘낏 보고도 조옹집은 대답도 없이 술잔을 들이켰다. 술이 묻은 입언저리를 혀로 핥으면서 조옹집이 입을 열었다.

"잡아올 만하니 잡아왔지. 내가 생사람 잡을 불한당으로 보이나?"

"죄인을 잡아들일 때도 절차가 있지 않은감? 형방서껀 현령께는 보고하고 한 짓이여?"

"당연하지. 현령께서 내게 전권을 위임하셨다네."

"전권? 시방 사람이 숨넘어가게 생겼어야. 물고라도 나면 자네가 책임질 텐가?"

조옹집은 콧방귀도 뀌지 않았다.

"뒈지지 않을 만큼 패라고 했으니, 그런 일이야 없겠지."

너무 뻔뻔하게 나오자 박태수가 할 말을 잃었다. 현령의 위세를 믿고 배짱을 부리는 게 분명했다.

"그래 죄명이 뭔겨?"

그제야 조옹집이 자리에서 엉덩이를 떼고 일어나더니 육모방망이로 책상 모서리를 두드려댔다.

"환곡 납입에 협조하지 않았어. 보릿고개 어려울 때 금쪽같은 곡식을 빌려 먹었으면 제때 갚아야지. 양이 많네 곡식이 없네 시치미를 뗄 줄 알면 국법이 무서운 줄도 알아야 옳을 듯해 손 좀 봐주는 참일세."

짐작한 대로였다. 할당량을 채우지 못하겠다며 안달을 떨 때부터 낌새가 수상했지만 이런 망동을 부릴 줄은 몰랐다.

상쇠 어른이라면 마을에서 살림 형편이 그중 나은 편이었다.
터무니없는 요구라 해서 막무가내 버틸 분이 아니었다. 본보기
였다.

"그래. 어쩔 심산인겨?"

조옹집이 서슬이 퍼레져 으름장을 놓았다.

"환곡 납부에 어떤 구실도 용납지 않을 걸세. 마을마다 전하라
고. 어떤 놈이든 제때 갖다 바치지 않으면 사지가 멀쩡하지 못할
거라 말이야. 난 한다면 하는 놈이야."

제 9 장

땅의 끝에서, 하늘의 시작에서

금산은 두 개의 얼굴을 가졌다. 아득히 바다가 펼쳐져 있는 상
주 쪽에서 보면, 금산은 영락없는 돌산이었다. 해수면을 박차고
치오르는 금산은 잠깐 땅과 숲을 보이지만 바로 숲을 헤치면서
바위들이 삐죽삐죽 얼굴을 드러냈다. 그리고 산허리부터는 온통
바위로 뒤덮여갔다. 거인이 가슴을 열어둔 듯 하얀 갈빗대가 숭숭
드러난 금산이 제 알몸을 자랑했다.

수백 가지 다른 형상으로 솟구치는 바위는 그 얼굴에 맞는 이름
도 가졌다. 일월봉이 있는가 하면 대장암(장군바위)도 있고, 좌선대,
상사바위 등 사람들은 제 상상대로 바위에 어울리는 이름을 붙여
주었다. 언제부턴가 이들 바위들은 한 가족이 되어 금산 38경(景)
으로 불렸다.

그런가 하면 섬의 안쪽에서 바라보는 금산은 언제 돌을 둘렀냐
는 듯 흙산으로 표변한다. 완만한 구릉과 언덕을 펼치면서 하늘길
을 여는 후면은 금산의 척추가 되어 미끈하면서도 아기자기한

초록빛 비단 산[錦山]의 등이 되었다.

상주에서 금산을 오를 때 사람의 마음은 들떠오를 수밖에 없다. 가파른데다 바위의 요지경이 눈을 어지럽혀 시선을 한 곳에만 둘 수 없기 때문이다. 기암괴석(奇巖怪石)에 한눈을 팔다 넘어질까 엎어질까 저어하면서도 산행하는 사람들의 눈동자는 잠시도 가만히 있지 못한다.

그러다 산을 넘어 하산하는 길을 더듬노라면, 마치 거짓말처럼 어깨 너머로 보였던 푸른 바다는 감쪽같이 사라진다. 대신 깊고 그윽한 심산유곡(深山幽谷)에 들어와 초록의 비단에 감싸여 걷는 착각에 빠진다. 그리하여 들떴던 흥분은 가라앉고 땀도 식고, 무념무상의 세계를 더듬는 수도승의 마음자리가 차분히 자리한다. 오르면서 보았던 금산과 내려가면서 보는 금산은 이렇게 사람의 마음을 둘이면서 하나로 이어놓는다.

홍이와 권문탁은 처음으로 금산에 올랐다. 정자집이 있는 선소에서는 금산이 잘 보이지 않았다. 강진만으로 내려가 눈길을 멀리 주어도 금산은 그저 아슴푸레 이어지는 산의 능선 일부로밖에 보이질 않았다. 그 영험한 해수관음보살께서 머물며 자비의 손길로 중생을 고해(苦海)의 바다에서 건진다지만, 선소에서는 그저 꿈속 이야기처럼 느껴질 뿐이었다.

이따금 두 사람은 정자집 창문을 열고 구운 감자의 껍질을 벗겨 호호 먹으면서 금산의 위치를 가늠하곤 했다. 구름 낀 흐린 날에는 아예 바다 너머가 하얀 무명천으로 덮였다. 해 맑은 화창한 날이라도 손가락 가리키는 곳이 모두 금산인 듯했다.

"홍이야. 너 알고 있니? 저기 보리암에 머물러 계시는 관음보살께서는 기도하는 사람의 소원 한 가지는 꼭 들어주신다더구나."

권문탁이 재미있다는 듯 말을 꺼냈다.

낯선 바다 마을로 끌려와 만단의 고생길을 걷고 있는 부모님과 오빠를 떠올리며 홍이가 물었다.

"왜 딱 한 가지뿐일까요?"

가볍게 던진 말에 홍이가 간절하게 반응하자 권문탁은 잠깐 머쓱해졌다.

"그러게나 말이다. 사람 소원이 한 가지만은 아닐 터인데 ……, 부처님이 좀 인색하신 건가?"

그러면서 권문탁은 멀리 금산으로 눈길을 주며 당장 머릿속에 떠오르는 소원을 헤아렸다. 홍이와 가시버시가 되어 금산 한 자락에 밭을 일구고 귀여운 자식들 낳으면서 평생 오순도순 살고 싶기도 했다. 아니, 내후년 과거에 장원급제해서 떳떳하게 홍이를 아내로 맞아 살아도 좋을 듯했다. 이도 저도 아니면 홍이처럼 평민이 되게 해달라고 빌어야 할까? 어느 것 하나 현실과 멀찍이 떨어져 있어 웃음이 나왔다.

"왜 웃으세요?"

홍이가 입가에 묻은 감자 조각을 손등으로 훔치면서 물었다. 동그랗게 떠진 눈이 당장 핥고 싶도록 귀여웠다.

"아니다. 소원을 하나밖에 들어주지 않는 건, 욕심을 부리면 복도 화가 된다는 가르침을 주시기 위해서가 아닐까 해서 말이야. 하나를 가지면 둘로 늘리고 싶고, 그렇게 열 개 백 개 만 개, 사람의 욕심은 한이 없잖니. 그러다 결국 욕심의 바다에 빠져 죽겠지. 그래서 소원을 소중히 여겨 잘 골라 하나만으로 만족하라고 딱 하나뿐이 아닐까 싶어.”

잠시 생각해보던 홍이가 고개를 끄덕였다. 그러더니 엉큼하게 눈을 흘기면서 홍이가 물었다.

“그럼 도련님, 그 딱 하나뿐인 도련님의 소원은 뭘까요?”

“아 있지. 하지만 소원은 말하면 효험도 사라진다니 말하지 않겠다. 너는 뭔데?”

“말하면 안 된다면서요?”

새치름해지는 홍이를 보며 권문탁이 장난스럽게 입을 열었다.

“그런가? 말로 하면 안 되지만, 마음으로 나누면 상관없다더구나. 우리 마음으로 소원을 나눠볼까?”

“어떻게 마음으로 소원을 나누나요? 글로 쓰면 모를까.”

그러면서 홍이는 자신이 글을 쓰지 못한다는 걸 아프게 깨달았다. 도련님은 문장에 능해 대과에 장원급제도 큰일이 아닌데, 자신은 언문조차 읽지 못했다. 문득 하늘이 더욱 높아지는 기분이 들었다.

이런 심정을 아는지 모르는지 권문탁은 넉살 좋게 말을 이었다.

“어찌 글만 있겠느냐. 바로 단박에 통하는 방법이 있단다.”

홍이가 호기심에 가득 차 물었다.

“그게 뭘까요?”

“아주 쉬운데, 우리 한 번 해볼까?”

홍이가 옷깃을 여미며 물었다.

"같이 해야 하나요?"

"그럼. 혼자 하면 정말 재미없지."

홍이가 대나무 숲 쪽을 훔쳐보며 또 물었다.

"쉬운 건가요? 쇤네는 아는 게 없어서."

"쇤네라 하지 말고 '나'라고 하라니깐! 자, 이리 가까이 와 봐라. 내가 알려주마."

말만 그렇게 할 뿐 권문탁이 홍이에게 다가가자 기겁하듯 홍이가 몸을 뒤로 물렸다.

"누가 봅니다."

"보라지 뭐. 그렇게 떨어져서야 어찌 소원을 나누겠니."

"마음이면 되지 않나요?"

권문탁이 재빨리 홍이의 허리를 낚아채며 말했다.

"이렇게 몸을 안으면서 입술을 맞추면 우리 머릿속에 있는 소원이 눈에 훤히 들어온단다."

권문탁의 팔이 어느새 홍이의 등을 타고 올라가 어깨를 완강하게 움켜잡았다. 대거리할 틈도 없이 권문탁의 입술이 홍이의 입술을 휘감았다. 달콤한 침이 서로의 목구멍을 타고 넘어갔다.

마루에 눕혀진 홍이가 버둥거렸지만, 남자는 그녀를 놓아주지 않았다. 홍이는 자신도 모르게 힘이 빠져 부둥킨 손을 놓아버렸다. 서로 포개진 두 사람의 실랑이를 늦가을의 햇살이 나무 그림자로 가려버렸다.

그리고 지금 두 사람은 말로 떠올리던 금산에 와 있었다. 오늘 온 것은 아니었다. 어제부터 와 있었다.

방자를 시켜 나귀 한 마리를 수소문해오라더니 내쫓듯 방자를 돌려보냈다. 한 며칠 출타할 테니 오지도 말고, 남에게 말하지도 말라며 동전 몇 닢을 쥐어주었다.

손 안에서 출렁이는 동전 소리를 벗 삼아 방자는 염화시중(拈花 示衆)의 미소를 홍이에게 던지며 대나무 숲을 돌아 내려갔다. 눈길을 피하면서 홍이는 못 들은 척 마루를 훔쳤다.

다음 날 아침 언제 기별을 했는지 옥진의 주점에서 바구니에 찬거리를 담아 보내왔다. 편한 외출 차림으로 옷을 갈아입은 권문탁은 나귀 등에, 홍이는 싣고 바구니는 얹고 길을 떠났다. 아침 햇볕은 봄날처럼 온화했다.

해가 납산의 막바지에 걸릴 즈음 두 사람은 금산 보리암에 닿았다. 주지 스님을 어떻게 구워삶았는지 암자에서는 선뜻 후미진 방 하나를 내주었다. 법당에서 조금 떨어진 곳에 있는, 부엌이 딸린 한 칸 요사채였다. 불목하니가 아궁이에 장작을 잔뜩 넣어 엉덩이를 대기도 힘들 만큼 방바닥은 뜨뜻했다.

큰 장식이나 치레가 없는 방은 이부자리가 얹힌 작은 화초장 하나만 구석에 놓여 있었다. 승방이라 장식은 소담스러웠다. 횃대에 옷을 걸더니 권문탁은 밖으로 나갔다. 잠시 후 머리에 묻은 물기를 닦으면서 방에 들어온 권문탁이 말했다.

"부엌에 물이 펄펄 끓고 있어. 오느라고 고단할 텐데 씻고 오렴."

낯선 집에 들어온 강아지처럼 몸을 움츠리고 방 안에 오도카니 앉아 있던 홍이가 기다렸다는 듯 일어나 문을 열고 나갔다. 홍이의 귀밑털 아래 뺨이 홍조로 붉게 물든 것을 권문탁은 놓치지 않았다.

잠시 후 두 사람은 암자에서 내준, 행자(行者)들이 입는 회색 승복을 입고 마주 보며 앉았다. 둘 사이로 김이 모락모락 오르는 찻잔을 얹은 차탁이 놓였다. 권문탁의 표정은 담담했고, 목욕으로 피로를 씻어낸 홍이도 편안해 보였다.

　권문탁이 찻잔을 들어 한 모금 마시고는 말을 꺼냈다.

　"조금 있으면 저녁상이 들어올 거야. 진수성찬이랄 순 없지만, 사찰 음식이니 정갈하겠지. 공양을 마치면 함께 법당으로 가자. 자리를 비워달라고 주지 스님께 부탁했으니, 우리 둘만 있을 거다. 같이 부처님께 백팔 배를 올리며 우리의 소원을 빌자꾸나."

　홍이는 고개를 들어 권문탁의 얼굴을 빤히 바라볼 뿐 아무런 대꾸가 없었다. 그녀의 얼굴로 체념이랄까 불안감이랄까, 알 수 없는 감정이 떠돌았다.

　"불편한 것은 아니지?"

　그제야 홍이가 애써 입을 열었다.

　"어쩌시려는 건가요?"

　다시 차로 입을 적신 권문탁이 차분한 어조로 대답했다.

　"그냥 우리 물결이 흘러가는 대로 따라가기로 하자. 마음 같아서야 세상을 향해 모든 일을 다 털어놓고 싶지만, 그러면 풍파만 커지고 너나 네 가족들도 힘들어질지 몰라. 땅이 끝나고 하늘이 시작되는 이곳에서 우리들만의 정표를 나누었으면 좋겠구나. 하늘과 가장 가까운 곳이니 부처님도 우리 마음을 더 가까이서 듣고 축복해 주시겠지. 어떠니?"

　홍이의 입술이 달싹거렸지만, 어떤 말도 흘러나오지 않았다.

권문탁이 알았다는 듯 홍이의 두 손을 꼭 잡았다. 그녀의 손은 가녀리게 떨렸지만 따뜻했다. 그 온기가 모든 걸 말해주었다.

"그래 땅이 주는 굴레는 다 털어버리고 부처님이 맺어주실 인연으로 우리 둘을 꽁꽁 묶기로 하자. 영원히 풀리질 않을 끈으로 ……."

○○○

금산의 아침이 밝았다. 권문탁과 홍이는 보리암 후미진 승방에서 알뜰하게 스미는 햇살을 받으며 눈을 떴다. 묘시(卯時, 아침 5시~7시)는 훌쩍 지났을 시간이었다.

권문탁이 먼저 깼다. 햇살이 눈부셔 잠을 계속 청할 수 없었다. 촛불은 꺼져 있었다. 홍이가 촛불을 꺼 달라고 속삭이던 말이 떠올랐다. 사랑스러운 홍이의 얼굴을 보지 못하는 게 아쉬웠다.

옆에 누워 곤히 잠든 홍이를 돌려보았다. 새근거리는 숨소리가 막 태어난 아기처럼 앙증맞았다. 구겨진 원앙금침을 들쳐 올렸다. 두 사람 모두 실오라기 하나 걸치지 않았다. 홍이의 봉긋한 젖가슴이 눈에 들어왔다. 분홍빛 젖꼭지가 호흡을 따라 오르내렸다. 저도 모르게 손이 가려는데, 낌새를 차렸는지 홍이가 번쩍 눈을 떴다.

자신의 벌거벗은 몸을 은근히 바라보는 권문탁의 시선을 느끼자 홍이가 눈을 감고 얼굴을 가렸다.

'이 사람이 이제 내 아내가 되었구나.'

초라한, 누구도 축복하지 않은 첫날밤이었어도 권문탁은 가슴이 뿌듯해졌다. 자신에게 영원히 지켜야 할 성채가 하나 세워진 기분이었다.

'결코 내 눈 밖에 네가 있게 하지 않겠어.'

서늘한 기운을 느낀 홍이가 그제야 이불이 반쯤 개켜져 있음을 깨닫고 이불깃을 잡으려고 했다. 권문탁의 손아귀에 잡힌 이불은 그녀의 몸을 가려주지 않았다. 반대편으로 몸을 틀자 아름다운 허리의 굴곡이 엉덩이까지 날아갈 듯 펼쳐졌다. 그녀의 몸은 치자꽃 달콤한 향기로 촉촉이 젖어 있었다.

그 향기를 맡으려고 몸을 숙였다. 권문탁의 코끝이 살갗에 닿자 홍이가 기겁을 하며 몸을 들추었다. 그러다 갑자기 훌쩍거렸다.

"울지 마라. 네가 슬퍼해도 나는 어쩔 수 없어."

속삭이듯 다정하게 그녀의 어깨를 감쌌지만, 떨림이 그치진 않았다. 눈물이 가득한 눈을 두 손으로 훔치면서 홍이가 말했다.

"엄마 아빠에게 혼날 거예요"

첫날밤을 보낸 여자의 입에서 나온 첫 마디치고는 어처구니가 없었다.

"내가 잘 말씀드릴 테니 넌 걱정 안 해도 돼."

그 말에 홍이는 사색이 되었다. 경기를 하듯 홍이가 외쳤다.

"절대로, 절대로, 절대로 말씀드리면 안 돼요. 난 맞아 죽을 거야."

반응이 너무 격렬해 우선 달래야겠다는 생각이 들었다.

"알았다, 알았어. 진정해라. 네가 원할 때 말하마."

좁다란 홍이의 어깨를 감싸자 홍이는 그대로 권문탁의 품으로 몸을 던졌다.

"그래주세요. 어떻게 하지. 어떻게 하면 좋을까."

홍이가 주문을 외는 무당처럼 열에 뜬 듯 중얼거렸다. 머릿결이 깃발처럼 흐트러졌다.

그 들뜸이 권문탁을 흥분시켰다. 온몸에 힘을 주며 홍이를 안았다. 뜻밖에도 홍이는 당연한 듯 두 손으로 권문탁의 목을 감쌌다.

"어떻게 하지. 하지만 너무 좋아."

다시 두 사람에게는 밤이 찾아왔다.

해가 금산의 정수박이를 더듬어 갈 즈음, 두 사람은 저만치 부소암(扶蘇巖)이 보이는 너럭바위 끝에 걸터앉아 두 다리를 흔들고 있었다. 시루떡을 짓이겨놓은 듯한 모습의 부소암은 얼핏 기괴한 인상을 풍겼다. 그러나 진시황의 맏아들로 태어나 비운에 죽은 부소의 일을 생각하면, 부소의 고뇌가 얽혀 있는 듯해 비감하기도 했다.

아버지에게 충언을 하다 쫓겨났고, 진시황이 죽으면서 그를 황위에 올리라고 유언했지만, 간신 조고(趙高)와 이사(李斯)의 모략 때문에 자살해야 했던 부소. 만약 그가 진나라의 두 번째 황제가 되었다면 역사는 어떻게 바뀌었을까? 홍이의 손을 잡고 불어오는 바람을 맞으며 권문탁은 엉뚱한 생각에 목을 맸다.

유배 온 평민의 딸을 사랑해, 반가(班家)의 자식으로서는 반역이나 다름없는 짓을 하고 있는 자신이 마치 2천 년을 훌쩍 넘어 부소가 환생한 듯해 바위의 모습이 남의 일 같지 않았다.

140

"바위 모습이 참 괴상해요. 그렇지 않아요?"

여전히 달콤한 치자 꽃향기로 유혹하면서 홍이는 천진난만한 아이처럼 호기심을 드러냈다.

권문탁은 머리를 가볍게 휘젓고 홍이의 어깨를 감쌌다.

"금산에 괴상한 모양의 바위가 한둘이니. 하지만, 우리가 괴상하다 생각하지 저 바위는 그렇지 않을걸. 자신의 모습을 대견해하면서 당당할 거야. 우린 모두 저 바위처럼 당당하고 떳떳해야 해. 모양이 흉측하다고 신분이 낫다고 남을 업신여겨서는 안 되지."

쥐고 있던 홍이의 손에 힘이 들어갔다. 그녀는 말없이 고개만 끄덕였다.

첫날을 함께 지낸 홍이는 조금 달라졌다. 이제 홍이는 꺼리지 않고 권문탁을 바라볼 수 있게 되었다. 그것은 자포자기라기보다는 애써 얻은 것을 잃지 않으려는 안간힘 같은 것이었다. 세상이 자신에게 가할 위협에 흔들리지 않겠다는, 백척간두에 서서 자신을 지키려는 결기 같기도 했다.

홍이는 고개를 돌려 그들이 살고 있는 선소와 그 너머 이어마을, 더 멀리 자신이 떠나온 고향을 찾았다. 바위에 가려 보이지 않아도 변함없이 존재하듯이 나란 존재, 손을 잡은 남자의 존재를 분명히 느끼려고 애썼다.

그때 권문탁이 홍이의 손을 당기면서 시선을 돌리게 만들었다.

"홍이야. 저것 좀 봐라. 우와! 산 아래서 구름이 달려오고 있어."

금산은 상상도 못할 변신의 몸부림을 치고 있었다. 어디서 왔는지 알 수 없는 하얀 구름 떼들이 푸른 수목과 옥색과 비취빛으로 물든 바위를 삼키면서 산 정상을 향해 치닫고 있었다. 쏟아진 폭우가 메마른 황토밭을 삽시간에 옥토로 만들 듯 바다에서 밀려오는 운무(雲霧)가 금산 전체를 에워쌀 기세로 산을 하얗게 물들였다.

홍이는 그 운무의 홍수가, 죄진 자신에게 차꼬를 채우고 남자를 빼앗으려 달려드는 마군(魔軍) 같이 느껴졌다. 두려움에 권문탁의 겨드랑이를 움켜쥐었을 때 구름의 파도는 발아래를 지나 두 사람의 머리 위로 홰를 치며 넘어갔다. 순식간에 세상은 하얀 구름의 감옥 속에 갇혔다.

이 놀라운 자연의 횡포에 권문탁도 놀라 너럭바위 위로 홍이를 끌어올렸다. 그러나 두 사람을 에워싼 것은 구름만이 아니었다. 코앞 바위마저 보이지 않아 손을 더듬기도 전에 후드득 소낙비가 쏟아졌다. 차갑지는 않아도 거세 살을 팔고 들 듯 따끔거렸다. 빗방울이 아니라 구슬 더미가 머리를 덮치는 기분이었다.

어렵게 길을 밟아 둘은 부소암 뒤편에 있는 부소암(扶蘇庵)을 찾아냈다. 세상의 운무와 취우(驟雨)도 모두 자연의 섭리라는 듯 암자의 부처님은 미소를 머금은 채 두 사람을 반겼다. 두 사람은 문을 열어두고 비가 그치기를 기다렸다.

걸린 승복을 내려 갈아입었지만, 속까지 젖은 냉기는 가셔지지 않았다. 홍이가 팔짱을 낀 채 추위를 덜어내며 물었다.

"이제 어떻게 하죠?" 오늘 아침 그녀가 권문탁에게, 아니 세상에 던진 질문이었다. "이 안개와 빗속에서 …… 우리는 무엇을 할 수 있죠?" 천근만근의 무게가 그녀의 말을 옭아 묶었다.

권문탁은 대답 대신 벗어둔 옷을 뒤져 꼬깃꼬깃 접힌 종이 한

장을 꺼냈다. 종이도 비에 흠씬 젖어 있었다.

"홍이야. 이것 좀 봐봐."

홍이는 팔짱을 풀지 않고 시선만 옮겨 종이를 보았다. 뭔가가 쓰여 있었지만, 읽을 수 없었다.

"전에 박태수 포교가 와서 준 거야. 처음엔 무슨 뜻인지 몰랐는데, 얼마 전에 알아냈지. 네 오빠가 준 거라더구나."

홍이가 눈망울을 모아 종이를 뚫어져라 응시했다.

그림 같은 글씨가 삐뚤빼뚤 흘러가고 있었다.

一士橫冠 鬼神脫衣 十足加一尺 小丘有兩足

"뭔지 모르겠지? 이런 글을 참요(讖謠)라 불러. 앞날을 예언하는 노래라는 말이지."

"무슨 뜻인가요? 어떻게 앞날을 예언했나요?"

"뜻으로만 보면 이래. 아무런 의미도 없지만 속뜻을 푸는 실마리지."

권문탁이 낭송하듯 천천히 시의 뜻을 새겨나갔다.

"한 선비의 갓이 삐딱하고, 귀신은 옷을 벗었네. 열 필에 한 척을 더했고, 작은 언덕에 두 발이 달렸구나."

어딘가 엉성하고 우스꽝스러웠다. 갓은 왜 삐딱하고, 귀신은 왜 옷을 벗었을까? 뒷말은 더욱 미심쩍었다. 문득 오늘 아침 발가벗었던 자신이 떠올라 얼굴이 붉어졌다.

권문탁이 홍이의 뺨을 살짝 꼬집으며 말을 이었다.

"첫 구절은 선비[士]의 머리에 비딱한 갓 삐침을 올렸다니까 임(壬)자가 돼. 귀신[神]이 옆에 붙은 옷[衤]을 벗었으면 신(申)만 남고, 열 필(十疋)을 아래위로 붙이면 주(走)자, 거기에 척(尺)을 더하면 기(起)자가 나와. 마지막으로 언덕[丘] 아래로 발이 두 개 달렸으니까 병(兵)자가 아니겠니? 이걸 묶으면 임신기병(壬申起兵), 임신년에 병란(兵亂)이 일어난다는 뜻이 돼."

홍이가 손가락을 꼽으며 물었다.

"올해가 신미년(辛未年)이니까 임신년이면 내년인가요?"

"그래 내년이지. 근자 북쪽 변방의 동태가 심상치 않은가 봐. 홍경래(洪景來)란 사람이 다니면서 사람을 모은다더구나."

"사람을 모아 어쩌려고요?"

"기의(起義)할 작정일거야. 당나라 때 황소처럼. 이 사람은 지역 차별, 신분 차별을 세상에서 없애자면서 사람들을 선동한다는구나."

"신분 차별?"

"그래. 나는 양반, 너는 평민, 이렇게 신분을 정해놓고 권력자들이 마음껏 백성들을 약탈하고 핍박하지. 이런 썩은 세상을 바로잡겠다는 거야."

"그런 세상이 과연 올까요?"

"세상이 뒤바뀔 때면 영웅이 나오기 마련이야. 지금이 뒤바뀌어야 할 때고."

홍이는 예리한 비수가 가슴을 파고드는 아픔을 느꼈다. 도련님은 지금 너무나 위험한 생각을 내뱉고 있었다. 갑자기 하얀 빗방울이 붉은 핏방울이 되어 떨어졌다. 어지러웠다.

그러나 권문탁은 아랑곳하지 않았다. 그가 홍이의 손을 덥석 쥐었다.

"홍이야. 우리 북쪽으로 가자. 신분도 없고 차별도 없는 그곳에 가서 부부가 되어 함께 무덤에 묻힐 때까지 행복하게 살자. 좋지?"

제 10 장
파국의 소용돌이

이어마을 대나무 움집에 다시 불이 밝혀졌다. 시간이 육신의 상처를 아물게 하듯이 구자효 상쇠 어른에게 닥친 액운도 조금씩 수습되었다. 마을 사람은 물론 식솔들의 면회까지도 막던 관아가, 요구하던 환곡 물량을 십시일반 모아 납부하고, 거기에 동네 경조사를 대비해 갈무려 둔 금전을 뒷돈으로 찔러주니 후다닥 상쇠 어른을 풀어 주었다.

옥에서 풀려났을 때 상쇠 어른의 몸은 만신창이였다. 따라간 의원이 뼈에는 이상이 없다고 진단해 안심하기는 했지만, 거둥이 어려울 만큼 상쇠 어른은 모진 매를 맞았다. 상쇠 어른은 볏짚 속에 몸을 웅크린 채 부들부들 떨고 있었다. 남쪽 따뜻한 고장이라고 해도 겨울이 성큼 다가선 때 옥 안은 냉골이나 다름없었다.

보기와 달리 잔정이 많은 유순심이 상쇠 어른을 부여안더니 목을 놓아 통곡했다.

"우찌 이런 날벼락이 있을꼬. 상쇠 어른이 나라로 팔아묵었

나, 역모로 꾸몄나? 대역죄인이라캐도 칠순 노인네를 이리 잡도리
하진 않을낀데. 하늘이 무섭지도 않은가베. 천벌을 받을 끼구먼.
엉엉엉!"

유순심은 옆에서 멀뚱히 천장만 바라보고 있는 포졸들에게 살
쾡이 눈을 뜨며 울음을 그치지 않았다. 포졸들이라지만 그들 역시
섬마을 사람들이었다. 관령(官令)이 무서워 죄인처럼 다그치긴 했
지만, 일말의 양심을 속일 순 없었다. 애써 사람들 눈을 피하며
코만 씰룩거렸다.

"차라. 쟈들이 무신 죄가 있것노. 시킨께 마지못해 잡친게여."

솜이 넉넉히 들어간 이불로 상쇠 어른을 감싸며 이말심 노인이
포졸들 역성을 들었다. 이말심 노인이 사골 뼈를 푹 고고 좁쌀과
흰쌀을 갈아 끓인 미음을 상쇠 어른의 입에 조금씩 흘려 넣었다.

뜨거운 국물이 들어가자 얼음장처럼 굳어 있던 상쇠 어른의
몸이 조금씩 녹아내렸고, 피가 도는지 혈이 뚫렸는지 혈색이 돌아
왔다. 이말심 노인이 한숨 돌리며 말했다.

"이만한기 다행이데이. 개똥밭을 굴러도 이승이 낫다고, 목심
이 붙었으니 뭘 더 바라것노. 사람이 목심 버리기가 한순간인데,
그래도 상쇠 어른이 명줄은 길게 타고났나베. 방자야, 우마차 끌고
왔나? 쌔이 상쇠 어른 모시라."

그제야 옥 밖에서 분을 삭이며 땅에 발길질을 하던 방자와 동네
사람, 일가붙이들이 우르르 옥 안으로 몰려왔다. 포졸 중에 아는
얼굴이 눈에 띄자 방자가 대뜸 멱살부터 잡았다.

"야, 팔배 이 자슥아. 상쇠 어른은 니허고 오촌 당숙지간 아이가.

강생이도 지 엄니 그림자는 피한다는디, 저 지경이 되도록 내팽겨
쳐뒀나? 이 육실헐 늠아!"

얼마나 오지게 멱살을 잡았는지 팔배가 얼굴이 허옇게 되면서
발버둥을 쳤다. 삼지창을 바투 잡은 동료 포졸은 이러지도 저러지
도 못한 채 눈치만 살폈다. 이말심 노인이 된통 호통을 쳤다.

"니꺼지 옥살이할 작정이가. 당장 안 놓나!"

마지못한 방자가 팔배를 저만치 밀어버렸다. 구석에서 팔배가
목을 잡고 캑캑거렸다.

"어째 이리 옥 안이 시끄럽냐? 관장을 능멸하고도 모자라 이제
는 포졸까지 달아 올릴 참이냐? 이런 무지렁이들하고는."

언제 나타났는지 사람들 등 뒤에서 조용집 포교가 오금을 박듯
언성을 높였다. 기둥을 치는 육모방망이 소리가 귀청을 찢었다.

이러니저러니 해도 관아의 포교는 무서운 존재였다. 분노가
치솟던 사람들이 조용집의 목소리 한 마디에 다들 허리를 꺾으며
뒷걸음질을 쳤다. 방자만은 기가 죽지 않아 거센 숨을 몰아쉬며
조용집을 노려보았다.

"엥! 너 방자 아니냐? 도련님은 어디 두고 예서 허튼 짓거리냐?"

이 모든 사달의 장본인이 조용집이었다. 그러나 여기서 경거망
동했다가는 일만 커진다는 걸 잘 아는 방자기도 했다. 애써 고개를
돌리며 목에 날을 세워 대꾸했다.

"도련님이야 선소 정자집에 잘 계시지예. 동지섣달에 애먼 백
성이 치도곤을 당하는디, 글이 눈에 들어오실지 모리것소. 죄인으
로 몰린 분이 우리 동네 어른이라 기체후 일양만강하신지 문안

디리러 왔시다."

말 속에 담긴 대바늘을 읽은 조옹집이 눈을 부라렸다.

"이 새꺄, 혼정신성(昏定晨省)은 네놈 집에나 가서 챙겨. 도련님을 혼자 뒀다 탈이라도 생기면 어쩌려고, 썩 꺼져!"

제 딴에는 도련님과 홍이가 남의 눈이 편할 때 무슨 짓을 할지 몰라 하는 채근이었다. 방자는 계속 어깃장을 놓으며 뇌까렸다.

"그리 걱정되몬 포교님이 직접 가서 챙기지예. 도련님이야 홍이가 곁에서 낭군님처럼 살뜰히 뫼시는디 걱정도 팔자요."

방자가 대담하게 자신의 약점을 파고들자 강단 좋은 조옹집도 움츠려들었다. 잠깐 우물거리던 조옹집이 육모방망이를 휘두르며 사람들을 내몰았다.

"더 이상 말 섞기도 싫다. 당장 저놈 끌고 나가!"

그렇게 집으로 돌아온 상쇠 어른은 열흘 넘게 몸져누워 있어야 했다. 그래도 워낙 근력이 좋은 상쇠 어른이라 바로 기력을 되찾았다.

"시방 자리보전할 때가 아니여. 풍물 경합이 코앞인데, 기량이 녹쓸면 안 될 거구면. 어여 매구패들을 불러."

움집의 화톳불은 매구패의 전의를 대신하기라도 하듯 넘실넘실 불길을 풀어 올렸다. 방자가 장작을 한 아름 던져 넣으며 외쳤다.

"이 불길로 이눔의 더런 시상 다 태워버리는겨. 퉤―퉤!"

오늘은 박태수 포교도 매구 복색을 갖추고 참가했다. 깡마른 체구에 상모를 돌리며 소고를 만지는 품이 당랑(螳螂, 사마귀)을 연상시켰다. 옥진이도 맑은 청주 두어 통과 지짐이 거리를 잔뜩 준비해와 솥뚜껑을 엎어놓고 들기름을 둘러 발랐다. 따끈한 청주를 한 사발씩 들이키니 추위는 싹 가시고 몸에서 더운 열이 솟구쳤다.

매구 가락에 맞춰 꽹과리를 첸지란 첸지란 지란 지란 첸지란 두드리던 구자효 상쇠 어른이 박태수를 흘깃 보며 말했다.

"관아 분위기가 심상찮을 텐디 자리를 비워도 괜찮은감?"

박태수의 몸놀림은 경쾌했지만, 어딘가 사뭇 비장한 느낌이 묻어 나왔다.

"이가 없시몬 잇몸으로 때우것지요. 관아라면 내도 치가 떨립니다."

박태수가 악령을 떨치듯 머리를 세게 휘저었다.

오늘 낮 군기(軍器)를 점검하고 있는데, 조옹집이 다가오더니 그의 옆구리를 찔렀다.

"뭐여?"

환곡을 수탈하기 위해 곤욕을 당한 이는 상쇠 어른만이 아니었다. 고현 방면 주민들이 고분고분 환곡미를 싸들고 오자, 조옹집은 자신의 처방이 씨가 먹혔다면서 읍성의 남부와 서부 지역에서도 똑같은 패악을 저질렀다. 마을에서 신망을 얻은 집안의 가장을 가타부타 말도 없이 끌고 와 곤장부터 올려붙였다. 현령이 눈감아준 불법은 이미 정당한 직무였다.

때아니게 관아의 옥이 죄인으로 넘쳐났고, 낮밤을 가리지 않고 동헌 마당에서는 비명 소리가 낭자했다. 그 소리가 듣기 싫어 군기

고에 들어앉은 참이었다.

주변에 눈이 없는 것을 확인한 조옹집이 목소리를 낮추며 수군 댔다.

"자네 차덕구네 식구들하고 사이가 좋지? 내 부탁 하나 들어줘 야겠네."

"그 집안하고 발 끊은 지 오래여. 할 말이 있시몬 직접 가 허게. 볼기를 치든 곤장을 멕이든."

지난번 앙금이 가시지 않은 박태수가 퉁명스럽게 외면했다. 그러자 조옹집이 갑자기 살갑게 다가왔다.

"어허, 사람이 별일도 아닌 걸 갖고 골을 내는구먼. 중이 제 머리 못 깎는다고, 자네가 가서 홍이를 내 집으로 보내라 권해보게 나. 이 기회에 월하노인(月下老人, 중매쟁이의 다른 말) 노릇 한 번 해보 란 거지. 잘 되면 떡이 서 말뿐이겠나."

박태수가 벌컥 화를 내며 되받아쳤다.

"씨도 안 먹힐 소리 말아여. 나이 차가 얼만 줄 알고 하는 소린 겨? 뺨만 맞아도 다행일 걸세. 난 일 없네."

박태수의 입김에서 쌩쌩 찬 바람이 불자 조옹집의 표정이 바뀌 었다.

"자네 그렇게 모로 나가면 재미없어. 이 서찰 한 번 읽어보겠나? 마음이 싹 바뀔걸."

조옹집이 박태수에게 여러 겹으로 접힌 종이를 내밀었다. 떨떠 름한 표정을 감추지 않으면서 낚아채듯 서찰을 받아 펼쳐 들었다. 몇 줄 읽어나가던 박태수의 얼굴이 짐독(鴆毒)이라도 삼킨 사람처럼 하얗게 질려갔다.

"오데서 이런 해괴망측한……."

서찰을 움켜쥔 박태수의 손이 학질 걸린 사람처럼 후들거렸다. 조웅집이 음흉스럽게 손바닥을 비비며 입맛을 다셨다.

"거기 적힌 일이 거짓이라 하진 못할 게고. 내 전부터 자네 안사람 행적이 수상하던 차였는데, 얼마 전에 화순에서 알고 지내던 포교가 찾아왔지 뭔가. 자네 안사람 고향이 화순이라지? 그래 남해에 이러저러한 아낙이 사는데, 과거에 그쪽 동네에서 살았다니, 가거든 한 번 수소문해 보라 일렀네. 알겠다더군. 그리고 며칠 전에 이 서찰이 당도했는데, 허허! 거 참, 읽으면서도 내 눈이 의심스럽더구먼. 이 일이 들통 나면 옥진이만 죽어나는 게 아니지, 죄인을 숨겨준 자네도 무사하지 못할 터. 어디 발뺌을 하려거든 해 보시게나."

열패감으로 얼굴이 화끈 달아올랐다.

서찰에 적힌 일은 모두 사실이었다.

옥진이는 화순에 살던 농부의 딸이었다. 찢어지게 가난하던 집안 형편 때문에 일찌감치 이웃 사내에게 땅 얼마를 얻어 받으며 시집을 보냈다. 입 하나 덜자고 짜낸 궁여지책이었지만, 옥진에게는 끔찍한 지옥문이 열린 꼴이었다. 멀쩡한 사내인 줄 알았던 사내는 술만 마시면 옥진에게 매질을 했고, 술에 취하지 않는 날이 없었다. 사정을 아는 옥진은 집에 말도 못하고 그 모진 매질을 이겨냈다.

그러던 어느 날 사내는 그야말로 곤죽이 되어 새벽에 집구석으

로 돌아왔다. 남편을 기다리다 설핏 잠이 든 옥진을 보자 매질이
시작되었다. 그저 몇 대 후려치고 끝나려니 했는데, 마구잡이로
주먹질이 이어졌다. 견디다 못한 옥진이 사내를 밀어냈더니, 부엌
에 들어간 사내가 식칼을 들고나왔다. 눈에 핏발과 함께 살기가
들끓었다.

휘두르는 칼날을 피하려고 정신없이 남편에게 달려들었다. 그
리고 정신을 차려보니 남편 가슴에 식칼이 박혀 있었다. 칼을 빼자
가슴에서 피가 쾅쾅 쏟아져 나왔다.

넋이 나간 옥진은 달아났다. 그저 집에서 멀어지고만 싶었다.

몇 날 며칠 귀신 들린 사람처럼 산길과 들길을 헤매다 문득
바닷바람에 고개를 들어보니 남해 앞바다 노량나루였다. 저 바다
에 풍덩 빠져 죽으려고 했다.

해협의 거센 물살 속에서 허우적거리던 옥진을 건져낸 사람이
박태수였다.

∘∘∘

재앙은 홀로 오지 않았다. 그 마수가 이번에는 차덕구 네 집
을 덮쳤다. 금산 보리암에서 꿈결 같은 하루를 보내고 보름여 뒤
였다.

금산에서 돌아온 권문탁은 홍이를 아내로 대우했다. 말도 함부
로 하지 않았고, 꼭 필요한 일이 아니면 자신도 나서 거들었다.
누구에게도 인정받지 못한, 더구나 아버지 권진태가 안다면 불벼

락이 아니라 당장 짐을 싸서 도성으로 돌아가야 했기에 더욱 조심스러웠다. 둘만의 비밀로 지켜야 할 사랑은 짜릿하면서도 불안과 긴장이 차곡차곡 쌓이는 떨림의 연속이었다.

선소 정자집은 해변 쪽에서는 지붕과 서까래가 보일 정도였지만, 읍성에서는 마당까지 훤히 드러났다. 사람의 일거수일투족이 손바닥 보듯 짚혔다. 언제 누가 찾아올지 몰라 손 하나 잡는데도 사방을 살펴야 했다. 반지빠른 방자는 눈치를 챈 기색이 완연했지만, 그렇다고 망을 봐 달라 부탁할 수는 없었다. 권문탁은 어한(禦寒)을 한다는 핑계로 마루 앞에 거둬 올린 창을 모두 내렸다.

해가 저문 밤이라고 해도 정자집에 늦도록 머물게 할 수는 없었다. 비밀이란 오래 감출수록 더 잘 드러나는 법이었다. 그저 잠시 잠깐 홍이의 손을 잡고 몸을 더듬으며 애정을 나눌 수밖에 없었다.

감질이 아니라 몸살이 날 지경이었다.

그러던 어느 날이었다. 그날따라 날씨가 매섭게 추웠다. 어제까지도 포근했는데, 아침 일찍 외풍이 심해 눈을 떴다. 정자집은 여름엔 시원했지만 추위를 막아내는 데는 구실을 하지 못했다. 누비이불을 덮고 잤는데도 한기가 밀려왔다. 해가 뜨지 않은 밖은 어두컴컴했다.

일어나 덧옷을 껴입고 촛불을 켠 뒤 화로를 들쑤셨다. 참나무 숯을 몇 덩이 얹자 파란 불꽃이 일었다.

엉덩이는 뜨끈했어도 입에서는 하얀 입김이 흩어졌다. 부삽을 잡은 손이 시렸다. 추위로 몸이 아려지니 허기가 몰려왔다. 요기꺼리라도 있을까 싶어 흐린 촛불을 향도 삼아 마루로 나왔다. 조심스레 발을 옮기는데 마당 쪽에서 인기척이 났다. 굶주린 노루라도 내려왔나 눈을 돌렸더니, 거기 시커먼 사람의 형상이 버티고 서 있었다. 머리카락이 쭈뼛 섰다.

"누, 누구냐?"

촛대를 들이댔지만, 형상은 여전히 어두웠다. 형상이 마루를 올라와 쓱 다가왔고, 그제야 정체가 드러났다.

"흐흐흐, 도령님. 날씨가 찬디 벌써 기침하셨네예."

방자였다. 갑자기 기운이 다 달아났다.

"아, 자넨가. 휴! 간 떨어지는 줄 알았네. 이 시각에 어쩐 일인가?"

방자는 대답보다는 방 안 기색을 살피기에 더 분주했다.

"날씨가 추워졌기에 어찌 계시나 싶어 왔지예. 혼자신가 보네예?"

가슴이 뜨끔했지만 모른 척 눙쳤다.

"당연하지. 홍이는 엊저녁 일찌감치 집에 갔다네."

도둑이 제 발 저린다고 하지 않아도 될 말까지 튀어나왔다. 방자가 은근히 한술 더 떴다.

"추울 땐 그저 곁에 사람이 있는 게 최고지예."

"그래. 춥긴 춥구먼. 한양 도성에서도 못 겪어본 기홀세."

애써 말머리를 돌리니 방자가 고개를 끄덕였다.

"오늘이 동짓달 열아흐레가 아닌가베요. 오늘 내일은 겁나게 추울 겝니더."

"그건 또 뭔 소린가?"

"다 사연이 있지예. 왜란이 끝나던 무술년(1598년) 오늘 충무공께서 저 노량 앞바다에서 순국하셨더랬지예. 남해 사람들이 시신을 뭍에 올리고 다음 날 발상(發喪)을 했는디, 이후부터 이 두 날만 되믄 추위가 기승을 부리지 아닌가베예. 충무공의 충렬(忠烈)이 돌아가시고도 흩어지지 않아 매운 기운 때문에 그러타꼬 나만은 어르신들이 말씸하시데예."

권문탁이 감탄하면서 말했다.

"그거 참 기이하기 짝이 없는 일이구나. 왜적에 대한 충무공의 분노가 얼마나 거셌으면 돌아가시고도 추위로 대신했을까. 그런 충무공의 돌보심이 여전하니 남해 사람들은 정말 든든하겠어."

방자는 고개를 주억거리면서도 표정이 밝지만은 않았다.

"글씨, 고랬시믄 오죽이나 좋을까만, 근자 고을 돌아가는 꼴을 보면 충무공의 음덕도 바닥이 드러난 게 아닌가 싶네예."

권문탁도 조옹집이 자행하고 있는 패악질은 익히 알고 있었다. 매구패 구자효 상쇠 노인이 관아에 끌려간 날이 하필이면 홍이와 함께 보리암으로 떠나던 날이었다. 차상두를 통해 소식을 들은 권문탁은 치를 떨었다. 현령의 사주와 묵인이 없었다면 있을 수 없는 일이었다.

권문탁도 맥이 빠져 별 보탬도 안 되는 말을 던졌다.

"아무리 먹구름이 하늘을 뒤덮어도 해는 여전히 떠 있네. 곧 구름 걷힐 날이 올 걸세. 상쇠 영감도 다시 꽹과리를 잡았다지. 그만하기 다행이야."

"이러다 남해에 줄초상이 나지 않을까 걱정이지예. 그나저나 추위엔 뜨끈한 청주가 그만이지예."

방자가 품에서 술병을 꺼내더니 부엌에 들어가 데워 나왔다. 두 사람은 말린 물메기를 찢어 먹으며 술잔을 주고받았다.

이상하기는 날씨만이 아니었다. 늦게 뜨는 해가 마루의 그림자를 지웠는데도 홍이가 나타나지 않았다. 누구보다 재발라서 이른 걸음을 하는 홍이가 이리 늦은 적은 처음이었다.

"소인이 있는 걸 보고 내뺐나베요. 그런다고 주머니 속 송곳이 어디 가남."

술이 오른 방자가 희떠운 소리를 내뱉었다. 그럴 리 없는 걸 잘 아는 권문탁은 걱정이 앞섰다. 방자라도 보내려는 참에 대나무 숲에서 차상두가 얼굴이 벌겋게 상기된 채 허위허위 달려왔다.

"상두, 니 웬일이고? 홍이가 오데 아픈가베?"

방자가 자리를 옮기며 물었다. 차상두가 고꾸라질 듯 마루에 오르더니 굳어진 표정을 지우지 못하고 외쳤다.

"도령님, 방자 형님! 제 아비가 관아로 끌려갔습니다. 새벽바람에 포졸 둘이 들이닥치더니 다짜고짜 아비를 포승줄로 옭아매 잡아갔습니다."

술잔이 출렁거렸다.

"아닌 밤중에 뭔 홍두깨여. 덕구 영감헌티 환곡미를 들씌울 까닭도 없는디, 포졸이 미치지 않고서야 그럴 리가 있남? 혐의가 뭐라던디?"

차덕구가 고개를 홰홰 저었다.

"엄니하고 홍이랑 같이 따라갔지만 관아 앞에서 쫓겨났어요.

지금까지 발만 동동 구르다, 홍이가 도련님 걱정하신다고 가보라
해서 왔습니다."

권문탁이 자리를 박차고 일어났다. 넋 놓고 지켜볼 일이 아니었
다. 아버지와 혈육의 정을 끊는다 해도 홍이 아비를 빼내야 했다.

서슬이 시퍼래진 권문탁을 보더니 방자가 일어나 만류했다.

"도련님, 도련님께서 나설 계제는 아닌 것 같네예. 지가 쌔이
댕겨올텐께 그마 여기 계시소."

손길에 눌려 권문탁이 엉덩방아를 찧었다. 이도 저도 못하고
있는데, 방자가 차상두를 앞세우며 부리나케 집을 나섰다. 아스라
이 멀어지는 두 사람을 지켜보면서 권문탁은 무력감에 자리를
뜨지 못했다.

이날 충격을 받기는 조웅집도 마찬가지였다. 환곡미의 실적이
목표치에 근접해 기분 좋게 관아에 들어섰는데, 심복 한 놈이 쫄레
쫄레 오더니 차덕구가 피체(被逮)된 소식을 귀띔해 주었다.

"뭐라고! 언놈이 내 명령도 없이 그딴 짓을 했다는 게냐?"

포졸이 언성을 줄이라는 손짓을 하면서 대꾸했다.

"고정하시지예. 현령의 엄명이 있었다네예."

믿기지 않는 변고였다. 현령이 무슨 억하심정으로 홍이 애비를
잡아들인단 말인가. 문득 지난번 자신이 현령에게 일러바친 고자
질이 떠올랐다. 무슨 조치를 취한다더니, 그게 이번 일과 연관이
있어 보였다. 그래도 납득은 되지 않았다.

그 길로 현령의 관사로 달려갔다.

"대감, 차덕구를 나포해 오라는 하명이 있었다 들었습니다. 어인 복안이신지요?"

관아 내부의 통문(通文)을 읽고 있던 현령은 눈도 꿈쩍하지 않았다.

"네가 관여할 바 아니다. 내가 네게 일일이 보고할 위치더냐. 네 일이나 착실히 보거라."

냉담한 반응에 울화가 울컥 치밀었다. 숨을 몇 번 고른 조용집이 흥분을 가라앉히고 물었다.

"차덕구는 장차 소인에게 장인이 될 사람입니다. 무슨 죄를 졌는지 모르겠사오나 소인을 보셔서 용서해 주실 수 없으십니까?"

현령이 통문을 획 밀치더니 엄혹한 목소리로 조용집을 꾸짖었다.

"장인? 어처구니가 없구나. 국법을 어기고 끌려온 죄인 놈을 네 마음대로 장인으로 삼아. 당치 않다. 썩 물러나거라."

현령이 단단히 작심을 하고 내린 명령이었다. 더 이상 대거리를 했다가는 불난 집에 기름을 붓는 꼴이었다.

"무슨 혐의인지나 알려 주십시오. 그래야 소인이 치죄(治罪)를 할 거 아니겠사옵니까."

마뜩잖게 조용집을 흘겨보던 현령이 마음을 고쳐먹었는지 입을 열었다.

"그래. 치죄는 네게 맡겨야 할 터이니, 알려주마. 관아 장부를 점검하던 중에 두어 달 전 보관 중인 공금이 적지 않게 축난 걸 확인했다. 출납의 근거도 없이 어설프게 손실 처리가 되었던데,

아무래도 미심쩍어 아전을 불러 힐문했더랬지."

가슴이 덜컹 내려앉았다. 축이 난 공금은 웃돈까지 얹어 박태수
가 나중에 들고 왔더. 눈감아 달라는 입막음 돈이었다. 조웅집은
별 생각 없이 공금을 착복했다. 아전에게는 적당히 처리하라며
몇 푼 찔러주었다. 이미 사달이 난 돈을 다시 환급할 머저리가
어디 있는가. 그게 들통 난 모양이었다.

"그랬더니요?"

마른 침을 삼키며 조웅집이 물었다.

"아전 말이 분실했는데, 범인을 몰라 하는 수 없이 손실 처리했
다는구나. 터무니없어 따져 물었더니 도난당할 무렵 차덕구가 몇
차례 관아를 들락거렸다기에, 그놈이 범인임을 직감하고 잡아 오
게 한 게다. 그러니 네가 알아 치죄해 이실직고를 받아내도록 해
라. 물고(物故, 심문 중 죄인이 죽는 일)가 나도 좋다."

진상을 알고 있는 그로서는 기가 막힌 모략이었다. 이 일을 빌
미로 삼아 차덕구 일가를 섬에서 내쫓을 속셈이었다. 당연히 골칫
거리인 홍이도 권문탁의 눈에서 사라질 터였다.

조웅집은 하늘이 노래졌다.

제 11 장
구름에 가려진 땅

관아 안에 있는 옥사(獄舍)로 들어서는 조웅집의 발길은 무거웠다. 지금처럼 감옥 안에 발을 들여놓기가 끔찍한 적은 없었다. 환곡 수납을 짜내려고 죄인을 심문했을 때 얼마나 유쾌했던가를 떠올리면 마치 다른 세상에 온 듯했다. 그가 그리던 세상은 지옥으로 가버렸다. 칠흑 같은 밤보다 그의 마음이 더 어두웠다.

포졸은 물론 옥사장(獄舍長)까지도 집으로 돌려보냈다. 그리고 멀찍이 떨어진 곳에 심복을 배치해 잡인은 얼씬도 못하도록 단단히 일러두었다. 어쨌거나 현령의 행각은 누구의 귀에 들어가서도 안 되었다.

차덕구는 포승줄에 묶인 채 벽을 보고 앉아 있었다. 옷차림은 남루했고, 상투는 풀려 어깨 위로 헝클어져 있었다. 어깨가 초라했다.

무슨 생각을 하는지 조웅집이 들어와 인기척을 내도 그는 돌아보지 않았다. 잘못한 게 없으니 오해가 풀리면 바로 석방될 거라 여기는 모양이었다. 육모방망이로 옥문을 두드리자 그제야 차덕구가 뒤돌아보았다.

조용집을 보더니 차덕구가 미소를 지었다.

"포교 나리. 기다리고 있었습니다."

근심기라고도 한 톨도 찾아볼 수 없는 차덕구가 차라리 부러웠다. 그가 이제부터 당할 고통이 머리를 옥죄자 동정보다 분노가 앞섰다.

심문이 있기 전 현령은 조용집에게 차덕구의 혐의를 분명하게 못 박았다.

"그놈이 관아의 재물에 손을 댄 데는 분명 까닭이 있을 게야. 사라진 돈이 적지 않더군. 죄인인 놈이 금방 의심받을 돈을 왜 훔쳤겠는가? 쌀 한 줌만도 못한 값어치인 것을. 어떻게 생각하나?"

박태수가 원금에 웃돈까지 얹어주면서 차상두가 섬을 빠져나갈 배를 구할 욕심으로 돈을 훔쳤다고 귀띔했다. 장차 손위처남이 될 사람의 허물이니 덮어두라는 암시였다. 당장 끌고 와 요절을 내고 싶었지만, 그러면 돈도 날아가고 홍이도 날아갈 테니 참았었다.

그 진실을 현령에게 실토할 수는 없었다. 현령의 비위나 맞춰주는 가락을 들려줘야 했다.

"미욱한 놈이 경우를 알고 한 짓이겠습니까. 견물생심에 앞뒤 가리지 않고 손에 움켜쥔 것이겠죠."

대답이 성에 차지 않는지 현령이 손가락을 세워 흔들면서 말했다.

"아니야. 이놈은 더 큰 그림을 그리고 있었을 듯해. 자네도 요즘 세상을 떠도는 흉측한 참요는 들어 알고 있겠지?"

난데없는 반격이었다. 그도 물론 세간에 돌아다니는 시 나부랭이는 본 적이 있었다. 글 깨나 읽었다는 위인들에게 물어보았지만, 그 뜻을 풀어낸 사람은 없었다.

조옹집은 꿀 먹은 벙어리마냥 고개만 끄덕였다.

"나도 입수해 읽었는데, 도무지 요령부득이더군. 해서 문탁이에게 보여줬네. 그랬더니 임신기병(壬申起兵), 임신년에 병란이 일어난다는 뜻이라 풀어내대. 그놈 참 기특해. 내후년 식년시 장원급제는 따 놓은 당상이라니깐. 허허허!"

그 말에 조옹집의 귀도 환하게 뚫렸다. 그런데 그게 어쨌단 말인가?

잠시 껄껄 웃던 현령이 표정을 거두며 말을 이어갔다.

"차덕구 그놈이 남해에서 벌일 거사 자금을 비밀리에 모으고 다녔을 게 분명해. 죄를 져 섬에 처박힌 놈이니 흉모(凶謀)에 가담했다고 해도 이상할 게 하나도 없지. 그렇지 않겠나?"

다짐하듯 현령이 물었다.

기가 막힐 노릇이었다. 시골서 땅이나 파먹던 농투성이가 나라를 뒤집을 역모의 주동자라니. 옆집 개가 웃을 헛소리였다. 그러나 현령의 진단은 거기서 멈추지 않았다.

"자고로 역모란 죽이 맞아 함께 움직이는 떨거지가 있기 마련. 낫 놓고 기역자도 모를 이놈이 저 혼자 몸이 달아 이런 일을 꾸몄을 리는 없어. 분명 사주했거나 부화뇌동한 패거리가 있을 걸세.

이제부터 자네는 차덕구의 입에서 흉모에 가담한 역적들의 이름을 긁어내야 하네. 놈들을 일망타진한다면 금상 전하께옵서 얼마나 기뻐하시겠나. 조정의 포상은 덤으로 따라올 테고."

이러니 차덕구는 이미 죽은 목숨이었다. 차덕구만일까? 그 일가는 말할 것도 없고, 엮기에 따라서 수십 명의 목을 떨어질 판이었다. 그 피비린내 나는 바람을 조용집이 일으켜야 했고, 차덕구는 그 불길의 첫 심지였다.

차덕구의 입에서 누군가 그럴듯한 역적의 이름을 끄집어내기는 애시당초 그른 일이었다. 제 이름자도 못 쓸 놈이 이 고을에서 행세깨나 할 사람의 신상을 알 턱이 없었다. 그걸 버젓이 알 현령이 그런 명령을 내린 것은 미리 날조한 자백서에 날인만 받고 입막음을 하라는 소리였다. '물고'는 그런 뜻이었다.

옥문을 열고 들어가니 오금이 저릴 만큼 한기가 돌았다.

"어떠신가? 불편할 텐데?"

"곧 나갈 텐데요. 나리께서 잘 말씀해 주세요. 이거 원……."

차덕구가 버덩거리며 등 뒤로 묶인 손을 움직였다. 움직일수록 더욱 파고드는 게 오랏줄의 속성이었다.

조용집이 몸을 낮추고 달래듯 말했다.

"이보게, 덕구. 자넨 지금 개미지옥에 빠진 거야. 여기서 살아나가긴 틀렸다구. 허나, 한 가지 다짐만 해주면 내가 어떻게든 힘을 좀 써보지."

차덕구의 얼굴이 차갑게 상기되었다. 자신이 무슨 죽을죄를 졌는지 도무지 모르겠다는 표정이었다.

"소인은 귀양 와 제 일 한 것밖에 없는데, 무슨 소립니까? 죽을 죄라니요? 영문을 모르겠네요."

환멸이 밀려왔다.

"더 따질 것 없어. 한 가지만 약조하라니깐."

"약조라시면……?"

제 입으로 그 약조를 뇌까리려니까 목덜미로 으스스한 감질(疳疾)이 타고 흘렀다. 그러나 대신할 이는 아무도 없었다.

"홍이, 자네 딸을 내게 주게."

잠시 차덕구는 얼떨떨한 표정으로 눈망울만 굴렸다.

"달라니요? 그러니까……."

"내게 시집을 보내란 말이지. 그렇기만 하면 어떻게 하든 자네 목숨만은 건져 주겠네. 잘 생각해봐."

조용집이 일생 처음으로 간절하게 말했다. 그제야 차덕구는 조용집의 의사를 알아차렸다. 그리고 순식간에 표정이 바뀌었다.

"그, 그, 그러니까 내 자식을, 홍이를 네, 네, 네 놈 마누라로 달라는 소리냐?"

차덕구의 눈은 분노와 증오, 멸시, 역겨움으로 가득 찼다.

"왜, 싫은가?"

차덕구가 온몸을 벌떡 일으켰다. 놀라운 괴력이었다.

"이 개놈의 망나니 새끼! 이 자리에서 날 당장 죽여라. 당장 죽여! 어떻게 키운 딸인데, 네 놈에게 주어 똥물을 뒤집어쓰게 하느니 그년의 목을 졸라 죽이련다. 이 미친 늙은 개새끼야. 니 에미하고도 붙어먹을 호랑말캐 썩을 잡놈아!"

악다구니를 쓰는 차덕구의 얼굴은 거대한 불덩어리처럼 타올랐다. 증오로 치가 떨렸다. 그 저주의 목소리가 조옹집의 눈을 멀게 만들었다.

"이런 쌍놈이, 뭐라 씨부리는 거야!"

어둠의 장막을 거둘 듯 조옹집이 육모방망이를 휘둘렀다.

어둠이 걷혔을 때 차덕구는 머리가 깨진 채 피를 흘리며 죽어 있었다.

…………

차덕구의 시신은 멍석에 말려 일가가 살던 집 마당에 던져졌다. 새벽이 지워질 무렵, 밤새 뒤척이다 먼저 일어난 어머니 윤점이가 시신을 발견했다. 멍석을 들춰본 윤점이는 끔찍한 지아비의 몰골을 보자마자 혼절해 쓰러졌다.

차상두는 악을 쓰며 밖으로 뛰쳐나갔다. 홍이가 윤점이의 팔다리를 주무르며 피눈물을 토해냈다. 차덕구의 시신은 그대로 마당에 내동댕이쳐져 있었다. 관아의 눈이 무서운 동네 사람들도 안타까워 발만 동동 구를 뿐 감히 다가오지 못했다.

한 식경 만에 윤점이는 저승 문에 한쪽 발을 들여놓았다. 온몸을 부들거리다가 결국 삶의 희망을 내려놓았다.

윤점이가 홍이의 손을 잡더니 한숨보다 가녀린 목소리로 말했다.

"저기, 저기 고리짝……."

말이 다 이어지지 않았다.

"왜, 엄마. 정신 차려. 제발 정신 차려."

"저기 …… 고리짝 안 …… ."

홍이가 엉금엉금 방구석 고리짝으로 기어갔다. 고리가 무명 끈으로 묶여 있었다.

"열어 …… ."

고리짝 바닥에는 고이 개켜진 비단과 예쁜 꽃신 한 켤레가 놓여 있었다.

"네 시집갈 때 입히고 신키려고 …… . 이 에미가 없어도 잘 건사했다가 시집갈 때 꼭 …… ."

윤점이의 손이 스르르 바닥으로 떨어졌다. 평생 흙을 만져 흙처럼 누런 손이 누런 흙바닥과 만났다. 손바닥에는 망령처럼 멍석의 지푸라기 몇 오리가 굴렀다.

"안돼! 안돼! 엄마, 죽으면 안돼! 엄마 없이 우린 어떻게 살라고! 엄마! 엄마!"

더 이상 홍이의 외침을 윤점이는 들을 수 없었다. 마당으로 내려간 윤점이의 넋은 강진만 너머 떠오르는 햇살을 받더니 먼저 넋이 된 지아비 차덕구의 손을 잡고 되돌아보며 뒤돌아보며 금산 하늘 위로 스러져갔다.

윤점이의 시신을 안고 흐느끼는 홍이의 어깨 너머로, 하늘의 선녀가 내려와 슬프게 노래를 불렀다.

시집올 때 가져온 비단 몇 마름.

옷장 속 깊이 깊이 모셔두고서

생각나면 꺼내서 만져만 보고

펼쳐만 보고 둘러만 보고
석삼년이 가도록 그러다가
죽어지면 두고 갈 걸 생각 못하고
만져보고 펼쳐보고 둘러만 보고.

시집올 때 가져온 꽃신 한 켤레.
고리짝 깊이깊이 모셔두고서
생각나면 꺼내서 만져만 보고
쳐다만 보고 오오, 닦아도 보고
석삼년이 가도록 그러다가
죽어지면 두고 갈 걸 생각 못하고
만져보고 쳐다보고 닦아만 보고.
만져보고 펼쳐보고 둘러만 보고.
- 양단 몇 마름(정태춘 작사/작곡, 박은옥 노래)

○○○

진시(辰時, 오전 7~9시) 무렵 관아에 들어가니 현령이 박태수를
찾았다. 어제 차덕구를 잡아들인 소식을 들은지라 풀어주라는 하
명이라도 떨어질까 싶어 급히 처소에 들었다. 현령은 조웅집과
함께였다. 조웅집은 벌레 씹은 표정을 지으며 박태수를 외면했다.
"차지셨십니꺼?"
현령은 탁자에 놓인 장부를 탁탁 치면서 떨떠름하게 눈살을

찌푸리고 있었다. 사뭇 아니꼽게 조옹집을 흘겨보았고, 그때마다 조옹집은 고양이 앞의 쥐처럼 몸을 움츠렸다.

"앉게. 조 포교가 사고를 쳤어."

박태수가 조옹집에게 눈길을 돌리자 대들 듯이 눈길을 받았다.

"사고라니 무신?"

"심문하던 죄인을 물고내버렸네. 일이 복잡하게 됐어."

"물고? 누굴?"

차덕구의 얼굴이 먼저 떠올랐다.

"거 유배 온 죄인 있잖은가? 살살 족치면서 연루자를 캐랬더니 그예 목숨을 앗고 말았네."

뒤집힌 속을 내색 않고 앉아 삼켰다.

"의원은 내가 잘 구슬려 놨으니 적당히 병사로 처리하게. 감영에 알려지면 검시를 한다며 법석을 떨 테니 입단속 잘 시키고."

이미 엎질러진 물이었다. 시신이라도 잘 모셔 장례를 치러야 했다.

"시신은 어쩔까예?"

"벌써 멍석에 말아 집 앞마당에 던져 놨네. 포졸 몇이 지키고 있으니 아무도 접근하진 못할 걸세. 무슨 사달을 벌일지 조 포교를 믿을 수 있나. 자네가 뒤처리 잘하게. 그럼 난 자네만 믿네."

현령과 조옹집이 싸 놓은 똥이 그의 몫으로 떨어졌다. 잠시 조옹집을 째려보다 방을 나왔다. 그렇게 문서 처리로 하루를 다 보냈다. 조옹집은 얼굴 한번 비추지 않았다.

신시(申時, 오후 3~5시)가 달아날 무렵 박태수는 뒤로 돌아보지 않고 관아를 빠져나왔다. 차덕구의 집에 가볼까 하다가 그 집 식구들 볼 면목이 없어 발길을 돌렸다. 뭔가 결단을 내려야 했다.

옥진의 주점에 이르자 문을 밀쳤다. 저녁 손님 맞을 차비로 바쁜 주점의 문은 닫혀 있었다. 평소와 달리 박태수는 평정심을 잃고 문을 마구 흔들었다. 문을 걷어차기 직전에야 문이 흔들렸다.

털조끼를 입은 옥진이 얼굴을 빼꼼 내밀더니 박태수를 확인하자 어이없다는 듯 눈초리를 세우며 쏘아붙였다.

"서방질한 마누랄 덮친다 해도 이리 소란스럽진 않으리다. 어련히 문을 열까 난리북새통이요?"

박태수는 대거리도 않고 휑하니 내당으로 들어갔다. 고무신을 끌며 옥진이 종종걸음으로 뒤따랐다.

박태수는 어디서 집어 들었는지 한 손에 술병을 쥐고 있었다. 보료에 앉자마자 벌컥벌컥 깡술을 들이켰다.

"선불 맞은 노루가 따로 없소. 내 쌔이 주안상 봐올 테니 제발 엉덩이부터 착실히 앉히소."

그러나 옥진이 일어날 틈도 없이 박태수가 그녀의 손목을 잡았다.

"임자. 시방 그럴 경황이 없어여. 내 말부텀 잘 듣소. 집에 금붙이가 얼마나 있는감?"

엉덩방아를 찧을 뻔하다 간신히 몸을 추스른 옥진이 박태수를 빤히 쳐다보며 물었다.

"어디서 급전이라도 썼소?"

박태수가 방문을 열고 밖의 동정을 살피더니 다시 앉아 귓속말로 속삭였다.

"군소리 말고 금붙이로 바꿀 수 있는 물건은 모두 챙겨여. 아무래도 남해로 떠야 할 듯혀. 그러니 갤차주는대로 칼끄시 정리하소."

옥진이 말문이 막힌 듯 멍하니 박태수를 바라보다 정신이 돌아온 듯 박태수의 손을 쥐었다.

"혹여 내 일이 들통 난 게요?"

목소리가 심하게 떨렸다. 박태수가 눈길을 피하지 않고 고개를 끄덕였다.

"어떻게, 누가…… 벌써 십 년도 더 지난 일을…….."

"조옹집이 알아챘어. 시방이야 사소한 겁박이나 했쌌지만 갤국엔 다 뽈아묵어야 물러날 게여. 아니 관아에 고발이나 안 하믄 다행이제."

기운을 잃은 옥진이 화장대에 간신히 몸을 기대더니 고개를 푹 숙였다. 박태수는 곰방대를 꺼내 불을 붙이고 연신 담뱃대만 빨아댔다.

한참 만에 옥진이 단호한 표정으로 말했다.

"십여 년 전 노량 바다에 몸을 던졌을 때 난 이미 죽은 목숨이었소. 당신이 건져내 이렇게 덤으로 산 인생이지만, 당신 은혜로 모린다믄 내가 우찌 사람이겠소. 냄들은 백 년 살아도 못 누릴 행복을 당신 덕에 다 누리씨니, 인자 내가 보답할 차롄갑소. 당신이 왜 나고 자란 고향 남헬 뜨요? 내 가서 자현하리다."

말을 마칠 쯤 옥진의 눈에는 눈물이 글썽였다. 지난 십 년 동안 쌓인 회한이 한 줄기 눈물이 되어 떨어졌다.

박태수가 옥진의 어깨를 힘껏 잡았다.

"말도 안 되는 소리. 조용히 이곳만 뜨면 더 탈은 없으리다."

옥진이 허탈하게 말했다.

"어디 간들 조옹집 같은 이가 없겠소? 조선 팔도를 다 떠돌아다 닐 심산이요? 이제 그만 나도 쉬고 싶어요."

"온밥 먹고 쉰밥 먹은 소리 집어치라니까. 어제 홍이 아비가 옥에서 조옹집에게 맞아 죽었소. 그 미치갱이가 또 뭔 짓을 할지 몰라. 이 주점 사겠다는 치가 있다켔제? 헐값으로라도 당장 팔아 치우소."

옥진이 벌어진 입을 다물지 못했다.

"그 불쌍한 노인을 왜?"

"그걸 따질 계제가 아니라케도, 어여……."

말을 이으려는데 밖에서 곱단이 목소리가 들려왔다.

"마님. 관아 조 포교님께서 오신는데요. 우찔까예?"

옥진이 몸을 부르르 떨며 박태수의 품으로 뛰어들었다.

"벌써 잡으러?"

"그럴 린 없을 거여. 시방 지 코가 석 잔다. 내 나갈 볼 텡께 쌔이 주점 팔 궁리나 하소."

조옹집은 주점 손님방에 주저앉아 있었다. 얼굴이 썩은 송장처 럼 문드러져 있었다. 온갖 포악질을 다 해댔어도 제 손으로 사람 죽이기는 처음일 터였다.

박태수를 흘낏 보더니 독주 한 사발을 그대로 들이켰다.

"조 포교. 너무 상심마시게. 자네가 부로 그랬나, 실수제."

조옹집이 멧돼지 같은 얼굴을 들어 박태수를 쏘아보았다. 두 눈에 벌겋게 핏발이 서 있었다. 제 딴엔 고통이 심했는지 머리가 반백이 되어 있었다.

"마음에도 없는 위로 때려치우고, 내 말 잘 들어. 사람까지 죽인 놈이 뭐가 무서울까. 나도 이판사판이야. 이게 내 마지막 통보니 귀담아들어. 보름 안에 이 주점 내게 넘겨. 그 뒈진 영감탱이 일만 수습되면 들어올 테니까."

다시 독주를 한 사발 따르더니 쿨쿨 목구멍이 터져라 처마셨다. 흘린 술을 손등으로 닦으며 독기 품은 눈으로 마음에 숨긴 말을 뇌까렸다.

"그리고 홍이 년과 뒹굴 일은 물 건너갔으니, 딴 년이라도 품어야겠어. 옥진이는 여기 두고 나가. 십 년 넘게 재밀 봤으니 내게 물려줘도 아쉬울 건 없겠지."

박태수의 눈에 핏발이 섰다.

"아무리 술에 취했다 혀도, 말은 가려 허게. 우찌 고런 미친 소릴 하는감?"

"안 미쳤으니까 이 정도로 봐주는 거야. 진짜 미친 짓 하기 전에 순순히 따르는 게 신상에 이로울걸."

마지막 사발을 비운 조옹집이 비틀거리며 일어섰다. 박태수가 뒤따라 나갔지만, 조옹집은 거들떠보지도 않고 주점을 나가버렸다. 어느새 밖은 어두컴컴해졌다. 방에 들어가 비수를 챙긴 박태수가 조옹집의 뒤를 밟았다.

조옹집은 성안을 돌아다니며 갖은 행패를 부렸다. 우마차가

가로막자 육모방망이로 소 대가리를 쳐 수레를 뒤집어놓았다. 순라를 도는 포졸들을 붙잡더니 이유도 묻지 않고 뺨을 후려쳤다. 주막에서는 남이 따러 둔 술을 빼앗아 마시고, 시비가 붙자 술상을 엎어버렸다. 고함을 지르며 육모방망이를 휘두르는 그를 막을 이는 아무도 없었다.

하현달이 먹구름에 가릴 즈음에야 조웅집의 패악질은 끝이 났다. 아무도 주변을 얼쩡대지 않았다.

조웅집이 성 안 외진 곳에 있는 제집에 들어갈 때까지 박태수는 그림자처럼 그의 뒤를 밟았다. 가깝지도 멀지도 않게 이루어진 미행은 누구의 눈에도 띄지 않았다.

조웅집이 방에 들어가 방문이 닫히고 불이 꺼졌을 때, 박태수는 자신이 무얼 하기 위해 그의 뒤를 따랐는지 설명해야 했다. 품 안에 숨긴 비수의 손잡이를 만지면서 그는 멈칫거렸다. 칼날의 섬뜩한 예리함이 손끝을 스쳤다. 피가 맺힌 손가락을 빨면서 박태수는 그제야 자신의 목표가 무엇인지 알았다.

조웅집의 입을 막아야 했다.

사람을 겁박하고 살해하면서도 눈도 꿈쩍하지 않는 그는 만인의 안전을 위해 사라져야 했다. 그러나 그런 대의(大義)로 보면 자신 역시 사라져야 할 인간 중 하나였다. 자신 역시 양심을 저버린 짓을 했었다. 조웅집에게 침을 뱉을 자격은 없었다.

박태수는 솔직해져야 했다. 조웅집은 박태수 자신의 안전을 위해 죽어줘야 하는 것이었다. 그리고 옥진이가 있었다. 차가운 노량의 바다에 뛰어들어 흐느적이는 그녀의 허리를 잡았을 때

174

옥진은 그가 살아야 할 유일한 이유가 되었다. 옥진의 허물은 모두 자신이 짊어지기로 하늘에 맹세했었다. 딸 홍이를 지키려고 발버둥 치다 죽은 차덕구처럼 박태수는 아내 옥진을 지키다 죽어야 할 책임이 있었다.

비수를 빼어든 박태수는 어둠 속에 몸을 숨기고 조옹집의 집을 향해 야금야금 발걸음을 옮겼다. 백 걸음. 오십 걸음. 그가 죽여야 할, 옥진이를 위해 죽어줘야 할 몸뚱이가 그를 향해 다가오고 있었다. 서른 걸음을 앞두고 있었을 때 박태수는 걸음을 멈추었다.

그의 앞에서 인기척이 느껴졌다. 거친 숨소리였다. 그자는 자신의 몸을 감추려고 하지 않고 조옹집에게 다가가고 있었다. 그의 모든 감각은 방 안 조옹집에게로만 집중되어 있어 바로 코앞에 있는 박태수도 느끼지 못했다.

그자는 소음조차 감추려고 하지 않았다. 그래서 오히려 자연스러웠다. 누구의 귀도 거스르지 않았다. 목숨을 버리고자 하니 세상의 모든 장애에서 자유로워졌다.

문이 열렸다. 그는 문을 닫으려고도 하지 않았다. 조옹집의 코고는 소리가 귀청을 울렸다. 어둠에 익어지고 사람이 움직임을 멈추자 그자의 모습이 드러났다.

차상두였다.

차상두는 굵은 나무 몽둥이를 들었다. 누워 있는 조옹집을 내려보며 두 손으로 몽둥이를 바투 잡고 마지막 일격을 준비했다. 마지막 일격을 위한 결심이 폭발되기만 기다렸다. 그 시간이 박태수에게는 한없이 길게 느껴졌다.

'내리쳐! 어서 죽여 버려!'

박태수는 속으로 차상두를 일격으로 떠밀었다. 자신도 모르게 비수의 손잡이에 힘이 들어갔고 몸이 움찔거렸다. 그 서슬에 박태수의 비수가 마루를 찍었다.

팍!

짧지만 날카로운 소리가 차상두를 주저하게 만든 끈을 끊어버렸다.

몽둥이는 단단하면서도 확고하게 조용집의 머리를 겨누며 떨어졌다.

제 12 장

어디서 무엇이 되어 만나리

박태수가 집으로 돌아왔을 때 그의 몸은 온통 식은땀으로 흥건하게 젖어 있었다. 아직 동이 트기까지는 이른 시간이었지만, 새벽이 머지않은 때였다. 조웅집과 한바탕 난리를 치르고 뛰쳐나간 것을 알고 있던 옥진 역시 꼬박 뜬눈으로 밤을 지새웠다.

"이기 무신 꼴이요? 조웅집과 밤새 드잡이라도 한 게요?"

옷매무새가 헝클어지고 머리카락이 산발(散髮)에 가까운 박태수를 본 옥진이 기겁을 하며 물었다. 눈마저 벌겋게 충혈되어 있었다.

박태수는 대답할 힘도 없다는 듯 사방을 흘끗 살피고는 바로 방 안으로 들어갔다. 옥진이 따뜻한 꿀물을 데워 가져왔다. 박태수는 뭐냐고 묻지도 않고 빼앗듯 사발을 들어 벌컥벌컥 들이켰다.

"어찌 된 영문인지 말씀이나 시원하게 해보시요. 누굴 말려 죽일 셈이오?"

옥진의 채근에도 박태수는 고개만 저을 뿐 말을 잇지 않았다.

굳이 지난밤의 흉행(兇行)을 옥진이 알 필요는 없었다.

지난밤. 뭔가가 퍽 터지는 소리가 들렸을 때 박태수는 눈을 질 끈 감고 있었다. 마음속의 재촉과 죄악에 대한 공포가 그의 마음을 찢어놓았다. 얼마나 시간이 지났을까? 방에서 몽둥이 떨어지는 소리가 둔탁하게 들렸고, 그것이 신호라도 되는 양 박태수는 눈을 떴다.

어둠 속에서도 방 안의 광경은 대낮처럼 환하게 눈에 들어왔 다. 몽둥이를 내버린 차상두는 벽에 몸을 붙인 채 얼굴이 파랗게 질려 있었다. 제 손으로 저지르고서도 자신이 한 짓이라고 믿지 못하는 표정이었다. 차상두는 두 손을 들어 제 얼굴에 비춘 채 벌벌 떨었다.

박태수의 시선이 바닥으로 떨어졌다. 조용집의 머리에서는 검 붉은 피가 흘러내렸다. 그가 본 차덕구의 시신과 똑같았다. 조용집 의 황소만 한 눈이 잡아먹을 듯 박태수를 노려보고 있었다. 죽음 직전의 발악 때문인지 조용집의 입에서는 토사물이 흘러 내렸다. 그 요사스러운 악취가 밖에서도 맡아질 듯했다.

먼저 냉정을 되찾은 건 박태수였다. 그는 우선 사방을 살폈다. 이 야밤에 차가운 어둠을 뚫고 기찰을 피해 돌아다닐 사람은 없겠 지만, 범죄자의 당연한 심리였다. 누구도 눈에 띄지 않았다.

그래도 불안해 박태수는 방으로 들어가 문을 걸어 잠갔다. 비수 는 칼집에 꽂아 허리춤에 간수했다. 퍼렇게 질려 있는 차상두의 뺨을 모질게 후려쳤다. 두어 대를 맞고서야 차상두의 맥 풀린 눈이 정상으로 돌아왔다.

"포, 포교 나리……."

그 말과 함께 차상두가 털썩 주저앉았다. 성격이 거칠다고 해도 아직 어린 나이였다. 굳이 살인을 저지른 사실을 되새겨줄 필요는 없었다. 박태수는 차상두의 눈을 가리고 조옹집의 상태를 살폈다. 귀를 대 보니 절명한 게 분명했다. 깨진 머리 사이로 흐르는 피만 봐도 알 만한 일이었다. 이불을 꺼내 조옹집을 덮었다.

"제가, 제가 저 자를……."

차상두가 더듬거리며 억지로 말을 끄집어냈다. 제 아비를 죽인 원수에게 복수한 것이지만, 사람을 죽인 사실이 바뀔 리 없었다. 그의 손은 여전히 덜덜 떨렸다. 박태수는 곰방대에 담배를 쑤셔넣고 불을 붙여 차상두의 입에 물렸다. 독한 담배 연기가 차상두의 마음을 가라앉혀 줄 터였다.

차상두는 기침을 캑캑거리면서도 연신 곰방대를 빨았다. 마치 그 일이 자신을 이 끔찍한 현장에서 벗어나게 해 줄 유일한 출구라도 된다는 듯 필사적이었다. 그 사이 박태수는 수습할 묘안을 찾아 헤맸다.

당장 날이 새면 조옹집은 관아로 나가야 했다. 차덕구 영감의 문제가 마무리되지 않았으니, 현령이 그와 조옹집부터 찾을 것이었다. 조옹집의 부재를 어떻게 변명할 것인가는 차후의 문제였다. 우선 시체부터 감추어야 했다. 이 비대한 덩치를 숨기기란 쉬운 일이 아니었다.

조옹집의 집 뒤란에 있는 광이 떠올랐다. 조옹집이 횡령한 물건과 금전 따위를 갈무리하는 장소였다. 도난을 염려해 튼실하게 지었고, 자물통 역시 묵직했다. 박태수는 이불을 조금 들쳐 조옹집의 허리춤을 더듬었다. 다시 어둠이 몰려와 헛손질이 이어졌다. 그러다 구리로 만든 열쇠가 쥐어졌다. 어찌나 단단히 묶어놓았는지 뜯기지도 않았다.

비수를 뽑아 되는대로 찔러 넣어 열쇠를 빼냈다. 차상두를 방문 쪽으로 끌어냈다. 차상두는 다 타버린 곰방대를 지치지도 않고 빨아댔다. 다시 한번 차상두의 머리를 쳤다.

"잘 들으래이. 조옹집은 죽었어야. 다시 살릴 길은 없으니께 우리가 살길을 찾아야혀. 집 뒤에 광이 있응께 이 눔부터 그리 옮기자구. 알것냐? 억수로 무거운 눔이니께 함께 옮겨야혀."

차상두도 이제 갈피가 잡혔다. 머리를 흔들며 박태수의 손을 잡았다.

"그럴 필요 없어요. 날이 밝으면 자현하겠습니다. 아비를 죽인 원수를 죽였으니 정상참작이 될 거예요."

차상두는 물정 모르는 흰소리를 늘어놓았다.

"벅시 같은 소리 집어쳐여. 니 집 식구들 다 직일 참이가? 니가 지깄지만, 나도 공범이나 마찬가지여. 니 집도 살고 내도 살 궁리를 해야혀."

어머니 윤점이와 홍이의 얼굴을 떠올랐는지 하상두의 눈에는 다시 절망이 가득 찼다.

"어떻게 살 수 있나요? 당장 들통이 날 텐데. 아, 아!"

박태수가 울음보가 터질 것 같은 차상두의 입을 막았다.

"하늘이 무너져도 솟아날 구녕은 있는 벱이여. 일단 며칠이라도 시간을 벌어 구녕을 맨들어야제. 정지에 가면 새끼가 있을 거여. 있는 대로 다 들고 와. 어여, 쌔이."

박태수가 차상두의 등을 떠밀었다. 차상두가 어둠을 더듬으며 정지문을 열고 나갔다. 솔갱이가 여즉 타고 있는지 정지는 벌건 불빛으로 어려 있었다.

그 사이 박태수는 이불을 펼치고 조웅집의 시체를 얹었다. 안 그래도 큰 덩치가 시체가 되니 배는 무거워졌다. 이불에 눕히자 부릅뜬 조웅집의 눈이 번쩍였다.

미우나 고우나 10년 넘게 고락을 같이했던 사람이었다. 오래전 부임한 현령을 따라 남해로 들어왔다가 현령이 갈렸는데도 남해에 그대로 남았다. 현령의 뒷배로 포교가 되었고, 궂은일 마른일을 함께 헤쳐 왔었다. 자신의 업보로 황천길을 자초했지만, 한 사람의 죽음 앞에 심경은 착잡했다.

박태수는 조웅집의 눈을 감겼다.

"조 포교. 극락왕생허여. 내세에는 좋은 사람으로 태어나시고."

이불을 겹쳐 둘둘 말았다. 부피가 산더미만 해졌다. 마침맞게 차상두가 새끼를 갖고 들어왔다. 새끼를 두 겹으로 엮어 이불을 모질게 묶었다. 박태수는 손에 묻은 핏자국을 이불에 문질러 닦아 냈다. 이것으로 애증으로 얽힌 조웅집과의 인연을 매조지하는 기분이었다.

광으로 향한 쪽문을 열어 조웅집을 옮겼다. 둘이 들어도 힘이 부쳤다. 흐르는 땀을 훔치며 광문을 열었고, 가장 후미진 곳에 이불더미를 놓았다. 궤짝을 들어 이불더미를 숨겼다.

얼핏 봐도 저 뒤에 차가운 시신이 있으리라고 아무도 짐작할수 없을 듯했다. 광문을 든든히 채워두면 잡인의 출입은 없을 터였다. 혹여 포졸을 풀어 집안을 뒤지더라도 어차피 그 지휘는 박태수의 몫이었다.

두 손을 털면서 광 안을 휘휘 둘러보았다. 재물에는 악착같은구석이 있어 광이 허술하지는 않으리라 여겼지만, 조옹집은 정녕알뜰하게 재산을 모아 두었다. 자물통이 채워진 궤가 눈길을 끌었다. 조옹집의 허리춤에는 열쇠가 하나뿐이었다. 저 궤의 열쇠는다른 데 숨겨두었겠지만, 찾을 시간은 없었다. 옆에 굴러다니는돌을 집어 내리쳤다. 의외로 쉽게 뜯겨나갔다.

궤 안에는 돈이며 금붙이, 은붙이가 차곡차곡 잠을 자고 있었다. 박태수가 찔러준 돈도 한 자리 차지했으리라. 그 돈 때문에이 모든 사달이 시작되었다. 죽음을 부르는 재물이라니, 환멸이일었다.

금붙이만 골라냈다. 남해를 뜨자면 당장 이것들이 필요했다.주점이 수일 내 팔리기도 수월찮았고, 갑자기 융통하다 보면 의심을 받을 수도 있었다. 헝겊 주머니 안에 되는대로 밀어 넣었다.옆에서 차상두가 그 광경을 겁먹은 얼굴로 흘겨보았다. 주머니두 뭉텅이를 그에게 안겼다.

"이거 받아둬. 시방부텀 뒤로 돌아보들 말고 집에 가 있어여.요놈 잘 숨겨둬. 이젠 죽으나 사나 우린 남해를 떠야혀. 평안도까정 우리로 싣고 갈 배를 마련해야 되는디, 이것이 긴요하게 쓰일거여. 알것제?"

차상두가 의아해하며 물었다.

"평안도는 왜요?"

답답한 소리였다.

"몰라 물어. 시방 거기서 홍경래란 작자가 반란을 준비 중이여. 신분 차별 없는 새로운 시상을 만든다더만. 우리가 살 곳은 거기밖에 없어야. 시상이 바뀌어도 돈까정 없어지것능가. 금은보화는 최대한 챙겨가야 묵고 살제."

그제야 차상두가 고개를 끄덕였다.

조용집의 집 앞에서 둘은 바로 갈라서지 않았다. 성문이 잠겨 있으니 차상두의 재주로 나갈 순 없었다. 비상시에 쓰이는 작은 문이 있었다. 그 열쇠는 박태수가 관리하고 있으니, 열어줘야 했다.

어두운 곳만 밟으며 그럭저럭 차상두를 내보냈고, 멀리 어둠 속으로 사라지는 차상두를 확인하고서야 발길을 돌렸다. 두 사람과 마주친 이는 없었지만, 어느 귀신이 봤을지는 아무도 몰랐다.

다시 정신을 현실로 돌린 박태수가 옥진의 손을 잡았다. 옥진의 손은 차갑게 식어 있었다. 금방이라도 눈물이 돋을 것만 같은 옥진의 눈을 보니 너무나 가여웠다. 자신의 생명보다 더 소중한 여자였다.

"잘 들으시게. 주점 파는 일은 너무 초초헌 기색을 드러내선 안되여. 주인이 나타나도 헐값에 넘기지 말고 최대한 이윤을 붙여. 그라고 땅이나 집 말고 부피가 적은 패물들로 받아. 왜 파냐 묻거든 이제 좀 편히 쉴까 싶어 그린다고 둘러씌우고. 알것는감?"

박태수의 옷깃에 묻은 핏자국을 본 옥진은 대강 사태를 짐작했다. 차마 그 내막을 입에 올릴 순 없었다.

"우선 옷부터 갈아입으시오. 그리고 잠시라도 눈을 붙여요. 관아에 나가봐야잖것소."

옥진이 옷장을 열어 잘 다려놓은 포교 군복을 내어주었다. 잠시 나갔다 오더니 더운물 한 동이를 안고 왔다. 수건에 물을 적셔 대충 몸을 닦았다. 깡말랐지만 근육으로 다져진 박태수의 몸에서 더운 김이 날렸다. 옥진이 박태수의 벗은 몸을 닦으면서 말했다.

"내 낭군, 몸도 참 실하요. 내가 떡두꺼비 같은 자식이라도 낳아주었으면 얼마나 좋았실꼬? 이 년의 죄가 크요."

전 남편에게서 당한 매질 때문에 옥진은 아이를 갖지 못했다. 그게 못내 죄스러웠는데, 남편의 잘 빠진 몸을 보니 자식 생각이 간절해졌다.

어슴푸레 밝아오는 새벽, 두 사람은 잠시 한 이불에 누워 잠을 청했다. 며칠 남지 않은 남해의 밤이었다. 두 사람은 해가 산봉우리를 붉게 물들일 때까지 서로의 몸을 뜨겁게 탐했다.

ooo

"어째 자네 혼자만 오나? 조 포교는 어디 가고?"

날이 밝아 관아로 들어간 박태수는 바로 현령의 호출부터 받았다. 차덕구 영감 일의 뒤처리가 어땠는지 궁금할 법도 했다.

"맴이 편치 않은 갑데예. 한 며칠 집에서 쉬것다 했는디, 불러올까예?"

현령이 잠시 박태수를 물끄러미 바라보았다.

"아니야. 그놈도 속 좀 썩었겠지. 장인 될 사람을 죽이고, 그 집안이랑 원수가 되었으니, 수습할 때까진 몸조리하는 것도 나쁘지 않겠지. 공연히 덤벙거리면 방해만 될 테고. 자네가 알아 잘 수습허게."

현령 방을 나온 박태수는 문서 처리를 서둘렀다. 언제까지 이 일로 동티가 가려질지 모를 일이지만, 입단속만 잘하면 한동안 섬 밖으로 소식이 나가진 않을 터였다.

어두운 방에서 나오니 햇살이 눈부셨다. 날은 다시 화창해졌다. 겨울 날씨란 게 종잡을 수 없지만, 물때가 좋으니 당분간 바다에 파랑은 일지 않을 것이었다.

마당을 지나가는데 마침 차상두가 넋 놓고 지나갔다. 박태수를 알아보지도 못했다. 가까이 가 어깨를 툭 쳤다. 차상두가 화들짝 놀라 사방을 두리번거렸다. 언성을 낮춰 차상두를 다독거렸다.

"정신을 어디 놓고 다녀야. 남해를 뜨기 전까진 평소처럼 행동해야혀. 자네 아비는 병사로 처리됐응께 어여 집에 가 장례를 치러여. 함께 남핼 떠날 수 없싱께 양지바른 곳에 묻고."

그제야 차상두가 두 눈을 훔치면서 울먹이며 말했다.

"어매도 돌아가셨어요."

"그기 무신 소리여?"

"아부지 시신을 보고는 그대로 혼절하셨던가 봐요. 어제 해가 다 뜨기도 전에 눈을 감으셨답니다. 불쌍한 우리 어매."

기가 막힌 소식이었다. 조웅집은 두 사람의 목숨을 앗아간 셈이었다. 조웅집의 시체라도 걷어차 주지 못한 게 갑자기 한스러웠다.

호흡을 가다듬은 박태수가 차상두를 끌고 자기 방으로 들어갔다. 거기서 공금으로 둔 엽전꿰미를 꺼내 주었다.

"이걸로 두 분 고이 보내드려여. 금붙이는 잘 숨겨뒀제?"

차상두가 고개를 끄덕였다. 허방을 짚는 사람처럼 휘청거리면서 차상두는 동문을 향해 갔다.

박태수도 관아를 나서 집으로 갔다. 옥진의 얼굴에는 화색이 돌고 있었다. 오늘 새벽에 치른 뜨거운 정사의 여파가 얼굴을 달궈 놓고 있었다.

"거래가 잘 성사될 것 같소. 눈독들이던 기방 행수기생이 패물을 한 보따리 들고 와 오늘이라도 당장 문서에 도장을 찍자 난리요. 금도 제값을 쳐주겠다니, 일이 수월하게 풀리려나 보오."

그나마 희소식이었다. 옥진의 손을 잡은 박태수가 홍이 엄마 소식을 전했다. 옥진의 얼굴이 백지장처럼 파리해졌다.

"저런, 저런! 우야노. 홍이 어마이가 눈을 못 감았것소. 천 리 낯선 땅에 와 숨 한 번 크게 못 쉬다 그로코롬 가버리셨네. 천애 고아가 되었시니, 홍이가 가여워 어쩌누."

말도 못 마치고 눈물을 뚝뚝 떨어뜨렸다.

"오데 문상 올 사람이나 있실 것이며, 초상 치를 경황이나 있것는가? 음식 잘 차려 사람을 보내시게."

옥진이 조금 염려스러운 표정으로 물었다.

"당연히 그래야겠지만, 죄인이 죽었는디, 그리 대놓고 바라지 혀도 되것소?"

박태수의 눈초리에 힘이 돋았다.

"내가 다 책임질 테이 걱정 붙들어 매소. 줄초상이 났는데 시비로 걸믄 그기 사람이가!"

허겁지겁 찬방(饌房)으로 들어가는 옥진을 마중하고 박태수는 다시 집을 나섰다. 이제부터 촌각을 다퉈 해야 할 일들이 너무나 많았다.

오실에 사는 구자효 상쇠 어른을 찾았다. 그나마 속을 털어놓고 말을 나눌 이는 상쇠 어른밖에 없었다. 문 밖에서 말이 울어대는 소리를 들은 상쇠 어른이 방문을 열고 밖을 살폈다.

"상쇠 어른, 박태수라예."

뜻밖이라는 표정으로 상쇠 어른이 박태수를 맞았다.

"앉게나. 애진 저녁에 어인 행차신감?"

"몸은 좀 괜찮십니꺼?"

상쇠 어른이 어깨를 토닥이면서 대꾸했다.

"열명길이 코앞인 사람이 온전하믄 이상하제. 매구겨룸 전까지야 별 일 있것는감."

그러고 보니 임신년이 바투 다가오고 있었다.

"집들이 매구대결은 언지 허기로 했는가예?"

"여즉 딱히 정해진 날짜야 없지만서도, 전라도에서 풍물패도 넘어 왔다니께 정허기 나름이제."

남해에서 평생을 산 상쇠 어른은 인맥이 넓었다. 인덕과 인심까지 갖춰 어른을 믿고 따르는 이가 많았다. 배를 한 척 마련해야 한다면 상쇠 어른만큼 안심하고 주선해줄 사람이 없었다. 그러나 그들이 떠난 뒤 일어날 후환이 두려웠다.

주변을 다시 살핀 박태수가 저간의 사정을 솔직하게 털어놓았다.

입맛을 쩍쩍 다시며 듣던 상쇠 어른이 곰방대를 뽑아 입에 물었다. 한동안 침묵이 흘렀고, 결심이 선 듯 상쇠 어른이 입을 뗐다.

"그라몬 내가 우찌 도와야 하것노?"

"그라도 괜찮을까예?"

"내야 살 만큼 살지 않았나? 자네나 상두나 앞길이 구만 리 겉은 사람이제. 내 마지막 적선하는 셈 치고 돕것네. 옥진이도 맴 고상이 많았것어."

박태수가 침을 꿀꺽 삼킨 뒤 말했다.

"배가 한 척 필요해예. 한 한 달 어름 물길을 헤치고 갈 만한 배라예."

"자네 부부서껀 상두하고 홍이가 탈 요량인감?"

"야."

"자네 배를 부릴 줄은 아는감? 난바다로 나가야 하는디?"

"지가 이래 벼도 갈고지 출신이라예. 배라믄 알 만큼은 알지예."

"그렇긴 하구면. 내 배는 수배해봄세. 섣달 보름날에 매구 경연을 열도록 약조해 놓겠네. 관음포 수군들하며 만호(萬戶)까정 다 불러 크게 놀음을 할 팅께 그때 자네하고 상두는 슬쩍 빠져나가 배를 타시게나. 술을 잔뜩 멕일 팅께 경비는 허술할 거여."

"비용은 지가 다 드리것십니더."

상쇠 어른이 그윽이 박태수를 바라보더니 곰방대를 재떨이에 탁탁 치며 말했다.

"됐네. 인자 가믄 영영 이별인디, 내가 주는 이별 선물로 생각허게."

"알것십니더."

밖으로 나온 박태수는 상쇠 어른의 집 토담을 파고 금붙이 한 움큼을 묻어두었다.

차상두와 차홍이의 부모 차덕구와 윤점이는 선소 포구와 강진만이 한눈에 들어오는 언덕에 하릴없이 묻혔다. 임진왜란 때 왜군들이 지은 왜성(倭城)의 천수각(天守閣) 터가 있는 곳 북녘이었다. 구름이 가리고 산이 가리지만 아득히 올라가면 고향이 있을 법한 곳이었다. 정자집에서도 아주 멀지는 않았다. 번듯한 봉분을 여럿 올릴 수는 없어 부부를 합장했다.

권문탁은 초라한 매장의 장소를 찾았다. 많은 사람이 함께 하지는 못했다. 차덕구와 함께 일했던 사람 몇과 윤점이와 바래를 하며 친해진 동네 아낙 몇이 시신이 땅으로 돌아가는 길에서 마지막 인사를 나누었다. 잔정이 많은 유순심이 말없이 눈물을 뚝뚝 흘렸고, 방자는 뒷전을 맴돌며 애꿎은 땅만 걷어찼다.

상두꾼들의 상엿소리도 없었다. 지붕에 올라 부르짖는 초혼(招魂)도 없었다. 그렇게 두 이름 없는 민초(民草)의 결별은 쓸쓸했고 고통스러웠다. 낡은 상복을 입은 차상두는 관이 광(壙)으로 들어가는 모습을 입을 꾹 다물고 지켜보았다. 홍이는 몸을 가누지 못한 채 하염없이 아빠와 엄마를 부르며 울부짖었다. 옥진이 옆에서 눈물을 훔치며 홍이를 달랬다.

권문탁은 홍이 가까이 갈 수 없었다. 당장 달려가 흐느끼는 어깨를 감싸 안으며 위로하고 싶었지만, 보는 눈이 너무 많았다. 그런 눈을 의식해야 하는 자신이 너무나 미웠다. 지금도 몇몇 사람들은 권문탁을 보며 쑤군거렸다.

신분의 차별이 없고 권력이 무고한 사람을 죽이는 일이 없는 세상. 권문탁은 하늘을 보며 어디쯤에 그런 세상이 있을지 가늠해 보았다. 구름에 가려진 하늘 어디에도 그런 세상은 보이지 않았다.

성글고 낮은 봉분이 모습을 드러낼 즈음 바람에 나부끼는 나무 그늘 아래 몇몇 사람이 앉아 결별의 시간을 가졌다. 바람은 차가웠지만, 아무도 옷깃을 여미지 않았다. 홍이는 여전히 부모의 봉분을 어루만지며 떠나지 못했다. 그저 조금이라도 부모와 가깝게 있고 싶어 하는 목마름은 그렇게밖에 드러낼 수 없었다.

나무에 기대 탁배기 잔을 자작하는 권문탁 옆에 누군가 앉았다. 반쯤 술에 취한 권문탁은 흐린 눈빛으로 고개를 돌렸다. 박태수였다.

"도령님도 오셨십니꺼?"

"아, 오셨는가? 옥진이도 오고 자네도 왔으니, 고인이 외롭진 않겠네."

권문탁은 왠지 박태수 앞에서 죄인이 된 기분이었다. 저 두 사람의 죽음에는 자신도 책임이 있었다. 그들을 죽음에서 건지지

190

못한 죄는 영원히 씻지 못할 것이었다.

"죽은 이들이야 지신(地神)께서 거둘 것이지만, 산 사람은 또 살아가야지예."

뭔가 뼈 있는 말처럼 들렸지만, 그 속을 헤아릴 만한 여유가 권문탁에게는 없었다. 술잔을 비운 권문탁이 박태수에게 술을 권했다. 박태수가 허리를 숙이며 술잔을 받았다. 그것이 또 민망했다.

"내가 자네보다 한참 어린 연배일 텐데, 이리 공경을 받으니 남우세스럽네."

"언젠가 서로가 서로를 공경하는 시상이 오것지라예."

박태수의 술잔을 받으며 권문탁이 넋두리처럼 중얼거렸다.

"어서 빨리 왔으면 좋겠네그려."

그때 누가 시작했는지도 모를 노랫소리가 흘러나왔다.

가시리 가시리잇고

바리고 가시리잇고

날러는 어찌 살라 하고

바리고 가시리잇고

잡사와 두어리마난

선하면 아니올셰라

셜온님 보내옵나니

가시난 듯 도셔오쇼셔.

− 고려가요 〈가시리〉에서

순조 11년(1811) 신미년의 마지막 달인 섣달 보름이 왔다. 다들 낡은 해를 보내고 새해를 맞으려는 마음으로 분주했지만, 이날 남해는 더욱 시끌벅적했다. 선원마을에서 벌어진 정판서의 고래 등 같은 기와집의 완공을 알리는 축하연이 벌어졌기 때문이었다. 게다가 남해가 자랑하는 집들이굿놀음 연희가 축원의 깃발을 높이 날리는 데다가, 이웃 전라도에서도 흥겨움을 돕는 풍물패가 참여했다.

인근에 사는 많은 주민들이 이 잔치를 구경하려고 몰려들었다. 며칠 전부터 부침개를 지지는 냄새가 골짜기를 진동했고, 돼지와 소는 몇 마리나 잡았는지 헤아릴 수도 없을 정도였다. 떡과 술들이 곳간마다 가득 찼고, 갖은 해물들이 싱싱하게 헤엄치며 축하객들의 구미를 동하게 만들었다.

집들이굿놀음 매구패와 전라도 풍물패의 기량대결을 아는 이는 많지 않았다. 구경꾼들의 호응 소리가 우열을 가름하는 기준이었기에, 고을 사람들에게 그 사실을 알리지 않았다. 매구패들은 새로 장만한 복색을 정갈하게 입고 미투리를 신었다. 노랑과 파랑, 그리고 붉은 띠로 어깨와 허리를 두른 매구패들은 기와집에서 멀찍이 떨어진 개울가 둔덕에서 상모와 기물들을 꼼꼼히 챙겼다. 전라도 풍물패는 언덕에서 내려올 예정이었다.

박태수와 차상두도 매구패에 합류했다. 박태수는 북을 둘렀고, 차상두는 소고를 들었다. 유순심은 연풍대와 열두 발 상모를 연이어 해야 해서 여느 때보다 바지런히 움직였다. 조래중 이말심 노인과 동냐치 이춘아 노인도 오늘 적선 주머니를 가득 채우겠다며 단단히 벼렸다.

해가 기웃할 즈음이 되면 매구패가 먼저 굿놀음을 펼쳐야 했다. 아침에 매구패와 잡색(雜色)은 이어마을 움집에서 한 차례 준비 공연을 가졌다. 모든 것이 흡족했다. 기와집 쪽에서 붉은 깃발이 펄럭이자 상기된 얼굴로 상쇠 어른이 목청을 다듬으며 말했다.

"지난 몇 달 동안 땀 흘릿던 갤과가 오늘 훤히 드러나여. 허나 맹심할 껀 오늘 우리가 치는 매구는 갱쟁이 아니라 놀이라는 거여. 저 전라도 풍물패는 우리 적이 아니라 벗임을 잊어서는 안되제. 우린 우리의 능력과 솜씨를 마음껏 보여주면 되는 기고 풍물패에게도 아낌없는 응원을 해야혀. 이기면 좋것지만 잔칫날 눈살 찌푸리는 일은 있어서는 안되여. 오늘 최선을 다함시롱 놀이를 맘껏 즐기자구. 자, 내 선창에 따라 다들 외쳐야. 놀아보자! 매구!"

매구패와 잡색들의 함성이 하늘을 찌를 듯 울려 퍼졌다.

경사가 완만한 언덕길에서 박태수가 흥겨운 몸짓 치레를 돌면서 차상두에게 말했다.

"다드래기굿이 끝나믄 연풍대가 있실 거이고, 이어 순심이가 열두 발 상모 돌릴 차비를 할 거여. 그때 매구패와 잡색들이 떡과 술을 돌림시롱 관객들과 군사들의 시선을 사로잡제. 그때 우린 몰래 집을 빠져나와 언덕을 넘어 바닷가로 갈거여. 째이 움직여야 혀. 알것제?"

소고를 치던 차상두가 고개를 끄덕였다.

첸지란 첸지란 지란 지란 첸지란!

구자효 상쇠 어른의 꽹과리 소리와 함께 굿놀음은 시작되었다. 당산나무에서 제를 지냈고, 우물을 돌며 가뭄 없는 세상을 송축했다. 그리고 솟을대문을 지나 본격적인 집들이굿놀음이 시작되었다. 그때쯤 날은 어둑해져 있었다.

상쇠 어른의 주선으로 배 한 척이 마련되었다. 평안도가 아니라 청나라까지 가도 끄떡없을 튼튼한 목선(木船)이었다. 한 달 넘어 먹을 음식과 식수도 준비했다. 옥진이와 홍이는 목선에서 기다릴 참이었다.

이날 이른 아침 이어마을로 가기 전에 박태수가 선소 정자집을 들렀다. 홍이가 못 올 테니 의아하지 않도록 권문탁을 납득시켜야 했다.

"도령님. 오늘 홍이는 못 오네예."

글을 읽고 있던 권문탁이 책을 덮으며 물었다.

"무슨 소린가?"

권문탁이 계획을 알더라도 고발하지 않으리라 믿었지만, 일말의 불안감이 없는 것도 아니었다. 박태수가 어렵게 말을 꺼냈다. 그 이야기는 한동안 이어졌다.

"일이 이리 되얏시니 도령님께서도 눈감아 주시믄 어떨까예."

눈을 감고 묵묵히 듣던 권문탁이 박태수가 말을 마치자 눈을 떴다. 뜻밖에 그의 표정에는 어딘가 감개무량한 기색이 풍겨 나왔다.

"언제쯤 배가 뜰 건가?"

"술시(戌時, 오후 7시에서 9시 사이) 시작 언저리가 아닐까 싶네예. 동풍이 불 무렵이지예."

"홍이는 어디 있을까?"

"대사천이 바다로 들어가는 근처지예."

"알았네. 부디 몸조심하시게. 무사히 평안도에 닿길 천지신명께 빌겠네."

박태수와 권문탁은 두 손을 굳게 잡고 이별의 인사를 대신했다.

술시가 시작될 무렵 홍이는 옥진과 함께 대사천 끝자락에 서서 박태수와 오빠가 오기를 기다렸다. 굿놀음 노는 함성이 어렴풋이 들려왔다. 지금쯤 저 언덕을 넘어 두 사람이 나타나야 했다.

홍이는 도련님과 작별 인사조차 나누지 못하고 떠나는 게 못내 마음에 걸렸다. 박태수 포교가 절대 발설을 하면 안 된다고 해서 입도 뻥긋하지 못했다. 어젯밤 귀가할 때 사정을 모르는 도련님은 내일 일찍 오라며 잡은 손을 놓지 못했다.

그날 밤 홍이와 차상두는 떼도 없는 부모님 무덤에 들러 하직 인사를 올렸다.

"아빠, 엄마, 좋은 세상이 오면 꼭 다시 찾아와 잘 모실게요. 그때까지 두 분 손 놓지 말고 편안하게 지내세요."

눈치 없는 눈물이 두 볼을 타고 흘러내렸다. 차상두가 억지로 끌고 집으로 향했다.

이제 남해를 떠나면 언제 다시 도련님을 만날 수 있을까? 아니면 영영 생이별을 하는 것일까? 엄마가 홍이에게 남긴 비단과 꽃신이 든 보자기를 품에 안고 홍이는 마음을 추스르지 못했다.

그때 저쪽 길에서 누군가가 두 사람에게 다가왔다.

"에구머니, 들킨 거 아녀?"

옥진이 기겁을 하며 홍이의 손을 잡았다. 저벅저벅 다가오는 사람은 보름달 달빛을 환하게 받은 권문탁이었다.

"도련님!"

"홍이야!"

두 사람은 옆에 옥진이 있는 것도 아랑곳 않고 부둥켜안았다. 눈치 빠른 옥진이 기침을 하며 배에 올랐다.

"홍이야. 긴말 할 시간이 없구나. 무탈하게 평안도로 가거라. 마음 같아선 함께 가고 싶지만, 네가 무사히 닿게 뒤 막음을 할 사람이 있어야지. 진달래가 필 즈음이면 우린 다시 만나게 될 게야."

"기다릴게요."

다시 두 사람은 서로를 껴안았다. 차마 떨어지지 못한 채 이대로 부부석(夫婦石)이 되기를 홍이는 갈구했다.

그때 평복으로 갈아입은 박태수와 차상두가 허겁지겁 언덕을 넘어왔다. 권문탁을 보자 두 사람은 돌부처가 되어 걸음을 멈추었다.

권문탁이 웃으며 두 사람에게 다가갔다. 차상두의 손을 잡으며 권문탁이 말했다.

"상두. 그리고 박 포교. 부디 몸조심하게. 나도 곧 뒤따를 거네. 그리고 상두, 자네와 나는 체구가 비슷하니, 서로 옷을 갈아입도록

하지, 도령복이 불편할진 몰라도 검문이라도 받게 되면 도움이 될 게야. 그리고 내 호패(號牌)도 가져가게. 양반 신분으로 가장하면 함부로 대하진 못하겠지."

박태수로서는 썩 좋은 방책으로 여겨지지 않았지만 실랑이를 벌일 시간이 없었다. 그렇게 옷을 바꿔 입자 두 사람은 홍이를 데리고 목선에 올랐다. 노를 저어 해변을 빠져나가자 활짝 돛이 올랐다. 권문탁은 쉬지 않고 손을 흔들었다.

그날 저녁 관아에서는 큰 소동이 일었다. 조웅집의 시체가 발견된 것이다. 아전이 혹시나 싶어 포졸들과 함께 조웅집의 집을 기웃거리다 고약한 썩은 냄새를 맡았고, 광문을 열고 들어가 이불 속에 죽어 있는 조웅집을 찾아냈다.

"차덕구의 아들놈 차상두의 짓이 분명하다. 차상두는 어디 있느냐?"

현령이 소식을 듣고 시체를 확인한 뒤 따졌다. 아전이 선원마을에서 있는 집들이굿놀음 소식을 전했다.

군장을 갖춘 현령이 정판서의 집으로 말을 몰았다. 호위군관이 뒤를 따랐다. 정판서의 집에 차상두는 없었다. 박태수도 함께 사라졌다.

"이런 때려죽여도 시원찮을 놈들. 당장 찾아내라."

그때 누군가 두 사람이 산 넘어 대사천으로 가는 것을 보았다고 알려주었다. 현령과 군관은 바닷가로 말을 몰았다. 산을 넘었을 때 저 아래 해안에서 손을 흔들고 있는 차상두가 보였다. 군관이 뒤쫓으려 하자 현령이 손으로 막았다.

"그럴 것 없다. 저런 화근덩어리는 잡아봐야 일만 복잡해질 뿐이야. 일격으로 끝내는 게 좋아."

현령은 말 뒤춤에서 활과 화살을 뽑았다. 시위가 팽팽하게 당겨졌고, 바람을 가르며 화살이 날아갔다. 화살은 손을 흔들던 차상두의 등에 정확하게 박혔다. 쓰러진 차상두는 잠시 버둥거리다 잠잠해졌다.

"으하하하! 봤느냐? 내 활 솜씨가 어딜 가겠는고? 단 한 발로 화근을 뿌리 뽑지 않았느냐. 으하하하!"

네 사람을 태운 목선은 바람을 타고 바다를 가르며 넘실넘실 나갔다. 고물에 서서 홍이는 눈에서 점점 멀어지는 남해의 아름다운 산천을 하염없이 지켜보았다. 저곳에 홍이는 부모님을 묻었고, 또 도련님을 만났다. 원한과 환희가 사무친, 잊을 수 없는 땅이었다. 둥근 보름달은 아빠와 엄마의 웃음 짓는 얼굴이 되기도 하고, 따뜻한 시선을 담은 도련님의 얼굴이 되기도 했다.

"홍아. 그만 들어가자. 이러다 몸 상할라. 갈 길이 멀어요."

옥진이 다가와 걱정스럽게 말을 건넸다.

"곧 들어갈 테니 아씨 먼저 들어가세요."

옥진이도 잠시 달빛에 젖은 남해를 바라보다 안으로 들어갔다.

뱃전에 서서 그리움에 가득 찬 얼굴로 홍이는 남해에 있는 도련님에게 마음의 기원을 들려주었다.

"도련님. 어서 빨리 제게 와 주세요. 새로운 세상에서 우린 다시

만날 거예요. 그날까지 저는 무슨 일이 있어도 도련님을 기다리렵
니다."

남해는 환한 보름달 때문에 더욱 아름답게 빛났다.

〈끝〉

⟨단편⟩

팔만대장경과 함께 춤과 노래를

잃어버린 그림을 찾아서

구름이 머무는 곳

우리는 같은 시간에 존재할 수 없다

별들의 고향

팔만대장경과 함께 춤과 노래를

"아따, 날씨 한번 참말로 유달시럽네. 우째 공연만 앞두면 추위가 유세를 부리는지 모르것어."

면사무소 강당을 향해 걸어가는데 누군가 태호의 뒷덜미를 치더니 살얼음이 진 목소리로 투덜거렸다. 돌아보니 이장 형님이 엄살 반, 진심 반을 담아 웃고 있었다. 눈두덩이 살짝 붉어진 것이 취기가 돌고 있었다.

"아이구! 행님, 벌써 한 잔 걸치셨나 봅니다."

"이 사람아! 알코올이 좀 섞여야 춤판에 흥이 나지. 더구나 날씨 꼴 좀 봐. 술을 부르잖아."

태호는 바람이 널뛰고 있는 하늘을 올려다보았다. 저녁 8시가 다 된 하늘은 칠흑빛 장막을 둘렀고, 잘코사니 하는 듯 별들이 초롱초롱 손뼉을 쳐댔다.

살을 에는 듯한 추위라고는 말할 수 없어도 여느 날의 겨울 날씨라고 하기엔 바람이 제법 모질었다. 태호는 다시 목을 움츠렸다. 어제부터 오늘까지 매구 연습에 박차를 가하는데, 무슨 일인지

추위가 예사롭지 않았다. 어제보다 오늘 추위가 더 어깨에 힘을
잔뜩 넣고 있었다. 형님 말마따나 동장군이 유세를 부리나 하는
생각이 들어 고개를 주억거렸다.

태호의 고향은 남해 고현이다. 그러나 추억은 어릴 때만으로
국한되었다. 중학교 때 외지로 나가 오랫동안 서울 인근을 떠돌다
가 작년에 고향으로 내려왔다. 그즈음 부모님께서 건강이 예전
같지 않아 농사일에 허덕인다며 하소연을 하셨다. 막내인 자신에
게 부양책임이 있다고 생각하지는 않았지만, 잔병치레로 고달파
하시는 부모님을 나 몰라라 외면하기가 어려웠다.

경쟁에 찌든 서울에서의 각박한 생활도 환멸이 차오를 만큼
지치기도 했다. 그때 어디선가 "그래, 태호야, 니도 힐링이 필요
혀!" 이런 외침이 등짝을 때리고 지나갔다. 마치 또 하나의 자신이
그의 어깨를 떠밀면서 결심을 부추기는 듯했다. 며칠 뒤 태호는
아내의 허락을 얻자마자 주저 없이 남해를 향해 핸들을 돌렸다.

원래 하던 일이 홍보 관련 사업인지라 남해에서도 읍에 사무실
을 차리고 군내에서 있는 여러 행사의 기획이나 진행을 맡아 치렀
다. 틈이 날 때면 부모님 농사도 거들었다. 그러다 우연히 만난
이장 형님이 지나가는 말처럼 한 소리 했다.

"태호야! 사람이 머리만 쓰면 탈난다. 몸도 써야 정신과 신체의
균형 발전이 이뤄진단 말씀이지."

"그기 무슨 소리요?"

"거 토 달지 말고 내일 저녁에 면에 있는 게이트볼 연습장으로
째이 와여."

그렇게 해서 만난 춤판이 '화전매구'였다. 형님은 화전매구보존회의 열성 회원이었다. 노인분들이 주축이라 젊은 피가 아쉬웠는데, 떡 하니 그가 눈에 들어왔던 것이다.

'내가 언제 상모 돌리고 꽹과리 치며 놀아봤나?'

대학 때 농악동아리에 잠깐 코를 빠뜨려본 게 거의 이십하고도 수년 전이었다. 그새 농무나 농악은커녕 민요라도 귀담아들었나 싶었다. 더구나 태호는 호가 난 몸치였다. 아무리 고개를 쥐잡듯 흔들어도 상모는 꿈쩍도 안 했고, 목과 허리만 으스러질 듯 아팠다. 사서 고생이 이런 거려니 싶었다. 그래도 태생은 못 속이는지 반년 개고생을 하니 상모도 휭휭 돌고 춤사위도 그럴듯하게 나왔다. 그 재미가 쏠쏠해 술추렴하듯 동네 어르신들과 매일 어울리며 신발 밑창이 닳도록 춤에 빠졌다. 여기저기 행사장이나 마을회관 개소식 때 나가 흥을 돋우니 서울서 처바른 도회지의 땟국이 다 빠져나가버렸다.

어제오늘 가진 연습은 태호에게 남다른 감회를 일깨웠다. '고현 집들이굿놀음'과 '화전매구'는 남해군에서도 역사가 꽤 오랜 농악의 하나였다. 중간에 잠시 맥이 끊긴 것을 동네 뜻 있는 분들 사이에서 되살려보자는 의견이 십시일반으로 나왔고, 그래서 보존회가 만들어졌다. 이제는 연륜이 붙어 어디 내놔도 손색이 없는 놀이패가 되었다.

그새 고현에는 이순신순국공원인 개장했고, 팔만대장경 판각지가 남해 고현 일대라는 고무적인 연구 발굴 결과도 쏟아졌다. 군에서도 야심 차게 팔만대장경 판각지 기념관을 면에 건설하겠다는 계획을 확정해 첫 삽을 떴다.

그때 문득 태호의 가슴 한편으로 살별 같은 생각이 흘러 지나갔다. 그래서 평소 뜻 맞는 보존회 어른들에게 상의를 드렸다.

"온고지신 아입니까. 그간 우리들이 닦은 굿놀음과 매구를 바탕으로 이야기와 노래가 들어간 새 판을 짜보면 어떨까예."

처음에 어르신들은 태호의 속내를 잘 헤아리지 못했다.

"그기 무신 귀신 씨나락 까먹는 소리고? 새 판을 우찌 짤낀데?"

막걸리 한 사발을 두루두루 권한 뒤 태호가 말문을 이어갔다.

"이제 일 년 뒤면 판각지 기념관도 완공된다 아임미꺼. 그런데 건물만 지어노몬 무신 소용이 있것십니꺼. 사람들이 와서 볼거리며 들을거리가 있어야제. 그러니까 우리 매구와 굿놀음 춤판을 바탕으로 삼아 재미난 이야기도 넣고 합창도 집어넣어 관광객들의 눈길도 사로잡고 이곳이 대장경판각지임을 딱 머릿속에 박아넣자 이 말입니다."

그러자 어르신들도 귀를 쫑긋거렸다.

"거 괜찮아 보이는구만. 태호가 서울 물 오래 묵더니 확실히 머리가 잘 돌아가네. 한번 계획 잘 짜봐라. 계획만 딱 뿌라지몬 군청에서도 지원해주지 않컸나."

그때부터 태호는 낮에는 사무실에서 일하고 밤에는 집에서 이야기를 만들며 매구 판을 짜는 일에 흠뻑 빠졌다. 남해에서 피땀을 흘리면서 만든 대장경이 왜구의 손아귀로 넘어갈 위기가 닥치자 남해 백성들이 지혜를 모으고 무기를 들어 항거해 지켜냈다는 스토리에 사이사이 사건의 흐름에 어울리는 노래를 골라 합창단이 부르도록 했다.

물론 핵심은 매구 춤판이었다. 대사도 말하고 연기도 하면서 춤과 악기까지 다뤄야 하는 과정이 쉽지는 않았지만, 원래 끼가 넘치는 회원들인지라 금방 이골이 났다. 어떤 이는 한술 더 떠 자기만의 추임새까지 만들어 사람들을 울리고 웃겼다.

"그러니까 말이야. 남해 백성들의 반격에 혼쭐이 나 내빼는 왜놈들이 미리 파놓은 똥창에 싹 다 빠져 똥물을 뒤집어쓰게 한다 이 말씀이지. 잘 마른 산 벚나무 몽둥이로 잘근잘근 두드려 패면서 타작마당 타령을 엊자 이기야. 우리도 오랜만에 뻑적지근하게 몸 좀 풀자고."

합창은 남해 사람들만으로 구성된 남해합창단에 부탁했다. 우리 고장을 위해 노래를 부르라는데 어떻게 우리가 빠지겠냐며 합창단도 발 벗고 나서 주었다. 더욱 뜻깊게도 결혼을 해서 남해에 와 사는 이주여성 여러분들도 합창단의 단원이었다. 그분들에게 우리 문화와 남해의 역사를 심어주는 데 이만한 호재가 없었다. 그래서 두어 시간이 걸리는 창작매구 공연의 얼개가 얼추 완성되었다. 남은 일은 남들에게 보여줄 만큼 실력을 키우는 것이었다. 남해 사람들이 동심일체가 되어 동참하니, 계획은 아이 낳듯 순산 일로를 걸었다.

내일이 그 첫 공연이 열리는 날이었다. 어제는 음력으로 동짓달 (11월) 열아흐레(19일), 충무공 이순신 장군이 관음포 앞바다에서 순국하신 날이었다. 때마침 1년여의 공사를 끝낸 판각지기념관도 준공해, 그 개관행사가 이 무렵 잡혔다. 개관 기념 축제가 사흘

동안 이어졌고, 창작매구 공연은 폐막식 행사가 되어 피날레를 장식할 참이었다.

행사가 진행된 이틀 동안 날씨가 추워 걱정을 많이 했다. 그래도, 밤이 들면 본새 좋게 쌀쌀맞아도 낮이면 햇살이 쨍쨍하고 바람도 고개를 숙여 행사를 치르기에는 불편하지 않았다. 게다가 각지에서 많은 손님들이 찾아와 북새통을 이루었다. 군내에 있는 숙박업소와 식당들도 때아닌 호황을 누렸다. 이제 창작매구 공연만 성황을 이루면 원하던 바람은 이뤄지는 셈이었다.

"우리 공연은 밤인데 말이야. 날씨가 오늘 같으면 누가 야외 공연장 좌석에 궁딩이를 붙이고 있것나 싶네. 어허! 걱정이로세."

이장 형님이 여전히 장탄식을 늘어놓았다. 그 바람에 태호도 내심 걱정이 차곡차곡 쌓였다.

"잘 되것지예."

그가 할 수 있는 최대의 위안이었다.

강당으로 들어가니, 두 사람이 막차를 탄 손님이었다. 남해합창단 남녀 단원들도 분홍빛 드레스와 검은 연미복을 입은 채 악보집을 들고 단상에 서 있었다. 아래위 검은색 양장 차림의 지휘자가 태호를 보더니 눈인사를 건넸다. 남면에 사는 분이라 꽤 먼 밤길을 달려왔을 텐데 눈에는 의욕이 넘실거렸다.

화전매구 단원분들도 다들 형형색색 옷차림을 갖추고 상모를 돌리고 태평소와 꽹과리, 장고, 소고를 불고 치면서 분위기를 잡아갔다. 보조로 참여하는 동네 사람들까지 와서 강당이 비좁게 느껴질 정도였다. 부부가 함께 매구 판을 노는 분들도 여럿 있어 분위기는 화기애애했다.

보존회 회장 어른이 한 발 앞으로 나와 주변을 둘러보시더니 한 말씀 하셨다. 그간 준비 때문에 발 벗고 이곳저곳 뛰어다니느라 주름살이 몇 개 늘어보였다.

"자, 내일이면 그간 우리들이 시난고난 힘겨웠던 고생의 결실을 봅니다. 오늘도 어제와 마찬가지로 총연습을 합니다. 한판 걸판지게 놀고 잠시 쉬었다가 한 번 더 연습합니다. 힘드시더라도 유종의 미를 거둘라쿠몬 합심협력해서 화끈하게 매조지 합시다. 자, 기수들부터 행진을 시작하제이 ······."

그때 누군가가 걱정스러운 목소리로 염려를 떨어뜨려 놓았다.

"다 좋은디, 날씨가 참 걱정이제. 저녁 공연에 날씨가 이 지경이면 어디 제대로 공연이 되것소. 더구나 합창단 여자분들 좀 보소. 살랑거리는 얇은 옷만 입고 무대에서 두 시간을 서 있어야 하는데, 지레 얼어 죽지. 끌끌끌!"

사람들이 술렁거렸다. 내심에 담은 걱정이 입 밖으로 나왔던 것이다. 합창단 여성 단원들이 죄라도 진 사람처럼 몸 둘 바를 몰라 고개를 떨어뜨렸다. 회장 어른의 얼굴도 낭패라는 듯 불쾌해졌다.

그때 합창단에서 누군가 말을 꺼냈다. 글을 쓰려고 남해로 내려온 작가였다. 그는 태호의 대학 일년 선배이기도 했다.

"제가 걱정을 덜어드리겠습니다. 조선 영조 때인 1774년에 남해에 내려와 유배 생활을 하다 올라간 박성원이란 분이 있습니다. 이분이 남해에 있으면서 쓴 시를 모아 『남정록(南征錄)』이란 책을 냈는데, 거기에 이런 시가 있습니다. 오늘 일을 예상하기라도 한 듯한 시죠.

거기 보면 음력 11월 19일과 20일 연이틀 모질게 춥더니 21일에는 거짓말처럼 날씨가 풀리더라는 겁니다. 무슨 까닭인가 하고 동네 분들에게 물어보니, 어제와 오늘은 충무공의 왜구에 대한 적개심이 가시지 않아 춥지만, 발상을 하던 내일은 백성들이 고생할까봐 날씨가 풀리게 하셨다는 겁니다. 해마다 그랬다는군요. 그러니 내일은 날씨가 화창하고 따뜻할 게 분명합니다. 설마 충무공께서 그 기약을 잊으셨겠습니까? 제가 장담하건대, 여성 합창단원 분들마저도 더워 땀을 흘리실 거예요."

회장 어른이 눈을 동그랗게 뜨며 되물었다.

"그기 정말이요?"

"책이 거짓말할까요."

그의 말이 주문이라도 된 듯 사람들의 얼굴에서 걱정기가 싹 가셨다.

"그렇제. 충무공께서는 나라와 백성을 지키겠다고 목숨까정 거신 분 아닌가. 그러니 틀림없이 우리 행사도 잘 끝나도록 도와주실 게 분명허여."

다들 그 말에 동의하듯 고개를 끄덕이며 "그렇제, 그렇고말고."를 연발했다.

회장 어른도 활기를 되찾았다. 손을 높이 들어 올리며 사람들을 향해 일갈했다.

"자 그럼 걱정은 내팽개치고 연습을 시작합니다. 시-이-자-

악!"

우렁한 태평소의 울림에 맞춰 기수들이 깃발을 펄럭이며 발걸음을 떼었다. 그것은 작은 첫 발자국이지만, 남해에 큰 바람을 일으키는 희망 함대의 대발진이었다. 하늘의 별들도 합세하듯 더욱 반짝거렸다. 태호는 공연히 눈물이 났다.

잃어버린 그림을 찾아서

1

용문사는 예상보다 조용했다. 보름 넘게 퍼붓던 장마가 걷힌 뒤여서 참배객이 많을 줄 알았다. 그런데 일주문 옆 주차장에 차를 세우고 가파른 언덕길을 오르는데 인적이 드물어 오히려 어색했다. 장마 덕분에 불어난 수량으로 콸콸 흐르는 계곡 물소리만 우리를 반겼다. 이따금 들리는 산새 소리가 화음을 더했다.

"우찌 된 일이고? 코로나로 남해 사람들이 다 죽었나?"

이마에 흐르는 땀을 훔치면서 정준 형님이 사방을 두리번거렸다. 아닌 게 아니라 날이 몹시 무더웠다. 장마 뒤끝은 무더위라지만, 오늘따라 산사 계곡에는 바람 한 점 없었다. 조용한 것을 '쥐 죽은 듯하다'고 하지만, 사람마저 죽은 것 같았다.

"다들 피서 갔지 누가 여길 온다고예. 아이구, 이 더위 참 시원해 줘이네."

봉윤이 다소 들뜬 목소리로 말을 받았다. 술에 취했을 때를 빼곤 늘 진지한 봉윤은 활기에 차 있었다. 한 발 성큼 앞서가더니 천왕각이 있을 만한 방향으로 눈길을 주었다. 그 너머 봉서루(鳳棲樓)가 있을 참이었다. 지난번 교통사고 이후 날이 궂으면 오금을 제대로 펴지 못하던 봉윤이었다. 그러니 여름의 땡볕이 반가울 만도 했다.

"아니, 남해에 이만한 피서지가 오데 있다고? 확진자 딱 한 명 빼끼 안 나온 청정 남핼 두고 어떤 시산이가 역병 소굴을 찾아간기고? 안 그요? 팀장 양반."

정준 형님이 셔츠 단추를 풀어 속으로 바람을 집어넣으면서 조금 뒤처져 우리를 따라오는 팀장을 돌아보았다.

정진혜 팀장은 파김치가 되어 있었다. 여름 초입부터 본래 사무는 접어둔 채 우리 셋을 따라다니며 뒤치다꺼리를 맡은 정진혜 팀장은 유독 더위에 사족을 못 썼다. 게다가 남해를 벗어나 여러 지역을 탐문할 때 운전도 온전히 그녀의 몫이었다. 오늘 아침에도 거의 혼자 운전을 했다. 지칠 만도 했다.

정진혜 팀장은 단발머리 사이 목덜미로 흐르는 땀을 손수건으로 연신 닦으면서 말도 제대로 잇지 못하고 손짓했다.

"천천히 좀 가세요. 그분이 어디 가시겠어요."

봉윤이의 발걸음을 따라잡느라 서두르다 보니 그녀가 뒤처지는 것도 몰랐다.

"어허, 젊은 아가씨가 그리 기운이 없어 쓰것소. 다 음양의 조화가 부족해 그런 거 아닌감."

정준 형님이 아직 미혼인 정진혜 팀장의 처지를 비꼬면서 혀를 끌끌 찼다. 이 말에 팀장이 두 눈을 동그랗게 뜨며 걸음을 멈추었다.

"그런 말씀 잘 못 하시면 큰코다치세요."

"괜찮소. 내 코는 작으니께 다칠 일도 없을 거구면."

여전히 정준 형님은 정 팀장의 말을 농담으로 받아넘겼다.

그때 몇 걸음을 앞서가던 봉윤이 우리를 향해 소리쳤다.

"장마에 떠내려갔나 걱정 태백이로 하시더니, 행적비는 잘 계시네요."

행적비란 천왕각으로 오르는 길 중턱 바위 위에 세워진 '본사중흥주선교양종호은당대선사행적비'를 일컫는다. 이 여름 우리를 전국 곳곳을 찾아다니는 순례객으로 만든 시발점이었다.

울창한 수풀을 배경으로 바위를 기단 삼아 버티고 있는 행적비는 아래서 보니 세월의 무게를 얹은 해탈한 장승처럼 보였다.

2

벌써 3년 전의 일이었다. 남해에서 매주 발행되는 신문사에서 내게, 남해의 중요한 금석문을 소개하고 전문을 번역하는 연재를 제안해 왔다.

글을 쓰기로 마음먹고 내려온 뒤 나는 짬만 나면 남해 이곳저곳을 다니며 숨겨진 글감이 없는지 살폈다. 그 결과 남해에 의외로 금석문이 많다는 사실을 알았다. 으레 있기 마련인, 남해를 다녀간 현령(縣令)들의 선정비(善政碑)나 불망비(不忘碑)는 젖혀두더라도 수백 기의 다양한 금석문들이 흩어져 있었다.

잡초 우거진 길가나 골목 틈새에 숨어 있는, 아무런 주목도 받지 못하고 소박을 당한 채 세월을 이겨가는 비석들을 보면서 나는 남해의 참된 역사가 돌덩이 속에 내팽개친 채 묻혀 있다고 느꼈다. 그리고 저 비석들이 마모되어 사라지기 전에 거둬 챙기는 일이 필요하다고 절감했다. 그런 소회를 지역신문사 기자에게 지나가는 말로 던졌는데, 기자는 내 이야기를 한 귀로 흘려보내지 않았다.

"그러니까 작가님께서 중요한 것부터 소개해주셔야죠."

그 많은 금석문을 언제 다 소개하냐고 걱정했더니 기자가 눈웃음을 치면서 재촉했다. 지방 소규모 신문사의 빠듯한 형편에 취재비나 원고료를 기대할 수는 없었다. 어차피 내 입에서 나와 성사된 일이니만큼 다른 핑계로 빠져나갈 수는 없었다.

그래서 매주 하나씩 금석문을 골라 연재를 시작했다. 그러다 이 호은선사의 행적비도 소개하게 되었다. 행적비는 사찰의 다른 곳에 있던 것을 지금 장소로 옮겨놓았다. 그런데 이건(移建)할 때 바위를 파 비신(碑身)을 집어넣은 것까지는 그렇다 쳐도 아래 부분 비문이 있는 곳까지 묻어 버렸다. 그래서 행마다 한두 글자씩 확인할 수 없는 곤란이 생겼다. 예전 탁본도 없다고 해서, 결국 몇 자씩 빠진 글을 어설프게 번역할 수밖에 없었다.

연재는 1년여 정도 이어지다 사정이 있어 마무리했다. 금석문 전체를 소개하지 못해 아쉬웠지만, 다른 청탁이 들어오자 기억에서 조금씩 지워졌다.

호은선사가 내 기억 밖으로 다시 호출된 것은 지난겨울이었다.

늘 따뜻한 기후를 보이던 남해에 유난히 추운 날씨가 거듭되었다. 그래서 쉽게 바깥으로 나가지 못하고 집에 갇혀 책만 뒤적거렸다. 그때 후배 김봉윤에게서 전화가 왔다.

"행님, 전에 호은선사 비석을 소개한 적 있지예. 용문사에 있는 ……."

"그런데?"

"조선 말 때 호은선사를 직접 만난 사람의 시가 있더라고요. 혹시 아십니까?"

나는 의자에 깊이 묻어 두었던 몸을 일으켰다. 호은선사는 1850년 8월 24일에 태어나 1918년 1월 3일, 세수 69세, 법랍 54세로 입적했다. 이미 조선 말기 때부터 화승(畵僧)과 율사(律師)로 명성이 높았으니 교분을 나눈 문인이 없으리란 법은 없었다.

"그래? 누군데?"

"독립운동가 면우 곽종석(郭鍾錫, 1846~1919) 선생의 문집이라예. 행님이 한번 찾아보이소."

전화를 끊자마자 나는 '한국고전번역원' 사이트에 접속했다. '문집총간' 항목에 들어가 '虎隱'을 검색하니, 과연 『면우집』권8에 〈용문사(龍門寺)〉란 제목의 작품이 있었다. 7언절구였고, 작품과 함께 시인이 붙인 간략한 주석이 붙어 있었다.

원문은 이랬다.

龍門正對海雲遙 용문정대해운요
曲滋蜒蜿駢首朝 곡서연완병수조

山僧不識治平術 산승불식치평술
枉要君王一睎饒 왕요군왕일면요
有僧虎隱者 畵錦山形勝 將以上獻故及之
유승호은자　화금산형승　장이상헌고급지

내용을 읽어본 나는 묘한 전율을 숨길 수 없었다. 이 시를 우리
말로 옮기면 이랬다.

용문사는 아득히 바다 구름을 마주했는데
만(灣)을 두른 해안이 구불구불 막 돋는 해를 맞이하네.
산에 사는 스님이라 세상 다스리는 법은 모른다 해도
군왕께서 한번 굽어 살펴보실 것을 바라노라.
절에 '호은'이란 스님이 있는데, 금산의 경치를 그려 장차 임금에게
바치려 하기에 이렇게 말했다.

용문사는 앵강만이 한눈에 보이는 호구산 중턱 계곡에 위치해
있다. 앵강만 입구 어름에 서포 김만중(金萬重, 1637~1692)이 유배
와 살면서 한글소설 『구운몽』과 『사씨남정기』를 썼다는 노도(櫓
島)가 엎어놓은 삿갓처럼 방점을 찍고 있다. 곽종석은 그 용문사의
경관을 첫 구와 둘째 구에서 묘사했다. 그리고 한 승려에 대해
'세상 다스리는 법'은 모른다 해도 난세의 어두운 길을 밝힐 만한
인물이니 관심을 가져달라고 군왕에게 요구했다. 아침 해를 보았
다니 용문사에서 하룻밤 기숙했을 것으로 보였다.

주석은 더욱 나를 흥분하게 만들었다.

승려의 이름은 '호은'이고, 더구나 그가 금산을 그려 임금에게 바치려고 한다는 것이었다. 이것이 도대체 무슨 말일까? 왜 금산을 그려 그것을 임금에게 헌정하려고 했는가? 나는 『면우집』을 더 뒤져 보았다.

뜻밖에 『면우집』 권8에는 남해와 관련된 시가 상당수 실려 있었다. 권8에 실린 시들은 곽종석이 신축년부터 쓴 작품들이었다. 해제에 딸린 곽종석의 연보를 열었다. 신축년은 간지로 1901년이었다. 조선 말기 나라가 망해가던 시기의 작품들이었다.

남해와 관련된 작품이 지어진 때도 같은 해였다. 연보에 따르면 이해 가을 곽종석은 문인들과 함께 남해를 유람했다고 했다. 곽종석은 노량으로 들어와 화방사를 들러 하루 잤고, 용문사에 와 호은 선사를 만난 뒤 곡포에서 술 한 잔을 마시고 금산에 올랐다.

금산에서 곽종석은 모두 17편의 작품을 썼는데, 이를 묶어 '금산십칠영(錦山十七詠)'이라 불렀다. 그리고 금산 정상에 올라 쓴 작품으로 기행시는 끝났다. 모두 23편의 한시를 곽종석은 이때 지은 셈이었다.

나는 남해신문에 이 사실과 작품들에 대해 소개하는 글을 실었다. 지면 때문에 충분한 설명은 담지 못했지만, 핵심은 호은선사와 그가 그렸다는 금산 그림에 놓여 있었다.

고종 황제에게 진상하기 위해 그렸다는 금산 전경. 과연 어떤 장면을 담았을지 나는 몹시 궁금해졌다. 호은선사가 굳이 금산을 택한 까닭이 산 이름의 유래가 조선 태조 이성계에게서 나왔다는 설화에서 비롯된 것이라는 추측은 쉽게 나왔다. 또 금산에는 태조 이성계가 찾아와 새로운 왕조의 개창을 신불(神佛)에게 빌었다는 전설이 전하고, 그를 기념하는 전각이 있기도 했다.

어쩌면 호은선사는 이성계의 기도로 새로운 왕조 개창이 이루어졌듯 자신의 그림을 통해 망국의 길로 접어든 조선의 국세가 다시 회복되기를 바랐을지도 몰랐다.

호은선사는 생전에 화승으로서 많은 사찰에 그려진 다양한 탱화의 증명법사로 초빙되었다. 부처의 신이함과 영험함을 기리는 그림이 하나의 작품으로 완성되었음을 인증하는 구실을 하는 이가 증명법사였다. 그런 중요한 역할을 아무에게나 맡기지는 않았을 것이다. 법력이 높고 수행의 깊이가 단단하면서 화가로서의 역량까지 갖춘 이라야만 가능했으리라.

이런 추측과 함께 나는 그가 그린 금산 그림을 보았으면 좋겠다는 기원으로 글을 맺었다.

남해가 낳은 고승대덕의 그림 이야기를 다뤘으니, 나는 은근히 남해에서 작으나마 반응이 있으리라 기대했다. 그러나 몇몇 사람들이 글 잘 읽었다는 인사만 전했을 뿐 기대했던 반향은 없었다. 그냥 그렇게 해프닝으로 끝나는가 싶었다.

그런데 바람은 의외의 방향에서 불어왔다.

역시 발단은 김봉윤의 전화에서 시작되었다.

"행님, 누가 좀 만나자고 하시는데예."

"왜?"

만나자는 말에 약간의 트라우마가 있던 나는 사람보다는 이유부터 물었다.

"행님이 쓴 호은선사의 후손분께서 상의할 일이 있으시다쿠 네예."

놀랍게도 남해에는 호은선사의 후손이 살고 있었다. 15살에 출가한 스님이 후손을 남겼으리라고는 상상도 하지 않았기에 더욱 뜻밖이었다.

"아니, 스님에게 무슨 후손이 있어?"

"직계는 아니고 종증조부가 되신답니다. 그러니까네 형제분의 후손이지예."

선조의 숨겨졌던 이야기를 알려줬으니 고맙다는 인사라도 하려나 보다 생각했다. 그리 부담스러운 자리를 아닐 듯했다.

"그러지. 언제?"

"오늘 저녁에 만났시모 좋겠다쿠네예. 제가 고현으로 가겠십 니더."

"그렇게 급한가?"

"행님이 쓴 글을 좀 늦게 읽었나 보데예. 기왕이모 하루라도 빨리 만났시몬 하십니더."

지루했던 겨울이 작별 인사를 하고 새봄이 올 무렵이었다. 후손의 인사도 듣고 기분전환 삼아 봉윤이와 술 한잔하는 것도 괜찮을 듯싶었다.

"알았어. 그때 보자."

봉윤은 바로 전화를 끊지 않고 말을 보탰다.

"한 분 더 참석할 깁니다."

"후손이 두 분인가?"

"아뇨. 정준 행님이라예."

평소 잘 알고 지내던 형님이었다. 정준 형님과는 남해에서 전승되는 풍물패 '매구'에서 함께 연습하고 공연을 다니는 사이였다. 성격도 밝은 데다 나이 터울을 갖고 유난을 떨지 않아 편안했다. 둘만 마시는 썰렁한 술자리보다는 셋이 모여 이야기를 나누면 당연히 더 좋았다.

"알겠는데, 후손분에게 결례가 되지 않을까? 불청객이 끼었다고."

봉윤이 가볍게 웃는 소리가 수화기로 전해졌다.

"후손분이 정준 행님과 아는 사이랍니다. 오늘 만남도 정준 행님이 주선하셨던가 보던데예."

그렇다면 거리낄 일은 없었다.

나는 봉윤이 차를 몰고 집에 올 때까지 차를 마시면서 책을 마저 읽어나갔다.

호은선사의 후손이라는 분은 읍내에 있는 한정식집에서 만났다. 표정이 편안했고, 머리가 백발이라 정준 형님보다 몇 살은 더 위로 보였다. 풍채가 당당한데다 옷매무새도 단정해 수도승의 후손다운 풍격이 전해졌다.

"어서 오니라. 저녁이 되이 날씨가 에법 쌀쌀해지네. 춘래불사 춘이여."

방문을 열고 들어가자 정준 형님이 먼저 우리들을 맞았다. 일어나려는 후손분을 만류하면서 나와 봉윤은 맞은 편 자리에 앉았다.

"내가 두루 아니 소개를 맡지. 여기 이 친구는 박 회장이라고, 내하고 둘도 없는 불알친구여. 중핵교만 마치고 외지로 나가 살았는데, 사업에 성공해서 돈이라면 부러울 게 없는 사람이제. 그렇다고 악덕 기업주를 떠올리면 안 돼여. 직원을 가족처럼 애끼는 사람인께."

정준 형님의 추임새가 한없이 길어질 것 같자 후손이라는 분이 말을 끊었다.

"이 사람아, 그만 허시게. 더 말했다가는 자네 거짓말 다 탄로나겠어."

마침맞게 식사가 들어왔다. 박 회장이란 분이 특별히 주문했는지 여느 날의 한정식과는 차림이 달랐다. 차비를 마치고 직원이 나가자 박 회장이 따로 옆에 둔 술을 꺼냈다. 술을 한 잔씩 돌리고 난 뒤 상기된 표정으로 박 회장이 말문을 열었다.

"이렇게 제가 몰랐던 집안 어른의 일화를 발굴해 주셔서 몸 둘 바를 모르겠습니다. 제가 그간 사업 때문에 해외 출장을 다녀와 좋은 글을 뒤늦게 읽었습니다. 제가 비록 타지에 살지만 고향 소식이 그리워 남해신문을 구독하고 있었지요. 문(文)자 성(性)자 할아버님의 사연을 읽자니 너무나 감회가 벅차 여기 정준이에게 연락하고 바로 내려왔습니다.

할아버님은 어떻게 보면 저의 집안 은인이기도 합니다. 예전 우리 집안 살림이 구차하기 이를 데 없었는데, 용문사에 계시면서 할아버님이 많이 돌봐 주셨지요. 그 어른의 자비야 우리 집안에만 미친 게 아니니 아직도 많은 고향 분들이 기억하고 계실 겁니다.

222

차린 것은 부족하지만 더 좋은 기회는 다음으로 미루고 즐겁게 들어 주시기 바랍니다."

말에 조리가 있었고, 품격도 높았다. 저음의 목소리가 이따금 떨렸다.

술이 몇 순배 돌아가자 취기가 조금 올랐다. 나와 봉윤이는 호은선사와 관련된 이런저런 이야기들과 『면우집』에 실린 곽종석의 시를 찾기까지 숨은 사연들을 감회에 젖어 전해주었다. 그러다 성미 급한 정준 형님이 더는 못 참겠다는 듯 박 회장의 옆구리를 찌르면서 화제를 돌렸다.

"박 회장. 술맛도 기가 막히게 좋긴 한데, 이러다 본론 놓치것어. 자네 뜻을 전해보래이."

그제야 박 회장이 가볍게 숨을 내쉬더니 옷매무새를 바로잡았다.

"그러지. 이렇게 좋은 글까지 써 주셨는데, 또 한 가지 어려운 청을 드려야 할 것 같습니다. 할아버님의 선행은 다 들으셨고, 제 선친께서 돌아가시면서 이런 유지를 남기셨습니다. 우리가 이만큼 살게 된 데는 문자 성자 할아버님의 은덕이 태산 같으니, 나중이라도 큰 은혜를 갚으라 하셨습니다. 그래서 저도 기회가 닿는 대로 용문사에 시주도 하고 불사가 있으면 빠지지 않고 희사를 했지요. 할아버님의 은덕의 일부라도 갚는 방법은 그것밖에 없었으니까요. 그런데 신문을 읽으면서 할아버님께 직접 보은할 길이 있음을 알았습니다."

박 회장이 잠시 말을 멈추었다. 정준 형님은 다 안다는 듯이 눈을 지그시 감고 고개를 가볍게 끄덕였고, 우리들은 무슨 부탁인지 몰라 박 회장의 입만 빠히 쳐다보았다.

박 회장이 갑자기 두 무릎을 꿇었다. 그리고 고개를 깊숙이 숙이면서 단도직입 용건을 꺼냈다.

"문자 성자 할아버님이 그리셨다는 그 그림, 금산 그림. 그 그림을 여러분들께서 꼭 찾아 주십시오. 비용이 얼마가 들든 혹시 누군가 소장하고 있다면 금액이 얼마가 되든 제가 구입하겠습니다. 그 그림을 들고 선친 묘소에 찾아가 유지를 받들어 할아버님 은혜의 만분의 일이라도 갚았다고 보고하게 해 주십시오. 이 늙은 사람의 간절한 부탁입니다."

봉윤이와 나는 그만 말문이 막혀 버렸다. 동시대 시인의 작품에 나오는 한 줄 글귀를 가지고 어디에 가서 그림을 찾는단 말인가! 설령 찾았다 한들 그 그림이 호은선사가 그린 진품임을 어떻게 입증한단 말인가!

3

박 회장의 간곡한 부탁을 거절하기는 어려웠다. 그것이 선조의 은덕을 갚는 일이라고 철석같이 믿고 있는 사람에게 실현이 무망한 일이라고 설득하는 것은 어딘가 무책임해 보였다. 한번 마음의 불이 붙으면 앞뒤 안 가리고 밀어붙이는 정준 형님의 열정도 일을 미루지 못하게 했다.

"고작 백 년 전 그림 아이가. 천 년 만 년 전 그림도 멀쩡하게 전해지는 시상인디, 설마 그림이 없어졌을라고. 게다가 호은선사는 우리 남해가 낳은 큰 스님 아이가. 그런 분의 그림을 찾아낸다 카몬 올매나 보람찬 일이고. 남해로 봐서도 경사제."

칼을 뽑아 진군을 외치는 정준 형님 앞에서 봉윤과 나는 약졸(弱卒)이 될 수 없었다. 아니 그런 핑계가 아니더라도 이 일은 뭔가 큰 의미가 있다는 생각을 떨칠 수 없었다.

"행님. 까짓거 한번 나서보지예. 그림이 발견된다면 가장 오래된 금산 그림이 아입니꺼. 박 회장님은 이런 일에 돈 아낄 분이 아입니다. 뒤지다 보면 금산 그림만 나오겠십니꺼? 선사의 다른 작품까지 찾아낼지도 모르지예. 남해에 호은선사 미술관 하나 세우게 될지도 모르지 않십니꺼?"

워낙 스케일이 큰 봉윤이는 생각이 벌써 구만 리 앞을 달리고 있었다. 그러나 나로서는 불안감을 지울 수 없었다.

"너무 김칫국 마시지 마. 그 그림을 찾아낼 가능성은 아주 낮아. 시를 잘 읽어보라고. 곽종석은 그림이 완성되었다고 말한 게 아냐. 그리는 중이든가 그릴 준비를 하고 있는 정황으로 보이거든. 여기저기 들쑤셨는데 아무것도 못 건졌을 때를 생각해봐. 우리들이 헛물켠 거야 그렇다 쳐도 박 회장 실망이 얼마나 크겠냐."

코로나19가 전국적으로 확산되는 중이었다. 아무리 조심한다고 해도 호은선사의 행적을 추적하는 데 장애가 될 게 분명했다. 내 의견에 봉윤이도 조금은 신중해졌다.

"틀린 말씀은 아니네예. 하긴 어디서부터 시작해야 할지도 막

막하지만서도 …….”

“먼저 호은선사의 행적부터 차근차근 조사해봐야 돼. 입적한
지 백 년밖에 안 된 분이니 관련 기록이 어딘가 남아 있을 거야.
당시 불교계의 거목이었으니 금석문 자료도 더 있을 것 같고 답사
는 뒤로 미루고 당시 문헌부터 찾아보자고.”

이렇게 봉윤과 나는 의견 일치를 보았다.

문헌 조사는 내가 맡아야 할 몫이었다.

찾아보니 호은선사에 대해 관심을 가진 사람이 전혀 없지는
않았다. 남해의 몇몇 사람들이 조사한 결과물이 나와 있었다. 번역
에는 문제가 많았지만, 생애를 재구해 놓았고, 관련 자료를 그런대
로 수합해 놓았다.

호은선사는 남해 사람이기는 했지만 출생지가 남해는 아니었
다. 조부 되는 박계복(朴啓福) 옹이 관직을 지내 지금의 하동군 금
남면에서 태어났다. 10살 되던 해 부모님이 돌아가시자 할머니
밑에서 자랐는데, 할머니 해주 오씨마저 12살 때 세상을 떠났다.
의지할 곳이 없어진 선사는 조상의 세거지였던 남해 용소로 돌아
와 얹혀살면서 힘겨운 세월을 보냈다.

당시 용소마을은 호구산 용문사 소유의 전답을 빌려 농사를
짓던 소작인들이 많았다. 남달리 총명했던 선사는 낮에는 고된
노동에 시달리면서도 밤이면 손에서 책을 놓지 않았다. 그러다
몇 년 뒤 1865년 16살 때 경허능언(景虛能彦)의 권유로 출가해 금우
필기(錦雨弼基)를 은사로 수계(受戒)해 승려의 길로 들어섰다.

이후 여러 스승을 거치면서 학문과 수양은 깊어졌고, 법계(法階)

도 날로 높아졌다. 금우필기의 의발을 이어받아 전등례(傳燈禮)를 마치고 30살 되던 1879년 쌍계사에서 거행된 만일회(萬日會)에 초청을 받아 법문을 강의하면서 본격적인 선사로서의 활동을 시작했다.

호은선사의 행적에서 나의 관심을 끈 것은 스님이 탱화가 완성되었을 때 여러 차례 증명법사로 활동한 점이었다. 증명법사는 어떤 의식이 원만하게 끝난 것을 확인해주는 승려였다. 법당에 봉안되거나 행사 때 걸리는 탱화는 관념적인 구성이 다분했지만, 불교로서는 대단히 장엄하고 엄숙한 절차였다.

스님은 평생 많은 사찰에서 주석(駐錫)했다. 용문사와 화방사는 당연하고, 동래 범어사를 비롯해 순천 송광사, 곡성 태안사, 통영 안정사, 사천 다솔사, 하동 쌍계사, 합천 해인사, 경남 고성 옥천사, 산청 대원사, 함양 벽송사, 금강산 유점사, 간성 건봉사, 안변 석왕사, 서울의 원흥사, 진주 청곡사와 호국사, 구례 화엄사 등이 그곳이었다. 스님의 그림이 지금까지도 전해진다면 이런 사찰일 가능성이 높았다.

이 사찰들을 찾아간다고 해도 과연 그곳 스님들이 소장 자료를 선뜻 보여줄지 의문이었다. 설령 보여줘 뭔가를 찾는다 해도 그림을 그린 이가 스님인 것을 어떻게 확증할 수 있을까? 여느 화가들과 달리 불화(佛畵)에는 그린 이의 서명이나 낙관이 보통 들어가지 않았다. 그림 뒷면에 그림과 관련된 사실들이 첨기되어 있다면 그나마 다행이었다.

금산을 그렸으니 그림만 봐도 스님의 작품인 줄은 알 수 있을지도 몰랐다. 그러나 이 일은 모래밭에서 바늘 찾기에 가까운, 참으로 우연에 우연이 겹쳐야 나올 결과였다.

나는 지도를 펼쳐놓고 호은선사가 머물렀던 사찰의 위치를 찾아 압정으로 표시했다.

북한에 있는 사찰을 제외하니 대부분의 사찰이 경상도 지역에 모여 있었다. 서울과 간성을 다녀오는 것이 가장 먼 일정이었다. 전라도에 있는 사찰도 남해에서 그리 먼 거리는 아니었다.

코로나19라는 또 하나의 난관을 헤치고 목적을 달성할 궁리를 하느라 머리는 점점 복잡해졌다. 세 사람의 힘으로 곳곳에 처진 가시울타리를 제대로 헤쳐 나갈지 걱정부터 밀려왔다.

그때 누군가 현관문을 두드렸다. 나가보니 정준 형님과 봉윤이었다. 모두 하얀 마스크를 쓰고 있어 복면강도 두 사람이 난입한 꼴이었다. 어정쩡하게 인사를 하는데, 표정이 꽤나 심각했다. 그림을 찾을 기대 때문인 줄 알았더니 그게 아니었다.

"야, 이거 일이 이상한 방향으로 꼬여 간다 아이가. 때아닌 보물찾기가 되어 버릴 판일세."

뜨거운 커피를 쉬지도 않고 훌쩍 마시더니 정준 형님이 운을 뗐다.

"보물찾기긴 하죠. 찾아낸다면야 말입니다."

내가 웃으며 심드렁하게 대응하자 봉윤이 의자를 당기면서 말했다.

"행님, 이번 주 신문 보시지 않았나 보네예."

뜬금없는 질문이었지만, 남해신문을 읽지 못한 것은 사실이었다. 자료를 찾느라 경상대 도서관을 들락거려 읽을 틈이 없었다. 내가 구독하는 신문은 포장지도 뜯기지 않은 채 서재 구석에서 잠자고 있었다.

봉윤이 접은 신문을 꺼내더니 내게 보여주었다.

"박 회장님께서 군수를 찾아가셨던가 봐요. 호은선사 그림 얘기를 꺼내고는, 일은 우리들에게 맡겼지만 아무래도 관청의 도움이 있어야 하지 않겠느냐, 할아버님이 남해에만 계셨던 분은 아니니 각 지역 관공서의 협조가 절실하다, 뭐 이런 말씀을 드렸던가 봅니다."

관공서의 협조는 나도 염두에 두었던 일이라 크게 놀라지는 않았다. 사찰 소장 문헌이나 자료의 봉함을 여는 데 지역 관공서의 도움은 훌륭한 열쇠 구실을 할 터였다.

"군수가 나서준다면 잘된 일 아닌가?"

봉윤이 침을 꿀꺽 삼키더니 말을 이었다.

"조용히 도와준다면 그렇겠죠. 군수가 박 회장님 말을 듣더니 적극 협조하겠다고 했다네예. 우리들이 그림을 찾는 데 옆에서 협조할 군청 직원까지 한 사람 붙여주겠다고 했다 아입니꺼. 만약 찾게 되면 구입을 하든 기증을 받든 확보해 군청 로비에 상시 전시하겠다 캤답니더."

나는 점점 더 의아해졌다. 그림은 고사하고 행방조차 알 수 없는 상황에서 장래 계획까지 세우는 일이 섣불러 보였다. 하지만 백짓장도 맞들면 가벼운 법 아닌가? 한 사람이라도 더 관심을 가지고 흔적을 따라간다면 시간과 경비 양면에서 이득일 터였다.

"박 회장님께서 모든 경비를 부담하겠다 하신 게 와전된 모양이군. 여하튼 입수할 수만 있다면 전시하고도 남을 가치가 있기는 하지. 하지만 소문만 무성하고 성과가 없으면 비난까지는 아니더라도 엉뚱한 오해를 받을 각오는 해야 할 텐데."

우리 둘의 대화를 멀뚱히 듣고만 있던 정준 형님이 벌컥 언성을 높이면서 몸을 반이나 일으켰다.

"그깟 오해나 비난이 두려워서 할 일 못한다면 애당초 때리차뿌리야제. 신문에 난 건 그런 훈훈한 미담만이 아니여. 기자가 군수 말을 어떻게 전해 들었는지 그림을 찾아내는 사람에게 박 회장이나 군청에서 후사(厚謝)하겠다고 말했다는 식으로 써 놨어야. 이기 좀 걱정인기라."

찾는 데 드는 비용이라면 얼마든지 내놓겠다고 장담한 박 회장이었다. 그만큼 그에게 호은선사의 그림은 값을 따질 수 없는 물건이었다. 그러나 그림을 찾는 일보다 그에 따른 보상에 군침을 흘리면 곤란했다.

"그만큼 절실하고 간곡한 일이라고 알리려는 의도라케도 굳이 쓰지 않아도 될 말을 넣긴 했습니다."

봉윤이 목소리를 낮추며 말했다.

"신문에 기사가 나온 게 나흘 전인데, 벌써 군청이나 용문사로 문의하는 전화가 여러 통 왔다카네예. 두 군데 모두 사실무근이라고 선을 그었다는데, 아니 땐 굴뚝에 연기 나겠냐고 수군대는 사람이 있나 봅니다."

정준 형님이 탁자를 두 손으로 누르며 말을 밀고 들어왔다.

"더 안 좋은 소식은 내가 들었어여. 우리 남해가 일점선도(一點仙島) 신선의 고장이라지만, 사는 사람들이 다 신선이믄 얼매나 좋겠어여. 이곳에도 꼭 나대는 잡놈 몇 명이 있잖은가. 그놈들 동태가 심상찮다 하더라말이제."

나는 정준 형님과 봉윤이의 얼굴을 번갈아보았다. 봉윤이 손으로 얼굴을 한번 쓸어내리더니 말했다.

"행님 말씀은 그냥 그렇다는 것이고예. 좋은 일에 마가 낄 수 있다는 염려지예. 다만 그 치들을 저도 좀 아는데, 원칙보다는 이익을 앞세우는 놈들이라 입맛을 다실 게 뻔해서 하시는 말씀입니더. 꼭 염불보다는 잿밥에 눈독 들이는 놈들이 있는 법이지예."

나로서는 딱히 집히는 데가 없는 말이었다. 남해에 분탕질을 치는 위인들이 있는 것은 나도 아는 사실이었고, 누군지도 대강 짐작이 갔다. 사업이라고 벌여놓고 몇 푼 예산 빼먹는 짓거리를 한다는 소문은 익히 들어 알고 있었다. 하지만 이것은 호은선사가 그린 그림을 찾는 일이었다. 저들이 발 벗고 나서서 그림을 찾아온다면, 그거야 어쩔 수 없는 일 아닌가? 될 것 같지는 않았지만, 굼벵이도 구르는 재주는 있다고 했다.

어쨌거나 뜬구름 잡는 걱정에 매달릴 상황은 아니었다. 파장이 이렇게 커진 다음에야 그림 찾기에 나서지 않을 수 없었다.

다음 날 우리는 군청에서 지원 나온 정진혜 팀장을 만났고, 군청에서는 관용차 한 대를 내주었다. 박 회장님은 필요한 만큼 써도 좋다는 전갈과 함께 신용카드 한 장을 인편으로 보내주었다.

정진혜 팀장은 군청 직원치고는 꽤나 명랑하고 낙천적인 성격

의 소유자였다. 이미 일에 대해 설명을 들었는지 우리를 만나자마
자 잔뜩 흥분해 있었다.

"어머나, 저 이런 보물찾기 무지 좋아해요. 보물지도만 있었으
면 금상첨화였을 텐데, 아쉽다~~."

4

이후 우리들의 보물찾기는 실패와 시행착오의 연속이었다. 용
문사와 화방사부터 들려 간절히 기도부터 드렸다. 주지스님을 찾
아 관련 자료가 있는지 문의했지만 호은선사와 직접 관련된 유품
은 나오지 않았다. 주지스님은 연관이 있을 만한 책자와 자료들을
보여주었다. 그러나 그 어디에도 그림과 관련된 단서는 나오지
않았다.

이어 구례 화엄사엘 들렀다. 화엄사에는 호은선사가 머물렀던
사찰일 뿐만 아니라 선사를 도와 불사(佛事)에 앞장섰던 박필종의
'희사공덕비'와 장지연이 쓴 '호은대율사비명'이 있는 곳이기도
했다. 그래서 크게 기대를 했다. 그러나 비명을 통해 선사의 행적
을 좀 더 소상하게 확인하기는 했지만, 그림과 관련된 정보는 아무
것도 얻지 못했다. 오히려 그곳 관계자들도 그런 것이 있었냐면서
찾으면 꼭 연락해 달라고 당부하기까지 했다.

들인 품에 비해 얻는 성과가 미약하자 점차 의욕이 줄어들었다.
그 와중에 봉윤이가 집안일로 부산을 다녀오다가 크게 교통사고

를 당했다. 차는 폐차를 해야 할 정도로 부서졌고, 본인도 갈비뼈가 여러 대 나가고 손목뼈가 골절되는 중상을 입었다.

"이기 다 부처님 덕분이데이. 아니 호은선사의 음덕이라케야 하나. 니더러 꼭 내 그림 찾아내라고 목심을 살리주신 거 아닌가 싶구마."

정준 형님이 병실에 누워 끙끙거리는 봉윤의 손을 잡으며 위로했다.

봉윤은 한 달 정도는 꼼짝 않고 입원해 있어야 했다. 갈비뼈를 다쳐 깁스도 할 수 없었다. 회복은 오직 시간만이 해결할 일이었다. 그 덕분에 우리의 보물찾기도 잠시 중단되었다. 셋이 다닐 수도 있었지만, 뭔가 맥이 빠졌다. 한때의 동지였다고 정진혜 팀장도 몇 번 문병을 왔다.

그런 우환 중에 한 차례 촌극도 빚어졌다.

누군가 호은선사의 '금산 그림'이라면서 작품을 들고 나타난 것이었다.

평소 친분이 있는 남해신문 기자가 알려줬고, 나는 정준 형님과 봉윤이에게 연락했다. 정준 형님은 분한지 목소리마저 부르르 떨렸다.

"고마 한 발 늦었고마. 봉윤이만 저렇코롬 누워있지 않았시몬 우리가 찾아내는긴데, 원통하고 절통해서 우짜노."

정준 형님은 집안에 초상이라도 난 것처럼 애통해했다. 그만큼 그림 찾기에 대한 집념과 기대가 남달랐다. 병석에 누운 봉윤이도 소식을 듣더니 입맛만 쩝쩝 다셨다.

나로서도 허탈하기는 마찬가지였다. 누가 찾았든 호은선사의 그림이 세상에 나온 것은 반가운 일이었다. 어쨌거나 나도 그 성과에 한몫한 셈이니 위안은 되었다. 그간의 노력이 공염불은 아니었다고 위로했지만, 씁쓸한 뒷맛은 개운치 않았다.

호은선사의 그림은 박 회장 회사 본사 건물 회의실에서 공개될 예정이었다. 냄새를 맡은 기자들이 성화를 부린 모양이었다. 나는 박 회장님에게 축하 인사와 함께 전문가에게 감정을 받으라고 권했다. 호은선사의 그림으로 전하는 작품은 한 점도 없으니 비교할 수는 없는 노릇이었지만, 전문가라면 뭔가 근거를 잡아내리라 믿었다. 또 그런 절차를 거쳐야 그림의 가치도 인정받았다.

몇 달 동안의 고생이 허사로 돌아갔다는 아쉬움은 꽤나 묵직하게 우리들 주변을 맴돌았다. 꿈에 웬 스님이 나타나 잔뜩 화난 얼굴로 달려오며 주장자를 휘두르더라고 하면서, "이기 당췌 무신 꿈이고?"하며 정준 형님이 고개를 갸우뚱거리기도 했다.

"그기 용꿈이것소? 개꿈이제."

병원에서 퇴원한 봉윤이가 간이 깁스를 두른 채 실실 웃었다.

그러나 공개하기로 한 전날 기자회견은 취소되었다. 그림이 위작으로 판명났기 때문이었다. 전문가가 1901년 그려진 작품의 물감에서는 나올 수 없는 물질을 추출해낸 것이었다. 정교하게 위조했지만, 검증의 그물을 피할 정도는 아니었다. 사기죄로 제보자를 고발해야 한다고 말들이 많았다. 그러나 박 회장님은 다 자신의 부덕이요 조상에 대한 공경이 부족한 데 온 결과라며 없던 일로 덮어 버렸다.

그 때문에 제보자의 배후에 누가 있는지는 확인할 수 없었다.

"잘 됐다 케야 하냐? 못 됐다 케야 하냐? 내사 사뭇 귀신에 씐 기분일세그려."

정준 형님은 어떤 표정을 지어야 할지 몰라 난감해했다.

"잘 된 일이제 뭘 고민합니꺼. 낼부터라도 다시 찾아나섭시더."

팔이 부러진 뒤 봉윤은 오히려 의욕이 펄펄 넘쳤다.

"아따, 봉윤이가 염라대왕 코앞까지 면담 갔다온께 무시운 게 없는갑다."

5

네 사람의 의욕은 다시 불길이 치솟았지만, 돌파구까지 시원하게 마련된 것은 아니었다. 박 회장을 만나 다시 탐사에 나서겠다고 전하니, 손을 잡으면서 서두르지 말고 힘써달라는 격려의 말을 아끼지 않았다.

읍내 커피숍에 모여 대책을 고민했다. 봉윤이 자신의 의견을 내놓았다.

"돌이켜보니 우리들의 접근 방법이 좀 무모했다는 생각도 드네예. 무작정 작품을 찾아다닐 게 아니라 작품에 대해 아는 사람을 찾아볼 필요가 있지 않을까 싶네예."

정준 형님이 고개를 저으며 반문했다.

"그림이야 남아있을지 몰라도, 사람이 아즉 살아 있것나? 백 년도 훨씬 지났는디."

"효은선사를 만난 사람이 살아 있을 리야 없겠지예. 그라도 그만한 명성을 가진 분이었시니, 효은선사에 대해 전해 들은 사람은 있지 않을까예. 작품에만 초점을 맞추지 말고 사람을 중심으로 작품에 접근하자는 거죠."

그 방법도 그럴듯하게 들렸다. 호은선사는 살면서 대단히 폭넓은 활동을 했고, 또 많은 제자를 길러냈다. 특히 완호낙현(玩虎洛現, 1869~1933) 스님은 우리나라 불교 미술에서 세 분의 거목 가운데한 사람으로 손꼽히는 월주덕문(月洲德文, 1913~1992) 스님의 스승이었는데, 대단히 뛰어난 화승이었다. 그가 바로 호은선사의 제자였다. 이들은 주로 부산을 중심으로 활동한 것으로 보였다.

부산으로 가 월주 스님의 제자나 지인을 수배해 보기로 했다. 하늘이 뚫린 듯 내리는 폭우도 우리의 앞길을 막지는 못했다.

월주 스님은 1972년에 중요무형문화재 제48호 단청장(丹靑匠)이 되었다. 이만한 기량을 인정받았다면 당연히 제자도 많이 길러냈을 법했다. 스승의 스승되는 호은선사의 삶이나 작품에 대해서도 들었을 것이고, 다시 제자들에게도 전해졌을 여지가 많았다.

부산에서 수소문한 결과 월주 스님은 생애 후반기에는 서울에서 주로 활동했고, 입적한 사찰도 서울 흥천사라는 사실을 알게되었다. 제자 중에 소운(素雲) 김용우(金容宇) 선생이 있다고 했다. 부산에서 만난 이들은 월주 스님의 스승 완호낙현에 대해서는 익히 들어 알고 있었지만, 그분의 스승인 호은문성에 대해서는 아는 바가 없었다.

결국 우리들의 발걸음은 퍼붓는 빗길을 뚫고 서울로 향해야 했다. 2014년에 김용우 선생이 스님 탄생 100주년 기념 전시회를 흥천사에서 열었다. 흥천사를 찾아가면 뭔가 호은선사에 대한 정보를 얻을 수 있을 것처럼 보였다. 또 월주 스님이 창립한 사단법인 단청문양보존연구회도 꾸준한 활동을 전개하고 있다 하니, 이쪽 사람들을 만나면 호은선사의 그림에 대한 실마리를 찾지 않을까 싶었다.

단청문양보존연구회는 흥천사 인근에 사무실을 두고 있었다. 비가 억수같이 쏟아붓는 데다 늦은 저녁이라 누가 있을까 걱정하면서 방문했는데, 마침 백발이 성성한 노인장 한 분이 자리를 지키고 있었다. 그에게 찾아온 목적을 말하자 자신도 월주 스님의 제자 중 한 사람이라면서, 호은선사에 대해서는 법명이나 아는 정도일 뿐이라고 말했다. 호은선사에 대한 추적이 여기서 끊기나 낙담하려는 차에 노인장이 호은선사에 대해 잘 알 만한 사람이 있다면서 희망을 이어주었다.

"나와 함께 월주 스님에게 불화를 배운 친구가 한 사람 있었지요. 내 기억에 남해 출신이었는데, 호은선사에 대해 이것저것 꼬치꼬치 월주 스님께 묻곤 했었습니다. 그림에나 심혈을 기울일 것이지 그런 곁가지 일들은 알아 뭐하느냐고 핀잔을 들으면서도 악착같이 포기하지 않았죠. 왜 그랬는지 모르겠지만, 집념 하나만은 대단했어요. 결국 그 친구 열성에 스님이 지고 말았지요. 따로 스님을 찾아뵙고 얘기를 들었던 것으로 압니다. 그러니 호은선사에 대해서라면 그 친구를 만나 물어보는 게 상수일 거요."

생각지도 못한 큰 수확이었다. 그 친구란 분이 호은선사에 대해 뭘 얼마나 들었는지 알 수 없지만, 그리 소상하게 캐묻고 다녔다면 수확이 적지 않았을 것이다. 자신도 남해 출신이었으니 연고지의 인연이 많이 작용했겠지만, 그림을 그리는 사람으로서 선사에 대한 관심은 호기심 이상일 것이 분명했다.

"그 친구분, 어디 가면 만나 뵐 수 있을까요?"

우리들 입에서 합창하듯 같은 질문이 나왔다.

"여길 떠난 지 꽤 됐지 아마."

"돌아가셨나요?"

침이 꼴깍 넘어갔다.

"글쎄, 죽었단 소식은 못 들었으니 숨만 잘 쉬고 있으면 목숨은 부지하고 있겠지요."

"그럼 어디에…… ."

"몇 년 전에 지 고향 간다고 내려갔소. 용소라 했지 아마."

우리들은 하마터면 그 자리에 털썩 주저앉을 뻔했다. 그렇게 사방팔방 찾아 헤매던, 그림의 소식을 가장 잘 알 사람이 바로 등잔불 아래 살고 있었던 것이다.

6

호은선사행적비가 있는 바위를 뒤로하고 우리는 천왕각을 향해 분주히 걸음을 움직였다. 길었다면 길었던 그림 찾기의 발품이 이제 얼추 끝나려 하고 있었다. 오늘 만날 분에게 금산 그림의 존재와 어디 있는지 여부를 안다면 해피엔딩이겠지만, 이분마저도 소재를 모른다면 더 이상 열어볼 문은 없었다.

단청문양보존연구회에서 만난 노인장에게 우리는 그의 전화번호를 알아냈다. 사무실을 나와 전통찻집에 들어갔다. 떨리는 가슴을 쓸어내리며 정준 형님이 핸드폰 단추를 눌렀다.

전화는 손자며느리가 받았다. 그녀는 시할아버지의 젊은 날삶에 대해서는 아무것도 몰랐다. 저녁 무렵 용문사에 올라갔는데, 주무시고 내일 내려오실 거라고 전했다.

내려오시거든 아주 중요한 일로 찾아뵙겠다고 전해 달라 한 뒤 전화를 끊었다.

"느낌이 나쁘지 않구마이. 어쩌면 이 영감이 호은선사의 금산 그림을 가지고 있을지도 모리것네. 하모, 이제 그림은 거지반 우리 손에 들어왔어여."

정준 형님이 득의에 차 두 손을 비비면서 들뜬 목소리로 말했다. 그러나 나는 반신반의였다.

"왜 남해신문에 난 호은선사 기사를 못 봤을까요?"

정준 형님의 말문이 살짝 막혔다.

"뭐, 그럴 만한 사정이 있었것지. 여하튼 내일이면 다 매조지가 될 끼구만."

시간이 늦어 서울서 자고 아침 일찍 남해로 출발하기로 했다. 빗길을 뚫고 남해로 내려가기는 무리였다.

다음 날 아침 전화를 걸었다. 본인이 받았다.

"메눌아기헌티 야그는 다 들었소. 이제 장마도 끝났답디다. 점심 먹고 쉬엄쉬엄 용문사로 올라오시다. 봉서루(鳳棲樓)에 있을끼요."

천왕각을 지나 석교(石橋)를 건너면 봉서루였다. 봉서루 아래로 계단이 나 있고, 계단을 올라가면 대웅전 앞마당이었다.

경내로 들어서자 생각지도 않게 바람이 불어왔다. 계곡을 타고 넘어온 시원한 바람이었다.

한낮임에도 봉서루 안은 창문이 닫혀 있어 다소 어두웠다. 촛불만이 은은하게 사위를 밝혀 주었다.

호은선사 그림의 행방에 대해 들려줄 노인은 방석에 앉아 우리를 기다리고 있었다. 눈을 감고 가부좌를 틀고 있어 마치 등신불을 보는 느낌이었다.

인기척을 듣더니 눈을 떴는데, 눈동자가 혼탁했다.

"와서들 앉으시다. 내가 작년부터 눈이 많이 침침해졌소. 평생 눈으로 온갖 걸 다 봤으니 아쉬울 거야 없지만, 사람 분간이 어정쩡하니 양해들 하시구려."

우리는 부처를 호위하는 신장(神將)처럼 노인을 둘러싸고 앉았다.

정준 형님이 노인을 찾은 용건을 전달했다.

노인은 눈을 감고 정준 형님이 들려주는 말을 조용히 듣고만 있었다.

전언이 끝나고도 노인은 한동안 말이 없었다. 백 년의 세월만큼 더께가 쌓인 침묵이었다. 마침내 노인이 무겁게 닫혔던 입을

240

열었다.

"박 회장이란 분의 마음 씀씀이가 참 고맙구려. 효은선사의 그림이라. 금산을 그린 그림이라. 그런 그림이 있긴 있었지요. 물론 내도 보진 못했고 월주께서도 못 보셨지만서도, 대단한 그림이었다 하더이다.

생각들 해보시오. 금산 보리암하면 관세음보살상을 모신 우리나라 삼대 관음기도도량이 아닌감. 호은선사께서는 관세음보살의 영험이 서려 있는 금산을 그리려고 했다지요. 말세를 맞은 선사께서는, 그 옛날 남해의 민초들이 정성을 모아 대장경을 새겼듯이 그런 마음으로 그림을 그리셨답니다. 그리고 그 영험이 깃든 그림을 고종 황제에게 올려 다시 한번 세상을 광정(匡正)하는 보습으로 삼으시려 했지요. 면우 선생이 보셨다는 그림이 바로 그 그림이었을 겝니다."

노인의 입을 뚫어져라 바라보던 우리들의 눈이 서로 마주쳤다. 그림은 있었던 것이다!

봉윤이 몸을 앞으로 당기면서 다급하게 물었다.

"하모 그 그림은 시방 오데 있십니꺼?"

노인이 잠시 시간을 죽이더니 말을 이어나갔다.

"금산에 있지요."

"금산 오데요? 보리암입니꺼?"

노인이 빙그레 미소를 지었다.

"보리암에도 있고, 상사바위에도 있고, 쌍홍문에도 있고, 단군성전에도 있지요. 금산에 올라 눈이 미치는 곳이면 어디나 다 있습니다."

물어보던 봉윤이의 입이 쩍 벌어졌다. 이 무슨 고삐 풀린 선문
답인가? 그림이 그렇게 컸다는 비유인지 여러 작품을 그렸다는
말인지 종잡기 어려웠다.

정진혜 팀장이 공무원답게 딱 부러진 목소리로 되물었다.

"보존은 잘 되어 있겠지예?"

노인의 흐린 눈빛이 말의 흐름을 따라 움직였다.

"선사께서는 그림을 완성한 뒤 마음에서 우러나온 사자후를
들으셨답니다. '그림은 눈으로 보는 게 아니라 마음으로 보아야
하는 것이니라. 이 문디야!' 부처의 음성인지 제석천의 일갈인지
그 한 마디에 선사께서는 엉덩방아를 찧으셨다지요. 목안(目眼)으
로 보는 그림은 망상일 뿐이구나. 심안(心眼)으로 볼 때 진정한
그림의 본지풍광(本地風光)이 드러나는 것이구나. 평생 불화를 인
증한 증명법사 노릇이 한낱 어린애의 깝치는 놀음이었구나.

그래서 선사께서는 그 길로 그림을 들고 금산을 오르셨답니다.
그리고 가장 높은 봉우리에 올라 그림을 금산의 품으로 돌려보내
셨다지요. 이제 제 말의 뜻을 아시겠십니꺼?"

노인은 말을 마치자 다시 눈을 감고 까마득한 자신의 세계로
돌아가 버렸다.

그 말의 뜻을 헤아릴 길 없어 우리는 한동안 할 말을 잃었다.

몇 달 뙤약볕을 맞고 폭우를 뚫고 다니면서 허둥거리던 노력은
참으로 괴이하게 마무리되어 버렸다. 웃어야 할지 울어야 할지
알 수 없었다.

노인의 침묵을 뒤로하고 우리는 봉서루 밖으로 나왔다. 한낮의 해는 지독하게 눈부셨고, 바람은 진저리나게 시원했다. 새소리에 고개를 들어보니 봉황이 깃든다는 누대 위를 떠도는 흰 구름이 마치 거대한 봉황처럼 보였다.

길을 잃은 사람들처럼 우리는 발걸음을 옮기지 못하고 대웅전 앞마당을 서성거렸다.

이윽고 봉윤이 말했다.

"이제 오데로 가야하지예?"

누구도 대답할 수 없는 질문이었다.

한참 만에 정준 형님이 새가 와 목을 축이라고 세운 돌 수반으로 가 손을 씻더니 크게 웃으며 말했다.

"날은 화창하고, 바람은 시원하고, 시상이 다 그림 아이가. 호은 선사 그림을 찾았시니, 그 그림 보러 금산으로 가야제. 안 글나?"

구름이 머무는 곳

너는 좌선하고 있느냐? 그렇지 않으면 불타를 흉내 내고 있느냐? 좌선이면 선은 좌와(坐臥)에 얽매이지 않으며, 앉아 있는 불타는 선정의 자세에 얽매이지 않는다. 진리는 어디에도 머무르지 않는다. 일부러 취사(取捨)해서는 안 된다. 너는 앉아 있는 불타를 배워서 불타를 죽이고 있다. 좌선에 사로잡히는 것은 선에 도달하는 길이 아니다.

- 남악회양(南岳懷讓, 677~744)

1

사찰로 올라가는 산길에는 진눈깨비가 들끓었다. 게다가 바람까지 만만찮게 부니 눈 부스러기가 매몰차게 얼굴을 할퀴고 지나갔다. 아무리 남녘땅이라지만 여기도 조선의 한 모서리였다. 하긴 사찰 아래 골마을 사람들도 이런 눈은 처음이라며 고개를 젓긴 했다. 설이 가까워 곧 봄이 오려는데, 산골짜기는 세상의 변화에는 아랑곳하지 않고 자기만의 풍절(風節)을 지키는 참이었다. 다 헤진

244

짚신 사이로 녹은 눈발들이 서늘한 기운을 뻗치면서 발을 냉기로 채웠다.

천경(天鏡, 天鏡海源, 1691~1770)은 어깨에 묻은 진눈깨비를 털며 고개를 왼편으로 돌렸다. 희끗희끗한 눈발 사이로 멀리 강진만이 어른거렸다. 강진만에는 푸른 기운이라고는 찾아볼 수 없었다. 하얀 안개로 흥건하게 젖은 들판처럼 둥그스름 펼쳐진 바다는 횡뎅그렁했다. 어린 시절 백운(白雲)이 보았다는 그 따뜻하고 푸른 바다는 어디로 간 것일까? 얼지도 녹지도 않은 눈송이가 얼굴을 매섭게 스쳐 시선을 제대로 두기가 어려웠다. 목을 타고 스며드는 찬 물기는 눈물[雪淚]인지 눈물[眼淚]인지 가늠하기 어려웠다.

잠시 바다의 본색을 찾으려던 천경은 기침을 두어 번 하고 다시 발길을 가다듬었다. 산길은 비교적 완만했지만, 발걸음은 허방을 디딘 사람처럼 구천을 떠돌고 있었다.

언뜻 바랑에서 무슨 소리가 들리는 듯했다. 바람이 바랑을 치고 지나간 것인지, 누군가 비좁은 틈이 버거워 꿈틀거렸던 것인지 조금 전부터 바랑은 제 스스로 움직이고 있었다. 천경은 지팡이 삼아 짚고 있던 부러진 산목(山木)을 들어 바랑을 툭 쳤다.

"잠시만 참아라. 거의 다 온 모양이구나."

아직 창창한 나이에 할(喝)과 방(棒)을 마음껏 휘둘러보지도 못하고 이승을 하직하고 적멸에 든 승려, 이 넓은 세상도 갑갑해했었다. 그러니 바랑 속 나무함이 오죽이나 답답할까? 열 칸 대웅전에 들어서서도 숨이 막힌다면서, 시방세계를 손바닥 안에 두고 휘갑하는 부처가 무슨 죄업(罪業)가 많아 이런 나무 감옥에 갇혀 사는지 모르겠다고 박장대소하던 그였다.

"소승이 어렸을 땐 2천 척도 넘던 망운산(望雲山)을 다람쥐 제집 드나들 듯 올라 다녔지예. 산봉우리에 오리몬 남쪽으로 아득히 남해바다가 한눈에 들어왔심더. 아, 이렇게도 세상이란 넓기만 하구나, 하는 걸 그때 깨달았지예. 시님도 고향이 함흥이라니 바다라면 신물 나게 보셨겠지만서두, 남녘 바다와 북녘의 그것은 완연히 다르지 않심꺼. 동해의 바다 빛이 검푸르다면 남해의 바다는 말 그대로 쪽빛이지예. 게서는 구름마저도 푸르다니까요. 비도 푸르게 내릴 듯하더이다. 해서 법명(法名)도 벽운(碧雲)이라 할까 했는데, 스승께서 속세의 냄새가 역겹다시면서 백운이라 고쳐주시지 않았심꺼. 소승이 장돌뱅이처럼 굴러다닐 줄 스승께서는 애시당초 아셨던 게지요. 껄껄껄!"

바람 소리에는 그 백운의 폭소하던 웃음소리가 섞여 있었다. 세차면서도 자갈 부딪치는 소리가 얽힌 백운의 웃음소리를 들을 때면 늘 그 출처가 궁금했었다. 다시 그의 웃음소리를 들을 수 없게 된 지금, 이곳의 바람 속에서 흔적을 찾게 되었다. 갑자기 천경의 몸이 부르르 떨렸다.

성글게 녹아 흐르는 눈을 털어내며 천경은 다시 발걸음을 재촉했다. 산길 한 굽이를 돌자 진눈깨비 사이로 절의 외양이 가물거렸다.

2

남녘 땅 남해에 있는 화방사(花芳寺)는 비바람에 씻겨 남루한 천년 고찰이었다. 영남의 끝자락하고도 가장 서쪽, 호남의 동쪽 기슭과 코를 맞대고 있는 아득한 오지, 남해라는 섬에 둥지를 튼 가람이었다.

산사라면 으레 삼면이나 사면이 봉우리로 둘러싸인 우묵한 사발 모양의 땅에 터를 잡기 마련인데, 화방사는 비탈을 굴러 내리다 그루터기에 걸려 잠시 몸을 쉬는 돌무더기거나 가풀막을 따라 흐르다 고이고, 흐르다 고인 연못처럼 층층을 이루며 뿌리를 내리고 있었다.

누구보다 헌사로웠던 소성거사(小性居士)의 족적이 이 절해의 고도까지도 닿았던 모양인지, 첫 창건주는 어김없이 원효였다. 사지(寺志)에는 원효가 세운 절의 위치는 원래 이곳은 아니었고, 이름도 연죽사(煙竹寺)라 했다고 쓰여 있었다.

그러다 고려 때 진각국사(眞覺國師) 혜심(慧諶, 1178~1234)이 터를 조금 옮겨 중창했는데, 이름에 무슨 죄가 있다고 사찰명도 영장사(靈藏寺)라 바꿔버렸다. 몽골의 말발굽이 이 땅을 갉아먹을 때 부처님의 가피력으로 환란을 물리치고자 팔만대장경을 다시 판각했는데, 그때 화방사는 판각을 진두지휘했더란다. 그래서 그런지 절터가 가파른 것이 화방사는 어귀에 돌만 쌓으면 산성 같은 요새로도 보일 법했다.

불력(佛力)으로 나라를 지키려던 울력은 화방사의 버리기 힘든 집안 내력이었다. 온 나라가 피바다를 이루던 임진년의 왜란 때 이곳은 의승병(義僧兵)의 본거지였다. 왜병들이 호남을 차지하고자 바삐 들락거렸던 바다 길목의 한가운데 남해가 있었으니 저들의 목을 죌 만한 이곳은 차단의 길목이 될 법도 했다. 그 때문에 왜병들은 이 절을 모두 불태워버렸다.

한동안 산짐승들의 움집으로 버려져 사람들의 기억 속에 바래져가던 절이 다시 햇빛을 본 것은 계원(戒元)과 영철(靈哲) 두 스님의 발심 때문이었다. 인조 14년(1636) 다시 사찰이 지금 자리에 모습을 드러냈고, 이름도 화방사로 바뀌었다.

승방에 앉아 사지를 들척이던 천경은 긴 한숨을 쉬며 책을 덮었다. 좀이 슬고 물에 찢어진 서책은 노어제호(魯魚帝虎)의 착란에서 자유롭지 못해 글이 중간중간 끊겼지만, 천 년 세월의 풍파까지 지우지는 못했다.

마음이 죄여들고 몸이 주저앉을 듯해 승방의 문을 열었다. 이파리를 다 떠나보내고 바람을 대신 두른 고목들 사이로 아련히 바다가 진줏빛으로 흐느적거렸다. 구름 낀 하늘 양편으로 벼랑처럼 누운 능선이 시야를 좁혀 놓았다. 하룻밤 사이에 진눈깨비는 굵은 눈송이로 자반뒤집기를 했다. 사박사박 내리는 눈송이에는 희미한 소리가 스며 있었다. 먹이를 찾는 산새들의 얕은 날갯짓 같기도 했고, 계곡을 따라 흐르는 시냇물의 땅을 비비는 소리 같기도 했다.

눈을 살짝 치켜뜨고 그 소리에 귀를 기울이는 참에 곁에서 인기척이 상념을 가로막았다.

"시님, 사시공양하시지예. 제법 음식이 풍성할낍니더."

늙수그레한 노인장의 목소리가 뒤를 이었다. 어제저녁 처음 들었을 때와는 달리 목소리에 제법 힘이 붙어 있었다.

어제 노량나루에는 한낮을 넘겨 닿았지만, 처음 가는 길인데다 진눈깨비마저 산길을 가려 화방사에 도착하니 제법 짙은 어둠이 사위를 적신 뒤였다. 해가 더디 지는 남녘땅이라 해도 아직은 한겨울이었고, 더군다나 고약한 눈발이 그나마 흐릿한 빛의 여운마저 삼켜 버렸다. 그래서 눈뜬장님처럼 눈앞에 절을 두고도 한동안 주변을 허우적거렸다. 삼창(三創)한 지 두 주갑(周甲, 120년)을 넘긴 사찰이고 섬 안 절간이라지만, 절에서는 불빛 한 점 새 나오지 않았다.

미끄러지고 엎어지면서 간신히 절 경내에 들어서니 그제야 흐린 불빛이 천경을 맞았다. 채진루(採眞樓) 맞은편 대웅전이 솎아낸 뿌연 잔광이었다.

옆에 붙은 쪽문을 열고 대웅전으로 들어갔다.

바랑을 밀어두고 먼저 오체투지(五體投地) 큰절을 올렸다. 절의 횟수가 쌓여가자 파르라니 깎은 머리 위로 김이 모락모락 피어올랐다. 눈발을 헤치고 골짜기 깊이 숨은 절을 찾느라 지쳤을까? 몸을 에워싸는 열기가 정신을 혼미하게 만들었다. 잠시 절을 멈추고 한참 동안 머리를 조아린 채 허리를 들지 못했다.

촛불 몇 개가 깜빡이는 대웅전은 온기가 헐거웠다. 땀이 마르고 몸이 냉기를 받아들이자 학질에 걸린 사람처럼 몸이 후들거렸다. 젊었을 때는 며칠 밤낮 산봉우리를 몇 개 넘고도 거뜬해 동장군

따위는 안중에도 없었는데, 기력이 예전 같지 않았다.

머리를 들어 고즈넉이 그를 내려다보는 부처와 눈빛을 마주했다. 부처의 입술 끝에는 의미를 알 길 없는 미소가 걸려 있었다. 그깟 추위도 이기지 못한 깜냥에 무슨 해탈이냐는 질책이 엿보여 무안해졌다.

문득 단하천연(丹霞天然, 739~824)의 소불(燒佛) 공안이 떠올랐다.

어느 날 단하가 혹심한 추위를 뒤집어쓴 채 혜림사(慧林寺)에 닿았다. 당장 얼어 죽을 것 같은데, 승방은 온통 냉골이었다. 뭐 불쏘시개로 쓸 게 없나 뒤적이다 불전(佛殿)에서 목불(木佛)을 발견했다.

냉큼 마당으로 지고 내려와 도끼로 빠개 장작을 만들었다. 몇백 년 잘 마른 목불은 화력도 좋아 불길이 닿자마자 활활 타올랐다. 꽁꽁 언 손을 뒤집으며 불을 쬐고 있노라니, 매캐한 연기 냄새가 의아해진 주지가 누비옷을 서너 겹 껴입고 마당으로 나왔다.

"어디서 그런 좋은 장작을 구하셨소이까?"

함께 손바닥을 편 채 불길을 즐기던 주지가 물었다.

"불전 안에 실한 나무가 널렸던걸요."

해괴한 답변에 주지의 눈알이 휘둥그레졌다.

"그게 무슨 말씀입니까?"

"중놈 얼어 뒈지지 말라고 불단 위에 목불을 세 덩이나 얹어두었지 않습니까?"

주지는 없던 머리카락이 쭈뼛 일어섰다.

"이 무슨 망동(妄動)이시오! 수백 년 동안 사부대중이 경배하는 목불을 불태우다니요!"

주지의 호들갑에도 단하는 주저함이 없었다. 단하는 다 타버려 숯덩이가 된 목불을 주장자로 들쑤시며 대꾸했다.

"수백 년 수행했다면 진즉에 득도했을 게고, 이제 재가 되었으니 사리가 나오겠구려."

주지가 말문이 막힌 듯 입을 버석거렸다.

"스님, 제정신입니까? 목불에 무슨 사리가 있다고요?"

단하는 천연덕스럽게 주지를 흘겨보며 쏘아붙였다.

"그래요? 사리도 없는 목불이라면 경배해 뭣합니까? 나머지 목불도 다 태워버립시다."

대웅전에 안치된 부처는 목불도 아니었지만, 천경에게는 그런 넉살도 깨달음도 없었다. 부처의 비웃음을 당할 만했다.

'백운이었다면 이 곤욕을 어떻게 맞받아쳤을꼬?'

머리를 목판 마루에 찧다가 바랑에 넣어둔 백운의 유골이 떠올랐다.

엉금걸음으로 창가로 가 바랑을 뒤졌다. 얼음장보다 차가운 나무함이 들려 나왔다.

함을 불단 위에 얹어두고 합장하며 신묘장구대다라니를 외었다.

"나모라 다나다라 야야 나막알약 바로기제 새바라야 모지사다바야 마하사다바야 마하가로 니가야 옴 살바 바예수 다라나 가라야 다사명 나막 까리다바 이맘알야 바로기제 ……."

탐욕과 노여움, 어리석음이라는 세 가지 독을 가라앉히고 깨달음에 이르게 해준다는 대라니 주문이 등불보다 더 멀리 더 서늘하게 대웅전 안을 갈마들었다. 적멸에 든 백운을 천도하고 아직 이승을 뜨지 못하는 미망(迷妄)에 멍든 자신을 위해 외는 송가였다.

"시님, 오시는 길이 늦으셨네예. 경전 외는 소리가 참으로 시원하네예."

독경을 잠시 쉬고 숨을 고르는데, 어느결에 들어왔는지 한 남자의 목소리가 들렸다.

천경은 목불을 꺼내 뽀개려다가 들킨 사람처럼 흠칫 놀라 눈을 떴다.

늙은 불목하니의 손에 끌려 승방으로 들어온 천경은 자신을 스스럼없이 대하는 노인장의 태도가 아주 편하지는 않았다. 응당 와야 할 사람이 왜 이리 늦었냐는 투의 노인장의 응대는 사바세계의 내력을 소상하게 아는 저승사자를 대한 느낌이었다.

"소승이 올 줄 알고 계셨소이까?"

노인장이 웃으며 손사래를 쳤다.

"어디예. 사람이 늙으몬 귀와 눈이사 캄캄해져도 예감만은 밝아지나 보데예. 메칠 전부텀 왠지 귀인이 오실끼라는 막연히 믿음이 있었심다."

사발 찻잔에서 온기를 담은 향기가 스며 나왔다.

명색이 절간인데 변변한 게 없다며 말린 유자로 우려낸 차를 내놓고도 그는 겸연쩍어했다.

그러고 보니 노인장의 눈은 퀭한 것이 깊이를 알 수 없는 우물

252

처럼 어둡기만 했다. 그러나 그 어둠은 검기만 한 것이 아니었다. 수많은 글씨를 겹치고 또 겹쳐 써 완전한 묵흑(墨黑)이 된 그런 어둠이었다. 꺼풀을 하나씩 벗겨나가면 부처가 평생 행했던 설법이 다 풀려나올 것 같았다.

어둠의 무게를 이기지 못하고 천경이 먼저 눈길을 돌렸다. 남의 자리에 앉아 있다는 이물감이 느껴졌다.

"잘은 모르겠으나 노인장께서 기다린 그 귀인이 소승은 아닐 듯합니다."

노인장은 듣는 둥 마는 둥 바닥을 거친 손으로 쓸면서 말을 흐렸다.

"금은보화로 치장을 해야 귀인이겠십니꺼. 한 해 가야 외지 사람 그림자도 어른거리지 않는 삭막한 땅에 오싯씨니, 그기 바로 귀인이지예. 막 불로 넣어 아직 얼음장 같십니다만 잠시만 기시몬 뜨뜻해올 낍니더. 그럼 쉬시다."

목 인사를 하고 자리를 뜨려던 노인장이 다시 몸을 낮추며 물었다.

"공양은 드싯십니꺼?"

오늘 먹은 거라곤 노량나루에 닿아 보리 국밥을 몇 술 뜬 게 다였다. 허기가 지지 않는다면 거짓말이었다. 그러나 노인장과 합석이 이어지는 것도 거북스러웠고, 불청객 때문에 부산을 떨게 하고 싶지도 않았다.

"괜찮습니다. 그리 시장하지는 않군요. 내일 새벽 예불까지는 견딜 만합니다."

노인장도 더는 대꾸를 않고 나가더니 문을 닫아걸었다.

아닌 게 아니라 승복을 벗어 개켜놓으니 방바닥이 뜨끈하게 달아올랐다. 천경은 세상모를 곤한 잠에 빠져들었다.

다음날 새벽 예불을 마치자 세상이 희뿌옇게 밝아왔다.

간밤을 지나 여즉 내리는 진눈깨비가 골짜기와 마당을 덮어 세상은 온통 먹통 속에서도 흰빛을 드리웠다. 승방으로 돌아오니 노인장이 따끈한 죽을 끓여 소반 위에 올려놓았다. 빈한한 절간 살림을 속일 수는 없는지 건건이라고는 김치 한 종지가 전부였다.

"대접이 시원찮아 송구하네예. 한겨울이라 내놓을 게 궁합니더. 날이 새면 요 아래 대계마을에 내려가 곡식 좀 주선해 오것심니더."

어제 화방사 오는 길을 물었던 동네 이름이 대계인 모양이었다. 곧 주저앉을 것 같은 초가집 몇 채가 마지못해 땅에 붙어 있는 그 마을에 절간 끼니까지 보탤 곡식이 있을 것 같지 않았다.

천경은 바랑에서 은붙이를 꺼내 건넸다.

"여기 얼마나 머물지 모르겠으나 남의 절에 불쑥 찾아와놓고 공양 값까지 모른 척한다면 승려의 도리겠나요. 이걸로 필요한 물건이 있으면 바꿔 오시지요."

인사치레로라도 거절할 줄 알았더니 노인장은 냉큼 받아 챙겼다. 은붙이를 만지작거리던 노인장이 씩 웃으며 말을 던졌다.

"역시 귀인이네예. 덕분에 이 늙은이도 배에 기름칠 좀 하것심니더."

한동안 혼자 절을 지켜야 할 것 같아 절의 내력을 알 만한 서책
이 없냐 물으니, 던져주고 간 게 지금껏 읽은 사지였다.

공양간으로 건너갔다. 말마따나 상에는 제법 음식이 풍성했다.
기름진 쌀밥이 고봉을 이루며 유기 밥그릇에 소복했고, 시금치를
비롯한 산나물 무침, 미역무침, 호박전, 참기름 냄새가 코를 달구
는 묵무침도 올라 있었다.

"시님께서 주신 은붙이가 금이 솔찮게 나가데예. 괴기도 몇 점
올릴 만헌디 차마 그럴 수 없어 놔뒀심니더."

자기는 속인이라 따로 고기를 먹었다는 말투였다. 중이 고기
맛을 알면 절에 빈대가 남아나지 않는다는 말이 떠올랐다. 은붙이
가 바랑에서 나온 걸 본 노인장이 엉뚱한 마음을 품지 않을까 덜컥
의심이 솟았다. 바랑으로 향하는 천경의 눈길을 어떻게 봤는지
노인장이 기침을 하며 막음을 했다.

"있시몬 먹고 읎시몬 굶는 기 분수를 아는 짓이지예. 수행하며
염불하는 시님이사 못 됐시도 반평생을 절간에서 살았는디, 물욕
(物欲)도 못 베릿시몬 그기 사람이것심니꺼."

다시 천경은 무안해졌다.

3

채진루 옆으로 실개울이 흘렀다. 사지에서 채진루는 삼창한
지 이 태 뒤인 인조 16년(1638) 지어졌다고 했다. 대웅전 마당에서

보면 단층 건물이지만, 천왕문으로 내려가는 계단을 밟아보니 비탈을 따라 굵은 기둥이 박혀 있어 누대(樓臺) 모습을 갖추고 있었다. 아랫기둥이 끝나는 목에 바로 이어져 개울이 흘렀다.

개울 건너편으로 좁은 평지에 키가 작고 앙상하게 눈을 얹은 나무가 더러 보였다. 싸리나무 같기도 했지만, 가지는 거의 보이지 않았다. 자세히 살펴보려고 껑충 개울을 건너뛰었다. 주변에 같은 품새의 나무들이 제법 눈에 띄었다. 흰 눈을 얹고 바람에 흔들리는 모습이 어딘지 불안해 보였다. 손마디보다 가는 가지를 조심스럽게 만지고 있는데, 채진루 쪽에서 노인장의 목소리가 들렸다.

"산닥나무지예. 부처님 말씀 인경(印經)할 때 쓰는 종이 원료로는 제일 윗길에 있다 아입니꺼."

백운에게 들은 기억이 났다.

백운은 생전에 그리 자주 만난 사이는 아니었다. 잊을 만하면 나타나 한두 달 기식(寄食)하다 간다는 말도 없이 휙 사라지곤 했다. 말 그대로 흰 구름 같았다.

절에서 둘이 차를 마실 때 백운은 이따금 꼬깃꼬깃 접어놓은 자신의 어릴 적 이야기를 풀어놓기도 했다.

"천애고아였지예. 부모님은 농사와 고기잡이를 하면서 사셨지만, 편하게 부쳐 먹을 만한 농토도 없었지예. 어머니는 해변에 물이 빠지몬 갯벌에 나가 해산물이며 해초를 캐와 살림에 보탰네예. 그걸 남해에서는 '바래'라 불렀지예. 아버지는 틈이 나면 바다로 쪽배를 몰고 나가 고기를 잡았심더. 어느 날인가, 어머니가 바래를 나가셨는데, 밤이 늦도록 돌아오지 않았십니더. 날씨도 잔뜩 흐릿는디, 밤이 들자 폭풍까지 몰아쳤심니더. 동네 아낙 말이 수확이 시원찮다며 물이 빠지면 걸어서도 갈 수 있는 작은 섬에 들어갔다 하데예. 아버지가 배를 몰고 섬으로 갔심니더. 거센 폭풍을 견딜 만한 배가 아니었는데 ……. 결국 그날 이후로 두 분 모두 볼 수 없었지예."

더 말을 잇지 못하고 백운은 한동안 멍한 눈으로 아득한 남쪽 하늘을 뚫어져라 바라보았다.

어려서 부모를 먼저 저승으로 떠나보낸 백운은 남은 평생도 외로웠다. 은사 지안대사(志安大師)에게서 함께 종문(宗門)의 이치를 탁마하던 도반(道伴)이 서한을 쥐어주며 보낸 젊은 학승으로 처음 백운을 만났다. 법력이 비범한 도반이 보낸 승려니 어렴할까 싶었는데, 파천황은 아니더라도 백운의 행실은 다소 파격이었다. 예불에 빠지기 예사였고, 어떤 때는 며칠 절간을 얼씬도 하지 않았다.

'중놈이 절을 떠나면 망념(妄念)만 쌓인다는데, 이를 어찌할꼬!'

불문(佛門)의 청규(淸規)를 모를 리 없건만 선불 맞은 멧돼지처럼 천방지축이었다. 남의 제자를 타박만 할 수도 없어 모른 척했지만, 도반의 속셈을 알 수 없어 마음이 조바심을 쳤다.

어느 날 공양주 할멈이 오더니 쑥덕거렸다.

"큰스님. 얼마 전에 온 스님 행실이 도를 넘어섰습니다. 따끔하게 혼을 내지 않으면 경을 칠 거예요."

중을 바라보는 세간의 눈이 곱지 않은 시절이었다. 임란(壬亂)을 치른 뒤 여우비처럼 잠깐 호의를 보이던 사대부들은 언제 그랬냐는 듯 인심을 돌려세웠다. 산행 때 타고 갈 가마를 대령해라 종이를 몇 축 장만해 바쳐라 성화가 자심한 것이야 으레 그러려니 했다. 절간에 와서 주지육림에 빠져 난동을 부리는 것도 시절인연 이려니 여겼다. 헌데 꼬투리만 잡으면 절간을 폐사(廢寺)하려는 수작은 막무가내로 치닫기 일쑤였다.

조금이라도 빈틈을 보이면 몸은 고사하고 목숨까지 부지하기 어려워지는 세상이었다.

하는 수 없이 백운을 불러 앉혔다.

승방에 들어올 때부터 할멈이 무엇을 걱정하지는 단박에 알아 차렸다. 백운의 입에서는 술 냄새가 자욱했다. 눈살이 찌푸려졌다.

"대낮부터 어디서 곡차를 그리 마신 겐가?"

나름 꾸지람을 담아 내놓은 말인데, 백운은 스스럼이 없었다.

"메칠 산 아래 대갓집을 기웃거리며 시 나부랭이를 주고 받았 지예. 몇 수 긁적거려 던졌더니 시회(詩會)에 오라 하지 않심니꺼. 시 한 수에 술이 석 잔, 주는 대로 넙죽넙죽 받아 마셨더니 취기가 가시지 않았네예."

백운은 술 트림까지 숨기지 않았다.

그에게 시재(詩才)가 있는 줄은 몰랐다.

천경도 시라면 남의 뒷전에 설 사람은 아니었다. 갑자기 호기심 이 일었다.

"그런 재주를 지녔구먼. 어디 시회에서 썼다는 시 좀 보여줄 수 있겠나?"

백운은 대답은 않고 소매로 입만 쓱쓱 씻을 뿐이었다. 말없이 지켜보자니 그제야 입을 열었다.

"비린내만 진동하는 그깟 못난 기와조각 들을 뭐 하러 절간까지 가져오것십니꺼? 다 저잣거리에 내던져 베릿지예."

입맛이 씁쓸했다. 시를 지어 술대접을 받았다더니 정작 시는 손에 쥐어져 있지 않았다.

"시가 부처님 말씀에 견줄 수야 없겠지만, 그리 쉽게 버릴 건 또 뭔가? 독경하는 사이 심심파적 읽을 수도 있을 텐데."

그러자 겁 없이 천경을 꼬나보던 백운이 한 마디 던졌다.

"그러시다몬 소승이 바로 써 드리지예."

백운은 옆 서안에 놓인 지필묵을 집어 들더니 벼루에 먹을 북북 갈았다. 그리고는 쓱쓱 종이 위에 거침없이 붓을 휘둘렀다.

한두 수 적나 했는데, 종이를 서너 장 채우고도 백운의 붓놀림은 멈추지 않았다. 거꾸로 보이는 글자들을 주섬주섬 챙겼을 뿐인데도 천경의 등 위로 찬 바람이 몰아쳤다. 유자(儒子)라 자처하는 이들의 위선과 탐학(貪虐)을 비아냥거리는 시구들이 그의 시에서 꿈틀거렸다.

"그런 시를 쓰고도 아무 탈이 없었단 말인가?"

"웬걸요. 무릎을 탁 치며 파안대소, 오랜만에 보는 천강만해(天江萬海)라 카던데예."

백운은 득의에 찬 표정으로 웃음을 흘렸다.

함께 시를 주고받았다는 사람은, 시에 대해 겉멋만 든 하수든가 내용은 눈감아주고 시재만 높이 산 고수든가 둘 중 한 부류였다.

말문이 막혀 염주만 돌리던 천경이 백운 앞으로 간 지필묵을 당겨 왔다.

소매를 걷고 붓을 들었다. 텅 빈 하얀 종이가 드넓은 하늘이 되기를 기다렸다. 마침내 구름이 걷히자 천경이 붓을 움직이기 시작했다.

金沙桃李晚風開　詩客慇懃訪我家
금사도리만풍개　시객은근방아가

師帶煙霞身外濕　吾携桂杖掌中擡
사대연하신외습　오휴계장장중대

曾從紫陌三衣破　獨坐靑山萬慮灰
증종자맥삼의파　독좌청산만려회

滿囊千篇無道益　不如巖下養牛廻
만낭천편무도익　불여암하양우회

그리고 끝에 제목을 달았다. 〈백운에게 차운해 주다(次贈白雲)〉. 종이를 돌려 건네자 백운이 한동안 응시했다. 입술을 달싹이며 곱씹더니 이윽고 그 뜻을 풀어나갔다. 거짓말처럼 사투리가 사라졌다. 그 음성은 마치 현실과 자기를 저만큼 멀리 두고 사물을 관조하는 듯한 분위기를 풍겼다.

금 모래사장에 도리꽃이 저녁 바람에 피더니
시 짓는 나그네가 은근히 우리 집을 찾았구려.
스님은 안개와 노을에 젖어 온몸이 축축한데

나는 주장자를 들어 손에 쥐고 있노라.

그대는 일찍이 저잣거리를 헤매다 가사가 다 헤졌지만

나는 홀로 청산에 머무노라니 온갖 생각이 재가 되었지.

바랑 가득 시를 채웠어도 깨침에는 보탬이 되지 않으니

바위 아래서 소를 기르다가 돌아오는 것만 못하다네.

무표정하게 낭송을 마친 백운이 묵송(默誦)을 몇 차례 더하고 씩 입가에 미소를 담았다.

"스승께서 저로 보내시면서 천경 앞에서는 가식을 버리라셨는데, 과연 허언이 아니었네예."

천경은 왠지 허를 찔린 기분이 들었다.

"자네의 객기가 자네를 다치게 할까 저어대네. 낭중지추(囊中之錐)는 주머니 안에 있을 때야 서슬이 퍼런 것이야. 주머니를 나온 송곳이 방향을 돌리면 자칫 자네를 찌를 수도 있어."

백운이 입가에 쓴웃음을 지었다.

"틀린 말씀은 아니지예. 참으로 고마운 말씀입니더. 스승께서는 소승을 보내시면서 이런 말씀도 하더이다. 내 법우(法友) 천경은 이름 그대로 하늘처럼 맑아 나를 비추는 거울이 될 만한 사람이라고예. 하늘 거울을 보면서 칼날만 버리지 말고 그 푸른 물결에 몸을 싣는 지혜를 배워보라 했심더. 또 시를 잘 보니 소승 시에 서린 살기(殺氣)를 따뜻한 화기(和氣)로 바꾸라 했지예. 살인검(殺人劍)은 되레 자신을 죽이니 활인검(活人劍)으로 남을 죽이라고도 말씀하셨심니더."

천경이 고개를 끄덕였다.

"그래, 맥을 제대로 짚었구나. 자신을 잡을 칼을 뽑는 것은 어리석은 짓이지. 진정 남을 살리려는 자비심을 가질 때 남을 감복시켜 회광반조(廻光返照)하게 만드는 지름길이 아닐까 싶구나."

백운은 완강하게 고개를 저었다.

"그렇게 뜨뜻미지근하게 처신해서야 어느 세월에 이 무간지옥(無間地獄) 같은 시상을 바로잡겠심니꺼. 지 부모님은 누구보다 열심히 사신 분들이셨심니더. 그런데 두 분께 돌아온 것은 허망한 죽음 뿐이셨지예. 농사지을 한 뼘 땅이라도 가짓시몬 폭풍 치는 바다에 뛰어들진 않으셨을 테지예. 잘난 사대부 집에는 고기가 썩어나고 알곡으로 개밥을 만들어주는데, 담 너머 사는 민초들은 개밥도 못 먹어 배를 곯다 죽심니더.

어디 민초들만 그렇심니꺼. 절간은 또 어떻심니꺼? 엽전 구멍만 한 알량한 지식과 재주를 가지고 세상의 지혜를 모두 갈파했다고 떠드는 게 사대부들이 아임니꺼? 공맹의 처세술이란 게 부처가 설한 장광설(長廣舌)에 견줘 발바닥의 때만도 못하지 않심니꺼? 그런데도 하찮은 권력에 빌붙어 절간에 기생을 데려와 술을 퍼마시고 대웅전 안에서 온갖 음란한 짓을 마다 않심니더. 언지까정 이런 말세를 지켜봐야 한단 말임니꺼!"

한번 말문이 터지자 백운 자신도 수습을 하지 못했다. 백운이 사대부들을 앞에 두고 이런 말을 뇌까린다면 목숨이 열 개라도 온전하지 못할 터였다.

"말이 너무 지나치구나. 개에게도 불성(佛性)이 있는데, 하물며 사람이라면 말해 뭘 할까? 철없는 어린애가 막된 짓을 한다면 잘 다독여 말귀를 알아듣게 해야지. 다짜고짜 몽둥이를 들어 드잡이를 한다면 그게 올바른 중생제도의 길이라고 생각하느냐? 모기를 보고 장팔사모(丈八蛇矛)를 뽑아드는 장비 같구나."

나름대로 다독인다고 던진 말인데, 백운은 조금도 물러날 뜻이 없었다.

"이 말세를 사는 방법이야 다양하것지예. 시님코롬 차근차근 설득해 활연개오(豁然開悟)허게 맨드는 방편도 있실게지만, 부지하세월입니더. 임란 때를 생각해 보시지예. 발등에 불이 떨어지니 불살생(不殺生)의 계율이 번듯한 중놈들에게 칼과 창을 잡아 왜적을 죽이라 했심니더. 시님들이 파계를 무릅쓰고 전쟁터로 간 것이 한 줌 사대부들의 권력을 지탱해주기 위해서였심니꺼? 비명에 죽어가는 중생들을 도탄에서 건지고자 몸을 던진 게 아니었심니꺼? 그렇게 피를 뿌려 나라를 구해놓으니 어땠심니꺼? 차별이 사라지기는커녕 저희들 궁전이며 기와집을 짓는다고 수탈만 커지지 않했심니꺼? 그 세월이 150년도 더 지났심니더. 언지까정 수모와 멸시를 견뎌야 저들이 활연대오해서 중놈을 사람 대접하것심니꺼? 가만 앉아 있어서는 절대 그런 시상은 오지 않심니더. 지는 그런 시산이는 되지 않을랍니더."

백운의 눈가로 핏발이 뻗었다. 그의 송곳은 주머니만 삐져나온 게 아니었다. 이미 장검이 되어 팔에 쥐어져 있었다. 어떻게 저 무모한 혈기를 다시 칼집 속으로 돌려보낼지 요량이 서질 않았다.

"그래, 자네의 대안은 무엇인가? 반란이라도 일으켜 저들의 목에 칼이라도 꽂아야 한단 말인가? 그렇게 한다면 자네가 원하는 화엄원융(華嚴圓融)한 세상이 올 듯한가?"

잠시 침묵하던 백운이 침을 꿀꺽 삼키며 말을 이어갔다.

"지는 활인검을 쓸랍니더."

"활인검? 자네는 이미 살인검을 뽑아들었어."

"지 칼은 쇠붙이를 벼려 만든 칼이 아니지예. 지 칼은 말을 벼려 만든 칼입니더."

"말을 벼려 만든 칼?"

"야. 부처가 이 몸에게 말을 벼리는 재주를 주싯시니 지는 그 재주로 저들의 목을 따버릴랍니더."

둘 사이에 사달이 난 뒤 다음 날 백운은 훌쩍 절간을 떠나버렸다. 냉기만 감도는 그의 방을 들여다본 천경은 한숨에 앞서 눈물부터 흘러나왔다.

'이 천애고아를 어찌할 것인고.'

4

그렇게 몇 년 동안 백운은 천경을 찾아오지 않았다. 도반에게 서찰을 보내 안부를 물었지만, 도반도 행처를 알지 못했다.

'자네마저 손에서 칼을 빼앗지 못했다면 누가 그를 만류할지 억장이 무너지네.'

도반은 자신의 무기력을 탓하며 서한의 끝을 마무리했다.

264

아주 백운의 소식을 듣지 못한 것은 아니었다. 가끔 사찰을 찾아오는 객승(客僧)들 편에 소식이 들려있을 때도 있었다.

백운은 그야말로 동에 번쩍 서에 번쩍 곳곳에 나타났다 사라졌다. 호남 땅에서 걸승(乞僧)으로 살아간다 했고, 평양에 나타나 관찰사의 송별연에서 잔칫상을 뒤집어엎었다는 난데없는 소식도 들렸다. 소식은 없이 그가 지었다는 시 한 조각이 떠돌다 천경의 손에 이르기도 했다. 천경의 눈에 백운은 천 길 벼랑을 사이에 두고 외줄타기를 하고 있었다.

한동안 행적이 모호했던 백운의 소식을 접하게 된 것은 임신년(壬申年, 1752년) 강원도 삼척에 있는 작은 암자에 머물렀을 때였다. 계절은 새봄을 지나가고 있었지만 바다에서 부는 바람은 아직도 서늘했다. 새벽 예불을 마치고 선정(禪靜)에 잠겨 있는데, 사미승(沙彌僧)이 문을 열더니 손님이 찾아왔다고 전해주었다. 이 후미진 산골에 나를 알 이 없는데, 누굴까 의아해하면서 법당을 나와 섬돌을 밟았다.

천경을 방문한 사람은 아주 젊은 선비였다. 행색이 말끔하지는 않았지만, 얼굴에는 윤기와 총명함이 범상치 않은 내공을 보여주었다. 합장을 하자 따라 손을 모으는 모습이 적의를 품고 온 사람 같지는 않았다. 바람이 만만치 않아 우선 승방으로 이끌었다.

"어인 일로 이런 누거(陋居)를 찾으셨는지요?"

찻잔으로 흐르는 온기를 어루만지던 사내가 고개를 가볍게 숙이면서 대답했다.

"갑자기 불쑥 찾아와 수행을 방해하지 않았나 싶습니다. 저는 채제공(蔡濟恭, 1720~1799)이라는 사람으로, 작년부터 귀양 와 살고 있는 처집니다. 법력 높은 스님이 인근에 계시다 해서 결례를 무릅쓰고 인사를 드리게 되었습니다."

사대부들과 교유가 많지도 않았지만, 처음 듣는 이름이었다. 유배 온 사연이 무엇인지는 알 수 없으나, 젊은 나이에 유배를 왔다면 관직에 있을 만한 사람일 것이었다. 겉으로 풍기는 기풍도 어딘가 학식을 담은 그릇으로 보였다. 선담(禪談)이라도 나누자는 의사인지도 모를 일이었다.

"그러십니까? 고초가 많으시겠습니다. 고적한 절간에서 무지렁이로 사는 사람이 무슨 도움이 될지 저어됩니다."

천경이 너무 격식을 차리며 공대하자 선비가 표정을 풀면서 자리를 들썩거렸다.

"그리 경계하지 마시지요. 스님의 법명은 제법 유림(儒林)에도 알려져 있습니다. 더욱이 시작(詩作)은 더러 시 읊는 사람의 객담(客談)에도 오르내리지요. 봄 풍광도 무르익는 시절을 만나 지척에 시승(詩僧)이 계시는데, 좋은 기회를 놓칠 수야 없는 일 아닙니까?"

그렇게 수인사를 나눈 두 사람은 고금의 시를 두고 한담을 나누게 되었다. 채제공이라 자신을 소개한 선비는 시사(詩史)와 시법(詩法)을 두루 꿰고 있었다. 둘은 산사의 정취를 둘러싸고 몇 수의 시를 구호(口號)하며 주고받았다. 이순(耳順, 60살)에 접어든 노승과 이립(而立, 30살)을 넘긴 청유(青儒)는 승속(僧俗)의 차이를 떨어낸 채 시의 향연을 만끽했다.

창화(唱和)가 몇 차례 돌아가자 선비가 이마를 숙이며 존례(尊

266

禮)의 뜻을 숨기지 않았다.

"역시 명불허전입니다. 홍진에 찌들었던 가슴이 세찬 소낙비를 맞아 말끔히 씻긴 기분입니다. 저의 행운이 바닥나기 전에 이쯤에서 수창(酬唱)은 접어야 할 듯합니다."

천경에게도 오랜만에 맛보는 시연(詩宴)이었다.

어느새 해는 중천을 지나 서산(西山)의 마중을 받고 있었다.

"운자(韻字)를 쫓다 보니 대접이 소홀했습니다. 젊은 분의 시력(詩力)이 호락호락하지 않군요. 늙은 중을 방외우(方外友)로 마다 않으시니, 마음이 참으로 벅차오릅니다."

공양은 굳이 거절하기에 사미승을 불러 간소한 다과상을 들이게 했다.

잠시 무료한 시간이 흘렀다.

선비가 생각났다는 듯 지난 기억을 들추었다.

"아, 작년 유배를 오자마자 시승 한 사람을 만난 적이 있습니다. 저와 또래로 보이는 젊은 스님이었는데, 뜻밖에도 시안(詩眼)이 아주 밝더군요. 법명을 백운이라 했지요."

차를 음미하던 천경의 눈이 번쩍 뜨였다. 이처럼 궁벽한 산골에서 백운의 이름을 듣게 되리라고는 상상도 못한 일이었다.

"백운이라 하셨습니까?"

별 뜻 없이 내뱉은 말인데, 천경의 목소리에 힘이 들어가자 그도 긴장했다.

"아는 스님입니까? 예, 아주 대단한 강골이었습니다. 생각도 대담했지만 발언도 거침이 없더군요. 제가 아주 혼 구멍이 났었습니다. 허허!"

그때 일이 선한 듯 선비가 선웃음을 날렸다.

반응으로 볼 때 선비는 백운에게 호의를 품고 있는 듯했다. 시답잖아 보이는 선비라면 원수를 대하듯 적개심을 드러내는 백운이었다. 선비의 언행으로 볼 때 백운을 낮춰 보거나 멸시하진 않았을 듯했지만, 선량한 반응이 그를 도발했었을 법도 했다.

"백운의 언동이 도를 넘어설 때도 있습니다만 악의를 가진 사람은 아닙니다. 혹시 무례했다면 너그럽게 해량하시기 바랍니다."

선비는 크게 괘의치 않는다는 듯 대꾸하지 않고 자신의 말을 이끌고 나갔다.

"언사는 위태로웠지만 시는 참 좋더군요. 입만 거칠고 시가 볼품없었다면 저도 가만있지는 않았을 겁니다. 백운을 잘 아시는 듯하니 시평(詩評)은 거두고 제가 그와 합석하면서 쓴 시가 있습니다. 들어보시겠습니까?"

천경은 말없이 고개만 끄덕였다.

선비가 나직한 목소리를 시를 외었다.

봄날 강물에 도리꽃도 따뜻한데

지팡이에 기대앉아 늦은 잠을 즐기네.

꿈에서 깨자 기이한 일 있으니

스님께서 무릉의 기약에 맞춰 오셨구나.

오신 곳에는 폭포가 몇 겹이었는가

지난 밤 쓴 시가 떠오르는구나.

삼소의 모임을 이루고 싶으니

비낀 햇살에 펄럭이는 깃발을 대하노라.

　　– 옥호공이 공무로 정선으로 갔는데, 돌아오는 길에 호계에서 만나자
약속해 이렇게 말했다.

春水桃花暖 搘筇坐睡遲 夢回奇事在 僧赴武陵期

춘수도화난 지공좌수지 몽회기사재 승부무릉기

來處幾重瀑 相思前夜詩 欲成三笑會 斜日待旌麾

내처기중폭 상사전야시 욕성삼소회 사일대정휘

玉壺公以公赴旌善 歸路約會於虎溪 故云

옥호공이공부정선 귀로약회어호계 고운

　　– 〈무릉에서 잠시 잠을 자는데, 백운 스님이 불현듯 와 기뻐 시를 지어
드리다(武陵小睡 白雲上人忽至 喜賦以贈 무릉소수 백운상인홀지 희부이증)〉

"이 시는 얼마 전에 다시 만났을 때 쓴 것입니다. 승려의 발길은
운수(雲水)와 같다지만, 백운처럼 자취가 무상(無常)한 사람은 처
음이었습니다. 그에게 다시 보자는 약속은 며칠 상관이 아니었어
요. 몇 달도 되고 몇 년도 되고 다음 생도 될 듯하더군요. 허허!"

백운은 여전히 만행(卍行)을 일삼고 있었다.

"행색은 어땠습니까? 지금도 삼척에 있습니까?"

미처 백운의 안부를 묻지 못한 것이 생각났다. 아직 삼척에 있
다면 달려가 덜미를 잡고서라도 절간으로 끌고 가고 싶었다.

"그리 누추해 보이지는 않았습니다. 워낙 시를 잘 쓰다 보니

반가(班家)의 여흥에 불려가기도 하고, 불쑥 나타나 뭐랄까 분란을 일으키기도 하는 모양이었습니다. 그런 행동을 재밌다며 즐기는 이도 있고, 분수를 모르는 괴승(怪僧)이라 비웃는 이도 있다 들었습니다. 아, 지금은 소식이 끊긴 지 꽤 되었습니다. 풍문에 삼척을 떠났다고 하더군요."

이 선비를 좀 더 일찍 만나지 못한 것이 아쉬웠다.

"그렇군요. 혹여 다시 만나시거든 제가 만나고 싶어 하더라고 전해주십시오. 암자를 떠나게 되면 공(公)을 찾아뵙고 인사를 드리겠습니다."

"알겠습니다. 어찌 떠날 때만 찾아오시려 하십니까? 아무 때라도 들려주십시오. 귀양살이를 한다지만 스님을 뵙는 즐거움까지 잃고 싶지는 않습니다."

이후 이런저런 이야기로 시간을 보냈다. 천경의 머릿속을 떠도는 백운에 대한 염려 때문에 무슨 대화를 나눴는지 기억도 나지 않았다.

암자를 떠나면서 젊은 선비가 다소곳한 음성으로 천경에게 말했다.

"스님의 처신을 두고 속인이 왈가왈부하는 게 송구합니다만, 스님만큼이나 저도 백운의 앞날이 걱정됩니다. 고비 풀린 망아지를 세상인심이 마냥 지켜보진 않을 겁니다. 백운은 마치 백척간두의 위태로움을 즐기는 사람처럼 보였습니다. 족쇄가 들씌워지기 전에 수습하는 게 좋지 않을까 싶습니다."

천경은 그 우려에 아무 대꾸도 하지 못하고 그저 길게 합장만

했다. 봄풀 사이로 멀어져가는 선비의 곁에 칼을 쓰고 형장으로 끌려가는 백운이 겹쳐졌다.

5

　그리고 또 몇 년의 세월이 흘렀다. 백운에게서는 어떤 소식도 들려오지 않았다. 한번은 삼척에서 만났던 젊은 선비 채제공이 어떻게 거처를 알았는지 인편에 서찰을 곁들여 시 한 수를 보내왔다.

　밝은 호수에 가을빛이 걷히자 물은 하늘빛이고
　바둑 마치니 넌출 그늘에서는 저녁 안개가 피어나네.
　누대는 담담하게 대나무 숲 사이로 열렸고
　스님은 의연하게 국화꽃 앞으로 오셨구려.
　맑은 술잔에 글솜씨는 참으로 격식을 얻었으니
　살아 있는 그림 시내와 산은 더욱 아득해집니다.
　발우 들고 주장자 짚다가 세 해 만에 다시 만났는데
　불가와 아직도 인연 다하지 않은 것을 알겠소이다.

　明湖秋霽水如天　棋罷蘿陰欲暮烟
　명호추제수여천　기파라음욕모연
　淡淡樓開篁竹裏　依依僧到菊花前

담담루개황죽리 의의승도국화전

淸樽翰墨眞相得 活畵溪山更窈然

청준한묵진상득 활화계산갱요연

甁錫三年重邂逅 空門還有未消緣

병석삼년중해후 공문환유미소연

－〈시승 백운에게 주다(贈詩僧白雲 증시승백운)〉

서찰은 스님의 당부를 전했는데, 만났는지 궁금하다는 내용을
담고 있었다. 천경의 속내를 백운은 꿰뚫어 본 것일까? 백운은
용케도 천경의 손길을 저만큼 피해 다녔다. 동아줄로 꽁꽁 묶어서
라도 절간 말뚝에 박아두겠다는 그의 다짐을 간파한 모양이었다.
온몸을 마룻바닥에 묻고 부처의 대자대비를 갈구하는 날이 시나
브로 늘어갔다. 부처님 전에 올린 등불이 바람을 이기지 못하고
꺼졌다.

그렇게 우두망찰 세월은 지나가는데, 기어이 듣고 싶지 않은
소식이 절간 문을 넘어섰다. 눈발이 한없이 춤을 추며 대지를 지워
나가던 겨울이었다.

탁발을 나갔던 행자승(行者僧)이 목탁마저 내던지고 저승사자
를 만난 양 하얗게 질려 승방 문을 열어젖혔다.

"스, 스님. 큰일 났습니다. 어서 나와 보시오."

"누가 시주는 않고 쪽박이라도 깨더냐? 왜 이리 수선인고."

『선문염송집(禪門拈頌集)』을 들척이며 참구(參究)에 들었던 차라
농어(弄語)가 흘러나왔다. 그러나 행자승의 모골이 송연한 표정을

272

보자 입가에 걸렸던 미소는 흔적도 없이 사라졌다.

"재 너머 골짜기에 스님 한 분이 다 죽어가고 있습니다. 허연 눈에 붉은 피, 몰골이 너무나 끔찍했습니다. 어, 어서 가보세요."

바로 몸을 일으켜 맨발로 행자승을 따랐다. 소란에 놀란 사람들이 우르르 그를 따랐다. 산문(山門)을 나설 때부터 천경의 뇌리에는 백운의 얼굴이 계속 맴돌았다. 골짜기에 피 칠갑을 한 채 쓰러져 있는 승려는 백운일 거라는 망념이 머리를 들쑤셨다.

'아, 이 무서운 예감이 부디 빗나가기를…….'

마른 가시에 찔린 발바닥에서 피가 솟구쳤다. 피는 눈을 적시고 흙을 물들이고 자갈을 덮었다.

몽둥이에 얻어맞고 칼에 찔리고 발길질에 걷어차인 한 사내가 바위 틈새에 구겨진 채 쓰러져 있었다. 눈발마저 이 흉물을 비껴 내렸다. 찢어진 입 사이로 검붉은 피가 흘러나왔다. 회색빛 승복을 적시는 피가 괴기스러운 빛깔로 번져나갔다. 반쯤 피로 뒤덮인 얼굴이었지만, 천경은 한눈에 그가 백운임을 알아보았다. '흰 구름'이라는 이름을 가진 승려의 몸뚱어리 어디에도 흰빛은 찾아볼 수 없었다.

차마 가까이 가지 못하고 넋을 놓고 있는 천경에게 먼저 눈길을 준 것은 백운이었다. 눈물로 얼룩진 천경을 보는 백운의 얼굴 위로 미소가 떠다녔다. 뼈마디가 다 부러진 백운이 눈짓으로 천경에게 손짓을 했다.

그것이 신호인 양 천경이 엉거주춤 걸음을 옮겼다.

"자, 자네 어쩌다가……."

이미 대답을 알고 있는 질문이었다. 말이 자리를 찾지 못하고 허공을 맴돌다 흩어졌다.

천경이 움켜쥔 손에서 통증이 이는지 백운이 얼굴을 일그러뜨렸다. 백운은 많은 말을 꺼내지 못했다.

… 업보 …

그 말을 끝으로 백운의 몸에서 육신의 증거들이 모두 빠져나갔다. 온기가 사라졌고, 눈에서는 총기가 스러졌다.

천경은 눈을 질끈 감고 마지막으로 세상을 보았을 뜬 눈을 감겼다.

산 사람은 울었고, 죽은 사람은 말이 없었다.

6

천경이 화방사에 닿은 지도 며칠이 지났다.

이젠 그칠 만도 한데 세상의 모든 흔적을 지우려는 듯 백설은 더욱 기승을 부렸다. 남도 땅에서 보기 드문 일이었다. 물기라곤 한 점도 없는 눈은 메말라 부석거렸지만, 밟을 때마다 인내하던 몸부림을 온통 밖으로 짜냈다. 사람이 눈 속을 걷는 것이 아니라 눈 기둥이 사람에게 길을 여는 것 같았다.

사람은 죽은 뒤 고향으로 돌아와 최후의 안식을 얻는다.

분노와 갈망으로 세상을 휘젓다가 세상의 증오와 저주 아래 열반의 길로 들어선 백운이 돌아갈 곳은 고향밖에 없었다. 뼈와

살과 피가 엉겨 육신을 만든 그 본연의 흙과 물, 바람 속에서 백운
은 세상과 마지막 작별을 해야 했다.

이승의 부모를 여의고 처음 승복을 입고 발우를 씻으며 목탁을
두드리면서 경전을 외던 땅이 하얀 눈을 내려 백운을 품으려 했다.
흰옷을 겹겹으로 입은 소나무 숲은 망운산을 향해 끝없이 뻗어
올랐다.

잠깐 발을 헛디뎌 휘청거리자 뒤따라오던 노인장이 부축했다.
혼자 가겠다고 했지만, 청맹과니 노인장이 부득부득 따르겠다고
나섰다.

노인장은 어렸던 백운을 잘 기억하지 못했다. 동자승 몇이 있었
지만, 백운만이 유독 불행하게 절밥을 먹게 된 아이는 아니었다.

"대웅전 앞마당을 뛰어놀던 아가들 중 이 시님이 제일 몬저
고향에 돌아왔네예. 이제 부모님을 다 뵀을 테니 여한은 업실낍
니더."

누가 죽은 자의 한을 설명할 수 있을까? 미타찰(彌陀刹)의 낙원
에서 번뇌와 무명(無明)을 영원히 녹여버렸다 해서 한 사람의 인생
이 값졌다고 말해야 하는가?

천경은 산을 향해 한 걸음 한 걸음 디딜 때마다 나무함에 들어
갈 이는 백운이 아니라 자신이어야 했다고 자책했다. 자신에게는
울타리를 부수고 넘어갈 용기가 없었음을 절감했다.

"거진 올라왔나 보네예."

등을 돌려보니 세상은 가없는 흰색의 장막이었다. 위도 없고
아래도 없고 옆도 없는 백색무취의 공간 속을 두 사람이 둥둥 떠

있었다.

눈보라 휘날리는 소리가 열반을 축원하는 독경이었다.

"이런 눈 천지라니. 이 시님이 바로 귀인이었나 보네예."

수행자라면 가야 할 무소유(無所有)의 구경의 땅에 백운은 이르렀다. 추위와 바람에 손이 곱아 나무함을 열기 어려웠다. 그러나 열린 함 속은 한여름처럼 따뜻했고 포근했고 완강했다. 회색 골분(骨粉)과 타고 남은 뼛조각 몇 개가 다시 불길이 되어 타오르고 있었다.

'뜨겁고 뜨겁게 살더니 아직 그 열기를 다 사르지 못했는가?'

골분은 흰빛의 빈틈을 물들이며 이승의 마지막 공간으로 흩날렸다. 그렇게 백운은 무하유지향(無何有之鄕)으로 향한 마지막 탁발 길에 올랐다.

천경의 입에서 언젠가 외었던 시 한 수가 조용히 흘러나왔다.

허깨비 몸이 머물기 어려워 물처럼 동쪽으로 흐르고
육십 년 세월이 부싯돌 불꽃에 불과했네.
지는 달 텅 빈 산에는 애가 끊어질 듯하고
싸늘한 등불 긴긴밤에 눈물만 마르질 않아라.
평생 읽었던 경전도 티끌 먼지로 돌아갔고
다섯 갈래 선림이 서본들 조사의 가풍만 줄였을 뿐.
나보다 뒤에 왔다가 나보다 먼저 가는 이여
하늘의 도가 인정을 거스름을 비로소 알겠노라.

幻身難住水流東　六十年光石火中

환신난주수류동　육십년광석화중

落月空山臟欲斷　寒燈長夜淚無窮

낙월공산장욕단　한등장야루무궁

一生貝葉歸塵土　五派禪林減祖風

일생패엽귀진토　오파선림감조풍

後我而來先我去　始知天道逆人情

후아이래선아거　시지천도역인정

－〈취송을 곡하다(哭翠松 곡취송)〉

우리는 같은 시간에 존재할 수 없다

1

내가 남해 바닷가에 있는 N군에 정착한 지도 4년이 지났다. 한적한 해안가에 마련한 거처였다. 군에서 '아름다운 우리 고장'이라는 주제로 테마 시리즈 공모를 했는데, 유화 작품 열 점을 그려 응모했다가 당선된 것이 내려온 계기였다. 물론 이것은 표면적인 이유였을 뿐, 오랜 서울 생활이 물리기도 한데다 아내와의 불화가 임계점에 이르러 잠시 냉각기를 가질 요량도 있었다. 그러나 냉각기는 빙하기로 급전직하했고, 정착 1년 만에 가정법원에서의 마지막 대면을 끝으로 남남이 되었다. 연고도 없는 곳에서 혼자 살면 불편하지 않겠냐고 몇몇 지인이 걱정했는데, 어차피 고즈넉했던 삶이라 새삼스러울 것도 없었다.

내가 적막하고 고단한 삶을 내려놓은 둥지는 N군에서도 꽤나 후미진 곳에 있었다. 깎아지른 벼랑 끝에 버려진, 헛간이나 다름없는 오두막이었다. 실내는 제법 넓어 쓰레기와 잡동사니를 치우면 쪽방 한 칸과 화장실, 화실로 쓸 만한 공간을 얼추 나올 듯했다.

사람의 손길에서 한동안 멀어진 집을 보름 정도 직접 망치를 들고 못을 박고 널빤지를 잘라 벽에 잇대니 거처의 구색이 그런대로 갖춰졌다. 남녘의 바다답게 땡볕이 머리를 이글거리게 만드는 여름철을 나는 그렇게 팔자에도 없는 목수 겸 미장이가 되어 흙먼지를 뒤집어썼다. 수도가 들어왔고, 전기도 다시 가설되어 수리와 청소가 한결 수월했다. 중고 철제 침대를 들이고 매트리스를 얹으니 그런대로 한 몸 누일 터전이 마련되었다.

침대에 누워 천장을 바라보았다. 천장의 거무튀튀한 흔적부터 먼저 눈에 들어왔다. 열심히 빗자루질을 해서 거미줄이나 묵은 얼룩을 거둬내긴 했지만, 깨끗함과는 거리가 있었다. 확 페인트를 사서 하얗게 밀어버리고 싶었지만, 쥐들이 생일잔치를 벌이던 처음 모습은 많이 씻어냈다는 것으로 만족했다. 여기도 잠시려니, 그렇게 가볍게 생각했다. 그때는 이곳에서 이리 오래 머물리라곤 상상조차 못했다.

첫날밤에는 작은 텃밭 너머 우람하게 자란 오리나무 사이로 해먹을 걸쳤다. 바닷바람이 불어 무더위를 씻어냈다. 밤사이에 수액이 떨어지니 얇은 이불이라도 덮으라는 이웃사람—2, 3분은 걸어가야 있는 집이었다.—의 충고를 따라 리넨 소재 홑이불을 아래위로 깔았다. 몸을 뒤척이거나 풍향이 바뀔 때마다 해먹이 가벼운 왈츠를 추었다. 풀벌레 소리와 밤새가 화답하는 리듬이 아련하게 어린 시절을 추억하게 만들었다. 벼랑 쪽에서 바위에 부서지며 들려오는 파도소리도 신선했다.

눈을 지그시 뜨고 밤하늘을 바라보았다. 하늘도 땅만큼이나 어두워서 놀라울 정도로 많은 별들이 시선을 가득 채웠다. 우리가 육안으로 볼 수 있는 별의 숫자는 3천 개가 채 안 된다고 들었다. 여기서 보이는 별은 그보다 훨씬 많을 것 같았다. 하늘을 가로지르는 은하수를 중심으로 곳곳에서 별들이 나를 향해 수정 알갱이처럼 쏟아져 내리고 있었다. 별들은 사이좋은 이웃인 양 옹기종기 모여 불꽃놀이 축제를 한창 벌이는 중이었다.

명색이 화가라면서 나는 별에 대해서는 젬병이었다. 그래서 나의 첫 밤을 마중 나온 별들에게 미안한 마음이 들었다. 서울에 올라갈 일이 있으면 망원경이라도 하나 사야겠다. 하다못해 별자리에 관한 책이라도 장만해 뒤적이지 않으면 별들을 대할 면목이 없을 것 같았다.

화구는 싸들고 내려왔지만, 당장 그림을 그리지는 않았다. 기분이 내키면 스케치북을 들고 돌아다니면서 바다와 뭍의 풍경들을 담았다. 그러나 대부분의 시간은 묵정밭을 일구는 일에 투자했다. 잡초들을 뿌리째 뽑고 이미 희미해진 고랑을 호미로 파내면서 여기에 뭘 심을까 궁리했다. 상추며 고추, 오이, 방울토마토 따위가 떠올랐다. 씨를 뿌려야 하는지 모종을 심어야 하는지도 분간하지 못하는 깜냥에 머릿속에는 벌써 곳간 가득 싱싱한 채소들이 차곡차곡 쌓였다.

아쉽게도 그런 희망의 실천은 오래 가지 못했다. 손바닥만 한 밭이라 우습게 알았는데, 치워도 치워도 끝이 없었다. 며칠 지나자 곳간에는 푸성귀 대신 페트병 소주가 자리를 차지했다. 읍내 시장에 나가 사온 멍게를 초장에 찍어 마시노라면 얼큰한 취기로 세상은 저만치 멀어져갔다. 찾는 사람도 찾아갈 사람도 없는 벼랑 끝 인생은 자유롭다기보다는 적막했다. 별들이 술친구가 되었고, 한 달쯤 지나자 페트병이 종이 박스를 가득 채웠다.

이러면 안 되겠다 싶은 차에 인근 J시에 사는 정성진 선배에게 연락이 왔다. J시에 있는 국립대학 미술학과에 둥지를 틀고 학생들을 가르치는, 미술 평론을 하는 선배였다.

"어째 사람이 그리 무정하노. 내려왔으면 냉큼 낙향 인사부터 올려야지. 얼른 나온나."

서울서 대학 다닐 때부터 알고 지낸 선배였다. 나는 그림을 그린답시고 졸업하자마자 걸인처럼 세상을 떠돌았지만, 그는 착실히 대학원에 진학해 서양미술사를 전공해 학위까지 받았다. 몇 차례 모교와 서울 인근 대학에 원서를 내고 물을 먹더니, 결국 안착한 곳이 도성에서 천 리나 떨어진 지방대학이었다. 벌써 10여 년 전이었다. 서울에 같이 지낼 때는 가끔 술도 마시고 그림에 대한 희떠운 이야기로 밤을 지새우곤 했는데, 몸이 멀어지니 자연 뇌리에서도 바래져 어쩌다 전화로 안부나 전하는 사이가 되었다. 그래서 뜻밖이었다.

"내려온 줄은 어떻게 아셨습니까?"

"얼마 전에 서울서 동기들하고 술 한 잔 꺾었다 아이가. 얘기가 돌고 돌다 니가 안주로 올랐는데, 보따리 싸고 내려왔다카데. 그래서 알았지. 엎어지면 배꼽 닿을 데 아이가. 니 소식을 내가 이래 들어야겠나? 니, 혼자 살면 병난 데이. 가끔 사람 냄새도 맡아야지. 얼른 나오니라."

선배는 타박 반 반가움 반의 감정이 어린 목소리로 나를 재촉했다.

J시로 나가는 것이 어려운 일은 아니었다. 서울서 몰던 차는 처분해 버리고 내려온 터라 군내버스로 읍내까지 나가 시외버스를 이용해야 하는 정도가 불편할 뿐이었다. N군으로 들어오는 버스가 일찍 끊겨 하룻밤 여관 신세를 질 각오만 서면 홀가분한 발걸음이었다. 집안 얘기며 사는 얘기를 건성으로 나누다가 조만간 연락하고 가겠다는 약속을 남기고 전화를 끊었다.

2

그렇게 정성진 선배와의 인연이 닿자 두어 달에 서너 번 정도 술자리를 가졌다. 그림에 대한 이야기는 뒷전이었고, 주로 신변잡사가 화제로 올랐다. 변방에 사는 지방대학 교수가 갖는 중앙 화단이나 평단에 대한 불만이 정 선배의 단골 메뉴였고, 나는 주로 듣는 편이었다. 선배는 지방의 예술계가 침체 국면을 벗어나지 못한다면서 분개했다.

"화가들이 너무 서울만 바라보고 산다 아이가. 스스로 이류 또는 아류라는 패배의식에 젖어 있어요. 어떻게 하든 서울로 입성할 궁리만 하지 이곳에서 실력을 키울 생각을 안 한단 말이다. 번듯한 화랑이나 미술관이 서울 아니면 대도시만 끼고 활성화되다 보니까 자신도 모르게 위축되어 눈치만 살피는 꼴이야. 그러니 서울내

기들은 콧대가 높아지고, 어쩌다 지방에 내려오면 마름 만난 지주 행세를 하질 않나, 답답하기 짝이 없다카이."

말로는 변방이 홀대를 받는다면서 투덜거렸지만 정 선배는 상당히 발이 넓은 사람이었다. 음악을 하는 형수의 주 활동무대가 서울이라 정 선배는 서울과 J시를 오갔는데, 그 덕분인지 서울의 화단 돌아가는 사정도 잘 알았다. 또 J시를 중심으로 꾸려지는 화단의 동정에 대해서도 훤했다. 평론가답게 수다스러운 측면은 있었지만, 미술 이론에도 해박한 데다 화가의 개인사까지도 두루 꿰고 있어 만나면 시간 가는 줄도 모를 만큼 새로운 정보가 몰아쳤다. 나도 뒤늦게 대학원에 들어가 꾸역꾸역 학위까지 따긴 했지만, 정 선배의 활동 폭에 비한다면 삿갓 논에 불과했다.

지방의 화가들에게 정 선배는 자신의 작품 수준을 평가받을 수 있는 가교였다. 고향이 J시인 데다가 평론가로서의 이력도 만만찮았으며, 대학교수란 지위도 평가에 무게감을 실어주었다. 그래서 전시회라도 열리면 도맡아 해설을 쓰다시피 했는데, 가끔 내게도 글을 쓸 기회를 마련해주었다. 그림에 대한 시야도 넓히고 사람들과 교분도 쌓으면서, 많지는 않지만 사례비가 있으니 물감 값이라도 벌라는 배려였다. 그 덕분에 나도 J시 주변에서 활동하는 화가들을 여럿 알게 되었다.

그렇게 알게 된 사람으로 첫손에 꼽을 이는, 여고에서 미술교사로 있다 퇴직하고 지금은 창작에만 전념하고 있는 안익진 선생이었다. 나이가 칠순을 바라보고 있는 연배였지만, 성격이 우락부락하고 활기가 넘쳐 청년 같은 뚝심을 보여주었는데, 만나자마자 말부터 텄다.

"성진이 후배라 켔나? 그라모 나 말 놓을란다. 괜찮체?"

안 선생 역시 말발이라면 정 선배에 뒤지지 않았다. 횟집에서 시작해 2차로 맥줏집을 들리고 3차는 노래방에 가서 목가심하는 게 정해진 코스였다. 그 대여섯 시간 동안 두 사람은 경쟁이라도 하듯 서로의 지식과 경험을 탁구공처럼 주고받으며 입담을 과시했다. 나는 주로 두 사람의 논쟁 아닌 논쟁을 들으면서 귀동냥이나 하는 역할을 맡았다.

안 선생은 반골 기질이 다분한 사람이라 인생 역정도 충돌과 파란의 연속이었다. 교사 시절 촌지를 곶감 빼먹듯 챙기는 교사들의 작태를 씹어대다 알력이 생겨 주먹질까지 오갔던 모양인데, 그 때문에 경찰서를 들락거렸던 일은 지금도 이 지역에서는 아는 사람은 다 아는 유명한 일화였다. 안 선생의 입에서는 주로 우리 사회에 잠복하고 있는 부정의 회로를 성토하는 과격한 언사들이 거침없이 튀어나왔다. 중앙 평단의 변방 차별에 울분이 많은 정 선배와도 죽이 잘 맞아, 나는 모르지만 두 사람은 잘 아는 화가나 비평가들의 이름이 거론되고, 급기야 그들이 저지른 비리에까지 칼끝이 닿으면 잘근잘근 씹으면서 술잔을 주고받았다.

그런 인물 가운데는 나도 익히 아는 탁한규도 들어 있었다. 한때 중앙 화단에서 명성을 날렸지만, 무슨 이유에선지 고향으로 내려와 칩거하면서 거물 행세를 하는 화가였다. 서울에서조차 지방 화단을 병들게 만드는 암적 존재로 이름이 오르내렸으니 내 귀에 들어오지 않을 도리가 없었다. 옛 명성을 배경 삼아 지방지자체가 공모하는 예술 사업에 발을 들여놓고 친구나 대학 동기들을 심사위원으로 끌어들인 뒤 제가 작품을 내 당선되어 상금을 타먹는 식이었다. 그런 구린 작태가 어제오늘의 일도 아니고 또 탁한규 한 사람에 국한된 비리도 아니었지만, 다른 치들은 일말의 양심은 있어 후배나 제자에게 상을 주는 식인 데 반해 그는 아예 대놓고 자기가 수상해서, '셀프 수상'이라며 죄질이 가장 나쁜 사례로 입방아에 올랐다.

"이런 쓰레기만도 못한 작자들이 우리나라 화단을 망친다카이. 서로 짬짜미가 되어 용돈벌이로 날밤을 새우니, 역량 있는 젊은 작가들이 어데 자리를 잡겠노. 사람들이 벼멸구 보듯 하는데도 이놈은 도인 흉내를 내면서 고고한 척 너스레를 떤다 아이가. 참말로 식겁할 노릇이데이."

공모전에서 물을 먹어본 경험이 있는 나도, 그때 기억이 떠올라 술맛이 씁쓸했다. 안 선생은 내가 당선된 그 공모전에도 탁한규가 일을 꾸몄는데, 심사위원 농간이 먹히지 않아 포기한 거라면서 내가 운이 좋았음을 암시했다. 크게 위로가 되는 말은 아니었지만, 노욕이 빚어내는 추태를 서울서도 여러 차례 목격한 바 있어 놀랍지도 않았다. 그런 추태에 염증을 느낀 것도 내가 서울 생활을 작파하고 외진 해변으로 내려온 이유 중 하나였다. 이곳이라면 맑은 바람만 불 줄 알았더니, 썩은 냄새는 어디를 가든 피할 길이 없었다. 안 선생의 개탄은 여기서 그치지 않았다.

"연전에 그놈이 된통 당하질 않았더나? 저 윗동네에서 벌어진 일이구마. 그 일대가 예전 가야 시대 때 작은 동맹체의 옛터였나 보더구마. 마침 유적 발굴이 끝나 유물들이 줄줄이 출토되자 군청에서 '시대를 넘어 살아 있는 역사'라나 뭐라나 하는 테마로 유화 작품을 공모했는데, 알고 보니 이놈이 군청 직원하고 작당을 해서 급조한 행사였다데. 군수를 구워삶고 의회를 구슬려 상금도 두둑하게 책정하고 심사위원도 짜르륵 제 친구들로 포진시켰지. 그래서 멋들어지게 지 작품들을 디밀어 당선에 골인할 때까지는 좋았어. 그런데 표절했다는 사실이 들통 난 기라. 다른 것도 아니고 지 제자들 작품이었다 카더라. 이놈이 지방대학 평생교육원에 강사로 나갔던 모양인데, 거기서 학생들이 과제로 낸 수채화를 깡그리 베낀 게 아이가. 보아하니 이놈이 처음부터 공모에 낼 작품 소재를 얻을 속셈으로 과제를 냈나 보더라.

무사히 넘어가나 싶었는데, 군청 홈페이지에 당선작이 탑재된 게 분란의 씨앗이 된 기라. 지도 켕기는 게 있었는지 문화원에서 작품 전시만 하고 말자 했던가 본데, 그래서 지방신문 기사에도 작품 사진은 안 올랐다 아이가. 하지만 들인 돈이 얼만데 군청이 그 말에 귀를 기울일 리 있나? 홈페이지 메인 화면에 딱 올렸다 카이. 재수 없게도 홈페이지에서 작품 사진을 본 제자가 있었고, 그래서 딱 걸리뿌렸네. 자기가 그린 수채화가 버젓이 유화로 둔갑해 있는데다, 수업을 같이 들은 사람들 작품까지 판박이로 올라가 있는 기라. 이 사실을 알려지자 난리가 났지. 군청 게시판에 자기들 수채화 사진을 올리면서 일은 일파만파 군 전체가 들썩였다 아이가.

놈도 주도면밀해서 원작은 강의를 마치고 돌려주지 않았던가

보더라만, 학생들이 제 작품을 미리 사진을 찍어놨던가보데. 군청
도 개망신인지라 문제가 없다고 해명했지만, 지역 예술가들까지
들고일어나 당선을 취소시키고 재심사하라는 등, 한규 이놈을 형
사고발하라는 등 성명서를 내고 청사 앞에서 항의 시위를 벌이자
결국 군수가 두 손 두 발 다 들고 항복하지 별 도리가 있겠나.
당선 취소가 아니라 당선자의 자진 철회 형식을 취해 또 기름을
부었다더구마.”

핏대를 올리며 엮어내는 사건의 전말을 유심히 듣던 정 선배가
물었다.

“그 탁한규가 나중에 제자들을 명예훼손으로 고발하고, 군청에
다가도 상금을 내놓으라고 소송을 벌였다던데, 그기 사실인교?”

안 선생이 머리를 절레절레 흔들면서 대꾸했다.

“정말 모진 돌쌍놈이라카이. 제자들이 게시판에 좀 심한 어투
로 비난한 글을 올리니까, 고걸 날름 캡처해서 증거로 고발했다데.
법원도 웃기는 게 사건의 전말은 보지도 않고 게시판에 올린 글만
갖고 벌금 판결을 내렸다는 거 아이가. 제자들이 참다못해 항소했
다던데, 거기서도 같은 판결이 나오자 개똥 밟은 셈치고 벌금을
냈다더마. 점입가경은 정 교수 말처럼 군청에도 자기의 당선은
변함없으니 상금을 지급하라고 행정소송을 벌였다는 게야. 지금
도 재판이 진행 중이라 카더라. 아, 잡놈도 그런 잡놈이 또 있을까
싶다 안 카나.”

그날 우리는 탁한규를 도마 위에 올려놓고 만취했다. 깡마른
얼굴에 여우 눈을 한 탁한규의 화상이 눈앞을 스쳐지나가 술맛이

개운하지는 않았다.

물론 우리들의 술자리가 이런 역겨운 이야기로만 점철된 것은 아니었다. 때로는 셋이 때로는 몇 사람이 더 붙어 스케치 여행을 다니기도 했고, 산이나 섬을 찾아 답사길에 오르기도 했다. 그러다 나는 정 선배의 추천으로 대학에 실기 강사로 나가게 되었다.

3

강사가 되니 자연스레 만나는 횟수가 늘었고, 덩달아 술추렴도 자주 벌어졌다. 국립대학이라 강사료가 비교적 후해 생활에도 제법 보탬이 되었다. 그 무렵 해서 나는 이혼 절차가 끝나 홀아비 신세가 되었다.

일이 그렇게 되자 우리들의 술상에 뻔질나게 오른 안주는, 나로서는 어이가 없었지만, 내게 새 짝을 붙여주는 문제였다. 다들 화목한 가정을 꾸리고 있는 처지라 내가 궁상맞게 혼자 살림을 하는 게 보기 딱했던 듯했다. 똑 부러지는 직업도 화가로서 이렇다 할 명성도 없고 나이까지 적지 않은 촌구석 대학강사가 좋다며 만날 여자가 어디 있겠는가. 그 정도 깜냥은 있어 나는 공연한 말씀들 마시라면서 손사래를 쳤다.

"무슨 소리고. 사람 팔자 알 수 없는 기고, 비슷한 처지에 놓인 여자들 요새 많데이. 거 봐라, 정 교수, 어디 좋은 색싯감 없나?"

의외로 안 선생이 팔을 걷어붙이고 나섰다. 그것도 단발성에 그친 것이 아니라 술자리가 열릴 때마다 사람을 가리지 않고 내 혼처 얘기를 꺼냈다. 그러면 다들 한 마디씩 거들며 누가 있나, 걔는 어떠냐며 관심을 보였지만, 안타깝게도(?) 술자리 때뿐이었다. 몇 차례 이렇게 온탕과 냉탕을 오갔더니 나도 으레 나오는 말이려니 치부해 무감해졌다. 그러면서도 철 가리지 않고 나오는 비닐하우스 과일처럼 한 여자가 계속 입에 오르내렸다. J시에 사는 화가였는데, 이름은 '한송이'라 했다. 나이는 다섯 살 어리고 얼마 전에 이혼서류에 도장을 찍었으며, 금상첨화로 아이도 없다며 다들 추켜세웠다. 나로서는 이름조차 생소했는데, 화단에서는 꽤 주목을 받고 있는가 보았다. 술자리마다 감초처럼 그녀가 거론되자, 귀에 못이 박혀 그녀의 이름은 내 뇌리에 뿌리를 깊이 내렸다.

소문난 잔치에 먹을 거 없다고 했던가. 다행인지 불행인지 그녀의 실물을 만나기란 하늘의 별 따기였다. 오가는 술잔 위로 그녀의 이름이 두둥실 떠오르면 누군가 당장 전화해 불러내라고 성화를 부렸다. 그러자 누군가 핸드폰을 꺼내 그녀를 호출했는데, 요상하게도 그때마다 '님'은 부재중이었다. 전화를 받지 않는 게 다반사였고, 받았어도 서울에 있거나 독일에서 전화를 받을 때도 여러 차례였다. 유럽 쪽을 뻔질나게 드나드는 걸 보니 제법 명성이 있긴 있나 보았다. 간혹 J시에 있는 다른 술집에서 술에 잔뜩 취해 전화를 받을 때도 있었다. 아무리 술꾼들은 넉살이 좋다지만, 그곳으로 우르르 몰려가거나 이쪽으로 오라고 다그칠 만큼의 배짱은 없었다. 다들 머쓱해하다가 얘기는 다른 전선으로 이동했다. 겨울이

가고 해가 바뀌어 봄이 지나고 여름이 오도록 술꾼들은 지치지도 않고 '한송이'를 술상머리에 출두시켰다. 실체도 없이 그녀는 이 명(耳鳴)처럼 내 귀만 간질였다. 그렇게 그녀는 풍문으로만 내 주변을 떠돌았다.

일이 이렇게 되니 나도 은근히 오기가 발동했다. 꼭 만나겠다는 미련이 있는 건 아니었지만, 하도 장날 꼴뚜기처럼 이름이 얼굴을 내미니 벌써 그녀를 만났다는 착각마저 들었다. 그렇게 내 꼴이 안쓰럽다면 맨정신일 때 소개해주면 될 거 아닌가. 그러나 나도 술자리가 아니면 술꾼들을 만나기 어려웠고, 취기에 기대 정식으로 소개해 달라고 객기를 부릴 만큼 낯짝이 두껍지도 못했다.

전날의 숙취가 가시지 않아 토끼가 한 세 마리 머릿속을 헤집는 듯한 두통을 안고 바닷가 내 거처로 돌아온 어느 날, 큰맘 먹고 인터넷으로 그녀를 검색했다. 실물을 보기는 애당초 글렀으니, '월드 와이드 웹'을 떠도는 그녀의 허상이라도 확인할 심산이었다. 진한 블랙커피를 머그잔에 가득 담은 채 검색 창에 '한송이'라는 이름을 박아 넣었다. 꽃집부터 주르륵 떴다.

검색 결과 그녀는 하찮은 인물이 집적거려도 될 존재가 아니었다. 중앙 화단에서 뜨거운 주목을 받고 있는 젊은 화가로, 꽤나 높은 평가를 받고 있었다. 파격적인 화면 구상과 도발적인 색감의 배열, 게다가 자극적인 주제를 무모하리만큼 과감하게 화폭 안에 담아 질주하는, 길들여질 수 없는 야생마였다. 작품 사진도 몇 점 찾을 수 있었는데, 확실히 상상을 초월하는 화풍을 보여주었다.

화가 한송이는 주로 누드 그림을 그렸다. 한 사람이 아닌 적게는 대여섯 많으면 숫자를 세기도 힘들 만큼 많은 벌거벗은 군상들이 화폭을 빈틈없이 채우며 엉켜 있었다. 여자들의 나신은 희거나 살색으로 처리되지 않았다. 진한 핑크빛이 아니면 피부를 벗겨놓은 듯 핏빛으로 붉었다. 노골적인 성행위를 연상시키기에 모자람이 없는, 남녀가 나신을 뒤틀며 오르가슴에 취한 그림도 눈에 띄었다. 여자들은 고혹적인 시선으로 남자의 육체를 탐했는데, 그 눈빛이란 게 교미가 끝나면 수컷을 잡아먹은 암거미를 연상시켰다. 예술이라는 방패막이가 없었다면 '19금 외설'로 낙인찍혀 게재가 금지되어도 이상할 게 없었다. 전시회 때마다 관객들이 이게 예술이냐며 항의를 해서, 곤욕을 치르면서도 화랑주인들은 환호작약한다는 것이었다.

그녀를 찍은 스냅 사진도 보였는데, 외모에도 충격적인 아우라가 가감 없이 묻어 나왔다. 콧날이 매서웠고 눈매가 날카로운 데다 담배를 꼬나물고 흘겨보는 자세는 시대에 항거하겠다는 의지로 수렴되었다. 입술 끝에는 싸늘한 냉소가 섬뜩하게 걸려 있어 괜스레 접근했다가는 예리한 발톱에 갈가리 찢길 듯했다. 차가우면서도 불덩이 같은 무기(巫氣)가 온몸을 핥으며 흘러내렸다. 치렁치렁한 생머리가 그나마 이미지를 순화시켰지만, 앞에 서면 딱 나 같은 범속한 놈은 지레 겁을 먹고 자지러들 게 뻔했다.

술자리에서 술꾼들이 '애가 좀 차가워 보이지만 마음은 따뜻해.'라고 주절거리기는 했다. 그렇게 따뜻하면 저희들이나 문대보라지. 이 양반들이 이오지마의 포화 속으로 나를 밀어 넣을 작정을 했다는 혐의가 일었다. 선의라고는 하지만, 나는 자칫 용암이 들끓는 화산 안으로 제 발로 들어갈 뻔했다.

떨리는 손가락을 눌러 인터넷 화면을 지울 때쯤 머그잔의 커피는 바닥이 났고, 두통마저 저만치 달아난 뒤였다.

그날 밤 나는 오랜만에 오리나무 사이에 걸어둔 해먹에 몸을 실었다. 낮에 잠깐 몸부림을 친 소나기가 하늘을 떠도는 분진을 쓸어버려 별들이 눈이 시리도록 가깝게 다가왔다. 별자리 서적을 몇 권 들척여 본 덕분에 —망원경은 값이 비싸 포기했다— 여름밤을 아롱아롱 장식하는 별들도 더 이상 익명 속에서 출몰하는 타인은 아니었다. 나는 눈을 크게 뜨고 하늘과 마주했다. 이름이 익숙한 별들이 내게로 다가와 열심히 속닥거렸다. 내가 손가락을 세워 가리킨 별은, 여름밤의 하늘 무대를 장식하는 별 가운데 가장 널리 알려진 견우성과 직녀성이었다.

한여름 밤 은하수 양편에서 아름답게 빛나는 두 별. 이 총명한 두 별을 두고 빚어낸 사람들의 상상은 비극적이면서도 희망이 깃들어 있었다. 눈으로 보면 작은 실개울 같은 은하수가 얼마나 수심이 깊기에 까마귀와 까치의 힘을 빌려야 만남이 완성되는 것일까? 서로를 향한 사랑이 그토록 뜨겁고 간절했다면 뗏목이라도 저어 오가야 하지 않을까? 나는 그런 치기어린 외침을 부질없이 속으로 삼켰다.

책에서 읽은 기억을 다시 이어갔다. 견우성은 독수리자리에 있는 알파별로, 은하수 왼쪽에서 빛난다. 서양 사람들은 알타이르 (Altair), 중국 사람들은 같은 별자리의 베타별과 함께 하고(河鼓)로 부른단다. 0.9등성의 연노란색 빛을 띤 견우성은 지구로부터 16광년 정도 떨어져 있다. 동양에서 말하는 견우성은 염소자리에 있는 베타별인데, 서양의 위세에 밀려 알타이르가 주인 행세를 하게 되었다고 전했다. 정체성이 오락가락하는 것이 '사내별'답다는 생각이 들었다.

직녀성은 거문고자리에 있는 알파별로, 은하수 오른쪽에 있다. 견우성보다는 조금 아래쪽에서 빛난다. 서양에서는 베가(Vega)라 불리는데, 아랍어로 '하강하는 독수리'라는 뜻이란다. 청백색을 띤 직녀성은 사실 엄청나게 밝은 별이다. 태양에 견줘 지름 세 배 정도 크지만 밝기는 37배에 이른다. 그야말로 눈부신 별이다. 지구의 세차운동으로 밀려났지만, 1만 2000년 전에는 천구의 북극에 위치한 북극성으로 구실을 했다고 한다. 분점세차 때문에 1만 4000년 뒤에는 다시 지구의 북극성이 될 예정이다. 역시 그녀는 예나 지금이나 주목을 받을 자격이 충분했다. 지구에서 본 직녀성은 밝기가 0.04등성으로 육안으로 볼 수 있는 별 가운데 다섯 번째로 밝은데, 지구에서 26광년 떨어져 있다고 했다.

두 별은 우리 눈에는 개천을 사이에 두고 마주보는 형국이지만, 광활한 우주로 지평을 넓히면 9광년*이나 멀리 떨어진 셈이었다. 우주의 크기가 130억 광년이라니 그들의 눈으로는 9광년쯤이야 티끌만 한 거리겠지만, 과연 그렇게 간과할 수 있을까? 1초에 30만

---

* 광년(光年, light year)은 거리와 시간이 혼재된 단위다. 빛이 1년을 간다는 시간과 그만큼의 거리를 모두 담고 있다. 사실 거리의 의미가 강한데, 여기서는 '시간'의 뜻으로 써서 천문학에서 쓰는 개념에 구애받지 않았다.

킬로미터를 달린다는 빛이 1년이 지나야 도달하는 거리인 광년은 미터법으로 환산하면 9.46×10^{12}킬로미터에 이른다. 9.46킬로미터 하고도 뒤에 0이 12개나 붙어야 하는 거리다. 그 숫자에 다시 9를 곱해야 9광년의 거리가 나온다. 전설에서는 일 년에 한 번씩 견우와 직녀는 만난다는데, 빛의 속도로 가도 9년 — 3차원 공간 속에 있으니, 실제 거리는 더 멀 것이다. — 이 걸리는데, 무슨 재주로 해마다 만나는 것일까? 이런 객쩍은 의심이 일었다.

26년 전에 출발한 빛과 16년 전에 출발한 빛은 같을 수 없었다. 같은 시간에 두 별은 보이지만, 그들은 여전히 9광년의 시간만큼 남남이었다. 9광년의 시간차가 더욱 아득하게 느껴졌다.

전설 속에서 일 번에 한 번씩 만난다는 두 별은 사실상 영원히 만나지 못한다. 나와 한송이가 지난 삼 년 내내 변죽만 울렸을 뿐 목소리 한 번 들어보지 못한 것처럼 말이다. 나는 콧대 높은 그녀를 만날 수 있으리라는, 터럭만 했던 기대를 그쯤에서 완전히 접었다.

4

"형님, 혹시 초상화 한 장 그려보실랍니까?"

견우성과 직녀성이 여전히 여름밤의 하늘을 떠돌던 무렵이었다. 학기도 종강하고 성적처리까지 끝나 홀가분한 기분으로 술자리 모임이 열렸다. 거기서 정 선배와 함께 교수로 있는 대학 후배

이찬우 ── 경제학 전공이라 과는 달랐다. ── 가 뜬금없는 제안을 던졌다. 나이 터울도 제법 났지만, 정 선배를 따라 얼굴을 비치더니 가끔 합석하는 방외인이었다. 경상도 억양이 심한 데다 술에 취하면 혀까지 감겨 더욱 말귀를 알아먹기 힘든 친구였다. 대신 깡은 좋아 정 선배와 안 선생의 장강의 흐름 같은 주장을 경청하기보다는 글러 먹은 소리라며 대거리를 하고 나서 좌중의 진지함에 파문을 일으키곤 했다. 논리와 근거를 갖춘 그의 우격다짐을 만나면 기개가 대단한 정 선배와 안 선생도 난감해하면서 입맛만 쩝쩝 다셨다.

그날 나와 이찬우는 어깨가 부딪치는 옆자리에 앉았다. 술자리의 여흥이 잠시 소강상태에 이를 때였다. 평소와 달리 주저하면서 꺼낸 용건이었다. 그리 대단한 사람의 의뢰는 아닐 것을 예상하면서 내가 물었다.

"초상화? 누굴?"

이찬우는 겸연쩍은 표정을 지으며 대답했다.

"처갓집 어른께서 소개하신 건데요. 시골서 농사짓는 노인네랍니다."

"노인네 초상?"

촌로가 회갑이나 칠순을 맞아 사진이 아닌 초상을 남길 마음을 먹었나 싶었다. 초장부터 궁기가 물씬 풍겨 보수는 신통찮겠다 싶었는데, 역시 슬픈 예상은 빗나가는 법이 없었다.

"마, 제가 그림에 대해 잘은 모르지만, 어려운 작업은 아닐 것 같심니더. 이 노인네 할아버지 초상을 그려달라는 거지예. 근데 사례는 많이 못한다카네예. 해보실랍니꺼?"

마지막 목소리의 톤이 살짝 떨어졌다. 이찬우가 내 눈치를 살피면서 빈 잔에 술을 따랐다.

"촌로의 조부라고? 연세가 엄청나겠는걸."

어림잡아도 백 살은 넘었을 듯했다. 그런 사람이라면 초상화를 남길 만도 하겠다는 생각이 들었다.

"어디예. 돌아가신 지 오래라카데예."

"아니. 돌아가신 분 초상을 어떻게 그려?"

"생전에 찍어둔 사진이 있다데예. 엽서만 한 크긴가 본데, 영감님이 죽기 전에 할아버지 초상을 남겨 후손들에게 전해주고 싶다는 거 아입니꺼. 사진에 찍힌 모습 그대로만 그려주면 된다 캅디더."

자기 초상도 아니고 이미 백골이 진토가 되었을 조부의 초상을 남기겠다니, 별난 성격의 소유자였다. 사진 그대로 재현만 해도 된다면 그리 품이 들 것 같지는 않았다. 문득 제자들 수채화 작품을 훔쳐 공모전 출품작을 그린 탁한규의 얼굴이 떠올랐다. 어쨌거나 조상의 초상을 남기겠다는 정성에 마음이 조금 흔들렸다.

"그림값은 얼마나 쳐주겠다는 건데?"

이한우의 고개가 더욱 바닥으로 떨어졌다.

"이백만 원이라데예. 뭐 적당히 그려주시면 됩니더. 본인도 큰 욕심은 없다카고요."

그림 그리는 데 타협이란 게 있을 까닭은 없지만, 이찬우의 속내는 알 것 같았다. 방학이 되면 강사료마저 떨어지니 한 달 뭉개면서 보낼 생활비를 보태주고 싶다는 호의였다. 나는 흔쾌히 받아

들였다. 이한우가 밝게 웃으면서 말했다.

"그라실랍니꺼? 잘 됐네예. 조만간 한 번 만납시더."

"촌로를 봐야 할 이유도 없는데, 만날 것까지야 있나?"

"그게 아니고예. 사진을 전해드려야지 않겠심니꺼."

"우편으로 보내줘. 분실하면 안 될 만큼 귀중한 건가?"

"그럴 리야 있겠심니꺼. 어려운 부탁도 들어주셨는데, 제가 술한 잔 사겠심더."

"뭐 그래, 그러자고. 다음 주쯤 보자고."

우리 둘 사이의 대화는 끝났고, 화제는 J시에서 유명했다는 어느 기생에 대한 갑론을박으로 넘어갔다. 이찬우가 자신이 대접하겠다고 부득부득 우겨 그날 술 모임은 라이브 카페까지 연장되었다. 새벽이 되어서야 술꾼들은 뿔뿔이 흩어졌다.

내가 투숙할 여관과 정 선배의 숙소 방향이 같아 택시를 동승했다. 뒷좌석에 앉자마자 정 선배가 가방을 열더니 뭔가를 주섬주섬 꺼냈다. 형수에게 전화라도 하려는가 보다 여기고 하염없이 뒤로 물러가는 거리 풍경에 눈길을 주고 있자니 정 선배가 내 어깨를 툭 쳤다. 고개를 돌리자 그가 책 몇 권을 내게 건넸다.

"뭡니까? 이거?"

정 선배가 눈을 한 번 찡긋하더니 묘한 웃음을 흘리면서 대답했다.

"어렵게 구했다 아이가. 한송이 전시회 도록하고 화집이다. 걔가 인터뷰한 기사가 있는 잡지하고. 그리운 님인데, 얼마나 보고 싶겠노. 이걸로 일단 위안 삼거래이."

위안은 빌어먹을! 저 깊은 납골당으로 밀어 넣은 한송이가 다시
모습을 드러냈다. 정 선배가 분위기 파악도 못하고 불을 질러댔다.

"얘가 얼마 전에 미술비평가협회서 주는 '젊은 화가상'을 받았
다 아이가. 요즘 꽤 잘나가나 보더라."

그 정도 소식은 나도 알고 있었다. 한송이가 잘 나갈수록 나와
의 거리는 9광년이 아니라 10광년, 20광년으로 멀어질 테니 전혀
반갑지 않았다.

"산문집도 냈나 보데. 큰맘 먹고 한 권 샀다. 지피지기면 백전백
승 아이가. 읽어보고 공략할 루트를 모색해 보라마."

완전히 나를 옹색한 '을'로 보고 하는 소리처럼 들렸다. 아주
빗나간 말도 아니어서 나는 토를 달지 않고 책들을 받아 챙겼다.
얼핏 보니 산문집이라는 책의 제목은 『광란의 레치타티보』였다.
조우가 불가능한 영혼과의 만남에 찬물을 끼얹는 제목이었다.

다음 주 나는 이한우를 만나러 J시로 나왔다. 이한우는 사진
말고도 제법 두툼한 서류봉투까지 들고나왔다.

사진은 찍은 지 반 세기도 더 지난 듯 누르스름하게 변색되어
있었다. 여기저기 구겨지고 금이 가 있었지만, 윤곽을 알아보는
데 지장은 없었다. 도포에 갓을 쓴 노인네는 단정하게 두 손을
모은 채 앉아 카메라를 뚫어져라 노려보고 있었다. 형형한 눈빛과
앙 다문 입에서 범접하지 못할 결기가 느껴졌다.

"이건 뭔데?"

나는 서류봉투를 눈으로 가리키며 물었다. 다른 사진이 들어있
다고 보기에는 묵직했다.

"이분 조부님과 관련된 문서들이라네예. 초상을 그리는 데 도움이 될 거라며 노인께서 꼭 전해달라고 신신당부를 했심더. 잘 챙겨 보이소."

혹 하나가 딸려온 기분이었다. 나는 꺼내보지도 않고 사진과 서류봉투를 가방에 쑤셔 넣었다. 이한우는 정말 미안했는지 꽤나 융숭한 대접을 해주었다. 정 선배와 안 선생이 없는 자리라 뭔가 김이 빠졌지만, 우리 둘은 자정 무렵까지 술집을 오가면서 거리를 방랑했다. 그날 나는 오랜만에 토했다. 무엇이 내 속을 뒤집었는지는 알 수 없었다.

5

여름방학은 바쁘면서도 빠르게 지나갔다. 서울 화랑의 그룹전 기획 담당으로부터 출품 의뢰를 받아 작업에 전념하게 되었다. 기획 규모가 커서 10점 정도를 그려야 했다. 작품 구상과 스케치 등으로 방학을 꼬박 보냈고, 새 학기가 되어서야 캔버스를 마주할 준비를 갖췄다. 담당 실기 강좌도 늘어 이래저래 헐떡거리며 여름을 보내고 가을을 맞았다. 시골 촌로가 의뢰한 초상화는 물론 정 선배가 던져준 한송이의 도록이나 화집, 산문집에 눈을 줄 짬조차 없었다. 서가 어딘가 던져준 두 일거리(?)는 기억 속에서 까맣게 지워졌다. 술꾼들의 모임에도 당연히 나가지 못했다.

개강을 하고 한 달이 지난 10월 초순에 이한우에게서 연락이

왔다. 핸드폰에 찍힌 그의 이름을 보고서야 지난여름의 약속이 떠올랐다.

"아, 그 일 때문이지. 미안해. 요즘 내가 그룹전 작품 준비하느라고 시간을 못 냈어."

이한우는 내 사과에 더 미안해했다.

"노인네가 어떻게 됐냐고 물어 오셔서예. 제가 공연한 부탁을 드린 게 아닌가 모르겠네예."

"아니야. 맡은 일인데, 내가 신경을 썼어야지. 일주일만 시간을 줘. 빨리 마무리해 보내줄게."

"그렇게 해 주실 수 있겠어예?"

"그럼. 마침 잠시 틈이 났으니까 서두를게."

전화를 끊고 나는 사진과 서류봉투를 허둥지둥 찾았다. 등잔 밑이 어둡다고 서가는 미처 생각도 못하고 엉뚱한 곳만 뒤졌다. 막판에 서가가 눈에 들어왔다. 정리에는 별 소질이 없는 터라 서가는 상태가 엉망이었다. 받는 대로 우편물이나 잡지를 마구잡이로 던져 놓았더니 서류봉투는 좀체 눈에 띄지 않았다. 서가에 쌓인 잡동사니를 다 끄집어내고서야 서류봉투를 발견했다. 사진은 안에 얌전히 들어 있었다.

두어 달 전에 보았던 결기에 찬 노인네는 여전히 눈을 부릅뜬 채 나를 노려보는 중이었다. 왠지 죄의식이 느껴졌다. 나는 노인의 눈길을 피하면서 이젤 위로 12호짜리 인물화용 캔버스를 올려놓았다. 스케치 작업도 않고 바로 캔버스 위에 크로키했다. 성의 없는 행동이긴 했지만, 그룹전 작품의 영감이 끊어지지 않으려면

서둘러야 했다. 사진에 찍힌 대로만 그려주면 되니 구상이나 화면 배치 같은 사전 작업이 필요 없기도 했다.

그렇게 사흘 만에 초상화는 완성되었다. 촌로가 어떻게 생각할지 몰라 사인은 캔버스 뒤편에 했다. 몇 발자국 떨어져 초상화 속 인물을 응시했다. 사진에서 풍기던 결기가 그런대로 그림에서도 살아난 느낌이었다. 영혼을 온전히 쏟아부었다고 장담할 순 없지만 무성의하게 얼렁뚱땅 그리지도 않았다. 마침 12호 캔버스에 맞는 액자도 있어 마감 처리까지 마쳤다. 강의가 있는 날 전해 주면 체면치레는 될 법했다. 나는 두꺼운 포장지로 그림을 싼 뒤 노끈으로 단단히 감았다.

며칠 뒤 이한우의 연구실로 가 작품을 건넸다. 그림을 쓱 훑어보더니 탄성을 내뱉었다.

"와, 대단하네예. 이래서 사람들이 초상화를 그리려고 하나 보네예. 나중에 저도 부탁 드리야겠심더. 내후년이 저희 아버지 회갑이시거든예."

인사치레일진 모르겠지만, 제 작품 칭찬하는데 기분 나쁠 화가는 없을 것이다. 나는 어깨를 으쓱거리며 말했다.

"아직 젊으시구나."

"저를 좀 일찍 나으셨다 아입니꺼."

"그래. 잘 기억해 둘게. 하지만 너한테는 제값 받을 거다."

"아이고. 염려 놓으이소마. 회갑 선물로 부탁하는 긴데 우찌 섭섭하게 사례하겠능교."

강의 시간이 코앞에 닥쳐 나는 바로 연구실을 나왔다.

실습을 마치고 N군으로 돌아오는 버스에 앉아 가방에서 한송이의 작품을 모은 화집을 꺼냈다. 서류봉투 아래 있기에 챙겨 두었다가 들고나온 것이었다. 원작의 화면을 최대한 살린 화집은 인터넷 화면으로 본 것과는 다른 질감으로 다가왔다. 원색 유화 물감을 주로 쓴 그녀의 그림은 자극적이었고 강렬했다. 산문집의 제목처럼 '관능'이 작품 속에서 몸부림쳤다. 나로서는 도저히 시도할 염도 내지 못할 과감함이었다. 화단의 주목을 받고도 남을 만했다. 실물을 본다면 더욱 압도될 것 같았다. 화집을 덮은 나는 의자를 뒤로 젖히고 몸을 편히 뉘었다. 산길의 흐름에 맞춰 가설된 도로의 굴곡을 버스는 그대로 내 몸에 전했다.

도록을 보고나니 한송이와 나 사이의 거리가 훌쩍 더 멀어진 기분이 들었다. 직녀성은 더욱 밝아지면서 제 갈 길로 분주하게 질주하는데, 견우성은 제 자리를 맴돌면서 광도를 잃어가고 있었다. 여태 그린 작품들이 초라하게 느껴지기는 처음이었다. 11월에 있을 그룹전에서 선보일 내 작품들이 과연 한송이의 작품처럼 센세이셔널한 파란을 불러일으킬 수 있을까? 딱 봐도 어림없었다. 그녀의 작품과 비교한다면 내 것은 매너리즘의 극치일 거란 망념이 잦아들지 않았다. 그러나 어쩌겠는가. 사람마다 기질이 다르듯이 추구하는 세계도 다른 법이다. 7등성이라도 별은 별이다. 나는 옆자리에 놓인 한송이의 화집을 힘껏 주먹으로 내리쳤다.

그림 값은 며칠 뒤 통장으로 입금되었다.

6

2016년 10월 24일

그날 저녁 세상을 뒤흔들었던 충격적인 뉴스를 나는 당일에는 접하지 못했다. 월요일이었고, 새벽부터 일어나 그룹전에 출품할 마지막 작품의 손질을 마쳤다. 정오가 되기 전부터 홀가분하게 소주잔을 기울이면서 장장 4개월에 걸친 작품 준비의 대장정을 마친 것을 자축했다. 소주가 목구멍을 타고 넘어가자 묵었던 피로가 봇물 터지듯 밀려왔다. 긴장이 풀린 사지는 물통에 빠진 휴지처럼 흐느적거렸다. 작은 페트병 소주를 말끔하게 비운 나는 그대로 침대에 쓰러졌다. 한 조각 꿈도 꾸지 않고 나는 혼곤히 잠들었다.

깨어났을 때도 세상은 여전히 한낮이었다. 햇살이 서쪽 창을 기웃거리고 있어 서너 시간 잠들었나보다 여기며 두 눈을 비볐다. 벽에 걸린 시계도 3시 30분을 달리는 중이었다. 몸은 축 처졌고 머리는 청룡열차라도 탄 것처럼 어지러웠다. 일주일 내내 잠을 자도 가시지 않을 피로가 더께처럼 쌓인 줄 알았더니 피로감의 무게가 잠까지 앗아간 모양이었다.

어깨를 몇 번 휘젓고 침대에서 일어나 수돗물을 틀었다. 얼굴을 씻은 뒤 칫솔을 찾아 이빨을 닦았다. 소파에 앉아 케이블 TV 모니터를 눌렀다. 전원이 들어가자 느닷없이 대통령의 얼굴이 화면 가득 떠올랐다. 파란색 연단 뒤에서 뭔가를 중얼거리는 대통령의 표정은 어두웠다. 볼륨을 높이자 내용이 꿩음을 냈다.

정치에 별 흥미가 없었던 나는 대통령이 들려주는 이야기가 낯설기만 했다. 대통령은 아주 그로테스크한 동화를 들려주었다. 오래전부터 이어졌던 어떤 여인과의 인연에 대해 말하더니, 그녀가 자신의 부족한 점을 메워준 사실을 침울하게 토로했다. 그리고 길지 않았던 도움의 시간과 정상으로 돌아온 일상에 대해 설명했고, 어쨌거나 사람들에게 심려를 끼쳐 송구하다는 말로 이야기를 마쳤다. 대통령은 고개를 조금 숙인 채 등을 돌렸고, 말없이 사라졌다. 나는 대통령이 무슨 잘못을 저질렀기에 저리도 참담한 표정을 지어야 하는지 선뜻 이해가 되지 않았다.

담화가 끝나자 대한민국은 거대한 혼란의 도가니 속으로 빠져들어 갔다. 모든 뉴스 채널들은 일제히 포문을 열어 어제부터 벌어진 일련의 파란들을 실시간 보도했다. 그제야 나는 내가 무려 24시간 넘게 청맹과니 같은 잠에 빠져 있었음을 깨달았다. 그 하루 동안 세상은 천지개벽을 해버렸다. 어이가 없었고, 소름이 돋았다.

4년 전 대통령 선거가 치러지고 다음 날 당선이 확정되던 때 나는 한국에 있지 않았다. 그 이틀 동안 나는 중국 상해에 있었는데, 우연찮게도 양일에 걸쳐 임시정부 기념관을 찾았다. 이 나라 정부 수립의 현장이 기대보다 초라하다는 감정을 곱씹고 있을 때 대통령은 한 지인에게 연설문과 홍보물의 문구 수정을 의뢰하고 있었던가 보다. 화가들 중 누구도 제 그림을 남에게 손보라고 맡길 리 없겠지만, 글은 또 다른 영역이니 그럴 수도 있으려니 싶었다.

나는 그렇게 안이하게 그날의 상황을 관망하고 있었는데, 이후 펼쳐진 이 나라의 호흡은 심장이 쪼개지고 폐 하나를 적출당한 사람처럼 숨 가쁘게 오르내리게 된다. 한동안 멍하니 TV를 쳐다보다 입에 물고 있던 칫솔이 목구멍을 치고서야 벌에 쏘인 사람처럼 벌떡 소파에서 일어났다.

싱크대로 가서 입을 헹궜다.

TV를 끄고 볕이 닿지 않는 구석에 가지런히 늘어놓은 내 작품들을 훑어보았다. 그림 속에서 여러 사람들의 얼굴이 나를 쳐다보는데, 누굴 그렸는지 뭘 그렸는지 왜 그렸는지 하나도 기억이 나지 않았다. TV 화면을 채운 대통령의 잔상이 겹쳐져 그 얼굴이 그 얼굴이었다. 모든 것이 뿌옇고 흐리멍덩했다. 내 그림 속 얼굴들이 다 달아난 모양이었다. 망연자실해 있다가 현실감을 되찾으려고 머리를 툭툭 쳤다. 그때 탁자 위에 올려둔 핸드폰이 발버둥을 쳤다. 엉금엉금 기다시피 탁자로 다가가 핸드폰을 집어 들었다.

'이한우'란 이름이 떠 있었다. 무슨 용건이 있는 걸까? 보름 전에 전해준 초상화에 대해 촌로가 항의라도 한 것일까? 내 그림 속 얼굴들은 흐릿한데, 촌로의 할아버지 얼굴만은 요상하게도 얼음장처럼 명징하게 되살아났다.

"응, 무슨 일이야?"

"통화 괜찮지예?"

내 목소리가 너무 가라앉았는지 미심쩍은 억양으로 후배가 물었다.

"그럼. 왜?"

이한우는 질문에 답은 않고 생뚱맞은 말부터 꺼냈다.

"세상 난리가 났네예. 알고 계시지예?"

"대통령 연설문 얘기야? 그게 그리 대단한 일인가?"

어이가 없었는지 이한우가 말문을 잇지 못했다. 내가 추임새를 넣어야 했다.

"좀 전에 깨서 분간이 잘 안 가. 작업 마치고 어제 오후부터 계속 잤거든."

그제야 납득이 된 듯 말이 나왔다.

"그랬심니꺼? 이제 이해가 되네예."

"그 얘길 하려고 전화한 건 아닐 테고……."

"아, 예, 그렇치예. 저 얼마 전에 그려주신 초상화 말입니더."

"응. 촌로 그분이 마음에 안 든다나?"

"어디예. 고맙다고 백 번도 더 고개를 숙이셨어예. 그게 아니라, 제가 형님께 드렸던 사진하고 문서들 있잖능교."

"응. 있었지."

나는 서가 쪽으로 눈길을 주며 대답했다. 그제야 사진 등속을 돌려주지 않았음을 깨달았다. 서류봉투 속에 든 문서인지 뭔지는 아예 들춰보지도 않았으니, 서가에 그대로 있을 터였다.

"어제저녁에야 초상화를 전해 드렸는데예. 그림을 받아 가시더니 오늘 연락이 왔네예. 사진하고 문서도 돌려받았으면 하시지 않심니꺼. 갖고 계시지예?"

"아, 그래. 나도 전해주는 걸 깜빡했군. 당연히 돌려 드려야지. 그분께는 소중한 물건일 테니까."

"그런가봅니더. 학교 오실 때 전해 주실랍니꺼?"

"그래, 알았어. 수요일, 내일 강의가 있으니까 들를게."

"예. 그럼 욕보이소."

통화는 끊겼다. 핸드폰은 여전히 손에 들려 있지만, 꼭 꿈속에서 통화를 한 기분이었다. 나는 핸드폰을 소파에 던지고 화장실로 들어가 샤워기를 틀어 머리에 부었다. 차가운 물이 쏟아지자 정신이 번쩍 들었다. 수건으로 물기를 훔치면서 서가로 향했다. 구석에 서류봉투가 삐죽 튀어나와 있었다.

나는 소파에 앉아 서류봉투 속에 든 문서들을 꺼냈다. 사진이 제일 위에 있었고, 밑으로 낡은 공책 몇 권과 복사된 서류들, 그리고 오래전에 오려낸 신문 기사들이 한데 묶여 있었다. 해가 저물고 어둠이 밀려올 때까지 한 장 한 장 펼치면서 읽었다.

사진 속 주인공의 이름은 문병석(文炳錫)이었다. 1895년 조선시대 말에 태어나 1960년 세상을 떠났다. 노인은 1919년 삼일만세운동에 가담했다가 체포되어 옥고를 치른 뒤 독립운동에 뜻을 품고 중국으로 건너갔다. 항일독립군의 일원이 되어 만주 일대에서 일본군과 가망 없는 전투를 벌였다. 여러 차례 총상을 입었지만, 구사일생으로 목숨만은 부지했다. 힘겨운 이국생활 끝에 해방이 되자 광복을 맞은 조국으로 귀환했다. 함께 싸웠던 동지들이 만류했지만, 자신에게 주어진 소임은 다했다며 미련 없이 고향으로 돌아왔다. 시국의 격동은 잊어버리고 농사에만 전념했다. 전쟁 때는 인민군과 국방군 양쪽으로부터 다 의심을 받아 죽을 고비를 넘겼다. 전쟁이 끝난 뒤에도 노인은 묵묵히 농사만 지었다.

그러다 노인의 심경에 변화가 생기는데, 그가 죽던 해인 1960년이었다. 전해 대통령 불출마를 선언했던 이승만 대통령이 돌연

변심해 4선 출마의사를 밝혔다. 이를 지지한 자유당은 이승만을 대통령으로 만들기 위해 동원할 수 있는 모든 방책을 강구했다. 민주당 대통령 후보였던 조병옥이 급서하는 바람에 이승만의 대통령 당선은 기정사실이 되었지만, 자유당은 이기붕을 부통령으로 만들기 위해 파렴치한 부정 선거를 밀어붙였다. 문병석 노인이 살던 동네에도 경찰과 행정관서가 주동이 되어 부정 선거 공작이 대대적으로 펼쳐졌다. 이제까지 묵묵히 논밭을 일구면서 세상사는 외면하던 문병석 노인이 숙였던 허리를 곧게 펴더니 하늘을 우러러보았다. 생전 내색 한 번 않던 노인은 갑자기 아들에게 읍내로 나가 사진을 찍겠다고 나섰다.

내 손에 쥐어진 사진이었다.

그 뒤 노인은 부정 선거를 다그치던 경찰서와 관공서를 찾아다니면서 그들의 언동을 질타했다. 미친 늙은이라며 거들떠보지도 않자 노인은 마을마다 다니면서 선거의 부당성과 늙은 대통령의 과욕에 대해 성토하는 연설을 시작했다. 그리고 밤이면 골방에 틀어박혀 뭔가를 열심히 적어나갔다.

그때 적은 기록이 몇 권의 낡은 공책이었다.

소문은 삽시간에 퍼졌고, 결국 선거가 치러지기 며칠 전 문병석 노인은 좌익분자라는 혐의로 경찰에게 체포되어 투옥되었다. 성가시게 떠들고 다니니 선거 끝날 때까지 입을 막아 두자는 속셈이었다. 부정 선거는 자유당 측도 혀를 내두를 만큼 엄청난 성공을 거두어서 스스로 지지율을 낮출 지경에까지 이르렀다. 모든 게 그들의 기획대로 결말이 나는 듯했지만, 선거 당일 저녁 마산에서

부터 시작된 부정 선거 규탄 시위가 전국으로 확산되었다. 선거가 끝난 날 밤에 유치장에서 풀려난 문병석 노인은 마산에서의 시위 소식을 접하자마자 뜻을 함께하는 동지들을 모아 읍내로 나가 규탄 시위를 이끌었다. 경찰은 우익 청년들을 동원해 폭력과 협박으로 군중들을 해산시키려고 했다. 문병석 노인은 시위대의 선두에 서서 그들과 맞섰다.

시위를 마치고 귀가하던 야밤에 정체 모를 괴한에게 테러를 당한 문병석 노인은 극심한 부상을 입고 한동안 운신도 하지 못했다. 그러던 4월 10일 시위 현장에서 실종되었던 마산상고 학생 김주열(金朱烈)의 시신이 눈에 최루탄이 박힌 채 마산 앞바다에서 떠올랐다. 비보를 접한 문병석 노인은 밤새 통곡하면서 "내가 이 꼴을 보려고 사지를 넘나들면서 독립운동을 했던 것이냐!"며 울부짖었다.

다음 날 날이 새기 무섭게 한복을 정갈하게 차려입은 문병석 노인은 마당에 멍석을 깐 뒤 가부좌를 틀고 식음을 전폐했다. 가족들이 만류했다. 그러나 '세상이 바로 서는 날'을 보지 않고는 음식에 입을 대지 않겠다면서 각오를 굽히지 않았다. 그리고 일주일 뒤 문병석 노인은 앉은 채로 세상을 떠났다.

공책과 복사물과 조각 기사들을 읽은 나는 노인의 사진을 다시 집어 들었다.

여전히 노인은 서슬 퍼렇게 눈을 부릅뜬 채 카메라를 쏘아보고 있었다. 그 매서운 시선이 나를 향해 날아오는 듯해 소름이 돋았다. 움켜쥔 두 주먹을 다리 위에 모은 노인은 당장이라도 자리를

박차고 튀어나올 것처럼 긴장으로 무장하고 있었다. 젊은 시절
시리게 날이 선 총검을 꽂은 채 관동군을 공격하기 직전 취했을
그 결기였다.

나는 눈을 감고 숨을 길게 내쉬었다. 오늘은 정말 이상한 날이
었다.

다음 날 나는 서류봉투를 챙겨 일찌감치 거처를 나섰다. 연구
실 앞에 닿아 노크를 하자 기다렸다는 듯 이한우가 문을 열었다.
나는 촌로가 같이 있지 않을까 싶어 후배의 어깨 너머를 살폈는
데, 인기척은 느껴지지 않았다. 이한우가 부산하게 커피를 타더니
내밀었다.

"이게 그거 맞지예?"

이한우가 서류봉투를 손으로 쓸면서 물었다.

"그래. 그런데 초상화를 부탁한 그 촌로 있잖아? 한 번 만나
뵐 수 있을까?"

이한우의 눈이 휘둥그레졌다.

"와예? 뭐 문제라도 있심니꺼?"

"아니야. 여쭤볼 말도 있고, 드릴 말씀도 있어서 그래.

이한우의 고개가 갸우뚱 흔들렸다.

"농사만 짓는 분이니 만나기야 뭐 어렵겠심니꺼만 ……."

"그럼 전화를 드려봐. 언제 찾아뵈면 좋을지 물어봐 줘."

이한우가 잠시 나를 쳐다보더니 핸드폰을 들었다.

그날 오후 늦게 나는 강의를 조금 일찍 마치고 이한우의 차로
촌로를 만나러 출발했다. 불안했는지 궁금했는지 이한우는 자신

이 직접 안내하겠다고 나섰다.

촌로의 집까지 가는 길은 비좁았다. 차는 마을 어귀에 세워두었다. 촌로는 문 앞에서 우리를 기다리고 있었다.

"누추한 촌구석까지 고명한 선생님들께서 찾아주시다니, 몸 둘 바를 모르겠구려. 마누라는 허리가 안 좋아 병원에 있고, 애들은 다 대처에 삽니다. 대접이 변변찮아도 용서하시이소."

수인사를 나눈 뒤 촌로는 농주를 내놓았다. 생선구이와 묵무침이 안주로 나왔다.

촌로가 사는 방 바람벽에 내가 그린 초상화가 걸려 있었다. 낯이 달아올랐다.

"그림은 잘 받았심니더. 어찌나 잘 그렸든동 할아버님이 다시 살아오신 듯 합디더."

촌로가 초상화를 기특한 듯 올려다보더니 앉은 채로 반절을 하면서 사례했다.

"아닙니다. 사실 그림 때문에 어르신을 뵙자고 했습니다. 조부님과 관련된 글도 잘 읽었습니다."

촌로가 검게 탄 얼굴에 미소를 담으며 고개를 끄덕였다.

"그랬심니꺼? 고맙기도 하셔라."

나는 내친김에 질문을 계속 이어갔다.

"그런데, 왜 갑자기 조부님 초상을 그릴 마음을 내셨는지 여쭤봐도 될는지요."

촌로가 바닥을 쓸면서 겸연쩍은 표정을 지었다.

"아, 다 늙은 놈의 망령이지요. 죽을 때가 되면 헛것이 보인다고 해야 할까. 지난봄부터 문득문득 꿈에 조부님이 나타나질 뭡니까. 이게 무신 조환가 싶었어예. 처음엔 날 저승으로 데려가시려나 보다 여겼더랬지 뭡니까."

"아직 정정하신데요."

촌로가 살진 웃음을 내뱉었다.

"하긴 농사짓고 사니 늙는 줄도 모르다 아임니꺼. 허허허!"

"할아버지를 꿈에 뵙고 초상화를 모셔야겠다 결심하셨나 보네예?"

이한우가 말을 거들었다.

"뭐 그런 까닭도 있긴 하지요. 늙은이가 뭘 알겠심니까만, 사실 근자에 부쩍 조부님 생각이 많이 나긴 했더랬어요. 조부님께서 돌아가셨을 때는 내가 갓 열 살이나 되었나 물정을 잘 몰랐심더. 그런데 테레비를 보고 있자니 부애가 나지 뭡니까. 소녀상 설치한다고 일본에서 따지질 않나, 두 나라 사이에 군사정본가 뭔가를 나눠 가지는 계약을 맺었다질 않아, 그런 소식들이었지요. 말이 안 된다 싶데예. 이 소식을 아시고 조부님께서 단단히 노하셔서 꿈에 나타나신 게 아닐까 하는 짐작이 들더구만요."

"한일군사정보보호협정 말씀하시나 보네예."

"그래요. 그거. 그래서 내가 죽기 전에 자식 놈들, 손자 놈들에게 우리 조부님이 어떤 분이신지 알게나 해야겠다 그런 생각이 들었지요. 그만한 대접 받으실 만한 분이기도 하구요. 조부님 생전 찍은 사진이라곤 달랑 이거 한 장뿐인데, 너무 낡고 바래 번듯한 초상화가 있어야겠다 싶데요. 조부님께서 그런 호사를 바라시진 않겠으나, 제 심정이 그랬심더. 그래서 염치불고하고 수소문해서 선생님께 덜컥 부탁을 드렸지요. 열명길 갈 날이 좀 남았시면, 조부님께서 쓰신 글하고 다른 문서도 정리해 책으로 만들까 궁리 중입니더."

나는 힘주어 촌로의 바람에 손을 얹어주었다. 탁주 사발을 들면서 다짐이라도 하듯 말했다.

"예. 꼭 그렇게 하셔야지요."

"초상화가 이렇게 번듯하게 장만되었시니, 반은 이뤄진 거나 진배없지요."

이 대목에서 내가 촌로를 찾은 목적을 전해야 할 듯했다.

"저 초상화 말입니다. 제가 곰곰이 되새겨보니, 지금 초상화로는 뭔가 미진하다는 생각을 지울 수 없었습니다. 서둘러 그리다 보니 아직 완성되지도 않은 그림을 전해드렸다는 송구한 마음이 들었습니다."

촌로가 두 손을 들더니 손사래를 쳤다.

"무신 말씀입니꺼. 훌륭하기만 한데요."

"아닙니다. 어르신께서 허락해 주신다면 조부님 초상을 다시 그리고 싶습니다."

촌로의 눈이 화등잔만 해졌다. 옆에 앉은 이한우도 어리벙벙한 눈으로 나를 쳐다보았다.

"아이고, 괜찮심더. 사례도 변변히 못해 드렸는데."

"보내주신 것만으로도 넉넉합니다. 제가 꼭 다시 그리고 싶어서 그러니 허락해 주시지요. 부탁드립니다."

내가 머리를 숙이며 간청하자 촌로는 당황을 감추지 못하고
엉덩이를 들썩거렸다.

"내가 어찌 언감생심 …… 또."

촌로가 주저하자 낌새를 눈치챈 이한우가 거들고 나섰다.

"어르신 그렇게 하시소. 형님이 더 멋들어진 그림을 그리려나
보네예."

"우짜면 좋노."

어스름이 짙어질 즈음 우리는 촌로의 집을 나왔다. 촌로는 마을
어귀까지 나와 우리 둘을 전송했다. 촌로를 뒤로 두고 차에 올랐
다. 사진과 서류봉투는 다시 받아왔다.

"우짤려고 그라시는 겁니꺼?"

이한우가 걱정스러운 얼굴을 나를 바라보았다.

"내가 그동안 그림을 헛 그렸어. 알았으니 제대로 그려봐야지."

이한우가 핸들을 바투 잡더니 정면을 응시하며 한마디 했다.

"나중에 저 원망하시면 안 됩니더."

"원망은. 고맙기만 한걸."

7

그날은 J시에서 자고 다음 날 거처로 돌아왔다.

도착하자마자 그간 그렸던 작품은 종이 박스에 넣어 보이지
않는 곳에 치워버렸다. 다 긁어내 버리고 싶었지만, 화랑 측과

약속을 한데다 선금까지 받았으니 보내줘야 했다.

이후 나는 문병석 노인의 삶을 주제로 한 연작에 몰두했다. 그는 내가 탐구해야 할, 살아 있는 자의 얼굴이었다. 그 얼굴을 창조하는 일이 소명처럼 가슴을 찔렀다. 캔버스를 펼치면 하얀 표면 위로 내가 그려야 할 그림이 뚜렷하게 응어리졌다.

11월이 지나고 12월이 되었다. 세상은 여전히 열기와 소음으로 시끄러웠다. 많은 사람들이 거리로 나왔고, 문병석 노인이 죽기 직전 말했던, '세상이 바로 서는 날'이 목전에 다가오는 듯했다.

다시 혹독한 겨울이 왔지만, 내 붓끝은 다가올 봄날의 태탕함으로 충만했다.

어느 날 저녁 소파에 앉아 소주잔을 기울이고 있는데, 정 선배로부터 연락이 왔다.

"요즘 와 이리 보기 힘드노? 오데 아픈 거 아니제?"

정 선배가 걱정을 지우지 못하고 물었다.

"지금만큼 쌩쌩한 적이 없었는데요."

내가 가볍게 응수했다.

"그라모 다행이고. 그나저나 니 소식 들었나?"

"무슨 소식이요?"

"한송이 소식 말이다."

"왜 또 상이라도 받았습니까?"

"어허. 얘가 확실히 세상하고 담쌓고 사네. 걔가 요즘 유명세를 단단히 치르고 있다 아이가."

"유명세요?"

"그려. 니 단디 듣거래이."

정 선배가 알려준 이야기의 전말은 이랬다. 대통령과 한 여인이 빚어낸 엽기적인 사태를 고발하고자 몇몇 화가들이 모여 그림을 그렸고, 시내 모 화랑에서 전시회를 열었다. 여기에 출품한 한송이의 작품이 충격 그 자체였다. 중국 역사상 유일한 여황제였던 측천무후*를 모델로 한 그림이었는데, 그녀가 생전에 성희를 즐겼던 당나라 초기의 두 황제, 아버지 태종과 아들 고종의 목을 양손에 들고 피로 물든 거리를 벌거벗고 활보하면서 춤을 추는 장면을 담았다고 했다. 그림도 선정적이었지만, 측천무후와 태종, 고종의 얼굴이 누군가를 많이 닮았다는 것이 진짜 문제였다. 이런 사실이 보도되자 여러 세력들이 앞다투어 비난 성명을 냈다. 그중에는 탁한규도 끼어 있었다. 결국 정체가 모호한 일군의 무리들이 백주 대낮에 전시회장을 점거했고, 실랑이 끝에 한송이를 폭행한 뒤 그림을 갈가리 찢어버리는 사태로까지 번졌다.

"그 고운 한송이 얼굴이 만신창이가 됐다는 거 아이가. 신고를 받은 경찰이 바로 출동해 더 큰 불상사는 일어나지 않았다는데, 한송이가 이 일로 엄청나게 충격을 받았던가 보더라. 니도 가슴이 찡하더라카이. 이거 세상 점점 살벌하게 바뀐다 아이가."

---

* 측천무후(則天武后, 624~705). 중국에서 여성으로 유일하게 황제가 되었던 인물로, 당나라 태종(太宗)의 후궁으로 입궁했다. 태종이 죽은 뒤 비구니로 출가했다가 아들 고종(高宗)의 후궁으로 다시 입궁했다. 고종을 허수아비로 만든 그녀는 고종 사후 자신의 아들을 연이어 황제로 앉히면서 철권정치를 휘둘렀다. 690년 국호를 주(周)로 고치고 스스로 황제가 되어 15년 동안 중국을 통치했다.

정 선배는 예술이 용납되지 못하고 폭력이 정당화되는 지랄 같은 상황에 분노를 토하면서 말을 이어나갔다. 정 선배의 씩씩거리는 숨소리가 핸드폰을 타고 고스란히 전해졌다.

기이하게도 정 선배가 전한 상황이 내게는 그리 충격적이지 않았다. 한송이가 탐닉했던 에로티시즘의 민낯이 이제는 지상으로 내려와 사람의 얼굴로 치환되고 있구나 하는 느낌 때문이었다. 매정하게 들릴지 모르지만, 그녀가 입은 상처는 변화된 영역에 들어가기 위한 입사식이었다. 내가 문병석 노인의 얼굴을 통해 새로운 세계를 빚어내고자 하듯, 한송이 역시 단단하게 닫힌 에고의 문을 열고 흙 위에 맨발을 내디디는 중이었다.

"언제 그런 일이 있었습니까?"

"한 열흘 됐나? 병원에선 퇴원하고 집에서 요양 중이라데."

"J시로 내려온 건가요?"

"아니. 여전히 서울에 머물러 있다 안 카나. 아 참, 그 일도 끔찍하다만, 니한테도 안 좋은 일이 생겼다 아이가."

"제게요?"

"그래. 걔가 알고 보니 막하 연애중이었다카데. 왜 우리가 연락할 때마다 독일에 있다카지 안 터나? 그기 작품 활동 때문인 줄 알았더만, 독일에 사는 애인 만나러 갔다는 거 아이가. 나 참, 그것도 모르고 니하고 연분을 맺어주려고 난리를 떨었으니, 헛물켜게 해서 미안하데이. 내가 나중에 술 한 잔 받아줄거구마."

조금도 미안해할 일은 아니었다. 한송이에게는 그녀가 운행해야 할 별길[星道]이 있었고, 내게도 나의 별길이 있었다. 처음부터 견우성과 직녀성은 9광년 그 이상의 시간차로 멀어지고 있었다. 확인의 시간이 온 것뿐이었다.

정 선배의 말은 계속 이어졌다.

"그래서, 이번 일로 쇼크를 먹은 한송이가 아예 독일로 가서 살림을 차릴 결심을 했다카데. 벌써 출국 수속도 마쳤다카더라. 작품은 날리고 사랑은 얻었다고 해야 하나?"

그런 두서없는 이야기를 더 주고받다가 정 선배는 전화를 끊었다.

나는 핸드폰을 물끄러미 쳐다보았다. 기왕 외진 곳으로 내려온 것, 이참에 핸드폰도 없애야겠다는 생각이 꿈틀거렸다.

그날 밤 나는 거둬들였던 해먹을 꺼내 오리나무에 걸었다. 남녘 땅이라지만 겨울은 겨울이었다. 얼어 죽을 작정이 아니라면 한데서 잠을 자서는 안 되었다. 하지만 별을 보려면 해먹이 필요했다. 캐시미어 이불을 칭칭 동여맨 채 나는 누워 하늘을 바라보았다. 겨울이라 여름철의 밤하늘을 장식했던 별자리는 어딘가로 꼭꼭 숨어버렸다. 대신 오리온자리와 삼태성이 반짝거렸다.

오리온은 뛰어난 사냥꾼이었는데, 사냥의 여신 아르테미스와 사랑에 빠졌다. 이를 달갑게 여기지 않은 그녀의 오빠 아폴론은 동생과 사냥 내기를 해서 오리온을 죽이게 만들었다. 연인을 제 손으로 죽이고 슬퍼하는 그녀를 위해 제우스가 오리온을 밤하늘의 별자리로 만들었다고 한다.

오리온자리의 알파별 베텔게우스(Betelgeuse)는 태양보다 지름이 450배나 큰 1등성의 초거성이다. 어릴 때 백과사전을 읽은 나는 이 별이 우주에서 가장 큰 별로 알았다. 지구에서 500광년 떨어진 베텔게우스. 그 별에서 500백 년 전에 출발한 빛이 오늘 나를 만나고 있다. 이제 나는 500년이나 먼 시간대에서 노닐게 되었다. 16광년 떨어진 견우성보다 500광년 밖에서 빛을 내는 베텔게우스가 더 마음에 들었다. 그리고 이런 생각이 들었다.

시간이 뭐 그리 중요할까. 우리는 모두 저마다의 시간을 가지고 있다. 문병석 노인의 별도 어딘가 멀고 먼 광년의 시간에서 존재하고 있을 것이다. 모두 각기 다른 시간에서 살아가는데, 이를 억지로 꿰맞추려면 결국 영원히 타인으로만 살아가야 한다. 그래서, 우리는 같은 시간에 존재할 수 없다.

그러나 다들 다른 시간대를 가지고 산다 해도 우리가 둥지를 틀고 사는 공간은 언제나 변함없었다. 그렇게 우리는 같은 공간에서 살을 비비면서 살아간다. 시간의 다름이 아니라 공간의 같음을 받아들인다면, 그래서 각자의 다른 얼굴을 확인하고 공존한다면, 잠시 멱살을 잡고 주먹다짐을 벌인다 해도 결국 한 지붕 아래에서 오순도순 살게 될 것이다. 넓고 큰 광장에 모여 화해와 사랑의 춤을 추게 될 것이다.

나는 머지않아 군무(群舞)의 향연이 벌어질 그 공간을 생각하면서 가만히 눈을 감았다. 세상은 어두웠지만 밝은 별 하나가 총총히 어둠을 밝혔다.

별들의 고향

노인과의 만남

제 이름은 정문탁이고, 소설을 씁니다. 나이는 그저 30대 중반이라고 해두죠. 10여 년 전 지방 문예지로 등단했는데, 아직까지 신통한 작품은 내지 못해 말마따나 '만년 무명작가'지요. 늘 흥미진진하고 재미있는 소설꺼리 없나 뒤적대지만, 별반 얻은 게 없습니다. 지금도 여전합니다.

그러던 어느 날 일이었습니다. 무슨 문학행사가 있어 지방의 어느 소도시를 방문했습니다. D시라고 해두죠. 선배가 놀면 뭐 하냐면서 사례비가 좀 있으니 가서 소설에 대해 몇 마디 하라더군요. 제 처지에 찬밥 더운밥 갈릴 계제가 아니라 선뜻 응했습니다.

행사가 끝나고 나는 문화센터를 나왔습니다. 꽤 이름 있는 늙은 시인도 와 청중들은 시인에게 몰리고 저는 거들떠보지도 않더군요.

오후 해는 시나브로 저물어 갔고, 그 사이 늦가을 비가 내려 거리는 을씨년스럽기 그지없었습니다. 바람도 제법 불어 절로 옷깃을 여미게 만들었고요. 발길에 채는 가로수 잎을 밟으며 저는 터덜터덜 2차선 도로를 걸었습니다. 선술집이라도 나타나면 소주 한 잔 걸치고 여관에 들어가 자고, 집으로 돌아갈 심산이었습니다.

그러다 담배를 피우고 싶어졌는데, 어디 좀 앉아 피워야겠다 생각했죠. 마침 조그만 소공원이 보여 들어갔습니다.

당연히 공원은 썰렁했습니다. 물기가 마른 벤치를 찾아 두리번 거리는데, 저쪽에서 괴이쩍은 사람이 서성거리는 걸 봤습니다. 나이는 70살쯤 되었을까요. 반백에 가까운 머리는 비에 젖어 번들 거렸고, 비가 고인 땅을 피하지도 않고 밟으며 걷더군요. 그러다 등을 돌렸는데, 놀랍달까요, 그는 두 손으로 무슨 액자를 소중한 물건인 듯 가슴에 안고 있었습니다.

액자에는 어떤 여자의 초상화가 그려져 있었고, 젊고 꽤 미인처 럼 보였습니다. 살짝 눈웃음을 지으며 나를 쳐다봤고, 단발머리에 광대뼈가 불룩 튀어나와 매력을 더했습니다.

노인은 제가 앉은 자리 쪽으로 걸어왔습니다. 눈동자가 퀭하게 풀려 제가 있는지조차 모르는 눈치였습니다. 저쪽 벤치에 노인의 것인 듯한 가방이 보이더군요. 가까이 오자 중얼거리는 소리가 들렸습니다.

"별아, 별아. 네가 거기 있니? 너를 또 만나야 될까?"

대충 그런 소리였습니다.

이 글을 읽는 분도 마찬가지겠지만, 참 해괴하다는 느낌이 들었 습니다. 뭔가 사연이 있어 보이더군요.

노인이 저만치 멀어지자 나는 재빨리 공원을 빠져나왔습니다.

편의점이 보이기에 소주 몇 병하고 안줏감이 될 만한 캔을 두어 통 샀습니다. 어묵은 전자레인지에 돌려 따끈하게 데웠고요.

돌아와 보니 노인은 여전히 중얼거리면서 공원을 걸어 다녔습니다.

"선생님! 선생님!"

언성을 높여 몇 번 부르니 그가 저를 쳐다봤습니다. 당연히 소주병과 캔, 어묵이 보였겠죠. 기다렸다는 듯 냉큼 노인이 내 옆자리에 앉았습니다. 초상화는 조심스럽게 품속에 넣고요.

"한 잔 받으시죠."

노인은 내가 따라주는 잔을 몇 차례 받아넘겼습니다. 술만 축낼 수는 없어 물었죠.

"여기서 뭘 하고 계시는 건가요? 그 초상화는 뭡니까?"

그러자 노인이 입맛을 다시더니 말문을 열었습니다. 대답은 좀 뜻밖이었습니다.

"젊은이는 '라스트 콘서트'를 아시오?"

당연히 몰랐죠. 말 그대로 '마지막 연주회'를 뜻하는지, 술집이나 카페 이름인지도 분간이 가지 않았습니다.

"모르겠군요."

노인은 대답 따위에는 흥미 없다는 듯 자신의 말을 이어갔습니다.

"영화 제목이요. 지금으로부터 60여 년 전에 개봉했던 영화라오. 젊은이가 봤을 리 없겠지."

갑자기 반말조여서 다소 당황했지만, 아버지뻘도 넘으니 탓할 수는 없었습니다.

"그렇군요. 다음에 기회가 되면 보겠습니다."

노인은 고개를 저었습니다.

"볼 만큼 대단한 작품은 아니요. 이태리 영환데, 늙은 피아니스트와 젊은 여자아이 사이 벌어진 운명적인 사랑 이야기요. 나중에 피아니스트는 성공했지만, 여자아이는 콘서트 날 불치의 병으로 죽습니다. 그래서 라스트 콘서트, 그렇고 그런 싸구려 영화지."

딱 두 문장으로 소개한 영화지만, 통속적인 멜로드라마인 것은 감이 잡혔습니다. 저는 슬슬 술값이 아까워지려는 참이었죠. 술병이 비는 만큼 호기심도 증발해 뭐 적당히 자리를 뜰 궁리를 시작했습니다.

나는 헤어지는 인사치레로 한 마디 던졌습니다.

"재미있는 영화겠습니다. 나중에 꼭 찾아보겠습니다."

그런데 노인의 다음 말이 저를 주저앉혔습니다.

"그 영화에 나오는 여자아이 이름이 스텔라(Stella)라오. 스텔라는 우리말로 '별'이지. 나는 스물여섯 살 꽃다운 나이의 그 아이를 벌써 네 번이나 만났다오."

영화 속 여주인공을 만났다니, 다시 호기심이 동했습니다. 나는 엉거주춤 다시 엉덩이를 붙이면서 물었죠.

"아니, 어디서요? 60년 전 영화라면 상당히 늙었겠군요?"

노인은 잠시 말문을 닫더니 술 한 잔을 쭉 들이켜고는 입을 열었습니다.

"젊은이. 술까지 사주고 정말 고맙구려. 술값은 해야 하니 궁금중을 풀어 주리다. 들어보시겠소? 듣고 나서 내 고민에 대한 답변도 좀 해 주구려."

아무려나. 나는 고개를 끄덕였고, 노인은 10여 년(아니 50년)을 거슬러 올라가는 기묘한 이야기를 시작했습니다.

별이와의 첫 만남

벌써 얼추 오십 년 전으로 거슬러 올라갑니다. 내 나이 스물댓쯤 되었을까? 공고를 나와 변변찮은 공장을 다니던 나는 공장 경리와 눈이 맞았더랬소. 나보다 다섯 살 어렸지. '별'이란 이름처럼 초롱초롱 예쁜 여자였소.

인생에 큰 낙이 없었던 나는 나를 아껴주는 여자를 만나자 몸이 후끈 달아올랐소. 홀어머니를 모시고 살았으니 다짜고짜 결혼했습니다. 어머니도 외아들인 내가 짝을 데려오자 두말 않고 찬성했습니다.

한동안 즐겁게 살았지. 나는 공장 출근이 즐거웠고, 별이는 가정주부로 만족했지요. 어머니야 말할 나위 없었고. 그런데,

그런데 아이가 들어서지 않는 겁니다.

어머니의 성화에 못 이겨 병원에 갔더니, 글쎄 별이가 석녀(石女)라는 게 아니오. 석녀가 뭔지 모르시오? 아이를 못 낳는 여자를 말합니다.

그깟 애가 뭐라고. 그때부터 어머니가 별이를 괄시했습니다. 어디서 저런 몹쓸 여자를 데려왔냐고, 대를 끊길 작정이냐, 당장

내쫓으라며 애처럼 떼를 쓰지 않겠소.

나도 가만있진 않았소. 애가 뭐 대수냐. 우리끼리 즐겁게 살면 되지 않냐고. 출뿔 잘난 것도 없는 집안에 애는 있어 뭐 하냐구요.

하지만 어머니는 생각이 달랐어요. 내가 이 고생하며 널 키운 보람이 고작 이거냐? 손주도 보지 못하고 죽으면 저승 가서 무슨 면목 니 애비를 만나겠냐며, 내쫓지 않으면 내가 나갈란다 등등 별이를 바로 옆에 두고 악다구니를 쏟아대는 거요.

그때부터 내 인생에 먹구름이 끼기 시작했지. 공장에 나간들 일이 손에 잡히겠는가. 집에 오면 어머니는 담배를 뻑뻑 빨아대고 있고, 별이는 부엌에서 나오질 않았소. 가보면 부뚜막에 걸터앉아 눈물만 흘리고 있었지.

이 꼴 저 꼴 보기 싫어 나는 집을 나와 진탕 술을 마시고 잔뜩 취해서야 집에 들어갔소. 새벽바람에 아침도 안 먹고 공장으로 도망치듯 출근했소.

그렇게 몇 달이 흘렀나? 별이는 날로 수척해갔소. 어머니 등쌀에 오죽할까 불쌍했지만, 내가 할 수 있는 일은 없었지.

그러던 어느 날 집에 와 보니 별이가 보이지 않더군요. 어디 갔냐 물으니 지가 알아 보따리를 싸들고 나갔다는 거요. 기가 막혀 찾았지만, 흔적도 없었지. 별이는 고아여서 부모는커녕 친척도 없었소.

아무리 수소문해도 별이의 행방을 아는 이는 없었소.

이런 망극한 일이 있을까? 진즉에 잘 챙기는 건데, 이미 때늦은 후회였소.

몇 년 뒤 어머니도 세상을 뜨셨소. 어머니는 눈을 감으면서 자신이 별이에게 모질게 굴었다면서 꼭 찾아 재회하라 유언했소. 나는 공장은 때려치우고 이 도시 저 도시 떠돌면서 혹시나 찾을까 사방을 기웃거렸지.

그러다 술집 작부로 일하다 몹쓸 병에 걸려 죽었다는 소식을 들었소.

풍문에 들은 소식이니 무덤이 있는지도 알 수 없었소.

유일한 인생의 낙도 사라졌지요. 다시 만나면 사죄하고 다시 오순도순 살고 싶었는데, 하늘은 고약하게도 그것마저 허락하지 않았소.

그때부터 나는 여기저기 공사판을 기웃거리며 못난 세월을 보냈소. 빨리 별이를 따라 어머니를 따라 세상을 뜨고 싶었는데, 내겐 그런 행운도 없더군.

그렇게 흘러 흘러 삼십 년이 지났지.

육십을 바라보는 나이가 되었소.

A시라고 해둡시다. 연립주택을 짓는데 손을 보태러 갔소. 두 주 동안 일을 마치고 임금을 받고 나는 여관으로 돌아와 다른 도시로 뜰 차비를 했소.

그런데 문득 뜨기 전에 안마라도 받아보고 싶다는 생각이 드는 게요. 평생 그런 일은 없었는데, 이젠 죽을 때가 됐나 보다 싶어 이불을 깔고 누웠소.

그날따라 잠도 오지 않고 멀뚱멀뚱 천장만 쳐다보다가 그예 몸을 일으켰소. 더러운 몸으로 죽으면 별이 보기가 민망할 것 같아 목욕탕을 찾아 나섰지.

시원하게 땀을 빼고 묵은 때도 벗기고 나와 여관으로 향하는데, 저쯤에서 '마사지'란 불빛이 보이는 게요. 까만 간판에 하얀 글자. 그리고 옆에는 하얀 별이 반짝였소.

나는 귀신에게라도 홀린 듯 가게 안으로 들어갔소.

마사지 방은 지하에 있더군.

문 앞에 서니 저절로 문이 열렸소. 내 나이 또래나 될 여자가 게슴츠레 보더니 안으로 불러들였소.

안마를 받고 싶다 했더니 여자가 여기는 그런 곳이 아니라더군. 그럴 생각은 전혀 없어 그냥 나갈까 하다가 안마만 받아도 되냐고 물었소.

돈을 받더니 제일 구석진 방으로 들이밉디다. 팬티만 입고 누웠소. 전기장판이 깔려 따뜻하더군. 막 잠들려던 찰라 여자가 들어왔소.

"오빠, 안마만 받는다면서요?"

다 늙은이에게 웬 오빠 싶었지만, 붉은색 불빛 아래 나이도 가려지나 싶어 고개만 끄덕였지. 엎어치고 매치고 하면서 팔다리 머리를 주무르더군요. 손매가 부드러우면서도 매서워 시원하긴 하더군. 정말 정말 오랜만에 여자 손이 닿으니 온몸이 나른해지더군.

주머니에 돈도 두둑하겠다, 한 시간을 더 받았소.

"정말 안마만 받을 거예요?"

"그럼 뭘 더 받나?"

"오빠도. 그걸 물어봐야 알아?"

"알지 못하니 묻지."

그런 씨알머리도 없는 대꾸를 주고받다가 나는 잠깐 눈을 떴소. 여자는 불빛 아래서 물수건을 짜고 있더군.

그런가보다 싶어 눈을 감았다가 금방 눈이 번쩍 뜨였소. 얼굴 옆모습이 누군갈 닮았다 여겼는데, 자세히 보니 바로 '별이'였소. 젊었을 때 죽기 전 별이의 모습 그대로였소. 머리카락이 곤두서더군.

나는 가까이 오라 했소. 여자가 빙그레 웃으며 다가왔소.

"오빠, 이제야 마음이 동했나 봐."

"아니, 그게 아니고 얼굴 좀 보자고."

오! 맙소사!

삼십 년도 더 지났건만, 한시도 잊지 못하던 바로 내 아내 '별이'였소.

"아가씨, 몇 살인가?"

"스물여섯."

진짠지 아닌지 누가 알겠소만 그쯤 돼 보이기는 했소. 별이가 죽었다는 바로 그 나이였지.

"이름은?"

"별이라고 불러요."

기가 찰 일이 아니요?

내 아내와 똑같이 생겼고, 죽을 때 나이에다 같은 이름을 쓰는 여자를 삼십 년도 훌쩍 지나서야 만날 수 있는 게요?

나는 '별이'를 내 곁에 앉히고 꼼꼼히 뜯어보았소.

너무나 닮았어. 단발머리에 이마가 조금 넓고 동그란 눈하며 약간 넓은 코, 도톰한 광대뼈와 보조개, 눈썹과 턱선까지 완전히 빼다 박은 내 아내였소.

나는 내 눈을 의심했소. 오래전에 죽은 내 아내가 똑같은 나이로 지금까지 나를 만나려고 기다렸단 말인가? 내가 허깨비를 보는 건가? 뭘로도 설명이 되지 않았지만, 내 앞에는 분명 내 아내, 그립고 미안했던 내 아내 '별이'가 웃으며 앉아 있었소.

"오빠, 이제 어떡할 거예요?"

'같이 살아야지.'

목구멍까지 이 말이 올라왔지만 꿀꺽 삼켰소.

"여기 내 옆에 누워봐."

별이는 샐쭉 웃으며 내 어깨를 쳤소.

"오빠, 취미 별나네."

그러면서도 눕기는 합디다.

별이의 색색거리는 숨소리가 들렸소. 아내와 같이 눕다니, 이게 얼마 만인가?

"별이는 고향이 어딘가?"

시답잖은 수작이라 해도 좋소. 너무나 닮았기에 묻지 않을 수 없었지.

"K시."

아내의 고향은 아니었지만, 남쪽 지방에 있는 도시 이름이었소. 나도 몇 번 공사판 일로 가본 곳이었지. 하지만 공사판과 숙소만 오갔던 처지라 K시에 대해서는 더 아는 게 없었소.

"좋은 곳에서 태어났군. 여긴 언제 왔나?"

호구조사에 기분이 나쁠 만도 한데, 별이는 아무렇지도 않은 듯 대답했소.

"한 이 년 됐나?"

"그렇구나. 그 전엔 어디 있었는데."

"고향에 있었죠."

그제야 난 깨달았소. 그녀가 전혀 사투리를 쓰지 않는다는 걸.

"완전 서울 말씨네."

별이가 씩 웃으며 말했소.

"싸울 땐 튀어나와요."

나는 뭔가 계속 말을 꺼내려고 앞뒤도 맞지 않는 질문을 해댔지. 꼬박꼬박 잘 대꾸하더니 지쳤는지 짜증이 났는지 묻습디다.

"오빠, 이러면 또 시간 다가. 어쩔려구."

나는 한 시간을 더 끊었소.

"언니가 좋아하겠네. 눈먼 손님 하나 잡았다고."

돈을 들고 나갔다 왔는데, 흰 가운 옷에서 드레스 비슷한 걸로 바꿔 입고 돌아오더군. 나도 바보는 아니니 그게 뭘 뜻하는지 쯤은 알았소.

그러거나 말거나 나는 별이를 눕혔소.

"별이. 우리 밖에서 만날 수 없을까? 낮에."

훤한 대낮에 별이를 보고 싶었던 게지. 그러자 별이가 정색을 했소.

"어머, 전 그런 거 안 해요."

"아니, 나쁜 뜻은 아니고, 오래 보고 싶어서 그래. 돈이 필요하면 줄 테니까."

별이는 내 짓무른 얼굴을 고운 손으로 어루만지더니 말했소.

"얼굴은 상했지만, 착한 '선비'상이네요. 하지만 밖으론 안 나가요."

더 강요할 순 없었소.

나는 내 아내 이야기를 했지. 어떻게 만났고, 어쩌다 헤어졌으며, 결국 죽었다는 사실을 주섬주섬 들려주었소. 별이가 내 인생을 간단하게 요약하더군.

"안 됐네요."

"그래. 안 됐지. 그런데 별이가 내 아내를 판박이처럼 닮았어. 삼십 년 전 그 모습 그대로야. 세상에 이런 일이 있을 수 있을까?"

별이는 기분 나빠하지도 놀라지도 않았소.

"어머, 그래요? 그래서 계속 날 빤히 쳐다봤구나."

"그래서 밖에서 한번 보고 싶은 거야."

별이는 단호했소.

"여기서 실컷 보세요."

결국 나는 빈손으로 마사지 방을 나왔소. 사진이라도 한 장 찍을 수 없냐 물었더니 펄쩍 뛰더군.

"제 하는 일이 떳떳지 못해 그럴 순 없어요."

다음 날 다는 다시 마사지 방을 찾았소. 금은방에서 꽤 비싼 다이아몬드 반지를 사 들고 갔지. 아내에게는 금반지 하나 못해줬는데 말이요. 아니, 난 내 아내에게 주는 심정으로 샀다오.

"어머, 이걸 왜 제게 줘요?"

별이는 손사래를 쳤소.

"무조건 받아. 그리고 내 소원 하나만 들어줘. 내일 점심때 조 앞 사거리에 '별별극장' 있지. 거기서 기다릴 테니 나와 줘. 이건 내 성의니까 받아두고, 안 나와도 좋아. 안 나오면 바로 난 이 도시를 뜰 거야."

대답도 듣지 않고 나는 마사지 방을 나왔소.

다음 날 나는 큰 기대 없이 별별극장 앞에서 별이를 기다렸지. 나오리란 기대는 하지 않았지만, 설레기는 하더군.

그런데 놀라워라! 별이가 나와 준 거요. 밤새 일하고 잠깐 눈을 붙였다더군. 그래선지 눈가에 약간 기미가 끼어 있었소. 하지만 꽃무늬 원피스를 입은 별이는 그 옛날 내 아내처럼 예뻤소.

"다른 뜻이 있어 나온 건 아녜요. 반지 돌려드리려고요. 저더러 이걸 어쩌라는 거예요."

별이는 투명곽에 담긴 다이아몬드 반지를 내밀었소. 햇빛을 받아 별처럼 반짝이더군.

실랑이를 벌이기는 싫어 일단 받고, 별이의 손을 잡았습니다.

"어디 가서 점심이라도 먹자고? 뭐 좋아하는 음식 있나?"

졸음기가 가시진 않았지만, 거절은 하지 않더군요.

"뜨끈한 국물이 있는 걸 먹고 싶어요. 민물매운탕집 없나?"

이렇게 말하면 지어냈다 하겠지만, 내 아내도 민물매운탕을 좋아했어요. 연애할 때 주말이면 북한강으로 나가 먹곤 했더랬지.

공사판에서 밥을 대어 먹던 골목에 매운탕 집이 있는 게 기억나더군요. 멀지도 않아 나는 별이를 잡아끌었습니다. 손을 놓으면 또 달아날 것 같았거든요.

나는 그리 말주변이 좋은 놈은 아니라오. 하지만 그땐 필사적이었지. 소주잔을 연신 비우면서 나는 내 아내 별이와 내 아내를 닮은 별이에 대해, 애를 갖지 못하고 죽은 아내가 하늘에서 살고 있을 별에 대해 마구 지껄였소.

별이는 아무 말도 않고 입에 거품을 물고 떠드는 나를 애처롭게 쳐다보기만 했소. 잘 먹는다는 민물매운탕도 몇 숟갈 뜨더니 그만이더군.

그래, 더 긴 얘기는 맙시다. 별이는 이후에도 나를 밖에서 만나주었소. 만날 때마다 나는 온갖 정성을 다 들였지. 뭘 어떻게 해보겠다는 욕심은 아니었소. 삼십 년 만에 만난, 내 아내를 닮은 별이에게 잘해주겠다는 일념뿐이었소. 그게 죽은 아내에게 속죄하는 길이었으니까.

공사 일 때문에 나는 잠시 A시를 떠나긴 했지만, 일이 끝나면 바로 돌아왔지. 전세방도 아예 하나 얻었소. 일할 맛이 나더군. 벽돌공으로 나를 따를 이는 없었으니, 일감이 떨어질 일도 없었소.

별이는 끝까지 마사지 방을 나오지는 않았소. 거기서 무슨 일을 하는지 나도 알기에 뜯어말리고 싶었지만, 그럴 자격이 내게 있겠소?

그렇게 우리는 일 년 넘게 만났소. 젊은 아내(?)를 만나니까 나도 젊어지는 기분이었소. 결국 별이는 내게 마음의 문을 열었소.

마사지 방을 나왔고, 내 전셋집으로 와 동거했지.

결혼 얘기는 별이가 먼저 꺼냈소. 인두겁을 쓰고 내가 먼저 꺼낼 순 없었는데, 고마우면서도 미쳤다는 생각이 들었지. 내가 도널드 트럼프요? 서른 살도 더 어린 여자와 결혼이라니 말이요?(나중에 찾아보니 도널드 트럼프와 멜라니아 트럼프는 스물네 살 차이였다.)

누구에게 말하기도 낯 뜨거운 일이라 혼인신고도 없이 살 요량이었지만, 젊은 별이를 생각하니 그럴 순 없었소. 알다가도 모를 게 여자 맘이지. 별이는 신고를 하고 싶어 했소. 허나 신고만 하기는 그래서 조촐하게 결혼식을 올리기로 했소. 남들 하는 것처럼 웨딩 사진도 찍었지.(망할! 그러지 말았어야 하는 건데.)

우리는 전문 사진작가를 불러 경치 좋은 산 위에 올라가 한껏 멋(나는 개폼)을 부리며 이런저런 포즈로 사진을 찍었소. 돈은 문제가 아니었지. 모아둔 돈을 그럴 때 안 쓰면 언제 쓰겠소.

신부복을 입은 별이는 그야말로 하늘에서 내려온 천사 같았지. 하얀 드레스에 분홍 면사포를 쓴 별이는 한낮에 뜬 별이었소. 나는 눈이 부셔서 제대로 보지도 못했다오.

그때 무슨 미친 생각이 들었는지 내 손으로 직접 별이의 모습을 카메라에 담고 싶어졌소.

나는 작가에게 카메라를 빌려 멀리 하늘을 등지고 선 별이를 찍었소.

그런데 카메라 성능이 좋은 탓인지 내가 서툰 탓인지 뷰파인더에 잡힌 별이의 모습이 영 선명하지가 않지 뭐요. 나는 손짓으로 별이에게 좀 더 뒤로 물러서라 했소. 계속 흐렸고, 내 손짓은 계속 이어졌지.

나도 별이도 몰랐소. 바로 뒤가 낭떠러지인 줄은.

어느 순간 별이가 기우뚱하더니 싱크홀에 빠지듯 휙 사라졌소.

놀라 달려갔을 땐 별이는 저 아래서 피를 흘린 채 엎어져 있었소. 하얀 드레스와 분홍 면사포는 온통 핏빛으로 물들어갔지.

그렇게 나는 죽은 아내 별이를 닮은 별이를 어이없이 떠나보냈소.

이 대목에서 나는 담배를 빼물지 않을 수 없었다. 신파조의 이 이야기가 거짓말인지 정말인지 분간이 가지 않았다. 노인의 눈에 고인 눈물이 거짓일 것 같진 않았지만, 너무나 황당해 노인이 일생을 투자해 만들어낸 허구인 것도 같았다. 추레한 그의 모습을 봤을 때 이런 환상도 없었다면 삶을 지탱하지 못했을 법했다.

사연을 다 들었다 싶은 나는 자리를 뜰 준비를 했다. 소설거리는 되지 못했지만, 술값이 아깝진 않았다. 그만한 값어치는 하는 스토리였다.

"잘 들었습니다. 힘내십시오."

종이 소주잔을 든 노인이 물끄러미 나를 보더니 말했다.

"벌써 가시려오? 내 얘긴 끝나지 않았는데 …….'

"아직 하실 말씀이 남았나요?"

내가 의아한 표정으로 물었더니 자리에 앉으라는 듯 손짓을 했다.

할 수 없이 나는 두 번째로 찬 벤치에 앉았다.

잠시 초상화를 묻어둔 가슴을 쓰다듬더니 노인이 말문을 열었다.

별이와의 두 번째 만남

그 후로도 세월은 야속하게 흘러갔소.

기일(忌日) 때나 그리울 때면 별이의 무덤을 찾아간 것 외에 내 생활은 별이를 만나기 전과 다름없었소. 그리워할 사람이 둘로 늘었지만, 고통이 배로 늘지 않아 다행이었지. 그랬다면 진즉에 죽었을 게요.

내 생활은 무력했소. 목표도 의지도 사라졌지. 전셋집도 나왔고, 다시 떠돌이 생활이 시작되었소. 부르면 부르는 대로 일이 끝나면 끝나는 대로 전국 각지를 헤맸습니다. 원래 외아들이라 의지가지 할 데 없는 신세니 외롭기는 했지만 부담도 없었소. 좀 더 삶이 피폐해진 점만 빼면, 머지않아 찾아올 죽음만 기다리면 됐소. 소일할 거리가 하나 생겼다는 게 변화일까?

어느 도시에선가 꽤 긴 시간 벌어진 공사판이 있었는데, 그때 세 든 집 옥탑방에 화가가 살았더랬소. 일이 끝나면 옥상에 올라가 담배를 피우거나 고기를 구워 먹으며 소주를 마시곤 했는데, 우연히 화가 선생이 합석했소. 나보단 젊었지만, 꼴을 보아하니 망조가 들기는 나와 별반 차이가 없었지.

그가 불쑥 술만 마시지 말고 그림을 한 번 그려보라는 거였소. 미술 치료라나 뭐라나 하며 꼬드기기에 그래보자 싶어 붓을 잡아

봤지. 공고 다닐 때 제도도 배운 적이 있는지라 그랬을까? 유화 물감이며 캔버스, 이런저런 용품들 사용법이 서툴기는 했지만, 곧 익숙해졌지.

요상하게도 캔버스 앞에 서서 뭔갈 그리는 시늉을 하면 온갖 잡념이 사라지는 게요. 그런 게 미술 치료란 건가? 머릿속에 박힌 별이 생각을 지우는 데는 큰 도움이 되지 않았지만, 그런대로 쓸모가 있더군. 화가 선생도 소질이 있답디다. 벌어봤자 쓸 데도 없는 돈. 나는 화구를 사는 데 돈을 아끼지 않았소.

그림을 그리자니 자연 목표가 생기더군. 기억 속 별이의 모습이 사라지기 전에 두 사람, 아니 한 사람의 그림을 그리자는 거였소.

그런데 그게 생각만큼 쉽진 않더군. 눈을 감으면 머리카락 한 올까지 떠오르는데 막상 그려지지는 않는 게요. 별이와는 다른 얼굴들만 계속 그려지지 뭡니까? 울화가 터져 부신 캔버스만 여러 개였지.

화가 선생은 위로한답시고, 실물을 보지 않으면 그림을 못 그리는 경우도 있답디다. 제기랄! 벌써 열명길 간 사람을 어디서 데려와 앉혀놓는단 말이요. 하릴없이 초상화는 포기하고 풍경 그리는 일에만 몰두했소. 그때 그린 그림, 지금도 화가 선생이 살아 있다면 그 사람 화실 구석에 쌓여 있겠지.

그림을 구실 삼아 나는 살던 집에 죽치고 앉아 공사판을 떠돌았더랬소. 그러던 어느 날이었지. B시라 합시다.

공사가 마무리되어 입금을 받고 내일 집으로 갈 작정이었소. 시간이 남기에 화가 선생에게 줄 선물이라도 살까 싶어 여관을 나왔소. 월사금은 받지 않겠다고 극구 사양해 미안하던 판이니 뭐 괜찮은 물건이 없나 거리를 쏘다녔소.

그러다 어느 골목을 지나는데, 나는 보았소.

그 간판.

네모난 검은 박스에 하얀 글씨로 쓰인 '마사지'. 옆에 흰 별이 있는 것도 똑같았소. 거 뭐라나, 그런 걸 데자뷔라 한답디다. 몇 해 전 별이를 만났을 때와 상황이 똑같았소.

왠지 으스스합디다.

나는 현금을 찾아 무작정 안으로 들어갔소. 지하 계단을 내려가면서 설마와 혹시가 수백 번 반복되었지.

나는 주인 여자에게 안마만 받겠다 주문했고, 또 구석방으로 안내되었소,

침을 삼키며 기다리고 있는데, 누군가 들어왔소. 쿵쾅대는 가슴을 진정시키며 실눈을 뜨고 여자를 봤지.

어땠겠소?

역시 우연이 다 맞지는 않습디다. 별이보다 한참 늙었고, 뚱뚱한데다 닮은 구석도 전혀 없더군. 나는 힘이 쭉 빠져 될 대로 되라는 심정으로 눈을 감았소.

그런데 그 여자가 미안한 목소리로 소곤대는 게 아니겠소.

"오빠야, 자야 단골이 왔다카네예. 다른 아 넣어줘도 될까예?"

그런 몰골에도 단골이 있다는 게 신기했지, 안 될 게 뭐 있겠소. 딴엔 늙어빠진 내가 성에 안 차기도 했겠지. 고개를 끄덕이니 바람처럼 빠져나가더군.

담배를 한 대 빨고 있는데, 여자가 들어왔소.

"오빠, 엎드리세요."

세상에나! 목소리부터 귀에 익었소. 돌아보니 별이였소. 몇 년 전에 봤던 별이, 삼십 년 전에 봤던 별이와 쌍둥이처럼 닮았지 뭔가!

안마고 뭐고 나는 별이를 옆자리에 앉혔소.

맙소사! 이름도 역시 별이였소.

이쯤 되면 젊은이도, 이 사람 구라가 심하거나 미쳤군 싶겠지. 그러나 사실인 걸 어쩌겠소. 고향은 달랐지만, 나이는 스물여섯이었소. 나는 해마다 늙어 가는데, 어쩌자고 별이는 나이를 먹지 않는 걸까요?

똑같은 일이 반복되었소.

몇 시간을 앉혀두고 얘기를 나눴지. ─ 성격도 똑같아 참으로 착합디다. ─ 역시 밖으로는 못 나간다 버텼고, 다음 날 이번에는 꽤나 값나가는 사파이어 반지를 사들고 갔소.

다음 날 우리는 '작은별극장'에서 만났고, 같이 점심을 먹었고 ─ 민물매운탕인 거야 말하지 않아도 알리다. ─ 착한 별이는 나와 사귀어주었소.

꿈같은 시간이 흘러갔지. 막상 진짜 별이가 눈앞에 있으니까 그림 그릴 생각은 싹 사라집디다. 실물이 코앞에 있는데, 열쳤다고 그림 따윌 그리겠소.

놀랍게도 이번엔 별이가 내 아이를 가졌소. 그 나이에 내가 사내구실을 하다니, 믿기지 않았지만, 별이가 딴 사내에게 눈길을 주진 않았을 게요. 암!

아이는 뱃속에서 무럭무럭 자랐소. 눈도 못 감고 죽은 어머니의 한을 풀어드린 것 같아 기뻤고, 내가 건강해야 할 것 같아 술이며 담배도 끊었소. 결혼은 아이를 낳으면 하자 약조했지.

아! 너무나 행복한 때였소. 나는 상당한 대가를 치르고 별이를 마사지 방에서 빼 왔고, B시에 정착했소. 화가 선생이 못내 서운해 하더군. 그게 대수였겠나.

그러나 내게 주어진 행운은 거기까지였소.

산달이 가까워질 무렵 일 때문에 며칠 집을 비웠다 돌아오니 별이가 배가 아프다는 거였소. 이삼일 되었다는구먼. 당장 병원에 가지 않고 뭐 했냐고 호통을 친 뒤 바로 산부인과로 달려갔지.

맙소사! 진단은 금방 나왔소. 애가 거꾸로 들어섰다는 게 아닙니까? 태아는 이미 죽었다는 소식도 곁들이더군. 전에 초음파 검진을 받을 때는 그런 소릴 못 들었거든. 애가 뱃속에서 치대다 그렇게 되는 경우가 있다고, 의사가 팔자 편한 소릴 합디다.

그냥 두면 산모까지 위험하다며 며느리를 살리려면—불난 집에 부채질을 하더군.—큰 병원에 가 수술을 받아야 한다는 거였소. 죽은 목숨이 뭐가 중요하겠소. 나는 당장 수속을 밟았지.

그런데 수술동의서를 받는 의사가 하는 말이 기가 막혔소. 워낙 위험한 수술이라 산모의 목숨도 장담 못한다는 개소리를 늘어놓지 뭐요.

그냥 두면 죽고, 수술을 하면 살 수도 있다니 선택의 여지가 없었지. 나는 동의서에 떨리는 손으로 사인을 했소.

긴 수술이었지. '일각이 여삼추'란 말을 그때 실감했소. 피가 말리고 피가 거꾸로 솟고 오금이 저리고 사지가 마비될 것 같더군요.

천 년이나 될 것 같은 시간이 흘렀소.

별이는 수술실에서 죽었소.

눈물도 울음도 나오지 않더군.

내가 그때 여자를 바꾸지 않았더라면, 아니 다시 찾지 않았더라면, 우리 별이는 지금도 멀쩡하게 잘살고 있을 텐데. 내 혀를 뽑아버리고, 내 눈을 찌르고, 내 심장을 도려내고, 내 팔다리를 잘라버리고 싶었소.

별이의 시신 옆에서 나는 기절했소.

며칠 뒤 나는 별이와 별이의 아이를 화장해 먼저 간 별이의 무덤 옆에 묻었소.

이야기를 다 들은 나는 벌어진 입을 다물지 못했다. 사연이 충격적이고 경이로워서가 아니었다. 희대의 사기꾼을 만났기 때문이었다. 이런 새빨간 거짓말을 입에 침도 안 바르고 뇌까리다니. 삼척동자가 들어도 코웃음 칠 거짓말을 노인은 눈썹 하나 까닥이지 않고 늘어놓았다.

자리에서 일어날 힘도 없어졌다. 다리마저 부들부들 떨렸다.

"지금 그 말을 저더러 믿으라는 겁니까?"

해탈한 고승처럼 소주잔을 들면서 노인이 대꾸했다.

"믿든 말든 젊은이 소관이지. 여시아험(如是我驗)이라오."

빌어먹을! 애당초 이 도시는 와서는 안 될 곳이었다. 여제자나 농락하는 시인을 만날 줄 알면서 그깟 돈 몇 푼에 눈이 멀어 쫄레쫄레 온 대가였다. 나야말로 내 아가리를 찢고 싶었다.

나는 소주병을 들어 그냥 들이켰다.

그런 날 물끄러미 보더니 노인이 말했다.

"황당하겠지. 사기당한 기분일 게요."

내가 할 말을 대신 해주니 눈물 나게 고마웠다.

이젠 정말 갈 때가 되었다. 나는 술기운이라도 빌려 일어나려고 다리에 힘을 주었다.

그러자 노인이 내 팔을 잡았다.

"기왕 당한 사기, 마지막 얘기까지 듣고 나가소. 이제 거의 끝나 갑니다."

너무나 뻔한 스토리이겠지만, 악심이 일었다. 어디까지 이 노인네가 철면피인지 확인하고 싶었다.

대답하기도 귀찮아 나는 손짓으로 재촉했다.

별이와의 세 번째 만남

그렇게 두 사람—아니 세 사람인가, 아니 네 사람인가?—을 떠나보낸 나는 이미 넋이 반쯤 밖으로 빠져나간 좀비가 되어버렸소. 걸어도 허방을 딛는 것 같았고, 숨을 쉬어도 폐까지 가는 것 같질 않았소.

이런 모진 삶이 있을까? 아니 이런 개만도 못한 팔자가 있을까?

전생에 내가 무슨 죄를 지었기에 사랑하는 사람을 셋이나 먼저 보내야 하나? 더 흉한 꼴 보기 전에 빨리 이승을 뜨는 게 낫겠다.

공사 중인 아파트 꼭대기까지 올라갔소. 눈 질근 감고 한 발만 내디디면 이 구역질 나는 세상과도 작별이겠지. 바람이 씽씽 부는 땅의 정수리에서 나는 좆 같은 세상을 꼬나보았소. 더러운 세상아, 잘 처먹고 사는 놈들에게 극락이겠지만, 내겐 열탕지옥이다. 마귀의 소굴이다. 천 년 만 년 잘 먹고 잘살아라.

그러나 보다시피 나는 뛰어내리지 못했소. 마지막 한 걸음이면 되는데 누군가 뒤에서 옷깃을 채기라도 하는지 떼어지지 않더란 말입니다. 석고상이라도 된 것처럼 굳어 움찔도 하지 않았소. 씨벌! 죽는 일도 내 마음대로 안 되더란 말이지.

몇 번이나 발버둥 치다가 결국 돌아섰소. 뒤로는 잘도 가더군. '사랑의 블랙홀'이란 영화를 보면 거기 주인공 놈은 수천 번도 죽더구먼, 내겐 한 번도 허락되지 않더란 말이요.

죽을 자격도 없는 나는 몸을 막 굴렸소. 매일 만취할 때까지 소주를 마셨고, 담배도 하루 두 갑은 기본이었소. 지나가던 덩치에게 공연히 시비도 걸었지. 차에 뛰어들었다가 욕을 뒤지게 먹은 뒤로는 그건 단념했소.

이런 인생파탄자에게도 일감은 꾸준히 들어옵니다. 아는 동생들이 도와 달라 뻔질나게 전화질을 하는 겁니다. 핸드폰을 박살낼까 싶었지만, 내가 무슨 부패한 검사라고 한강물에 던지겠소.

이젠 살 때까지 살아보자는 오기가 발동하더군. 그게 세상에 복수하는 길이다. 신의 뺨을 후려갈기는 길이다. 나는 악착같이 돈을 벌었소. 호의호식하자는 게 아니라 죽는 날 다 찾아 활활 태워버릴 작정이었지.

떠돌이 생활이 다시 시작되었소. 나와 비슷한 연배의 노가다들은 하나둘 죽어 나가는데, 질긴 목숨은 용케도 멀쩡합디다. 막가는 인생, 뭐가 두렵겠소. 아무 여자하고나 막 잤소. 여관 조바 아줌마며 국밥집 여주인, 퇴폐이발소 접대부 가리질 않았소. 병이라도 걸려라 기도했는데, 그것도 뜻대로 안 됩디다.

그렇게 나는 조금씩 지쳐갔소.

몇 년이 지난 어느 날이었소.

후배가 불러, C시라고 합시다, 공사판에 갔소. 일이 끝나고 후배들에게 끌려 돼지갈비를 구우면서 소주를 물 마시듯 기울였소.

"아따, 행님. 천천히 들랑께요. 고로다 골로 가지라."

"냅둬라. 골로 가는 게 내 소원이다."

집에 가겠다는 후배를 질질 끌고 이차, 삼차까지 갔습니다. 그러다 고꾸라진 모양이지. 바람이 선선해 눈을 떠보니 후배들이 보이질 않았소. 두고 갈 만큼 의리 없는 친구들은 아니니 헤어진 뒤 자빠진 모양입니다.

일어나 먼지를 털고 길을 걸었소. 숙소가 어느 방향인지도 가늠이 안 돼 무작정 앞으로 걸었소.

그러다 나는 발견했던 게요. 짐작이 가겠지만, '마사지' 방이었소. 역시나 검은 박스에 흰 글자로 새겨진 간판. 반짝이는 별까지 어김없이 붙어 있더군. 이젠 지겨웠소.

똥간에 빠진 놈이 뭐가 두렵겠소. 나는 지갑에 든 돈을 확인한

뒤 개선장군처럼 계단을 내려갔소. '여봐라. 게 아무도 없느냐?'

과연 아무개가 있습디다. 이번 버전은 거두절미하고 바로 별이 가 나타났소. 문을 열어준 사람이 별이였거든. 죽은 별이들과는 달리 신수가 조금은 낫습디다. 자기가 주인이래. 스물여섯 살 나이에 성공한 게지.

이렇게 계속 스물여섯 별이를 만날 운명이라면 나는 분명 불사신일 게요. 애면글면 오래 살아보겠다고 발악을 하는 게 인간인데, 참 그러고 보면 사는 게 불공평해.

세월이 흘렀어도 별이는 여전히 친절하더군. 나는 재빨리 내 자서전을 써 내려간 뒤 밖에서 만나자고 윽박질렀소. 안 된다기에 내일 다시 올 테니 꼼짝 말고 있거라 다짐하고 나왔소. 몇 번 같은 일을 겪으니까 재고 말고 할 게 없어 좋더구먼.

이번에도 나는 역시 값 좀 나가는 에메랄드 반지를 사 들고 갔소. 탄생석은 모조리 살 기세였지.

이번에도 출발은 순조롭게 잘 풀려나갔소. 일하는 여자에게 가게를 맡긴 별이는 나를 자기 집으로 데려갔소. 집 앞에 '반짝반짝극장'이 있더군. 나는 별이가 차려준 밥상을 받았고, 바로 섹스를 했지. 지난 일을 거울삼아 이번엔 콘돔을 꼈소. ─콘돔이 어디 있었는지는 묻지 마시오. ─

결혼은 아예 꿈도 꾸지 않았고, 애도 가질 생각이 전혀 없었소. 검찰총장처럼 실수도 자주 하면 실력인 게지. 나는 바보가 아니거든.

나는 별이에게 어디 가고 싶은 데라도 없는지 물었소.

곰곰이 생각하던 별이가 '미국' 하더군.

미국이 땅이 좀 넓은가. 그중 어디냐고 물으니, 자유의 여신상이 있고, 넓은 공원이 있는 곳이라데. 가방끈은 짧아도 그 도시가 뉴욕인 것쯤은 아는 나요.

나는 바로 비행기 표를 끊었소. 호텔도 예약했고, 현지 안내인도 섭외했지. 내가 살면 얼마나 살겠소. 죽은 별이에게는 아무 소원도 들어주지 못했지만, 이번 별이에게는 뭐든 다 해주고 싶었소.

드디어 출발일이 닥쳤소. 인천공항 앞 호텔에서 하루 자고 새벽 비행기를 타게 되었구려.

그런데 또 무슨 운명의 장난일까. 국제선이니 당연히 연결 트랩으로 들어가야 했는데, 기계 고장이 있어 계단식 트랩으로 가야 된다는 거였소.

아무려면 어떠냐. 모로 가도 서울만 가면 되는 게지.

그런데 나는 거기서 또 통탄할 짓을 저지르고 말았구려.

그냥 얌전히 걸어 올라가면 될 것을, 계단을 보자 객기가 발동했소. 나는 별이를 넙죽 들어 안고 계단을 힘껏 밟았지. 별이가 창피하다며 깔깔 웃더군. 그 나이에 창피할 게 뭐겠소. 나는 씩씩하게 올라갔지. 남들이 보면 꼴불견이었겠지만, 내 좋으면 그만 아닌가.

그런데 나는 이미 칠십에 가까운 나이였고, 몸뚱어리는 골병이 들대로 들었지. 제 깜냥도 못하고 주책을 부렸던 거요.

반쯤 올라가자 힘에 부치기 시작하더군. 거의 올라설 무렵에는 숨이 턱에 닿았소. 눈치를 채고 별이가 내려달라 했지. 하지만 여기서 놓으면 별이가 영영 사라질 것 같았소. 나는 젖 빨던 힘까지 다 내 발을 디뎠소. 딱 한 걸음만 남았지.

정상에 올라왔다는 안도감이 나를 휘청거리게 만들었소. 잘코사니 발을 헛디딘 나는 버둥거리다가 뒤로 자빠지고 말았소. 나는 계단을 데굴데굴 굴려 내려갔고, 별이는 허공을 가르며 비행장 아스콘 바닥에 내동댕이쳐졌소.

땅바닥에 거꾸러진 나는 별이부터 살폈소.

내 몸엔 상처 하나 없는데, 별이는 목뼈가 부러져 즉사했소. 사람 죽는 거 순식간이더군.

인생지사 새옹지마라 했던가? 사실혼 관계가 인정되어 나는 항공사로부터 두둑한 보상금까지 받았소.

별이를 화장한 유골함을 들고 나는 뉴욕행 비행기를 탔소. 별이가 그렇게 가고 싶어 했던 뉴욕. 자유의 여신상은 곤란하지만, 센트럴 파크 양지바른 곳에 나는 별이의 유골함을 고이 묻고 돌아왔소.

그렇게 나는 무려 네 명의 별이와 사랑을 나눴고 행복을 꿈꿨소. 그러나 끝은 다 폭망이었지. 내 기구한 운명을 탓하지 누굴 원망하겠소.

자, 이렇게 내 얘기는 끝났구려.

나는 울어야 할지 웃어야 할지 갈피를 잡을 수 없었다. 분명 노인의 불운은 지독한 비극인데, 헛웃음부터 나오려고 했다. 칠십

년을 살았다지만, 이런 가련한 인생이 또 있을까? 아니 한 번 천생 연분을 만나기도 힘든데, 네 번이나 만났으니 둘도 없을 행운이라고 해야 하나?

내 눈에 노인은 이제 도인(道人)으로 보였다. 삶과 죽음의 경계를 초월한 완전한 인간, 초인을 보는 것도 같았다. 니체가 그렇게 찾아 헤맸다던 위버멘쉬가 바로 이 노인인 듯도 했다. 문득 짧지만 삼십여 년의 내 인생이 주마등처럼 스쳤다.

내가 그렇게 목마르게 사랑했던 사람, 갈구했던 사랑은 지금 무얼 하고 있을까? 껄렁한 삼류 소설가라고 비웃던 그녀는 지금 아크로비스타 펜트하우스에서 살고 있다.

내가 다시 그녀를 만날 일은 없을 것이다.

나는 이 노인이 너무나 부러워졌다. 한 번도 만나기 힘든 진정한 사랑을 노인은 네 번이나 보지 않았는가?

소주병이 비자 노인은 품 안에 있던 액자를 꺼냈다.

나는 궁금해졌다. 뻔하지만 묻지 않을 수 없었다.

"이 그림은 누굴 그린 겁니까?"

"마지막 별이지. 아니 모든 별이지. 그녀들은 모두 한 몸이니까. 다들 하늘의 별, 스텔라(Stella)가 되어 빛난다오."

나는 잠시 별이를 뚫어져라 쳐다보았다.

별이는 살아있는 듯 해맑게 웃고 있었다.

거기에 내 사랑이 겹쳐졌다.

더 볼 수 없어 고개를 돌리고 마지막 질문을 노인에게 던졌다.

"초상화를 들고 왜 배회하셨던 겁니까?"

그 말에 노인의 얼굴에서 핏기가 사라졌다. 다시 초상화를 움켜잡았다.

"무서워서 그런다오."

"무섭다뇨? 뭐가요?"

"별이를 또 만날까 봐."

"어디서요?"

"저 너머에서."

노인이 손가락으로 공원 저편을 가리켰다. 거기엔 언덕이 있었고, 뉘엿뉘엿 해가 넘어가면서 노을이 붉었다. 구름이 불타는 노을 너머로 별이가 있을 것 같기는 했다.

"그게 왜 두렵습니까?"

"내 말귀를 못 알아들었구먼. 별이를 뉴욕에 묻고 돌아온 뒤 나는 정말 열심히 살았소. 죽어 저승에 가 별이를 보면 할 말이 있어야지. 못 나게 대충 살다 왔다면 무슨 면목이 서겠소. 그래 공사판에 가도 최선을 다했고, 벽돌이 한 장이라도 어긋나지 않도록 공을 들였지. 이젠 눈을 감고 맞춰도 흐트러지지 않을 정도라오.

언젠가 『장자』란 책을 읽었는데, 이런 얘기가 나옵디다. 어느 날 장자가 길을 가는데 매미를 잡는 사람을 만납니다. 그냥 손만 대면 매미가 잡히더라 이거지. 그런데 장자가 잡으려 하면 다 달아나더라는 거요. 비결을 묻자 자신은 매미를 잡겠다는 의식 자체를 버렸다고 하데요. 바로 내 벽돌 쌓기의 수준과 같지.

그렇게 나는 자신만만하게 미래에 대한 희망을 품고 지금까지 살아왔소. 바로 오늘까지 말입니다."

매미야 어떻든 그런 거창한 희망을 품고 살아온 사람이 오늘 왜 갑자기 넋 빠진 사람처럼 중얼거리며 쌀쌀한 공원을 헤매는가?

"지금 무섭다 하시지 않았나요?"

노인이 힘겹게 고개를 끄덕였다.

"그럼, 그럼. 바로 오늘, 얼마 전까지 그랬지."

"무슨 일이 있으셨습니까?"

노인이 기침을 한 번 했다.

"오늘도 난 이 도시 공사판에서 벽돌 줄을 맞추었소. 숙소로 가려고 이 앞길을 걷고 있었지. 막 저 언덕을 넘으려는데, 갑자기 불길한 예감이 머리를 스치는 거요. 저 언덕을 넘어가면 왠지 또 그 마사지 방을 만날 것 같더란 말이요. 소름이 쫙 끼쳤어요. 이젠 더 이상 별이를 만나고 싶지 않거든. 만나면 뭐 하오. 또 죽을 텐데. 나는 충분히 별이를 만났소. 여한은 없어. 그런데 저 언덕 너머에 마사지 방이 나온다면……. 아! 너무나 끔찍합니다.

그래서 오도 가도 못하고 있는 게요. 별이 초상에게 물으면서.

자, 이제 내가 물을 차례요.

젊은이. 난 어떻게 하면 좋겠소. 말해주시오."

말문이 막혔다.

내가 무슨 권능이 있어 그의 판단을 대신할 수 있겠는가. 나는 뚫어져라 노을이 불타는 언덕을 바라보았다. 노을이 대답해줄 리 없었다.

노인의 눈빛은 간절했다. 아니 처절했다.

나는 솔로몬도 포청천도 아니었지만, 명판결이 나와야 한다는 사실을 직감했다. 그것이 노인을 살리고 별이를 살리는 길처럼 여겨졌다.

"돌아가십시오. 선생님 말씀처럼 이미 충분히 별이는 만나셨습니다."

노인은 별 대응 없이 고개를 끄덕였다.

"고맙구려. 하찮은 노인의 넋두리를 들어주고 술도 사주고 판단까지 내려줘서. 이제 마음이 개운하오."

나보다 먼저 노인이 자리에서 일어났다. 저쪽 벤치로 가더니 지퍼를 열고 초상화를 넣었다. 어깨에 가방을 걸친 노인이 편안한 표정으로 내게 인사를 했다.

"잘 가시오. 인연이 닿으면 또 만나리다. 그리고 이건 내 얘기를 들어준 호의에 대한 감사의 표시요."

노인이 손을 내밀더니 손가락을 폈다.

반지 세 개가 놓여 있었다.

나는 아무 말 없이 받았고, 노인은 홀연히 사라졌다.

별이는 어디에 있는가

노인이 떠나자 나도 내 길을 가야 했습니다. 노인과는 반대 방향이었죠. 그새 노을은 많이 스러졌고, 길에는 어스름이 깔리기 시작했습니다. 가로등에 하나둘 불이 들어오더군요. 초롱초롱 샛별이 빛났습니다.

뭔가 홀가분했습니다.

인생의 고민, 갈등, 번뇌가 수증기처럼 증발한 기분이었습니다.

앞으로는 좋은 소설을 쓸 것 같은 예감도 들더군요.

그 '마사지' 방을 만나기 전까지는 말이죠.

언덕을 넘어서자 거짓말처럼 노인이 말한 마사지 방이 나타났습니다.

검은 박스에 흰 글자. 그리고 흰 별.

반지를 받고도 솔직히 긴가민가했습니다. 싸구려 가짜 반지라여겼죠. 그렇지 않다면 어떻게 선뜻 받았겠습니까?

그런데 이게 뭡니까?

노인이 말한 마사지 방이 진짜 있는 겁니다.

나는 멈춰 서서 하얀빛을 내뿜는 마사지 방 간판을 우두커니넋 놓고 올려보았습니다.

저 안에 과연 '별이'가 노인을 기다리고 있는 걸까요?

내가 두 사람의 해후를 갈라놓은 걸까요?

해피엔딩으로 끝날 영화를 망친 걸까요?

언덕을 내려 봤지만, 노인은 보이지 않았습니다. 연기처럼 사라졌습니다.

손에 든 반지 세 개.

다이아몬드, 사파이어. 에메랄드.

반지를 손에 꼭 쥐었습니다.

한참 망설이다 …… 나는 마사지 방으로 들어갔습니다.

어두운 계단 아래로 …….

남해로 내려온 뒤 남해를 소재로 삼거나 배경으로 한 작품을 여러 편 썼다.

서포 김만중이 남해로 유배를 와 『구운몽』과 『사씨남정기』를 한글로 쓰게 된 까닭을 상상한 『남해는 잠들지 않는다』(북인, 2012) 가 첫 작품이다. 이것은 물론 서울서 썼지만, 2012년 김만중문학 상에 응모해 대상을 받으면서 내가 남해로 내려와 살게 한 계기를 만들었다.

그 뒤 남해에서 발간되는 이런저런 잡지와 책 편집자의 청탁을 받아 단편 위주로 남해를 배경으로 한 다양한 이야기를 쓰게 되었 다. 제법 모여 단편집으로 낸 것이 『남해:바다가 준 선물』(문, 2015) 이었다.

이어서 같은 김만중이 주인공이지만 분위기를 조금 바꿔 유 배 온 이후 남해에서 벌어진 일련의 사건들을 직접 나서 해결하 는 인물로 그린 연작소설 『죽는 자는 누구인가』(어문학사, 2016)를 냈다.

남해로 내려와 남해의 유배문학을 접하면서 나는 유배와 관련된 여러 서적과 글들을 읽게 되었다. 그러다가 '전가사변(全家徙邊)'이라는 유배 방식이 있었다는 사실을 알게 되었다. 가족 중 한 사람이 죄를 지면 가족 전체를 유배 보내는 잔인한 형벌은 나를 놀라게 했다. 그리고 이런 형벌을 받은 가족들 이야기를 다루고 싶었다.

　1811년(순조 11) 남해로 유배를 와 고초를 겪다가 남해사람들의 배려와 도움으로 어려운 삶을 지탱했던 일가족의 이야기가 이 소설의 중심축이다. 그들 주변을 다양한 남해사람들이 둘러싸면서 이야기는 비극을 향해 치닫는다.

　어느 정도 구성이 완료되자 2019년에 남해에서 발간되는 신문인 〈남해시대신문〉에 연재를 부탁했다. 다행히 흔쾌히 허락해 줘서 약 1년 동안 연재를 이어갔다. 신문이라는 지면의 한계 때문에 충분히 이야기를 펼치지 못했지만, 생각을 길게 가지고 작품을 멀리서 볼 수 있는 기회이기도 했다. 이 자리를 빌려 〈남해시대신문〉에 감사의 말을 전한다.

　연재가 끝난 뒤 내용을 다듬어 심도를 더하려고 했지만, 마음처럼 일이 진행되지 않았다. 다른 일이 생기고, 글 빚도 늘어나니 차일피일 미루어졌다. 이제 더 미뤄서는 안 되겠다는 생각이 들어 부족하지만 약간의 수정만 보고 세상에 내보내기로 했다.

　물론 그렇다고 이 작품에 작가로서 최선을 다하지 않았다는 말은 아니다. 아무리 노력해도 자신의 글이 마음에 드는 작가는 드물 것이다. 소중한 아이를 세상에 내보내는 마음으로 책을 낸다.

장편소설 뒤에 그동안 쓴 단편 다섯 편을 넣었다. 네 편은 남해와 관련 있는 작품이고, 한편은 딱히 연관되진 않지만 함께 담았다. 즐거운 글 읽기가 되었으면 좋겠다.

소설에는 여러 사람들이 등장하지만, 이분들 중 일부는 내가 남해에서 만난 사람들이 모델이 되었다. 특히 '집들이굿놀음'과 '매구' 장면에 등장하는 분들은 대개 나와 함께 매구를 치고 집들이굿놀음을 공연하셨던 분들이다.

이분들에 대한 고마움을 그냥 넘어갈 순 없어 책 뒷날개에 그분들의 사진과 역할, 간단한 이력을 넣었다. 이분들에게 자랑이 되고 누가 되는 일이 없으면 좋겠다. 앞으로도 오래 함께 매구를 치며 지내기를 바란다. 물론 이 밖에도 매구와 집들이 단원분들은 모두 나의 소중한 지인들이다.

책의 표지 그림을 선뜻 제공해주신 수채화가 이혜령 님께 감사드린다. 또 제목의 글을 써 주신 신갑남 선생님께도 고맙다는 말씀 전한다. 추천사를 써 주신 이처기 선생님과 표사를 주신 김종도 선생님, 이달균 형에게도 감사의 말씀 드린다. 늘 좋은 분들이 주변에 많아 남해에서의 생활이 즐겁고 보람차다.

어려운 시기 책을 내주신 보고사의 김흥국 사장님, 책과 관련해서 많은 도움을 주신 박현정 편집장님, 세세한 일들을 잘 챙겨주신 이소희 선생님께도 이 자리를 빌려 감사드린다.

어떤 작가에게 독자가 "당신의 대표작은 무엇입니까?" 하고 물으니 "다음에 쓸 작품이죠."라 대답했다고 한다. 모든 작가의 희망이겠지만, 나 역시 오늘 쓴 글보다 내일 쓸 글이 더 좋은 작품, 나의 대표작이 되기를 꿈꾸면서 계속 글을 쓰고 싶다.

2021년 11월 5일 아침에
남해신문사 사무실에서
임종욱이 썼다.

임종욱

1962년 경북 예천 출생.
동국대학교 국어국문학과 및 동대학원 박사과정 졸업.
문학박사, 작가, 고전연구자.
2012년 제3회 김만중문학상 대상을 받고
남해로 내려와 연구와 창작을 병행하고 있다.
2021년 경남문협 주관 올해의 소설문학작품상을 받았다.
현재 고현집들이굿놀음보존회 사무국장.
남해고려대장경판각성지보존회 사무국장.
남해FM방송국 상임이사 및 편성국장.
남해신문사 기자 지냄.
소설에 『남해는 잠들지 않는다』, 『남해:바다가 준 선물』,
『죽는자는 누구인가』, 『불멸의 대다라』 등이 있다.

던져진 것이 돌만은 아니니

2021년 12월 13일 초판 1쇄 펴냄

지은이 임종욱
펴낸이 김흥국
펴낸곳 보고사

책임편집 이소희
표지디자인 손정자

등록 1990년 12월 13일 제6-0429호
주소 경기도 파주시 회동길 337-15 보고사
전화 031-955-9797(대표), 02-922-5120~1(편집), 02-922-2246(영업)
팩스 02-922-6990
메일 kanapub3@naver.com / bogosabooks@naver.com
http://www.bogosabooks.co.kr

ISBN 979-11-6587-261-8   03810
ⓒ 임종욱, 2021

정가 18,000원